L'ARISTOCRATE

LE FRUIT DU HASARD
TOME 2

SUSAN STOKER

DU MÊME AUTEUR

Un protecteur pour Bree

<u>Le Refuge</u>

Un soutien pour Alaska

Un soutien pour Henley

Un soutien pour Reese

Un soutien pour Cora

Un soutien pour Lara

Un soutien pour Maisy (1 Oct)

Un soutien pour Ryleigh

<u>Silverstone</u>

Pour la confiance de Skylar

Pour la confiance de Taylor

Pour la confiance de Molly

Pour la confiance de Cassidy

<u>Delta Force Deux</u>

Un refuge pour Gillian

Un refuge pour Kinley

Un refuge pour Aspen

Un refuge pour Jayme

Un refuge pour Riley

Un refuge pour Devyn

Un refuge pour Ember

Un refuge pour Sierra

<u>Hawaï : Soldats d'élite</u>

Un paradis pour Élodie

Un paradis pour Lexie

Un paradis pour Kenna

Un paradis pour Monica

Un paradis pour Carly

Un paradis pour Ashlyn

Un paradis pour Jodelle

Mercenaires Rebelles

Un Défenseur pour Allye

Un Défenseur pour Chloé

Un Défenseur pour Morgan

Un Défenseur pour Harlow

Un Défenseur pour Everly

Un Défenseur pour Zara

Un Défenseur pour Raven

Ace Sécurité

Au Secours de Grace

Au Secours d'Alexis

Au Secours de Bailey

Au Secours de Felicity

Au Secours de Sarah

Forces Très Spéciales Series

Un Protecteur Pour Caroline

Un Protecteur Pour Alabama

Un Protecteur Pour Fiona

Un Mari Pour Caroline

Un Protecteur Pour Summer

Un Protecteur Pour Cheyenne

Un Protecteur Pour Jessyka

Un Protecteur Pour Julie

Un Protecteur Pour Melody

Un Protecteur pour l'avenir

Un Protecteur Pour Les Enfants de Alabama

Un Protecteur Pour Kiera

Un Protecteur Pour Dakota

Forces Très Spéciales : L'Héritage

Un Sanctuaire pour Caite

Un Sanctuaire pour Brenae

Un Sanctuaire pour Sidney

Un Sanctuaire pour Piper

Un Sanctuaire pour Zoey

Un Sanctuaire pour Avery

Un Sanctuaire pour Kalee

Un Sanctuaire pour Jane

Delta Force Heroes Series

Un héros pour Rayne

Un héros pour Emily

Un héros pour Harley

Un mari pour Emily

Un héros pour Kassie

Un héros pour Bryn

Un héros pour Casey

Un héros pour Wendy

Un héros pour Mary

Un héros pour Macie

Un héros pour Sadie

Un héros pour Annie

<u>Autre</u>

Un moment suspendu : Recueil de nouvelles

<u>AUDIO</u>

Un paradis pour Élodie

CHAPITRE UN

Callum Redmon, dit Cal, gara sa Rolls-Royce Cullinan dans l'allée privée des Green, située dans la banlieue de Washington, DC. La circulation avait été affreuse et il était arrivé bien plus tard qu'il ne l'avait espéré. Il était de mauvaise humeur... Son dos lui faisait mal, ses genoux palpitaient et il avait un horrible mal de tête. Depuis qu'il avait été prisonnier de guerre et enduré une incessante torture, son corps n'était plus pareil. Il avait l'impression d'avoir au moins vingt ans de plus que ses trente-sept ans.

Le dernier endroit où il avait envie d'être était celui-ci. Il avait dit à ses parents qu'il n'était pas un garde du corps. Que depuis qu'il était sorti de la vie militaire, il ne voulait rien avoir à faire avec des activités sous couverture ou qui soient en rapport avec la sécurité. Et pourtant, voilà où il en était.

Faire partie de la royauté du Liechtenstein n'était pas facile. Même s'il n'avait pas grandi dans le minuscule pays et même s'il connaissait à peine la reine et le roi, on attendait tout de même de lui sa loyauté. De tout laisser tomber pour faire ce qu'ils demandaient quand ils le demandaient. Alors quand Carla Green avait raconté à son petit-cousin – qu'elle avait rencontré en ligne – qu'elle était suivie, son cousin avait contacté Cal pour voir ce qu'il pouvait faire à ce sujet.

Lorsque Cal, fidèle à lui-même, lui avait dit qu'il ne pouvait rien faire pour les problèmes personnels de sa nouvelle amie mannequin rencontrée en ligne et qu'elle devrait contacter la police de chez elle, son cousin l'avait ignoré. Il avait parlé à sa mère qui avait parlé à sa sœur qui avait parlé à la reine. Elle, à son tour, avait appelé les parents de Cal... et ce qu'il savait ensuite, c'est qu'on l'avait obligé à conduire jusqu'à DC pour « enquêter » sur la situation.

Cal n'était pas qualifié pour faire quoi que ce soit concernant le problème de Carla. Oui, il savait tirer. Il était un sacré bon tireur en réalité. Mais cela ne le rendait pas qualifié pour enquêter en tant qu'amateur et certainement pas pour être garde du corps. Il pouvait à peine protéger son *propre* corps.

La plupart du temps, ses os lui faisaient mal. La torture qu'il avait subie en tant que prisonnier de guerre l'avait bousillé, méchamment. Ligaments tordus, os cassés, déchirures musculaires... ils n'étaient que la partie émergée de l'iceberg. Techniquement, toutes les blessures subies avaient guéri, mais leurs répercussions étaient quotidiennes et ses cicatrices, à l'intérieur comme à l'extérieur, étaient nombreuses.

Non seulement ça, mais depuis qu'il avait été relâché, Cal se fichait pas mal des gens, en général. Il était grincheux dans ses mauvais jours, et au mieux, froid. Il avait vu ce que l'humanité avait de pire à offrir et il préférait largement se terrer dans la maison qu'il avait achetée dans la petite ville du Maine où lui et ses amis s'étaient installés après avoir quitté l'armée.

Grâce à sa lignée royale et à ses parents qui avaient soigneusement investi l'argent de la famille, Cal n'avait jamais eu à s'inquiéter de la taille de son compte en banque. Personne ne saurait rien qu'en le regardant qu'il disposait de plus d'un milliard de dollars dans son gros portefeuille. La plupart du temps, il portait des jeans délavés et des tee-shirts à longues manches et il n'exhibait clairement pas le fait d'avoir de l'argent, et beaucoup.

Oui, la Cullinan était évidemment chère. Personne n'avait besoin d'un SUV Rolls-Royce. Mais il n'avait pas pu résister. Elle était élégante, avait tous les gadgets, et plus important, était excellente pour les routes enneigées du Maine. La plupart des gens supposeraient que le véhicule n'était qu'un autre SUV comme les milliers d'autres sur les routes. En ce moment, il était recouvert de boue et ressemblait davantage à un véhicule utilitaire qu'à une voiture coûtant trois cent mille dollars.

Comme on le lui avait demandé, Cal fit le tour avec son SUV de la maison, plutôt grande et située sur deux hectares, et se gara dans la grande zone pavée. Il prit le temps de prendre son téléphone pour envoyer un message à JJ et lui faire savoir qu'il était arrivé sain et sauf chez les Green.

Il appellerait son ami plus tard ce soir et lui raconterait ce qu'il aurait appris après avoir discuté avec Carla, mais pour l'instant, après avoir envoyé le court message, il s'autorisa une seconde pour apprécier le silence qui l'entourait. Fermant les yeux, Cal inspira profondément. Ce qu'il voulait vraiment, c'était faire demi-tour et retourner directement dans le Maine. Se terrer dans sa maison paisible et être seul. Mais il avait été incapable de dire non à sa mère.

Lui et ses parents avaient eu des rapports compliqués avec la famille royale à leur retour au Liechtenstein. Sa mère et son père avaient quitté le pays après qu'elle eut été renversée par un journaliste lorsqu'elle était enceinte de Cal. Ils n'avaient pas tenté de prendre des photos d'*elle*, mais plutôt de la reine et du roi, et sa mère s'était simplement trouvée sur le chemin. Cela avait été la goutte d'eau pour son père et il avait déménagé en Angleterre.

La reine et le roi n'en avaient pas été ravis, mais ce n'était pas comme si son père allait un jour devenir roi. Il était si bas dans l'ordre de succession qu'il serait presque impossible pour lui de remonter vers le sommet. Ils avaient vécu une vie paisible bien que publique à Londres, ne revenant dans leur pays natal que de temps à autre pour de brèves visites et assumer leurs fonctions officielles.

Cal avait rejoint la British Army, avait fini par s'intéresser à des agents de la Delta Force qu'il avait vus en action lorsqu'il était à l'étranger. On avait tiré des ficelles, passé des accords et peu de temps après, Cal s'était retrouvé aux États-Unis, s'entraînant pour devenir un Delta. Cela avait été un travail difficile, exténuant parfois, mais il avait adoré. Il avait été assigné à travailler avec Chappy, Bob et JJ.

Cal n'avait jamais accroché avec quiconque comme il l'avait fait avec ses coéquipiers. Ces hommes étaient devenus inséparables et quand ils avaient pris la décision de quitter l'armée après avoir été retenus en otages, Cal ne s'était posé aucune question quant au fait qu'il serait allé là où les autres iraient.

Ils s'étaient installés dans le Maine – après que Cal a gagné à pierre-feuille-ciseaux – et avaient fondé Jack's Lumber, un service d'entretien des arbres. Et même si le travail pouvait être difficile, surtout avec cette douleur chronique dont souffrait Cal jour après jour, il s'était senti satisfait et généralement content pendant trois longues années.

Ouvrant les yeux, Cal soupira. Il essayait de gagner du temps. Il devait rentrer là-dedans et rencontrer Carla Green et sa mère. Obtenir des faits, voir quel genre de preuve possédait Carla sur son harceleur, jauger le sérieux de la menace. Son cousin Karl avait toujours été mélodramatique, surtout quand il était gamin. S'il se cognait l'orteil, il hurlait et pleurait comme si on le lui avait coupé. Quand il avait obtenu un A moins à un examen, il s'était attendu à ce que tout le monde le traite comme s'il venait de trouver le remède du cancer. Il était tombé follement amoureux de chacune de ses petites amies et avait boudé pendant un mois quand ils avaient inévitablement fini par rompre.

Cal ignorait si Karl et Carla s'étaient vraiment seulement connus sur Internet, mais il était presque certain que son cousin s'était montré excessivement dramatique une fois de plus lorsqu'il avait remonté dans les maillons de la hiérarchie familiale pour obtenir de Cal qu'il accomplisse sa volonté.

Se passant une main sur le visage, Cal prit une autre inspiration profonde avant de se pencher pour ouvrir la boîte à gants. Il secoua un tube d'aspirine pour en sortir deux comprimés et les avala tels quels, priant pour qu'ils réduisent la pulsation dans son crâne.

Il saisit la poignée de la portière et sortit de son SUV. Il redressa son dos, essayant de défaire les nœuds à force d'être resté assis si longtemps. Grimaçant à la façon dont son mouvement avait tiré sur ses cicatrices partout sur son torse, Cal soupira.

Chaque jour, chaque mouvement lui rappelait l'enfer qu'il avait traversé. Ses amis avaient fait ce qu'ils avaient pu pour attirer sur eux l'attention de leurs ravisseurs, mais une fois qu'ils avaient réalisé qui ils avaient entre leurs griffes, ils en avaient jubilé. Ils avaient ri en le coupant, tout comme en le frappant, allumant leurs caméras pour montrer au monde à quel point un vrai prince était tombé bien bas.

Forçant ses pensées à s'éloigner d'un passé pas si lointain, Cal commença à refaire le tour jusqu'à l'avant de la maison... avant qu'un mouvement n'attire son attention.

Une femme sortit par une porte latérale de la maison, portant un sac à ordures et se dirigeant vers une poubelle complètement à l'opposé. D'instinct, Cal recula d'un seul pas, se dissimulant derrière la maison pour l'étudier. Elle était petite, peut-être bien trente centimètres de moins que sa carrure d'un mètre quatre-vingt et un peu enrobée... avec le genre de courbes que Cal adorait. Probablement parce qu'il avait grandi entouré de l'opposé, des femmes maigres qui faisaient tout le nécessaire pour pouvoir rentrer dans des robes de créateurs, pour ressembler à la version qu'avait la société de ce à quoi une belle femme devait ressembler.

Dans tous les cas, il avait toujours été bien plus attiré par les femmes qui avaient de la chair sur les os. Il aimait leur sensation contre lui, sous lui, la façon dont leur pleine poitrine remuait et rebondissait, comme leurs cuisses et leurs ventres ronds étaient si doux sous ses mains. Une femme à la Rubens était l'incarnation de la sensualité.

Cal choisirait une femme avec des courbes plutôt qu'une maigre comme un bâton chaque jour de la semaine.

Les formes mises de côté, il n'y avait rien de particulièrement notable chez la femme qu'il observait en cet instant. Elle portait un tee-shirt extralarge, noué à sa taille, ses longs cheveux bruns étaient retenus dans une queue de cheval à l'arrière de sa tête. Un jean usé et délavé lui moulait les cuisses et elle n'avait aucun maquillage sur le visage, autant qu'il pouvait en juger. Mais il y avait quelque chose qui faisait plein effet et qui incitait Cal à l'observer attentivement.

Elle écarta le couvercle de la poubelle et grogna en soulevant le sac de déchets, visiblement lourd. Après l'avoir jeté, elle s'essuya le front avec la manche de son tee-shirt puis poussa un gros soupir et tourna son visage vers le soleil, les yeux fermés.

Elle resta ainsi un long moment, la tête penchée en arrière, un petit sourire sur le visage comme si le fait de sentir le soleil sur sa peau était le temps fort de sa journée.

Cal était fasciné. Il n'avait même pas échangé un mot avec elle et pourtant, il pouvait dire par sa façon d'apprécier le simple plaisir du soleil sur son visage que cette femme était quelqu'un qu'il voulait connaître.

La première fois qu'il avait fait un pas dehors après avoir été secouru, il avait fait la même chose qu'elle ; il avait pris une grande inspiration, avait fermé les yeux et levé son visage vers le soleil chaud du Moyen-Orient. Cela lui avait fait mal à vrai dire, la chaleur ardente du soleil lui brûlant les entailles et les contusions sur sa peau, mais même trois ans plus tard, rien n'avait été aussi agréable que ce premier bol d'air frais.

Et pour une raison quelconque, Cal avait le sentiment que cette femme était en train de vivre un peu ce qu'il avait ressenti ce jour-là. Comme si en se tenant là, dehors, sous les faibles rayons de la fin de l'hiver avec les oiseaux chantant autour d'elle, elle était libre. Libérée de ses soucis et de ses problèmes.

— Juniper !

La voix stridente hurlant de l'intérieur de la maison fit sursauter de surprise la femme et elle porta son attention vers la porte par laquelle elle venait de sortir. Le petit sourire disparut de son visage et Cal la regarda effacer toute expression de son visage et retourner vers la maison.

— Juniper ! Bon sang, où es-tu ? appela de nouveau la voix.

Cela tapait sur les nerfs de Cal, le ton de la voix avait été suffisamment aigu pour aggraver la pulsation dans sa tête.

— J'arrive ! s'écria calmement sa pulpeuse inconnue, comme si elle était habituée à ce qu'on l'appelle ainsi. Et Cal supposait qu'elle l'était probablement. Elle était probablement une domestique du foyer, cela faisait sens si elle sortait les poubelles. La famille de Cal avait bien entendu eu son lot de bonnes, jardiniers, cuisiniers et d'autres postes au fil des ans. Mais il n'avait pas en mémoire sa mère en train de leur parler aussi irrespectueusement que la femme qu'il n'apercevait pas à l'intérieur de la maison, peu importait qui elle était.

Juniper... Cal sourit. C'était un beau nom.

Il observa Juniper atteindre la poignée de porte qui menait à la maison. Elle se tourna et regarda le ciel pour un autre bref moment et Cal pouvait clairement voir l'expression sur son visage : elle n'était plus neutre.

L'envie, la peine et la frustration qu'il vit là raisonnaient profondément en lui. Mais dès qu'il aperçut une lueur d'émotions, elles disparurent, tout comme la femme.

Le cœur de Cal battait vite dans sa poitrine. Il n'était pas certain de ce qui venait de se passer mais il ne s'était jamais vraiment senti comme ça avant. Il ne croyait pas en l'amour au premier regard, comme celui qu'on voyait dans les contes de fées. Oui, il était un prince, mais il n'allait pas rencontrer sa Blanche-Neige, sa Cendrillon ou sa Belle au Bois dormant et tomber follement amoureux au premier regard.

Cependant... il ne pouvait nier qu'il n'avait jamais connu une attirance envers une femme comme il l'avait ressentie avec l'énigmatique Juniper. Ce n'était pas juste son physique, bien que son corps soit exactement ce qu'il préférait chez ses amantes. C'était la quiétude qui suintait d'elle lorsqu'elle avait tourné son visage vers le soleil. Une force sous-jacente tandis qu'elle avait sereinement répondu à la femme colérique à l'intérieur de la maison.

Secouant la tête, Cal se moqua de lui-même. Il était ridicule ! Il n'avait pas pu déduire tout ça d'une femme qui avait simplement sorti la poubelle !

Pourtant, si. Son corps le savait même si son esprit ne voulait pas l'admettre.

Cal n'avait aucune idée de qui était Juniper, mais il savait qu'il voulait partir à sa recherche. Lui parler. Peut-être que cela lui ferait retrouver ses sens. Elle dirait quelque chose d'agaçant ou découvrirait qui il était et agirait comme tant d'autres femmes l'avaient fait par le passé... en minaudant et flirtant, faisant tout en son pouvoir pour essayer de le faire tomber amoureux d'elle.

Ça n'allait pas arriver. Il était immunisé contre l'amour.

Mais cela ne fit pas disparaître sa curiosité. Ni sa libido. Un truc qu'il avait ignoré depuis son sauvetage.

Pour la première fois depuis des années, Cal se découvrit une hâte pour les heures et les jours qui allaient suivre. Oui, il devait rencontrer Carla Green et évaluer son problème de harcèlement, mais désormais, il avait un second but... trouver l'énigmatique Juniper et voir si l'attirance qu'il avait ressentie pour elle avait été un sursaut momentané. Ou quelque chose de plus.

L'histoire que lui avait racontée son père sur le jour où il avait rencontré la mère de Cal lui apparut spontanément en tête. Il lui avait fallu un seul regard pour elle et il avait su qu'elle était l'élue. Il avait raconté à Cal que c'était comme ça que fonctionnait l'amour pour tous les hommes de son côté de la famille. Ils faisaient la rencontre de la personne faite pour eux et les planètes s'alignaient, les oiseaux chantaient. Et voilà.

Cal avait toujours levé les yeux au ciel et secrètement pensé que son père inventait ces histoires. Qu'il perpétuait le mythe royal de Disney sur les âmes sœurs et l'amour au premier regard pour son jeune fils.

Aujourd'hui, pour la première fois de sa vie, il hésitait quant à ses vieilles hypothèses sur la façon dont ses parents s'étaient mis ensemble.

Secouant la tête, Cal continua vers l'avant de la maison tout en vérifiant sa montre. Cinq heures juste dépassées, la soirée avançant rapidement. Et maintenant, il était en réalité pressé d'entrer... car de l'autre côté de la porte se trouvait une femme qui avait attiré son attention sans même essayer.

* * *

Juniper Rose, dite June, s'essuya le front avec la manche de son tee-shirt pour ce qui lui semblait être la millième fois depuis ce matin. Elle était éreintée. Elle n'avait pas cessé une minute depuis des heures. Sa belle-mère et demi-sœur avaient été dans tous leurs états depuis des jours. Depuis qu'elles avaient eu la confirmation qu'un vrai prince allait rester quelque temps dans leur maison.

De ce que June avait pu apprendre des bribes des rumeurs murmurées par Elaine et Carla qu'elle avait surprises pendant qu'elle faisait le ménage, le Prince Redmon, d'un petit pays européen, venait à DC pour parler à Carla à propos de son « harceleur ».

June renifla bruyamment. Harceleur. Ouais, c'est ça. Personne ne harcelait sa demi-sœur, ce n'était qu'une autre histoire inventée pour attirer l'attention. Tout ce qui intéressait Carla, c'était imiter ses idoles, les Kardashian. Tout ce qu'elle faisait était dans ce but. Elle voulait être riche, connue et adorée.

Le problème, c'était que Carla était vraiment affreuse. June n'avait jamais rencontré une femme plus malveillante, froide et égocentrique de toute sa vie. Elle aimait réellement faire pleurer les autres. Pour ce faire, elle n'hésitait pas à faire tout son possible pour rendre June malheureuse. Elle avait huit ans de moins qu'elle et se comportait davantage comme si elle avait quinze ans plutôt que ses vingt-quatre ans.

Mais Carla était aussi splendide. Elle faisait un mètre quatre-vingt, était svelte, avait de longs cheveux blonds et de grands yeux bleus et quand elle le voulait, elle pouvait être extrêmement charmante. June supposait que c'était ainsi qu'elle avait pu baratiner l'homme qu'elle avait rencontré en ligne, qui connaissait le Prince Redmon.

June avait accidentellement interrompu sa demi-sœur une nuit, lors d'une session FaceTime avec cet homme, Karl, et avait été effarée de découvrir Carla, nue jusqu'à la taille, sa poitrine au bonnet F dressée devant la caméra.

Prise sur le fait, Carla s'était précipitée directement vers sa mère et avait accusé June de l'espionner et June avait dû endurer une heure de hurlements et d'être traitée d'« ingrate » et de « jalouse ». Ce qui était ridicule, bien évidemment, mais comme toujours, Elaine n'avait pas accordé à June la chance de lui raconter ce qui s'était réellement passé.

June avait rêvé de laisser ces vilaines femmes derrière elle plus de fois qu'elle ne pouvait compter. Elle avait trente-deux ans. Elle n'était pas enchaînée à la maison. Elle pouvait s'en aller à tout moment.

Mais par le passé, à chaque fois qu'elle avait trouvé le courage de partir, elle avait regardé autour d'elle et vu le fauteuil sur lequel son père s'assoyait pour la porter sur ses genoux et lui faire la lecture. Ou vu les marques indiquant sa taille tout au long de son enfance sur le mur. Il en avait toujours fait un plat lorsqu'elle avait grandi d'une fraction de centimètre, bien qu'elle ait toujours été la plus petite dans sa classe, finissant par atteindre sa taille définitive d'un petit mètre soixante.

Elle s'était souvenue de son père s'agenouillant avec elle dans le jardin de derrière, arrachant les mauvaises herbes et riant d'une chose ou d'une autre.

Son père avait adoré cette maison. Il avait bien économisé afin de pouvoir l'acheter, donner à sa fille un joli foyer, rien à voir avec l'appartement exigu dans lequel il avait vécu dans sa jeunesse. Les choses avaient été rudes au début de l'enfance de June, mais il avait toujours réussi à rembourser l'emprunt, même s'ils avaient dû manger des hot dogs et des nouilles pendant des semaines.

Et tout au long de leurs épreuves, ils avaient été là l'un pour l'autre. Ils avaient joué sur les deux hectares autour de la maison. Il lui avait appris à cuisiner. Le ménage n'avait jamais semblé être une corvée quand il le faisait avec elle.

Puis quand June avait quatorze ans, il avait rencontré Elaine et sa fille de six ans, tombant instantanément sous le charme des deux. Un an après ça, il n'était plus là, mourant seulement quelques mois plus tard après son coup de foudre avec Elaine.

Ce n'était pas juste. Chaque jour, le père de June lui manquait encore terriblement. La maison et la terre en elle-même étaient tout ce qui lui restait de lui en dehors de ses souvenirs.

Il était difficile à croire qu'il était mort il y avait si longtemps. Au cours des années, sa belle-mère avait lentement, mais sûrement vendu la plupart des choses que son père avait tant aimées, avait déplacé tout le reste dans le sous-sol ou le grenier. Les chambres n'avaient rien à voir avec ce qu'elles avaient été quand il n'y avait que June et son père.

Mourant, couché dans le lit d'hôpital, il avait dit à June que la maison était à elle. Qu'il savait qu'elle allait l'aimer et en prendre soin autant qu'il l'avait fait. Et elle lui avait promis de faire ça. De préserver leurs souvenirs heureux.

Quand il mourut, elle en fut dévastée. Incapable d'avoir les idées claires pendant des mois à cause de son chagrin. Au début, sa belle-mère avait été son roc, avait empêché June de s'effondrer. Mais avec le recul, June savait désormais que cette femme l'avait préparée... L'avait reconstruite seulement pour la démolir. D'une certaine manière, elle avait même convaincu June que l'université serait une perte de temps et d'argent. Disait qu'elle ne serait jamais encline aux études et que son père l'aurait souhaitée *ici*, à s'occuper de la maison.

Elle avait eu son premier vrai moment de clarté à l'aube de la vingtaine et avait commencé à trouver les moyens de chasser Elaine et Carla de la maison avant qu'elles ne fassent disparaître chaque vestige de son père, seulement pour apprendre qu'elle avait – sans le savoir – renoncé à ses droits sur la maison que son père avait aimée et chérie.

Un jour, juste après avoir eu dix-huit ans, Elaine avait rapporté un paquet de paperasse à la maison et expliqué qu'il s'agissait de documents légaux que June devait signer pour son héritage, maintenant qu'elle en avait l'âge.

Avec stupidité, elle avait cru cette femme et avait signé, page après page sans lire... et avait fini par accorder la propriété de sa maison à sa belle-mère sans réaliser ce qu'elle était en train de faire.

Avec réticence, June était restée. En partie parce qu'elle n'avait nulle part où aller et pas d'argent pour louer son propre foyer, étant donné qu'Elaine et Carla l'avaient simplement transformée en servante, ne lui laissant pas le temps de trouver un travail ailleurs. Ce n'était pas comme si elle avait eu suffisamment de compétences pour trouver un boulot bien payé.

Mais elle était surtout restée à la maison, car c'était là qu'elle et son père avaient été heureux.

Désormais, les années passant, l'entêtement de June à garder le cap, ne pas abandonner la bienaimée maison de son père à son affreuse belle-famille, déclinait. Carla était une garce, ses deux corgis étaient horribles et aussi méchants que leur propriétaire, et Elaine avait le regard d'une calculatrice auquel June ne faisait pas confiance.

Elle mettait de l'argent de côté depuis des années maintenant... des billets qu'elle trouvait dans la maison, de la monnaie dans la machine à laver qu'Elaine et Carla avaient laissée dans leurs poches, celle qui restait des courses...

Ce n'était toujours pas suffisant, pas vraiment, mais June avait fini par atteindre le stade où elle savait qu'elle devait s'en aller. Elle n'avait pas d'amis pour l'aider, car Elaine l'avait habilement isolée des enfants avec qui elle était allée à l'école et au lycée. Pendant des années, elle avait été occupée à travailler, à faire tout le ménage, les courses, la cuisine et autres tâches, ne lui laissant aucun moment pour avoir sa vie sociale.

Quand elle fut tout juste sortie du lycée et toujours profondément chagrinée de la perte de son père, et alors qu'elle pensait encore qu'Elaine tenait ses intérêts à cœur, June avait été ravie d'apporter son aide. De faire sa part pour aider à élever Carla et gérer la maisonnée aussi bien que possible.

Mais aujourd'hui, elle était bien consciente de la stupidité dont elle avait fait preuve. Pendant trop d'années, elle avait été l'esclave d'Elaine et Carla. Et elle en avait assez.

La maison lui manquerait, mais les souvenirs heureux avec son père avaient été remplacés par des moments d'humiliation et de déchéance. La maison n'était plus un endroit sûr et précieux ; elle était devenue la version de l'Enfer de June.

Elle ne savait pas où elle irait ni ce qu'elle ferait, mais *n'importe où ailleurs* serait mieux qu'ici. Elle avait cherché les meilleurs endroits du pays où vivre, les moins chers, et n'avait pas encore décidé exactement où se rendre. Quelque part loin de Washington DC, ça, c'était sûr.

— Juniper ! cria Carla en déboulant dans la cuisine.

June détestait qu'Elaine et Carla insistent pour l'appeler par le même prénom que le faisait son père.

Au départ, cela avait été réconfortant, ça paraissait intime et lui rappelait son père. Mais aujourd'hui, son vrai prénom sur leurs lèvres était énervant et elle en frissonnait d'horreur.

— Oui ? demanda-t-elle en se détournant de la casserole sur la cuisinière dans laquelle elle touillait.

— Il est là ! Enfin ! Il va rester dans la chambre à côté de la mienne. Tu dois monter et changer les draps. Assure-toi qu'il dispose d'une serviette propre et choisis-en une parmi les petites, dit sa demi-sœur avec un large sourire et une lueur espiègle dans le regard. Parce que je vais *accidentellement* le surprendre et je veux voir la taille de sa queue. Je ne peux pas le faire s'il a une énorme serviette de plage drapée à sa taille. Oh ! Et asperge un peu de mon parfum sur ses draps. Je veux qu'il associe mon odeur avec le fait d'être au lit.

— Maintenant ? demanda June.

Elle voulait lever les yeux au ciel devant Carla, lui dire qu'elle était dégoûtante et clairement désespérée, mais elle savait qu'il ne valait mieux pas. Il était bien plus facile de se fondre dans le décor, de faire ce qu'on lui demandait plutôt que d'être en désaccord. Elle le savait d'expérience.

— Évidemment maintenant ! Rah ! Tu es tellement stupide !

— D'accord, mais le dîner pourrait brûler si je le fais, lui dit June.

— Merde ! Ça n'ira pas. Très bien, après nous avoir servis,

après les entrées et avant le dessert, pendant que nous mangerons le plat principal, cours à l'étage et prépare tout. Oh et assure-toi que la porte entre nos chambres est déverrouillée également. Sinon comment pourrais-je accidentellement le voir nu ? caqueta Carla. Non mais tu l'as vu ?!

June secoua la tête. Elle voulait demander à sa demi-sœur à quel fichu moment aurait-elle pu avoir le temps d'espionner leur invité alors qu'elle était occupée à faire des corvées de dernière minute, comme balayer les poils de chien sur les sols de l'entrée, sortir la poubelle et cuisiner leur dîner à quatre plats, Elaine ayant insisté sur le fait que c'était ce à quoi s'attendrait le prince.

— J'ai entendu dire qu'il est recouvert de cicatrices. En fait, Karl m'a avertie de ne pas en faire toute une histoire, mais j'ai vérifié sur Internet pour voir de quoi il parlait et il est *hideux* sans ses vêtements. Je devrai fermer les yeux quand il sera sur moi parce que… c'est répugnant ! raconta-t-elle avant de marquer une pause pour frémir d'un air dramatique. Mais par chance, son visage est agréable. Je veux dire, son nez est crochu et il lui manque une partie d'une oreille, mais je lui ferai porter les cheveux longs alors ça recouvrira. Tant qu'il a une grosse queue, je me fiche pas mal d'à quoi ressemble le reste. Nous serons tout de même beaux ensemble. J'ai déjà commencé à chercher une robe de mariée ! Je veux rivaliser avec tous les autres mariages royaux diffusés à la télé ! Je vais être une princesse et j'ai tellement hâte !

June ressentit une pointe de pitié pour le prince. Il n'avait aucune idée du nid de vipères dans lequel il était entré ! Aucune idée que Carla planifiait déjà leur mariage tout en l'appelant « hideux » et « répugnant » pour des choses sur lesquelles il n'avait eu aucun contrôle.

Carla regarda fixement June pendant un long moment.

— Eh bien ? finit-elle par demander.

June savait ce qu'elle voulait entendre.

— Tu feras une belle mariée, dit-elle posément.

Avec un faux sourire, Carla acquiesça.

— Évidemment ! Prends bien note, le Prince Redmon sera mon mari dans les trois mois. Personne ne peut me résister. Je n'ai pas fait toutes ces chirurgies plastiques pour rien. Je vais devenir une *princesse* ! déclara-t-elle à nouveau avant de lancer un regard noir à June. Ne sois pas en retard pour notre dîner. Garde la bouche fermée et ne regarde même pas le prince. Il est à *moi* et je ferai tout ce qu'il faut pour l'avoir. Compris ?

June hocha immédiatement la tête.

— Bien sûr.

— Bien. Bon Dieu, tu es si pathétique. Comme s'il allait regarder deux fois une grosse vache comme toi en plus.

Puis Carla se tourna et sortit de la cuisine d'un air théâtral.

À la seconde où elle fut partie, June expira un souffle. Elle avait cessé de se laisser atteindre par les insultes de sa demi-sœur des années auparavant. Elle savait qu'elle était en surpoids, mais tant qu'elle était en bonne santé, elle s'en moquait. Son père avait quelque peu lutté contre son poids et elle avait vu des photos de sa mère... June avait clairement les gênes des Rose, elle ne serait jamais grande et maigre, mais elle s'en contentait. Bien qu'elle ne fasse pas d'exercices comme la plupart des gens, travailler au sein de la maison et dans le jardin entretenait ses muscles et son endurance.

Retournant à la casserole sur la cuisinière, June poussa un profond soupir. Elle se sentait vraiment mal pour le Prince Redmon. Carla serait continuellement à ses trousses, et comme la plupart des hommes qui se retrouvaient pris à son piège, il serait hameçonné avant même de réaliser exactement quel genre de femme était sa demi-sœur.

Mais ça n'était pas les affaires de June. Elle avait tenté d'avertir certains hommes avec qui Carla était sortie par le passé et ça s'était mal passé pour elle. Inévitablement, Carla ou Elaine avaient découvert ce qu'elle avait raconté et avaient rendu sa vie misérable pendant des semaines. Il était plus facile de simplement garder la bouche close et laisser les soupirants de Carla découvrir par eux-mêmes qu'elle était une garce et une furie.

June secoua la tête à l'idée que Carla devienne une princesse. Elle ruinerait la réputation du Liechtenstein, c'était sûr. Mais là encore... ce n'était pas ses affaires. Quand elle partira, elle sera libérée de Carla et d'Elaine Green et elle ne regardera jamais en arrière. Son heure était venue et comme Carla le dirait, June avait trop hâte.

CHAPITRE DEUX

Le crâne de Cal donnait l'impression d'être pressé dans un étau. Le mal de tête qui avait surgi plus tôt s'était transformé en une véritable migraine. La quantité de parfum que portait Carla Green n'aidait clairement pas. Ça sentait comme si elle s'était baignée dedans.

Elle était belle, ça, Cal ne pouvait le nier. Elle faisait à peu près sa taille, ses cheveux blonds élégamment coiffés et son visage habilement maquillé. Ses dents étaient parfaitement droites et d'un blanc non naturel et il pouvait comprendre pourquoi une personne comme son cousin s'était énamouré d'elle.

Il avait discuté avec Karl sur la route jusqu'à DC et son cousin lui avait raconté à quel point Carla était effrayée et qu'elle appréciait que Cal fasse son possible pour qu'elle reste en sécurité. Quand il avait demandé à Karl pourquoi *lui* ne venait pas aux States pour la protéger lui-même, son cousin avait marmonné quelque chose à propos du fait de ne pas vouloir abuser.

Ce qui n'avait aucun sens pour Cal. Karl ne voulait pas abuser, mais il était d'accord pour que *lui* intervienne ? Il avait dit la même chose à son cousin et Karl avait répondu que c'était là plus approprié, car Cal se trouvait déjà aux États-Unis et pouvait enquêter discrètement. Si quiconque apprenait que Karl avait traversé les océans pour aider une splendide mannequin américaine, la presse européenne ferait des suppositions.

Cela avait presque fait ricaner Cal. Traduction : la monarchie était plus que frustrée par les exploits de son cousin à apparaître dans les tabloïds. Venir en aide à Carla par avion jusqu'aux US indiquait un certain intérêt... peut-être même suffisamment pour que la famille fasse pression sur Karl pour un mariage, mettant efficacement fin à son train de vie de playboy.

C'était une autre raison pour laquelle Cal était heureux de ne pas avoir grandi sur sa terre natale, sous l'œil vigilant de la cour royale... et des paparazzis. S'il se mariait – et il doutait que cela arrive maintenant, grâce à ses ravisseurs qui avait transformé son corps autrefois parfait en amas répugnant – il le ferait par amour. Il n'avait jamais été d'accord pour passer le reste de sa vie avec une femme à cause de la pression de la monarchie ou parce que c'était ce qu'on attendait de lui ou parce qu'elle avait de bonnes relations.

— Vous ne trouvez pas ? demanda Carla, faisant sortir Cal de ses rêveries.

Il leva les yeux vers elle et hocha la tête d'un air absent. Apparemment, cela suffisait à la satisfaire, car elle continua de parler de la partie de tennis qu'elle avait eue ce matin et de ses shootings photo à venir.

Carla disait les bonnes choses, souriait aux bons moments et fronçait joliment les sourcils lorsqu'il lui posait des questions sur son harceleur. Mais il pouvait voir clairement en elle comme si elle était faite d'une fine couche de plastique, ce qui n'était pas loin de la vérité.

La quantité de chirurgie qu'elle avait subie était évidente, de ses lèvres excessivement pulpeuses et de son nez minuscule qui ne semblaient pas correspondre avec le reste de son visage à une expression de surprise permanente, probablement due à un abus de botox. Sa poitrine était si énorme que Cal était surpris qu'elle ne tombe pas à cause de son poids et en plus d'être énorme, elle défiait la gravité. Et elle aimait clairement l'exhiber.

Après l'avoir saluée plus tôt, elle avait rapidement disparu et il n'avait débouché sur rien en tentant de discuter du harceleur avec sa mère, qui à la place l'avait mitraillé de questions sur son service militaire et sa vie dans le Maine. Carla était réapparue promptement à six heures pour le dîner, portant une robe rouge qui n'arrivait qu'à mi-cuisse et qui était si décolletée que Cal craignait que ses seins ne surgissent de leur prison à tout instant. Une paire de talons rouges complétait le look, tout comme assez de parfum pour dissimuler son odeur aux limiers les plus talentueux.

On lui avait dit qu'ils discuteraient du harceleur après le dîner... un menu de quatre plats prétentieux que mère et fille étaient apparemment extrêmement fières d'avoir organisé.

Cal voulait leur dire qu'il avait déjà enduré trop de temps à rester assis sur le chemin. De plus, il détestait les repas longs et ennuyeux. Il avait suffisamment dû y assister dans sa vie et préférait davantage manger un bon petit plat autour d'une petite table de cuisine ou dans son salon tout en regardant le football – ce que les Américains appelaient football américain – à la télé.

Mais son éducation insinuait que ses manières n'étaient rien si elles n'étaient pas impeccables alors, il semblait qu'il devait souffrir pendant un dîner extrêmement inconfortable avant de pouvoir discuter de la raison pour laquelle il était ici.

— Alors, dites-nous en plus sur le Liechtenstein, dit Elaine.

— Pas sûr de pouvoir vous en dire plus, m'dame, répondit Cal. J'ai vécu là-bas pendant une période très courte et j'étais un jeune enfant à l'époque.

— Mais vous y êtes retourné depuis. Vous avez assisté à un tas de bals chics, tout ça, insista Elaine.

— Maman ! intervint Carla d'un ton exaspéré. N'importune pas cet homme.

— Comment sont le roi et la reine ? demanda Elaine, sans accorder d'attention à sa fille.

— Vous n'êtes pas obligé de répondre, lui dit Carla en levant les yeux au ciel.

Mais Cal pouvait déceler l'intérêt des deux femmes. Rien ne nouveau. Il avait contourné les mères et les filles qui cherchaient un homme riche pendant des années. Moins souvent après sa capture, mais il pouvait encore voir clairement leurs manigances. Elaine jouerait la « méchante flic » et poserait toutes les questions auxquelles elles souhaitaient toutes deux des réponses pendant que Carla prétendrait être embarrassée par l'empressement de sa mère.

Il était sur le point de poser une question à Carla concernant son amitié avec Karl – n'importe quoi pour changer de sujet – quand il y eut un gros fracas sur sa droite.

La femme que Cal avait vue dehors se tenait près de l'entrée de la salle à manger avec un grand plateau dans les mains. L'un des bols était tombé et s'était écrasé sur le carrelage.

— Mais bon sang ! hurla Carla. Juniper ! Nettoie cette merde !

— Désolée, répondit la femme, n'ayant pas l'air très désolée aux oreilles de Cal.

— Il est impossible de trouver un bon personnel ces temps-ci, dit Elaine, ponctuant son commentaire cliché en secouant la tête.

Cal poussa sa chaise vers l'arrière et était à moitié debout, prêt à aider Juniper à ramasser les éclats du bol quand Carla posa sa main sur son bras, pour l'arrêter.

— Elle s'en occupe. Elle l'a fait tomber, elle peut nettoyer. Ignorez-la simplement. Je suis tellement excitée pour mon prochain shooting photo ! radota-t-elle. C'est avec un magasin national. Quand ils ont appelé mon agent, le représentant a dit que j'étais l'unique mannequin qu'ils souhaitaient et qu'ils feraient n'importe quoi pour m'avoir.

Cal se déconnecta des divagations vaniteuses de Carla, et du coin des yeux, observa Juniper nettoyer le souk avec adresse. Il la vit lever les yeux et regarder brièvement ses compagnes de dîner, avant de détourner le regard avec un demi-sourire.

Elle l'intriguait. Il penserait presque qu'elle avait fait tomber le bol exprès. Pourquoi ? Il n'en était pas sûr, mais cela avait été une distraction efficace de la question d'Elaine concernant le roi et la reine.

Avant d'être prêt à la voir partir, Juniper disparut par la porte et il supposa qu'elle retournait à la cuisine.

Carla et sa mère ne parurent même pas remarquer. Elles parlaient non-stop sans vraiment lui accorder l'occasion de participer à la conversation, non pas qu'il le voulait. Sa tête continuait de pulser et Cal ne désirait rien de plus que trouver une pièce sombre, fermer les yeux et plonger dans le silence.

Juniper revint avec un autre plateau de nourriture et servit d'abord Elaine, puis Carla, avant de marcher vers Cal. Ils étaient assis autour d'une table rectangulaire, Elaine à sa tête, lui et Carla à chacun de ses côtés. Juniper plaça devant lui un bol fumant de ce qui ressemblait à de la soupe à l'oignon, ses yeux rivés sur sa tâche.

Ses cheveux bruns étaient tirés en la même queue de cheval qu'il avait vue plus tôt. Des mèches s'en étaient échappées et bouclaient autour de son front et de son visage. Ses joues étaient rouges et quand il inspira, Cal put sentir l'oignon, l'ail et d'autres épices, provenant manifestement de la nourriture qui était préparée en cuisine.

Il semblait que les Green avaient pas mal d'argent... la grande maison, une servante, le domaine immaculé. Une fois de plus, il se demanda donc pourquoi lui, un ancien soldat des

Forces spéciales, avait été sommé de venir à la place de la police ou d'un détective privé qui auraient été plus aptes à retrouver le harceleur de Carla.

Il sentit quelque chose tomber sur ses genoux et baissa les yeux, surpris. Un paquet enveloppé d'aluminium contenant un médicament contre la migraine en vente libre se trouvait sur le dessus de sa serviette de table.

— Je déteste cette soupe, marmonna Carla. Et elle le sait.

Elaine tendit la main pour tapoter celle de sa fille, les lèvres pincées.

— Tu n'as pas à la manger, ma chérie.

— Je sais. Et je ne le ferai pas. Si elle pense qu'elle va me filer une haleine d'oignon toute la nuit, elle se trompe !

Plus Cal passait du temps en la présence de Carla, moins il l'appréciait. Il n'avait aucune idée de pourquoi Karl était si obsédé par cette femme. Puis il ricana, mentalement. Bien sûr qu'il le savait. Karl était un mec qui aimait les seins, il l'avait toujours été. Carla lui avait probablement montré brièvement ses nibards pendant l'un de leurs chats vidéo et il s'était transformé en pâte à modeler entre ses mains.

Et aussi, plus il se trouvait dans le giron du duo mère-fille, moins Cal pouvait nier plus longtemps pour quelle raison il se trouvait *véritablement* là. Pas à cause d'un harcèlement que la fille pourrait subir ; pour le moment, il n'avait vu ni entendu aucune preuve de l'existence réelle d'un harceleur.

Non. C'était à cause de qui il était. Le Prince Redmon.

Familière ou pas, ça faisait longtemps qu'il n'avait pas eu affaire à ce genre de connerie.

Poussant un soupir, Cal prit sa cuillère d'une main tout en attrapant le paquet de pilules avec l'autre. D'instinct, il le laissa caché d'Elaine et Carla. Il n'aimait pas montrer le moindre signe de faiblesse à quiconque, même si un mal de tête n'était pas tant une faiblesse, mais en tant que prisonnier de guerre, il avait appris à contenir sa douleur pour lui-même. Se penchant pour goûter la soupe – qui était la meilleure soupe à l'oignon qu'il avait pu manger – Cal baissa les yeux et aperçut quelque chose de griffonné sur le petit paquet. Une note de Juniper, supposait-il.

Pour votre tête.

Quelque peu amusant, car pour quoi d'*autre* seraient ces pilules ? Mais Cal demeurait étonné qu'elle sache, d'une manière ou d'une autre, qu'il avait mal. Il était devenu vraiment doué pour cacher ses émotions de ceux qui se trouvaient autour de lui, excepté pour ses meilleurs amis dans le Maine. Et étrangement, cette femme, après avoir été en sa présence durant quoi... deux minutes, pendant qu'elle servait les plats, n'avait pas seulement réalisé qu'il souffrait, mais avait tenté de faire quelque chose à ce sujet.

L'attirance qu'il avait ressentie quand il l'avait vue plus tôt décupla. Il ne savait pas comment mais il trouverait un moyen de lui parler. Dès que possible.

Il parvint à manger sa soupe tout en écoutant à moitié Carla, gardant un œil sur la porte. Il avait besoin de revoir Juniper. Voulait entendre sa voix. C'était une compulsion gênante, mais qu'il n'essayait même pas de contrer. Personne ne l'avait jamais autant intrigué.

— Vous m'écoutez ? demanda Carla.

Cal voulait répondre "Non" avant de se lever et de partir, mais très jeune, on l'avait éduqué à être poli et à ne jamais faire de scène.

— Bien sûr.

— Tant mieux.

Puis Carla se lança dans un autre monologue sur son dernier shooting photo et sur chaque petite chose qui ne lui avait pas plu.

Cal étouffa un soupir. Il vivait un enfer et il avait hâte que ça se termine. Il se jura d'appeler Karl et de lui dire à quel point il était un connard et qu'il devait se remettre à regarder du porno au lieu de discuter en ligne avec des Américaines désespérées.

Il parvint à ouvrir le paquet de pilules et à les avaler sans qu'aucune des deux femmes le remarque. Il n'était pas sûr que les cachets soulagent le martèlement dans sa tête. Il était toutefois content de les avoir.

La porte de la salle à manger s'ouvrit et elle fut de retour. Juniper. Elle ne le regardait pas, ramassa simplement et calmement les bols de soupe avant de ressortir de la pièce. Cal voulait savoir de quelle couleur étaient ses yeux. Voulait la remercier pour les cachets. Voulait voir s'il pouvait lire la moindre connexion dans son regard. Mais il n'en eut pas l'occasion.

Juniper entra et sortit de la pièce de nombreuses fois au cours de l'heure suivante. Remplissant les verres d'eau vides, retirant les assiettes et en apportant de nouvelles débordant de la meilleure nourriture que Cal avait mangée depuis très longtemps. Pendant ce temps-là, Elaine et Carla s'étaient plaintes de chaque plat. C'était trop froid, trop épicé, trop calorique... la liste s'agrandissait encore et encore.

Mais Juniper se comportait comme si elle n'avait pas entendu leurs plaintes. Elle ne dit pas un mot quand elle servit le groupe, son expression sereine fermement en place. Cal se surprit à manger plus que ce qu'il aurait cru... surtout que lorsqu'il avait une migraine, il n'avait pas du tout envie de manger en général.

Pendant qu'il mangeait, Carla et Elaine jacassaient à propos des contrats de mannequinat qu'avait obtenus Carla, à quel point elle était en train de devenir l'un des plus grands noms de l'industrie.

Il en fut ainsi jusqu'à ce que Juniper apporte un plateau avec ce qui avait l'air d'être la mousse au chocolat la plus gourmande qu'il ait jamais vue et qu'il avait hâte de goûter.

Carla se leva tellement vite que sa chaise tomba sur le sol derrière elle.

— Tu te fiches de moi ?! hurla-t-elle. Maman ! Tu as vu ça ?

— Oui, ma chérie, répondit calmement Elaine. Mais je ne suis pas sûre que ce soit une raison pour faire fi de la bienséance.

— Elle le fait exprès ! Elle essaie de me faire grossir ! Eh bien ça ne marchera pas ! dit Carla en regardant froidement Juniper avant de lui dire, d'un ton haineux : C'est *toi* la grosse ici, pas moi.

— Carla ! réprimanda Elaine, faussement outrée.

Cal observa la scène avec un grand intérêt. Juniper demeurait immobile, portant le plateau avec les trois desserts, regardant calmement Carla comme si elle ne venait pas d'être insultée ni dénigrée... ou comme si elle était habituée à ce qu'on lui parle sur ce ton.

Carla prit une profonde inspiration et sembla réaliser qu'elle était en train de faire une scène. Elle se détourna de Juniper et sourit à Cal.

— Je ne sais pas pour vous, mais moi, je suis rassasiée. Je n'aurai pas la capacité de manger autre chose, dit-elle avant d'ajouter, toujours en minaudant : Je suppose qu'il est temps de vous parler de mon harceleur. C'est pour *cela* que vous êtes ici. Pour ma sécurité.

Elaine se leva et Cal soupira, suivant le mouvement. Même s'il avait dû supporter trois plats et plus de deux heures à table avec ces femmes, il était tout de même déçu de ne pas pouvoir goûter la mousse au chocolat. Elle avait l'air délicieuse. Et si elle était à moitié aussi bonne que tout ce qu'il avait mangé ce soir, elle aurait fait une agréable fin de repas.

— Tu l'as entendue. Va-t'en, dit Elaine à Juniper d'un ton sévère.

Sans un mot ni regard dans la direction de Cal, elle se tourna et quitta la salle à manger.

— Bon, allons dans le salon. Ce sera plus relaxant pour nous tous, dit Elaine d'une voix veloutée.

Cal suivit les deux femmes et sortit de la salle à manger, mal à l'aise de laisser les assiettes sales sur la table. Sa mère lui avait toujours martelé que même s'il était un prince, on attendait tout de même de lui qu'il fasse sa part de ménage. Il avait toujours eu des corvées comme nettoyer la table et aider la cuisinière à laver les assiettes, à sortir les ordures et maintenir sa chambre rangée.

Faisant de son mieux pour retourner son attention au présent, Cal grimaça quand Elaine referma un peu trop fort la porte du salon. Carla s'avança jusqu'à la petite causeuse et s'assit. Elaine prit la grande chaise face à elle, ne laissant à Cal qu'une seule place où s'asseoir, à côté de Carla. Ce qui n'arriverait pas.

Avant d'avoir été retenu captif, il avait été poursuivi par les femmes les plus malignes et désespérées dans toute l'Europe. Ces deux-là visaient au-dessus de leurs moyens. Elles n'en avaient simplement aucune idée.

Il s'appuya avec décontraction contre le mur et croisa les bras sur sa poitrine.

— Si je dois aider, il faut que je sache tout, dit-il avec sévérité.

Un regard frustré parce qu'il ne se conformait pas et ne faisait pas ce qu'elle voulait apparut sur le visage de Carla une seconde avant que sa lèvre ne commence à trembler. Elle tendit le bras pour prendre un mouchoir de la boîte posée à proximité de la causeuse.

Elle se tamponna les yeux, des yeux *secs*, et soupira avant de se mettre à parler.

— Tout a commencé il y a environ trois ou quatre semaines. J'ai reçu des fleurs à la maison. Elles étaient belles, deux douzaines de roses. La carte disait « De belles fleurs pour une belle femme. » Je n'ai rien pensé de tout ça. Enfin je veux dire, je reçois des cadeaux d'admirateurs tout le temps.

— Chez vous ? demanda Cal.

— Quoi ?

— Est-ce que vous recevez des cadeaux ici, chez vous, tout le temps ?

— Eh bien… oui. Où d'autre pourraient-ils les envoyer ?

— Comment les gens connaissent-ils votre adresse ?

Carla marqua une pause, ayant l'air momentanément déroutée, avant de hausser les épaules d'une jolie façon, ses seins sortant presque de sa robe. Cal faisait son possible pour garder les yeux sur son visage. Ce n'était pas qu'il voulait voir ses seins, mais il était légitimement curieux de voir combien de temps la minuscule robe serait capable de les contenir.

— Je dirais que c'est assez facile à trouver, dit-elle, en haussant de nouveau les épaules.

Et Cal eut le sentiment très net qu'elle *essayait* de se dévoiler, peut-être pour feindre l'embarras pendant qu'il lui assurait consciencieusement qu'elle était belle et la supplierait de ne pas s'inquiéter.

Ou peut-être pensait-elle qu'il serait tellement bouleversé par la vision de sa peau nue qu'il lui demanderait de l'épouser, ici et maintenant.

Ça n'arriverait *tellement* pas !

— D'accord, donc qu'est-il arrivé ensuite ? demanda-t-il.

— Le jour suivant, j'ai reçu une lettre. Elle était scotchée sur la porte d'entrée. Elle était gentille. Ça parlait du fait que j'étais très jolie et à quel point il m'admirait. Puis des fleurs sont apparues sur le pare-brise de ma voiture. Il y a eu des cadeaux chaque jour. Au début, je n'étais pas inquiète. Les hommes aiment m'offrir des cadeaux. Mais ensuite…

Elle frissonna.

— Les cadeaux ont commencé à devenir bizarres, intervint Elaine, continuant l'histoire pour sa fille. Des menottes, un bâillon avec une boule… même un couteau.

— Un couteau ? demanda Cal, sourcils froncés. C'est étrange.

— N'est-ce pas ? C'était l'un de ces couteaux avec ces arêtes dessus, dit Carla.

— Un couteau dentelé ?

Elle acquiesça.

— Oui et le mot qui allait avec disait qu'il allait bientôt l'utiliser sur moi.

Les doutes de Cal grandirent. Il doutait fortement qu'un harceleur laisse un couteau pour la victime qu'il visait. En tout cas, cela donnerait à la femme l'occasion de l'utiliser contre lui, ce qui ne serait pas intelligent...

— Où sont tous les objets que vous avez reçus ? demanda-t-il.

— Oh les fleurs ont fané donc je les ai jetées et je ne pouvais supporter de voir les autres trucs alors je me suis débarrassée d'eux également.

— Et les mots ?

— J'avais peur, dit Carla en reniflant. J'ai pensé que si je me débarrassais d'eux, je n'aurais pas à m'inquiéter de ce qui se passait.

— Les avez-vous au moins pris en photo ?

Carla fit non de la tête.

Cal soupira, frustré. *Bien entendu*, il n'y avait aucune preuve. Comme c'était pratique.

— Je suis juste si soulagée que vous soyez ici pour veiller sur moi, dit-elle, enthousiaste. Quand j'ai raconté à Karl à quel point j'étais effrayée et que je me sentais comme si quelqu'un m'observait à chaque fois que je sors de la maison, il m'a promis que vous étiez la meilleure personne pour aider à me garder en sécurité. Je *sais* simplement que je me sentirai plus en sécurité si vous vous trouvez avec moi pendant que je fais mon mannequinat. Vous vous assurerez que personne ne s'approche de moi.

— De qui pensez-vous qu'il s'agit ? demanda Cal.

Si Carla et Elaine croyaient qu'il allait glander pendant des semaines sans discontinuer, collé aux côtés de Carla, elles se trompaient grandement. Il était là pour faire une faveur à sa famille, pour réunir autant d'informations que possible avant d'aller parler à la police ou à un détective privé qui étaient bien plus qualifiés pour aider. Si son harceleur existait pour de bon, la police ainsi qu'un garde du corps lui feraient bien plus de bien que Cal.

— Je l'ignore ! gémit Carla. Enfin, je suis sortie avec mon lot d'hommes qui n'étaient pas ravis de rompre. On m'a demandée deux fois en mariage et tous mes petits amis étaient pratiquement obsédés par moi, mais je ne crois pas qu'aucun d'entre eux ferait ça.

— Je vais avoir besoin d'une liste de noms, dit Cal, faisant de son mieux pour ne pas lever les yeux au ciel. Les hommes que vous avez fréquentés, des mannequins rivales... n'importe qui qui pourrait avoir une raison d'être fâché contre vous.

— Bien entendu, dit Elaine. Je la commencerai ce soir et vous la donnerai dans la matinée.

Cal hocha la tête.

— Que pensez-vous qu'il veuille ? Sans pouvoir lire les mots moi-même, il est difficile de comprendre ce qui motive ce mec.

Carla eut un petit sourire en coin et se redressa sur son séant, désignant son propre corps de la main.

— Il veut ça, dit-elle avec arrogance.

Cal fit de son mieux pour rester calme.

— Veulent-ils juste coucher ? Ou veulent-ils vous tuer pour une raison ? Par jalousie ? Vengeance ? Pour l'argent ? Il y a toujours un motif et je peine à comprendre de quoi il s'agit. Une fois que nous aurons trouvé ça, nous pourrons réduire notre liste des suspects et les flics pourront commencer à interroger tout homme et toute femme qui semblent avoir les meilleurs mobiles.

Carla ouvrit la bouche pour répondre, mais la porte de la pièce s'ouvrit.

Cal en rit presque ; sauvé par la porte, encore.

Juniper entra, portant les mêmes jean, tee-shirt et tablier qu'elle portait plus tôt. Elle avait avec elle un autre plateau qui semblait bien trop lourd pour elle et Cal s'écarta du mur pour l'aider avant de s'arrêter de lui-même. Il avait l'intuition que s'il montrait le moindre soupçon d'intérêt pour cette femme, Carla et Elaine deviendraient folles. Alors il se força à s'avachir de nouveau contre le mur comme s'il s'en fichait royalement.

Il l'observa poser le plateau sur une petite table basse et verser deux tasses de ce qu'il supposait être du café. Il était si clair qu'il savait sans avoir à le demander qu'il était plein de crème et de sucre et probablement d'autres saveurs. Puis elle prit un autre pichet et versa de l'eau chaude et fumante dans une troisième tasse. Elle prit la soucoupe sur laquelle était posée la tasse et s'approcha de lui pour les lui tendre.

— Infusion à la menthe poivrée, dit-elle presque timidement, sans croiser son regard. Je n'étais pas sûre que vous buviez du café puisque vous êtes Britannique tout ça, alors j'ai pensé que peut-être une bonne tasse de thé vous ferait du bien.

Il sourit à sa tentative d'utiliser du jargon britannique.

— Cela pourrait faire du bien à votre tête également, dit-elle si doucement que Cal l'entendit à peine.

Avant de pouvoir répondre, Elaine dit brusquement :

— Ce sera tout, Juniper. Nous sommes au milieu d'une conversation très importante et privée. Ne nous interromps plus.

Juniper hocha la tête et se tourna immédiatement avant de se diriger vers la porte.

Cal prit une gorgée de thé et soupira de contentement. Avec les années, il avait appris à boire du café noir et bien fort, puisque c'était ce que buvaient ses amis. Mais après avoir fini l'armée, il avait pris l'habitude de se faire plaisir avec un thé anglais après le dîner. Celui-ci faisait du bien.

Une fois de plus, il s'émerveilla de la grande observation et considération de Juniper. Il s'interrogea également sur son histoire. Elle était plus âgée que Carla, mais peut-être pas autant que Cal. Probablement à l'aube de la trentaine. Pourquoi restait-elle ici ? À supporter qu'on lui parle et la traite comme de la merde ?

Il avait davantage de questions sur Juniper qu'il en avait sur le harceleur de Carla... ce qui le fit culpabiliser un peu.

— Bref, comme je le disais, je me suis rendue à la police et ils m'ont dit qu'ils ne pouvaient pas m'aider puisque je n'avais gardé aucun des mots ni cadeaux, dit Carla, tamponnant le mouchoir sur ses yeux secs une fois de plus, tout en reniflant délicatement. En gros, ils m'ont dit qu'une fois que je serai attaquée ou tuée, ils pourraient commencer une enquête.

Cal n'en savait pas beaucoup sur les procédures de la police, mais ça ne lui parut pas correct. Il hocha simplement la tête et prit une autre gorgée de thé.

— Je ne serais pas surprise si un autre *cadeau* était livré demain, dit Elaine. Il semble connaître son emploi du temps et puisqu'elle n'aura pas de shooting photo avant deux jours, il fera livrer tout ce qu'il voudra qu'elle reçoive, pour l'effrayer, ici, à la maison.

— Vous avez des caméras de sécurité ? demanda Cal.

Elaine secoua la tête.

— Vous ne croyez pas que vous devriez ? Le harceleur serait pris la main dans le sac si c'est lui qui délivre les cadeaux, dit Cal, rationnel.

— J'ai discuté avec quelques compagnies, mais soit elles ne sont pas venues, soit elles sont indisponibles pour des mois, répondit Elaine avec un haussement d'épaules.

— Vous pouvez toujours vous rendre dans un magasin d'électronique et choisir celles qui marchent sur batterie. Ou les commander en ligne, elles seraient là un ou deux jours plus tard, insista Cal.

Il voulait voir jusqu'où elles iraient dans leurs excuses. Si lui ou quelqu'un qu'il aimait était victime d'un harceleur, des caméras de sécurité seraient branchées au plus vite.

— Je ne... ne suis pas douée avec l'électronique, dit Elaine avec hésitation et un léger bégaiement.

— Et elles pourraient être piratées, ajouta Carla d'un hochement de tête enthousiaste. De plus, je suis tout le temps devant la caméra et ça ferait l'effet d'une intrusion de les avoir à la maison également.

Cal voulait lever les yeux au ciel. Leurs excuses étaient ridicules et avec tous les mots qui sortaient de leurs bouches, il était de plus en plus convaincu qu'il n'y avait aucun harceleur. Il aurait fait tout ce chemin pour rien.

Il prit une autre gorgée de son thé et ses lèvres eurent un léger tic.

Enfin... peut-être pas pour *rien*.

— Bon. Alors, que voulez-vous que je fasse ? demanda-t-il cash.

— Me protéger, bien entendu, minauda Carla. Rester à mes côtés pour être sûr que ce taré ne pose pas les mains sur moi.

— Pendant combien de temps ?

— Pardon ? demanda-t-elle.

— Pendant combien de temps ? répéta Cal. Sans caméras, il est peu probable que nous puissions attraper cette personne très rapidement. S'il laisse un mot, nous pourrions le dénoncer à la police dans l'espoir d'avoir des empreintes digitales, mais s'il porte des gants, ce serait une impasse... Les mots et les cadeaux pourraient continuer pendant des semaines. Des mois. Combien de temps souhaitez-vous que je reste à vos côtés ?

— Aussi longtemps que ça prendra, répondit Carla, d'un air presque triomphant.

— Je suis certaine que vous trouverez qui la harcèle le plus tôt possible, dit Elaine, de toute évidence un peu plus futée que sa fille et comprenant que Cal désirait une sorte de délai. Nous savons que vous avez votre petite affaire dans le Maine et nous ne voudrions pas interférer dans votre vie trop longtemps. Nous sommes seulement si reconnaissantes que vous soyez venu jusqu'ici pour voir ce que vous pouviez faire. Alors tout le temps que vous pourrez rester sera apprécié.

Il pouvait presque entendre les mots qu'elle ne prononçait *pas*. Elles espéraient qu'il tombe follement amoureux de Carla pendant son séjour et qu'il décide de ne jamais partir. Et il n'avait pas manqué l'allusion à la *petite* affaire à son retour à la maison.

— Quel est votre emploi du temps le matin ?

— En général, je prends mon petit déjeuner aux alentours de onze heures, dit Carla. Puis je vais faire du shopping pour trouver de la lingerie à porter pour un shooting photo que j'ai organisé pour plus tard dans la semaine. Mon agent a dit qu'il avait envoyé les photos à *Playboy* et qu'il y avait une grande chance pour que je sois la Playmate de l'Année.

Cal supposa qu'il était censé en être impressionné... ce qui n'était pas le cas. Pas le moins du monde.

— D'accord, alors nous regrouperons les informations demain, après votre petit déjeuner. Nous verrons si d'autres cadeaux sont déposés et nous verrons pour installer des caméras, au moins au niveau des entrées.

— Attendez... mais... Je ne veux pas de caméras ! dit Carla en faisant la moue.

— Vous voulez qu'on attrape votre harceleur ? demanda Cal.

— Évidemment que je le veux.

— Alors j'installerai des caméras, dit-il fermement.

Carla darda un regard noir.

— Ça m'est égal.

— Tout ira bien, Carla, l'apaisa Elaine. Le Prince Redmon sait, de toute évidence, ce qu'il fait. C'est pour cela qu'il est ici.

— Ne m'appelez pas comme ça, lui dit Cal, les dents serrées.

— Oh, désolée. Bien entendu. Cal, dans ce cas, répondit

Elaine en souriant. Les prénoms sont mieux puisque nous serons ensemble en étroite collaboration.

Voilà. Cal jeta un œil à sa montre. Il n'était pourtant pas encore neuf heures et encore tôt, mais il en avait terminé pour la soirée.

— Je pense que nous en avons terminé pour le moment. Je vous verrai toutes les deux, demain.

Il regrettait au plus profond de lui d'avoir donné son accord pour séjourner dans la maison pendant qu'il tenterait de découvrir l'identité du harceleur de Carla. À l'époque, cela semblait plus facile et il aurait été plus à même de protéger Carla d'un individu qui venait pour lui faire du mal en étant sur place. Mais maintenant qu'il était quasi certain de la raison pour laquelle il était *vraiment* là – parce que Carla Green aspirait à se choper un prince – il ne voulait rien de plus que retourner à sa Rolls et rentrer chez lui.

— Je vais vous montrer où est votre chambre, dit Carla en se levant.

Une fois de plus, Cal se demanda comment elle pouvait bien réussir à ne pas faire émerger ses seins des faibles balconnets de la robe. Elle devait avoir une sorte de scotch double face pour les maintenir en place. Non seulement cela, mais l'ourlet de la robe s'était tellement relevé lorsqu'elle avait été assise, qu'il pouvait presque voir sa culotte.

Cal ne dirait jamais à une femme quoi porter – jamais. Et de toute évidence, elle pensait que la robe était sexy, une opinion que les hommes hétéros partageraient. Mais à ses yeux, elle était juste sordide.

— Pas besoin, répondit-il rapidement. Dites-moi simplement où elle se trouve. Je dois prendre des choses dans ma voiture puis je veux faire le périmètre de la maison et passer un appel ou deux.

Carla fit de nouveau la moue, mais Elaine intervint rapidement :

— Nous vous avons installé dans la chambre bleue. En haut des escaliers, le couloir de gauche, la troisième porte sur la droite. Une salle de bain complète y est attenante. Il y a des serviettes et tout ce dont vous aurez besoin à l'intérieur.

— Merci.

— Je suis juste à la porte d'à côté, si vous avez besoin de quoi que ce soit, l'informa Carla.

Cal pinça les lèvres. Il se trouvait littéralement en enfer.

— D'accord, merci. Je suis sûr que tout ira bien. Nous discuterons demain. Mais, mesdames, nous *retournerons* au poste de police bientôt. Ils sont les seuls capables de trouver qui vous harcèle et pourquoi. Pas moi.

Il vit clairement la frustration dans les yeux des deux femmes, mais il en avait maintenant assez de cette farce. Il avait besoin de dormir ainsi que de paix et de calme. Demain, avec de la chance, quand son crâne ne le ferait plus souffrir, il trouvera quoi faire ensuite. Il devra rester vigilante avec ces deux-là, ça, il en était sûr. Au moins, nous n'étions plus en dix-huit cents ; il avait le sentiment que ni Elaine ni Carla y réfléchiraient à deux fois avant de le piéger dans une sorte de position compromettante et d'insister pour qu'il se marie avec cette dernière.

Cal s'approcha du plateau qui se trouvait toujours sur la table et y déposa sa tasse de thé avant de prendre congé. Il ne vit personne dans les environs tandis qu'il marchait à grands pas vers la porte d'entrée. Il sortit dehors et fit rapidement le tour de la grande maison, se rendant directement à son SUV dans lequel il grimpa, derrière le volant, et reposa son crâne douloureux sur l'appuie-tête. Ce silence bienvenu était le paradis. Les cachets que Juniper lui avait donnés avaient vraiment atténué sa migraine, mais rien ne la ferait partir pour de bon, excepté une bonne nuit de sommeil.

Il remua les épaules et grimaça ; ses muscles étaient hyper tendus et il aurait donné n'importe quoi pour avoir un énorme arbre à couper, là, tout de suite. La douleur datant de l'époque où il avait été retenu prisonnier était toujours là, mais le travail physique qu'il faisait pour Jack's Lumber l'aidait parfois à allonger le tissu cicatriciel et les muscles courbaturés.

Ses mains formèrent des poings et il ouvrit les yeux. La lune était pleine ce soir, lui offrant suffisamment de lumière pour voir les cicatrices sur ses mains et ses doigts. Il ne pouvait pas voir les autres puisqu'il portait des manches longues et des pantalons, comme d'habitude, mais il pouvait les sentir.

Il était un monstre des temps modernes. Ses ravisseurs avaient frappé son visage avec leurs poings, gardant leurs couteaux et leurs autres outils aiguisés pour le reste de son corps. Ils n'avaient même pas épargné son membre ni ses testicules. La douleur avait été incroyablement insupportable – il en avait encore des cauchemars –, mais il ne leur avait pas donné la satisfaction d'entendre un seul hurlement ou gémissement de ses lèvres.

Toutefois, le mal était fait. Carla serait horrifiée si elle voyait son corps. Elle fuirait devant lui de peur, pleurant probablement à chaudes larmes, pas les fausses qu'elle avait tenté de faire couler ce soir. Elle ne voudrait rien avoir à faire avec lui si elle savait à quoi il ressemblait.

Bon sang, peut-être devrait-elle la laisser l'apercevoir accidentellement sans tee-shirt. Cela lui suffirait à supplier Karl pour que Cal s'en aille. Pendant une seconde, Cal y réfléchit sérieusement. Elle se trouvait à la porte tout à côté. Il pouvait laisser la sienne « accidentellement » ouverte quand il l'entendrait se réveiller dans la matinée et la laisser le découvrir, torse nu.

Il y avait des chances pour qu'elle ait déjà concocté un plan pour le surprendre nu de toute manière. Elle ne serait pas la première... Il pourrait simplement la laisser faire à sa guise et il en aurait terminé.

Cal soupira. Non, il ne ferait pas ça. Il était un Redmon. Il menait toujours à bien ses responsabilités. Il avait dit qu'il ferait son possible pour mettre au clair cette situation de harcèlement de Carla Green, même si cela voulait dire découvrir qu'aucun harceleur n'existait. Il ne pouvait pas partir. Pas encore. Pas avant d'avoir la preuve que soit la menace était réelle, soit mère et fille mentaient dans l'espoir de trouver un riche prince.

Prenant une grande inspiration, Cal prit son téléphone portable. Il avait promis de tenir ses amis au courant de ce qui se passait. Il appuya sur le nom de JJ et attendit qu'il réponde.

Jackson Justice – dit JJ – était, dans les faits, leur leader. Il était le plus âgé des quatre et leur entreprise de service d'entretien des arbres avait été nommée selon lui. Il était celui qui avait suggéré de quitter l'armée et de commencer un genre d'affaire pour commencer, et il était la colle qui les maintenait ensemble. Cal confierait sa vie à cet homme et cherchait à avoir son avis sur cette histoire de harceleur tordue.

— Hé, Cal ! Quoi de neuf ? Tout va bien ?

— Pas vraiment.

— Que se passe-t-il ? Parle-moi, dit JJ d'un ton posé, l'une des cent raisons pour laquelle Cal l'appréciait et le respectait.

Il raconta à son ami et ancien chef d'équipe tout ce qui s'était passé depuis son arrivée. Le fait qu'il ne pensait pas du tout qu'il y avait un harceleur, la réticence des Green à mettre des caméras... Il décrivit même les tentatives manifestes de Carla de flirter ainsi que sa robe ridiculement décolletée. Il n'oublia rien. Pas même les cachets ni le thé que la mystérieuse Juniper lui avait donnés.

Quand il eut terminé, il attendit que JJ dise quelque chose et comme il ne le fit pas, Cal se fit soucieux.

— JJ ?

— Je suis là.

— Alors ? Qu'en penses-tu ?

— J'en pense que Chappy va être content de pouvoir passer la bague au doigt de Carlise plus tôt que prévu.

— Quoi ? demanda Cal, confus. Qu'est-ce que ça a à voir avec tout le reste ? Je lui ai dit que je prévoirai un weekend de congé pour le mariage. Qu'il n'aura pas à attendre si ça tournait en voyage prolongé.

— Je sais ce que tu lui as dit, mais je connais aussi Chappy. Il ne voudra pas que tu conduises tout ce chemin pour rentrer, aller au mariage et à la réception puis t'en aller et refaire tout le chemin retour jusque DC, surtout avec cette merde qui te ravage le corps. Il veut attendre jusqu'à ce que tu sois rentré pour de bon à la maison.

— C'est ridicule. Je peux prendre l'avion. Ça ne poserait pas un gros problème, marmonna Cal, mais au fond de lui, il savait que JJ avait raison.

Chappy était un protecteur de tout instant. Il ne ferait rien qui ferait stresser Cal ou le gênerait. Même si cela voulait dire patienter pour se marier avec l'amour de sa vie.

— Donc en gros, tu penses qu'elles mentent et qu'elles espèrent que ses seins magiques vont te conquérir d'une façon ou d'une autre et que tu lui demanderas de t'épouser et qu'elle deviendra une princesse, résuma JJ sans prendre sa respiration. C'est ça ?

— Ouais.

— Alors pourquoi ne rentres-tu pas demain ? demanda-t-il.

Cal soupira.

— Et si je me trompe ? Et s'il y a *réellement* un harceleur et que quand je partirai, il frappe, blesse Carla… ou pire ? Je ne pourrais pas vivre avec ça.

— D'accord. Alors tu vas rester jusqu'à ce que tu en sois sûr.

— Même si je n'en ai pas envie, oui, admit Cal.

Une autre longue pause passa…

— Et avec cette petite Juniper ?

— Je ne sais pas, dit-il, sentant son cœur accélérer rien qu'en pensant à cette autre femme.

— Que te dit ton instinct ?

JJ adorait demander ça. Il le faisait tout le temps quand ils étaient militaires. Ils se fiaient davantage à leurs tripes, principe qui aurait mis leurs supérieurs mal à l'aise. Et puisque cette dernière mission avait fini sur une note si amère et que JJ avait admis qu'il avait ignoré ses propres doutes, il avait fait le vœu de ne plus jamais recommencer.

Bien que leurs tripes ne doivent plus choisir entre la vie et la mort, mais plutôt la direction dans laquelle un arbre pourrait tomber lorsqu'il serait coupé ou celui qui devrait guider tels groupes sur le Sentier des Appalaches, il sollicitait constamment les avis des autres. Cal n'était pas surpris qu'il le fasse maintenant.

— Que j'ai besoin de lui parler. Découvrir ce qu'elle sait, en tout cas. Pourquoi elle est là. Pourquoi elle tolère ces deux garces. Comment elle a su que j'avais une migraine.

— Alors, reste jusqu'à ce que tu trouves ces réponses, répondit simplement JJ. Sur le harceleur, Juniper, tout. Et quand tu auras fini, reviens à la maison, la conscience tranquille.

— D'accord.

— Je prévois que tu seras à la maison d'ici samedi.

Cal ricana.

— On est dimanche, rappela-t-il à son ami. Ça ne fait même pas une semaine à compter de maintenant.

— Je sais, répondit JJ sans un soupçon d'humour. Tu es doué, Cal, vraiment doué. Tu feras la lumière sur ce qui se passe en un rien de temps. Bon sang, je pense que tu l'as déjà faite, mais tu as juste besoin de plus de preuves. Et je suppose qu'avec le sens de l'observation que semble avoir cette Juniper, elle aura certainement plein d'infos pour toi. Tu sais mieux que la plupart comment les choses marchent. Les gens discutent près du personnel et n'y réfléchissent pas. Je parie qu'elle, ainsi que les autres personnes qui travaillent dans cette maison savent tout des projets de Carla et sa mère. Tu peux être séduisant quand tu le veux, Cal. Oriente ce charme dans la direction de Juniper et découvre ce que tu dois savoir. Ensuite, reviens à la maison que Chappy puisse se marier.

— Tu veux juste que je revienne bosser dans les temps, plaisanta Cal.

JJ ricana.

— Peu importe. Tu sais que nous pouvons gérer les choses sans toi. Mais à ce propos, April me rend dingue. Elle n'aime pas quand toutes ses poules ne sont pas dans le poulailler.

Cal sourit. April Hoffman était leur assistance administrative à Jack's Lumber. Plus que ça, elle était comme une sœur pour eux, même si elle agissait comme leur mère. Elle s'inquiétait, rôdait et les mettait généralement tous en garde. Elle gérait leur entreprise comme si elle avait fait ça toute sa vie et Cal ne savait pas ce qu'ils feraient sans elle.

Il se passait également quelque chose entre elle et JJ... mais personne ne savait quoi. Ils se comportaient comme s'ils s'agaçaient mutuellement, mais quand l'un d'entre eux ne regardait pas, ils ne pouvaient détourner le regard l'un de l'autre. Cal ne savait pas ce qui retenait JJ ; normalement, il n'était pas du genre à ne pas faire ce qu'il voulait. Mais Cal avait le sentiment que lorsque JJ ferait le premier pas, April ne saurait pas ce qui lui arriverait.

— D'accord. Eh bien, nous verrons, dit Cal à son ami.

— Tiens-moi au courant. J'en parlerai aux autres, leur dirai ce qu'il y a de nouveau. Si tu as besoin de quoi que ce soit et je dis bien *quoi que ce soit*, tu appelles. Compris ?

Son ton était devenu ferme et Cal ferma les yeux, reconnaissant. JJ et les autres couvriraient toujours ses arrières et ça faisait du bien. Il pouvait se trouver seul à DC, mais ils seraient sur place en quelques heures s'il avait besoin d'eux.

— Ouais. Merci.

— Va dormir un peu. Mais reste sur tes gardes. Ça ne m'étonnerait pas qu'une femme comme Carla te drogue et finisse enceinte.

Cal frissonna.

— Ça n'arrivera pas.

— Bien. Comme je l'ai dit, fais gaffe. On se reparle plus tard.

— À plus, dit Cal avant de raccrocher.

Il regarda fixement la maison et soupira. Il souhaitait vraiment faire le tour de la propriété, prendre ses repères, voir s'il y avait le moindre endroit où quelqu'un pouvait se faufiler jusqu'à la maison et repérer le meilleur endroit pour mettre des caméras. Il avait le sentiment que les Green ne voulaient pas des caméras de sécurité, car tout ce qu'elles filmeraient, ce serait Carla ou Elaine en train de placer les *cadeaux* qu'on leur offrait...

Mais une fois de plus, jusqu'à ce qu'il en apporte la preuve, il devait opérer comme si la menace était réelle.

Prenant une grande inspiration, Cal sortit de son SUV et ouvrit la portière arrière pour prendre son sac en toile. Il le porta jusqu'à la maison et le posa à côté de la porte d'entrée. Il le reprendrait lorsqu'il se sentirait prêt à retourner à l'intérieur. Puis il se tourna et commença à marcher autour de la maison. Plus tôt il aurait effectué une reconnaissance des lieux, plus tôt il pourrait aller dormir un peu.

CHAPITRE TROIS

June avait constamment en tête leur invité. Elle était épuisée, mais là, rien de nouveau. Après avoir débarrassé le dîner et fait une liste de ce qu'il lui fallait acheter au magasin demain, elle sortit dehors, à l'un de ses endroits préférés au monde.

Il faisait froid, mais cela ne la dérangeait pas. Se retrouver dehors, à l'air frais, seule avec ses pensées, loin d'Elaine et Carla – qui pourraient bien lui hurler dessus pour qu'elle leur rapporte quelque chose – c'était le paradis.

Elle était assise sur la vieille balançoire que son père avait montée quand elle avait environ huit ans, se poussant avec lenteur, se balançant doucement par cette soirée éclairée par la lune.

Entendant un bruit sur sa gauche, June tourna la tête et vit une forme faire le tour de l'arrière de la maison. Elle se tendit un moment, se disant que Carla n'avait peut-être pas menti après tout et qu'elle avait *réellement* un harceleur, mais ensuite, elle reconnut la silhouette.

Cal.

L'arrivée de l'homme l'avait irritée, à cause de tout le travail supplémentaire que cela engendrait pour elle… jusqu'à ce qu'il arrive pour de bon. Même avant que Carla n'avoue ses plans plus tôt ce soir-là, dans la cuisine, June avait surpris les divagations excitées de sa demi-sœur auprès de sa mère, sur la façon dont elle allait rendre un vrai prince fou amoureux d'elle, afin qu'elle puisse être une princesse.

Elle avait à moitié espéré que Carla se marie pour de bon avec cet homme, car alors, elle et sa mère déménageraient probablement pour aller vivre dans une espèce de château ou autre, laissant June dans sa bienaimée demeure familiale.

Mais à la seconde où elle avait posé les yeux sur Cal Redmon, June avait eu le sentiment que le futur qu'elle espérait ne verrait pas le jour. Première raison : il avait l'air tout sauf débordant d'amour et de désir pour Carla. Deuxième raison : elle n'avait pu s'empêcher de voir les expressions de son visage, pleines de doute évident, quand il était fait mention du harceleur de Carla.

Elle était soulagée que cet homme ne soit pas aussi stupide que sa belle-famille l'avait espéré. Mais son scepticisme signifiait qu'il partirait probablement bientôt et que June allait devoir finir par passer à l'action.

Elle pensait avoir en réalité suffisamment d'argent mis de côté pour quitter DC. Elle n'avait jamais vécu ailleurs et voyait la ville comme une épaisse attache rivée à son père. Et l'idée de laisser la maison à Elaine et Carla demeurait extrêmement répugnante.

Mais il était temps.

Elle n'avait été rien d'autre qu'une main-d'œuvre non rémunérée depuis la mort de son père. Dénigrée. Regardée de haut. Et elle en avait assez. Il était temps que sa vie commence. Elaine et Carla pouvaient se débrouiller seules ; son père comprendrait. Il serait sans doute contrarié qu'elle soit restée si longtemps.

Arrêtant doucement sa balançoire, June observa Cal faire lentement le périmètre entier de la maison. Il examinait les fenêtres, la porte à l'arrière, celle sur le côté, les arbres... il ne laissa rien qui ne soit pas minutieusement scruté. Il disparut de l'autre côté de la maison, vers l'avant, et June libéra son souffle qu'elle avait retenu sans s'en rendre compte.

Elle ne savait pas vraiment pourquoi l'homme la mettait mal à l'aise. Ce n'était pas qu'elle avait peur de lui. Il semblait juste... hors du commun, malgré son attitude calme en apparence. Il avait vu et fait tant de choses qu'elle se sentait comme une péquenaude en comparaison. Elle n'avait été nulle part. Avait vécu ses trente-deux années dans cette maison, sur cette propriété. Et avait été une carpette pour sa belle-mère et sa demi-sœur pendant presque la moitié. Elle était timide, absolument dénuée de courage et elle se détestait de ne pas avoir la force de briser cette emprise anormale qu'elles avaient sur elle.

À sa surprise, Cal réapparut de l'autre côté de la maison, mais au lieu de continuer à examiner la structure, il semblait marcher directement vers *elle*.

June se croyait cachée dans les ombres. Que même avec les branches encore vierges de feuilles, il avait été impossible qu'il la voie dans l'obscurité, à travers l'épais bosquet.

Mais ce qu'elle avait supposé plus tôt se révélait juste : il ne passait pas à côté de grand-chose.

Cal marcha à grands pas jusqu'à l'un des gros arbres à la périphérie du bosquet et s'appuya dessus. Il ne dit rien, ce qui la troubla.

Elle voulait dire quelque chose de spirituel, de sage, mais absolument rien ne lui vint à l'esprit. Elle n'était pas douée pour les situations sociales.

Au bout d'un long moment, il brisa le silence.

— Je suis Cal.

— Je sais, répondit June.

Ses lèvres se contractèrent.

— Vous êtes Juniper ?

— June, dit-elle sans attendre. Je vous en prie, appelez-moi June. Elaine et Carla m'appellent Juniper et je déteste ça.

Il cligna des yeux sous la surprise.

— Très bien. June. Comment avez-vous su ?

Elle fronça les sourcils et resta sur la balançoire, levant les yeux vers lui.

— Su quoi ?

— Que j'avais une migraine.

June se détendit. Pendant une seconde, elle avait cru qu'il parlait du harceleur imaginaire de Carla.

— Vous plissiez des yeux et à chaque fois qu'il y avait un bruit, vous détourniez la tête.

Cal la hocha.

— Merci pour les comprimés.

— Ont-ils aidé ? demanda-t-elle avec douceur.

— À ma surprise, oui. Tout comme le thé. Merci à vous.

Pendant un moment, June se sentit perplexe. À quand remontait la dernière fois où quelqu'un l'avait vraiment *remerciée* ? Elle n'en avait aucune idée... Ce qui était triste et amenait une raison de plus de sortir de cette fichue ville.

— De rien.

— Il fait froid dehors.

Elle haussa les épaules.

— Ce n'est pas si désagréable. J'aime bien ici.

Il la fixa si longtemps que June commençait à se sentir mal à l'aise. Comme s'il pouvait voir en elle. Voir toutes ses peurs, ses frustrations et ses peines.

— Ne devriez-vous pas rentrer chez vous ? demanda-t-il au bout d'un moment.

Ce fut au tour de June de cligner des yeux sous la surprise. Le sentiment étrange qu'elle avait déjà rencontré cet homme auparavant, que, d'une certaine façon, ils se connaissaient déjà, était si fort qu'elle fut en réalité surprise de réaliser qu'il n'avait aucune idée de qui elle était.

— Je *suis* chez moi. Je vis ici.

— Oh, dit-il, le front légèrement plissé. Je suis plutôt surpris que les Green aient embauché une gouvernante pour qu'elle vive sur place.

June comprit soudain qu'il allait à la pêche aux informations.

Peut-être parce qu'il faisait noir... Peut-être parce qu'elle se sentait attirée par cet homme... Ou peut-être parce qu'elle était finalement prête à avancer dans sa vie. Peu importait la raison, elle en avait assez de tourner autour du pot quant à ce qu'elle représentait pour Carla et Elaine.

— Elaine a épousé mon père quand j'avais quatorze ans, dit-elle avec calme. Carla est ma demi-sœur. Ceci était ma maison – la mienne et celle de mon père – avant qu'elle ne devienne la leur. J'ai vécu ici toute ma vie. Et elles n'ont pas engagé de gouvernante pour qu'elle vive ici. Engager quelqu'un, ça insinuerait de devoir le payer. On n'attend pas seulement de moi que je nettoie la maison, mais aussi que je cuisine, fasse toutes les courses, le linge, que je m'occupe des chiens et des petites réparations... et tout ça gratuitement.

Elle était presque à bout de souffle lorsqu'elle eut terminé de parler et elle regretta immédiatement d'avoir été si honnête. Elle ne connaissait pas cet homme. Il pouvait retourner à l'intérieur et raconter à Elaine ce qu'elle avait dit et ensuite, elle et Carla seraient encore plus insupportables qu'elles ne l'étaient déjà. Si elle pensait avoir la vie dure, ce ne serait rien après ce qu'Elaine lui ferait vivre après s'être autant confiée au prince.

June n'était pas certaine de la réaction de Cal quant à son emportement, mais elle ne s'attendait pas à ce qu'il s'écarte mollement de l'arbre, marche vers elle, désigne la balançoire de la tête et lui demande :

— Puis-je vous pousser ?

Abasourdie, June ne put que hocher la tête.

Cal tira vers l'arrière les cordes au niveau des épaules de

June puis la poussa, avec douceur. Fermant les yeux, elle pouvait presque prétendre qu'elle avait de nouveau dix ans et que son père se trouvait derrière elle... la dernière personne qui l'avait poussée sur cette balançoire.

Il faisait vraiment trop froid dehors mais la sensation de la main de Cal dans son dos à chaque fois qu'elle se balançait était trop inhabituelle et trop réconfortante pour l'échanger contre un endroit au chaud.

Plusieurs minutes passèrent en silence, tandis qu'il la poussait. Plus il resta sans faire de commentaire sur ce qu'elle avait dit, plus June se faisait soucieuse. Pour une fois dans sa vie, elle avait été complètement honnête, mais elle ne voulait pas que cet homme pense qu'elle était une vraie idiote. Qui aurait envie de rester là et d'être traitée comme un chien gratuitement ?

Finalement, elle ne put supporter le calme plus longtemps.

— Quand mon père est mort, j'étais dévastée. Pendant un moment, Elaine m'a vraiment traitée avec gentillesse. J'avais quinze ans, j'étais encore au lycée et elle venait à mes activités extrascolaires et prétendait s'intéresser à moi en général. Mais quand j'ai reçu mon diplôme, elle a réussi à me convaincre de rester à la maison et de donner un coup de main avec Carla. J'ai fini par faire le ménage, ce qui m'a amenée à faire la cuisine puis à leur servir de chauffeur... à tout faire, en gros. Je voulais aller à l'université, mais n'ai jamais réussi à parler à qui que ce soit de mes options. Elaine faisait en sorte que je sois occupée. Et ça me faisait du bien d'aider. Mon père adorait cette maison. Je lui ai promis de m'en occuper, de ne jamais la vendre. Il me l'a léguée, vous voyez...

Elle se fit silencieuse, se sentant ridicule à nouveau. Pourquoi en racontait-elle autant à un parfait *étranger* ? Elle se pinça les lèvres.

— Qu'est-il arrivé ?

Posant les pieds au sol afin d'arrêter le balancement, June se tordit légèrement pour pouvoir voir son visage.

— Comment savez-vous que quelque chose est arrivé ? lui demanda-t-elle.

Cal rit légèrement, mais d'une façon qui ne parut pas humoristique.

— Je n'ai passé que quelques heures avec votre belle-famille et il est évident qu'elles mentent, trompent et volent pour obtenir ce qu'elles veulent.

June le fixa un long moment, immensément soulagée qu'il ne tombe pas sous leur charme exagéré.

— J'ai été stupide, finit-elle par admettre. Elaine est venue à moi avec un paquet de papiers et m'a dit qu'ils venaient de l'avocat. Un truc concernant la succession de mon père. Je venais juste d'avoir dix-huit ans et puisque j'étais légalement une adulte, je devais les signer afin de toucher mon héritage. J'ai signé ces papiers sans les lire. Je lui ai fait confiance... et elle a tout obtenu. La maison, l'argent de l'assurance-vie, tout. J'ai légalement renoncé par inadvertance à tout ce pour quoi mon père avait tant travaillé.

— Quelle garce, marmonna Cal dans sa barbe.

June pouffa, surprise, puis sourit.

— Ouais...

Cal l'étudia un long moment. Suffisamment longtemps pour que June se sente de nouveau mal à l'aise. Cela n'aidait pas qu'il soit debout et qu'elle soit toujours assise sur la balançoire. Il la dominait. Elle devrait se lever, les mettre davantage sur un pied d'égalité, mais pour une raison obscure, elle resta là où elle était. Sa tête se pencha en arrière tandis qu'elle l'observait.

— Vous êtes restée, dit-il d'un ton que June ne put interpréter.

Elle haussa les épaules.

— Je n'avais nulle part où aller. Je n'avais pas d'argent et j'avais fait une promesse à mon père.

— Quel âge avez-vous ?

Curieusement, June se sentit rougir.

— Trente-deux, admit-elle d'une petite voix.

— Dix-sept ans..., dit-il davantage pour lui-même que pour elle.

— Oui, confirma-t-elle. Bien trop longtemps. Mais je m'en vais, ajouta-t-elle rapidement, l'admettant à haute voix pour la première fois. J'en ai assez. Je les ai trop laissées profiter de moi et même si je l'ai promis à mon père, je ne peux plus continuer.

— Votre loyauté me stupéfait. C'est impressionnant. Je n'ai vu ce genre de fidélité que de rares fois dans ma vie.

June ne pouvait lire en lui. N'était pas sûre de le vouloir.

— C'est plus de la stupidité, marmonna-t-elle.

À sa surprise, Cal se déplaça jusqu'à se trouver en face d'elle et s'accroupit. Ils étaient au même niveau désormais et elle ne put détourner son regard de son visage. Elle ne pouvait discerner ses traits sous le clair de lune. Il ne l'avait pas touchée, mais elle jura qu'elle pouvait sentir la chaleur émaner du corps de Cal et s'infiltrer dans sa peau.

— Où irez-vous ?

— Je ne l'ai pas encore décidé, avoua-t-elle, posant les mains sur les cordes pour s'empêcher de faire quelque chose de stupide... comme les tendre vers cet homme.

— Hmm..., réagit-il, un son qui était provenu du plus profond de sa poitrine et étrangement, cela la fit rougir à nouveau. Il se fait tard. Vous devez sans doute vous lever tôt, dit-il au bout d'un certain temps.

June acquiesça.

— Pas aussi tôt que vous le pensez. Elaine et Carla ne sont pas du matin. Mais j'ai tout de même besoin d'aller au magasin, acheter quelques bricoles. Y a-t-il quelque chose que vous aimez ? Une sorte de thé en particulier ? Vous avez grandi au Royaume-Uni, n'est-ce pas ? Je suis sûre qu'il y a un truc que vous préférez et je peux vous obtenir tout ce que vous voulez.

— Vous êtes au courant pour moi ?

June l'observa, son esprit en plein tourbillon, essayant de trouver quoi dire. Elle finit par se montrer honnête.

— Un peu. Quand Carla et Elaine ont commencé à évoquer votre venue, je voulais en apprendre plus sur vous.

Elle repéra sa légère grimace et se hâta d'ajouter :

— Je n'ai lu que votre page Wikipédia. Je sais juste l'essentiel. Je n'ai pas regardé les photos ou les vidéos de quand vous avez été capturé. Je sais que vous avez grandi en Angleterre, que vous êtes bilingue Anglais et Allemand et qu'il est peu probable que vous soyez roi, car trop de gens se trouvent avant vous. Vous vivez dans le Maine et possédez votre propre entreprise avec vos amis, qui sont également des prisonniers de guerre.

June se força à se taire. Elle avait vomi ses mots et elle se sentait embarrassée. Se mordant la lèvre, elle attendit qu'il se lève et parte en trombe. Elle n'aimerait pas que des gens fouinent dans sa vie alors pourquoi serait-il différent ?

Mais il la surprit en restant là où il était. Son regard était intense et elle ne parvenait absolument pas à deviner à quoi il pensait.

— C'est un assez bon résumé. Ce que n'a *pas* dit l'article, c'est à quel point j'adore le Maine. C'est l'isolement, le travail physique en bossant sur les arbres, en randonnant sur le Sentier des Appalaches, dit-il avant d'attraper l'une des cordes juste sous la main gauche de June. Je ne vais pas épouser votre demi-sœur, June. Ni ne suis qualifié pour être ici. Je ne suis pas détective privé, je ne suis pas flic. Oui, je peux tirer avec une arme, mais c'est le maximum de mes aptitudes quand il est question d'être garde du corps. Je ne suis ici que parce que mon cousin Karl a vu les nichons de Carla et que ça l'a rendu dingue, qu'il a supplié mes parents de me demander de venir ici pour s'assurer qu'elle va bien.

Elle aboya un rire surpris à ses paroles.

— Karl et Carla…, ricana-t-elle.

Les lèvres de Cal tressautèrent.

— Ouais, c'est ridicule.

— Elle a vraiment de beaux seins, songea-t-elle avant de secouer la tête.

Purée, elle se comportait comme une ringarde ! Comme toujours.

Mais Cal se contenta de hausser les épaules.

June le regarda fixement, mais brièvement.

— Alors... vous partez ?

— Est-ce qu'elle est vraiment harcelée ? Ou était-ce une ruse pour que je vienne ici afin qu'elle puisse me mettre le grappin dessus et devenir une princesse ?

June ne savait pas trop quoi dire. Il y avait toujours la possibilité que Carla soit harcelée ; elle était *vraiment* jolie et sur le devant de la scène, grâce à sa carrière de mannequin et ses ambitions de devenir aussi connues que les Kardashian.

— Elles vous traitent comme une moins que rien et pourtant, vous *demeurez* loyale, dit Cal en secouant légèrement la tête. Une sur un million... Attends que je dise ça à Chappy, il va être mort de rire.

June ignorait qui était Chappy, mais elle n'aimait pas le fait que cet homme pense qu'elle était loyale envers Carla, qui mentait probablement comme elle respirait.

— Je n'ai vu aucune preuve d'un harceleur, mais ça ne veut pas dire qu'il n'existe pas. Et du peu que j'en *sais*, je dirais plutôt qu'elle veut devenir une princesse. Elle prévoit de venir accidentellement dans votre chambre à votre sortie de douche, continua-t-elle. Elle a dit qu'elle voulait voir votre pénis. Elle m'a demandé de placer une petite serviette dans votre salle de bain au lieu d'une grande. Elle m'a aussi demandé d'asperger vos draps avec son parfum, en pensant que ça vous ferait penser à elle pendant que vous dormirez et... je ne sais pas... que vous deviendriez inconsciemment attiré par elle ou autre ? raconta-t-elle avant de faire une grimace. Il y a un placard à linge dans le couloir, juste à côté de votre chambre. Il y a des draps et des serviettes propres dedans. Oh et le verrou de votre chambre est cassé, mais celui de la salle de bain fonctionne encore.

Comme Cal ne dit rien, ne continuant qu'à la fixer de son intense regard, elle ajouta sans conviction :

— La chambre que vous utiliserez était la mienne. Mais Elaine a décidé de la transformer en chambre d'invité.

Cela lui provoqua une réaction : Cal fronça les sourcils et laissa échapper un petit grognement.

June avait toujours trouvé que les auteurs de livres de romance qu'elle aimait lire étaient ridicules lorsqu'ils faisaient grogner constamment leurs héros... Mais elle comprenait aujourd'hui. Une chair de poule apparut sur ses bras.

— Et où dormez-vous aujourd'hui ? demanda-t-il. Et si vous me répondez dans le grenier, je ne vais pas en être ravi.

June afficha un air soucieux.

— Je suis au sous-sol, admit-elle d'une petite voix.

Cal soupira et contempla le ciel comme s'il essayait de se calmer.

— Ce n'est pas si mal. Parfois je dors dans le salon l'hiver, quand il fait vraiment froid. Et c'est agréable et frais là-bas l'été alors c'est un avantage.

— Très bien, dit-il avec sarcasme.

Ils se regardèrent pendant un autre instant avant que Cal ne se lève brutalement. Il tendit la main.

— Venez, il fait froid dehors et vous devez être fatiguée.

June fixa sa main puis leva les yeux vers son visage.

— Faites attention, murmura-t-elle. Carla peut être impitoyable quand elle veut quelque chose et elle s'est mis en tête d'être une princesse. Elle fera de ma vie un enfer juste pour vous avoir parlé.

— Je n'ai pas l'intention de la laisser me prendre dans ses

griffes, répondit calmement Cal avant de remuer les doigts. Venez June, permettez-moi de vous escorter jusqu'à l'intérieur.

De mémoire récente, personne ne s'était inquiété de son bien-être ni ne s'était demandé si elle était fatiguée ou si elle avait froid. Elle glissa les doigts dans la main de Cal, grande et chaude. Il l'aida à se lever et ne la lâcha pas avant de se tourner et de se diriger vers la porte qui menait à la cuisine, sur le côté de la maison. Il les conduisit jusqu'à la pièce chauffée puis referma et verrouilla la porte derrière eux.

Puis il se tourna vers elle et lui prit l'autre main. June ne pouvait rien faire d'autre que rester là et se perdre dans ses yeux.

— Que pensez-vous de l'hiver ?

Elle fronça les sourcils en réaction à sa surprenante question.

— Euh... j'aime bien ?

Les lèvres de Cal tressaillirent.

— Je suppose que vous ne détestez pas le froid étant donné que vous étiez assise sur cette balançoire là-dehors.

Elle secoua la tête.

— Non, je ne déteste pas le froid. Il y a quelque chose de si paisible et de beau dans ce monde, lorsque la neige recouvre tout.

Cal hocha la tête.

Puisqu'il resta calme pendant un moment, June ne put s'empêcher de saisir l'occasion de l'étudier. Les lumières du plafond de la cuisine étaient éteintes, mais elle laissait toujours allumée celle au-dessus de la cuisinière, juste au cas où Elaine ou Carla voudraient quelque chose au milieu de la nuit. Alors elle pouvait bien mieux le voir, maintenant qu'ils se trouvaient à l'intérieur. Ses cheveux noirs étaient un peu longs, il avait une très légère barbe et ses lèvres étaient bien trop pulpeuses pour appartenir à un homme, mais elles ne rebutaient pas le moins du monde.

Son nez était de travers et une partie de son oreille manquait, tout comme Carla l'avait mentionné. June savait que cela venait de son temps passé en tant que prisonnier de guerre. Son visage n'avait aucune cicatrice, mais elle pouvait en apercevoir quelques vilaines dépasser du col de son tee-shirt. Les voir lui faisait mal... autant que ça la mettait en colère. Personne n'avait le droit de faire ça à un autre être humain.

— En général, je me lève tôt. Est-ce que cela posera problème ? finit-il par demander, l'extirpant de ses rêveries.

— Pas du tout. Qu'aimeriez-vous pour le petit déjeuner ?

— N'importe quoi.

June fronça les sourcils et demanda à nouveau, d'une manière un peu énergique :

— Qu'aimeriez-vous pour le petit déjeuner, Cal ?

À sa surprise, il fit un grand sourire. Dès qu'elle dérapait et usait de ce ton avec sa belle-mère, elle le payait.

— Un petit déjeuner anglais ? demanda-t-il, son sourire élargi.

— Œufs sur le plat, saucisses, bacon, tomates, champignons et toast ? Je ne fais pas de boudin noir, désolée. C'est dégueu.

Il se mit à rire.

— Pourquoi ne suis-je pas surpris que vous sachiez ce qu'est un petit déjeuner anglais ?

June lui retourna son sourire.

— Je lis beaucoup. Est-ce que le thé à la menthe poivrée convient ? Je crois que c'est tout ce que nous avons jusqu'à ce que j'aille au magasin. Je peux ramener du thé noir ou un autre arôme si vous voulez, pendant que j'y serai.

— Menthe poivrée, c'est parfait. J'ai le sentiment que je vais avoir besoin de quelque chose pour maintenir mon mal de tête le plus loin possible pendant que je serai ici.

June hocha la tête, parfaitement consciente qu'il avait toujours sa main dans la sienne.

— Trois jours je pense, dit-il.

June fronça les sourcils.

— Pour quoi ?

— Pour que j'obtienne la preuve dont j'ai besoin que votre belle-famille raconte des conneries.

— Oh, répondit June, tentant vraiment avec peine de dissimuler la déception dans sa voix.

— Vous étiez-vous donné une date pour votre départ ? demanda-t-il.

Clignant des yeux sous la surprise, June ne put que faire non de la tête.

— Newton est une ville agréable. Petite, mais paisible. Mes potes sont de bons gars et je suis sûr qu'il y a un appartement à louer quelque part. Chappy va bientôt se marier et sa fiancée, Carlise, est sympa. Je ne la connais pas encore très bien, mais elle ferait n'importe quoi pour Chappy et c'est ce qui compte pour moi.

— Euh... C'est... bien ? répondit June, complètement confuse.

Cal lui fit un petit sourire.

— Pensez-y.

— À quoi ?

— À venir avec moi. Dans le Maine.

June en fut bouche bée, stupéfaite.

Puis Cal la choqua davantage en se penchant plus près et en embrassant l'une de ses joues avant d'effleurer l'autre avec ses lèvres. Il continuait de sourire quand il s'écarta et qu'il lui pressa les mains.

— C'est la manière anglaise de saluer quelqu'un, dit-il. Ou de dire « à plus tard ». Dormez bien, June.

Puis il se tourna et sortit de la cuisine, probablement pour monter dans sa chambre.

June resta collée au milieu de la cuisine et fixait l'embrasure de la porte par laquelle il avait disparu.

Elle porta une main à sa joue et resta ainsi pendant un long moment. Puis elle soupira, secoua la tête et se rendit à la porte du sous-sol. Il ferait froid en bas, mais si Carla rôdait dans le coin pour essayer de surprendre leur invité nu, June ne voulait pas être surprise à dormir dans le salon.

Après s'être brossé les dents et s'être changée pour enfiler un survêtement, June s'allongea sur le matelas bosselé du vieux canapé-lit et son regard se perdit dans le noir.

Aller dans le Maine ? Elle ne pouvait pas, si ? Effectivement, elle avait pris la décision de partir, mais elle n'était pas encore prête.

Mais là encore... pourquoi pas ? Cela faisait dix-sept ans et ce n'était pas comme si Elaine ou Carla allaient changer. En fait, si Cal s'en allait après seulement trois jours, il y avait des chances pour que leur comportement devienne bien pire.

Oui, elle avait un peu d'argent mais était-ce assez pour payer un moyen de transport vers l'endroit où elle irait, l'hébergement et la nourriture jusqu'à ce qu'elle trouve un boulot ? Peut-être. Mais si elle voyageait avec Cal et n'avait pas à payer pour l'avion ou un ticket de bus, ce serait de l'argent qu'elle pourrait économiser. Elle n'avait pas songé à aller dans le Maine, mais pourquoi ne le pourrait-elle pas ?

Cal avait demandé si elle aimait l'hiver et elle avait été honnête. Elle aimait. Le froid l'aidait à se sentir vivante. De plus, avoir des formes comme les siennes rendait les étés chauds presque insupportables. La sueur sur les cuisses et les seins n'avait rien d'amusant alors que si elle avait froid, elle pouvait toujours enfiler des vêtements supplémentaires. Si elle avait chaud, il n'y avait pas grand-chose à retirer.

Était-elle assez courageuse pour partir avec Cal ?

Elle n'en était pas sûre... Et cela énerverait clairement Elaine et Carla si elle le faisait.

Tandis que ses pensées allaient et venaient, elle réalisa qu'il était drôle qu'elle n'ait pas pensé à lui en tant que prince maintenant qu'elle lui avait parlé en tête-à-tête. Il était tellement plus que quelques paragraphes évoqués sur Internet. Elle l'aimait bien. Probablement plus qu'elle n'était censée le faire.

Elle serait stupide – enfin, plus stupide qu'elle ne se sentait déjà pour avoir permis d'être traitée comme une moins que rien pendant dix-sept ans – de ne *pas* accepter son offre.

Pour la première fois depuis des lustres, un sentiment d'euphorie jaillit en June.

En fait, elle allait vraiment le faire. Sortir. Partir. Les souvenirs de son père et de leurs bons moments seraient toujours avec elle. Elle n'avait pas besoin de vivre dans leur maison pour les chérir. Elle avait peut-être mis trop de temps à réaliser qu'elle méritait plus que d'être une servante non payée pour sa belle-famille, mais elle allait saisir la main qu'on lui tendait.

La liberté avait fini par être à sa portée et June ne pouvait pas être plus excitée. Mais elle devait tempérer ce sentiment. S'assurer que Carla et Elaine n'aient aucune idée que quelque chose se tramait. Car si elles savaient qu'elle prévoyait de partir – avec leur prince en plus – elles feraient tout leur possible pour l'en empêcher. June n'en avait aucun doute.

Elaine avait prouvé à quel point elle était fourbe et immorale en volant l'héritage de June sous son nez. Cette dernière avait été idiote de lui avoir fait confiance. Elle n'avait pas consulté un avocat après avoir compris ce qui était arrivé, car elle n'avait pas d'argent et elle avait le sentiment qu'Elaine allait s'arranger pour que tout tourne à son avantage. June n'avait pu que se réconforter en restant. Elle ne possédait peut-être pas la maison, mais elle y vivait toujours, tout comme son père l'avait souhaité.

Mais trop, c'était trop. June s'en allait. Rien ne pourrait l'arrêter. *Rien*.

CHAPITRE QUATRE

Deux jours plus tard, Cal était absolument certain que Carla avait inventé son histoire de harceleur pour l'appâter jusqu'à DC afin qu'elle puisse prendre au piège un prince.

Cal était habituée aux femmes manipulatrices, mais Carla et Elaine détenaient la palme ! Même lui, les avait sous-estimées. Jusqu'à ce qu'il appelle une de ses connaissances, un ancien marine qui avait des compétences en informatique, qui avait été capable de pirater l'ordinateur de Carla et d'obtenir quelques vidéos des discussions de cette femme avec Karl.

Il allait avoir une sérieuse conversation avec son cousin plus tard, pour avoir été sous l'emprise d'une paire de faux seins et d'un joli visage et aussi pour avoir divulgué des informations sur Cal. Mais c'était les images de Carla qui l'intéressaient vraiment... C'était dur de regarder les vidéos ; la dernière chose que souhaitait Cal, c'était voir un spectacle de porno amateur que Carla avait monté pour son cousin. Mais les informations qu'il glanait étaient précieuses.

Les choses qu'elle avait dites à Karl contredisaient tout ce qu'elle avait raconté à Cal concernant son supposé harceleur. Elle avait clamé qu'il y avait des caméras chez elle et que quelqu'un ne portant que du noir avait été filmé en train de fureter autour de la propriété et laisser des mots vicelards et des cadeaux effrayants. Les objets que le harceleur avait prétendument laissés à sa porte étaient différents. Tout ce que la police lui avait soi-disant dit était différent de ce qu'elle avait raconté à Cal.

En bref, tout ce qui était sorti de sa bouche était un mensonge. Cal n'en était pas vraiment surpris, mais il était tout de même stupéfait de constater jusqu'où elle et sa mère iraient dans cette mascarade.

Cal s'était occupé, tâchant de rester loin de Carla tandis qu'il analysait la situation, mais il était toujours forcé de passer plus de temps qu'il ne le souhaitait avec elle et Elaine. Et plus il se retrouvait avec elles, plus il en devenait dégoûté. La façon dont elles traitaient June était vraiment révoltante. Le fait que ça durait depuis des années était plus choquant que tout.

Il n'avait pas menti lorsqu'il avait dit à June qu'elle était d'une loyauté qu'il avait rarement croisée. En fait, il n'avait vu ça que chez ses amis. Il savait jusqu'au plus profond de lui que Chappy, Bob et JJ pourraient mourir pour lui, tout comme il le ferait pour eux. Mais les actes de June... ils allaient bien au-delà de ça. Elle était loyale envers son père qui n'était plus en vie, plus ici pour voir à quel point elle souffrait, tout ça à cause d'une promesse faite sur un lit de mort.

Non seulement ça, mais elle travaillait dur, elle était jolie d'une façon qui n'était pas tape-à-l'œil, et gentille.

Cal avait toujours détesté tous ces films qui portaient sur un prince... qui étaient bien trop nombreux. Ces films avaient fait de sa vie un enfer, presque chaque femme qu'il rencontrait rêvant de partir vers le soleil couchant avec lui une fois mise au courant de sa royauté. Tout ça, c'était de la connerie. Il ne vivait pas comme un prince, ne le voulait pas. Faire partie de la famille royale avait mis fin à toute chance d'avoir une vie

normale, grâce à ses ravisseurs qui l'avaient taillladé si minutieusement.

Malgré tout ça... quand il avait parlé à June cette première
nuit, il n'avait pu s'empêcher de la comparer à Cendrillon. Il ne
serait pas surpris d'apprendre qu'elle avait une famille de
souris avec qui elle discutait dans le sous-sol, où elle était
obligée de vivre.

Pour la première fois de toute sa vie, Cal voulait être le
Prince Charmant de quelqu'un.

Il voulait sauver la demoiselle en détresse. Voulait vivre
heureux pour toujours avec sa princesse. C'était complètement
ridicule et quelque chose qu'il n'admettrait jamais à quelqu'un
en un million d'années, même à ses amis proches. Mais plus il
passait du temps près des vilaines demi-sœur et belle-mère et
voyait à quel point June était patiente et restait à flot en face de
leur dédain, plus il voulait l'arracher de là et lui montrer sa
propre valeur.

Il était évident qu'elle n'avait aucune idée de la personne
incroyable qu'elle était. Elle avait vécu tellement longtemps
sous la coupe d'Elaine que c'était un miracle qu'elle soit restée
si douce et prévenante.

L'avertissement qu'elle lui avait donné cette première nuit
avait été apprécié, surtout lorsqu'il avait découvert une fichue
serviette d'invité dans la salle de bain, tout comme elle l'avait
dit. L'odeur du parfum sur ses draps lui avait presque provoqué
des haut-le-coeur. Même après avoir refait le lit avec des draps
propres, il avait encore dû endurer l'écœurant fumet.

Non seulement ça, mais il avait vu la poignée de porte des
toilettes cliqueter après être sorti de la douche. L'audace pure
dont faisait preuve Carla pour envahir son intimité avait
presque fait bondir Cal hors de la maison pour partir cette nuit-
là.

La seule chose qui l'en avait empêché, c'était June. Et la

promesse faite à ses parents d'enquêter sur ce cas de harcèlement.

On n'était que mardi et il en avait déjà assez de cette farce. Hier, il avait installé de simples caméras à l'extérieur des portes de devant et derrière, malgré les protestations de Carla et le fait qu'il n'y avait aucune preuve d'un harceleur. Il était dégoûtant qu'elle tente même cette ruse. Des milliers d'hommes et de femmes dans tout le pays étaient harcelés pour de vrai à tout moment et quiconque mentait à ce sujet volait potentiellement un temps précieux aux cas légitimes.

Il avait aujourd'hui passé la matinée au poste de police, à discuter de cette situation avec un détective, partageant les informations qu'il avait pu apprendre grâce à son ami, le marine retraité. Cal venait de revenir à la maison des Green et se dirigeait vers la cuisine, espérant y trouver June et lui dire qu'ils s'en allaient demain.

Elle avait décidé de ne pas annoncer à sa belle-famille qu'elle partait, avait dit à Cal, avec un petit sourire, qu'imaginer leurs réactions quand elles réaliseront qu'elle était partie – et qu'elles allaient devoir cuisiner et nettoyer elles-mêmes – était une chose qui allait la soutenir pendant longtemps.

Mais en route pour la cuisine, Cal passa devant la biblio-thèque, où il surprit les voix de Carla et d'Elaine. La porte était entrouverte, lui permettant d'entendre clairement la conversa-tion à l'intérieur. D'instinct, il resta silencieux, désireux de savoir ce que ce duo de garces était en train de manigancer.

— Il a des soupçons ! siffla Carla.

— Je sais, répondit Elaine, l'air tout autant énervée.

— J'ai fait tout ce que je savais faire et il ne paraît pas s'en émouvoir du tout. Je ne pige pas ! Enfin, je lui ai pratiquement mis mes seins devant son visage et il ne les a même pas regardés deux fois, gémit Carla.

— Peut-être qu'il est gay ? suggéra Elaine.

— Il ne l'est pas. Karl a dit qu'il avait pour habitude de

sortir constamment dans les pubs en Angleterre et de ramener une femme chez lui. Je te le dis, je crois que son membre a été endommagé quand il a été capturé. Peut-être qu'il ne peut plus avoir d'érection. C'est quoi le mot pour les gens à qui on l'a coupée ?

— Je ne sais pas.

— Mais si, tu le sais, dans l'ancien temps... ces hommes qui étaient religieux ou un truc du genre ?

— Un eunuque ? demanda Elaine.

— Oui ! C'est ça ! Peut-être qu'il en est un. Bien qu'il me semble que le mot le plus courant est « bobbittisé[1] », dit Carla, riant de sa propre blague.

Personnellement, Cal n'était pas amusé. Sa lèvre se retroussa. L'audace qu'avait Carla de parler de son membre et de prendre à la légère la torture qu'il avait subie avec souffrance était presque incroyable ! Mais avec ces deux-là, il commençait à croire que tout était possible.

— Bref, je pense que soit sa queue a été coupée, soit il ne peut plus avoir d'érection. Ce sont les seules raisons qui selon moi expliquent pourquoi il résiste à mon physique, se plaignit Carla.

— Alors il faut que nous lui donnions une raison de rester, dit Elaine.

Les yeux de Cal s'étrécirent tandis qu'il écoutait.

— Comme ?

— Laisse-moi faire. Mais cette fois, demain, il aura les preuves dont il a besoin que tu as un harceleur et que ta vie est en danger. Je suggèrerai que tu dois aller te cacher et que tu as besoin d'un garde du corps pour t'accompagner.

— Ooooh, ça me plaît ! s'emballa Carla. Nous pouvons aller dans un chalet isolé et... attends, non. Je détesterai ça. Nous pouvons aller à Vegas et descendre dans l'une de ces suites penthouse ou autre. Je le convaincrai que nous serons plus en sécurité là-bas, car il y a des caméras partout. Il fait une telle fixette sur ces stupides caméras, il devrait aimer ça. Puis je le séduirai. Je devrai fermer les yeux pour ne pas voir à quel point il est répugnant, mais je ferai tout ce qu'il faut pour avoir cette couronne sur ma tête. Et Karl dit qu'il est *plein aux as* ! Tu crois que nous nous marierons avec une énorme cérémonie comme celle de Kate et Meghan ? Ooooh, je veux une calèche tirée par des chevaux et des domestiques vingt-quatre heures sur vingt-quatre et sept jours sur sept !

— Tu vas trop vite en besogne, la gronda Elaine. Pour le moment, cet homme ne te regardera même pas deux fois. Tu vas devoir te comporter comme si tu étais morte de peur et lui donner l'envie de te protéger.

— Je peux le faire, répondit fermement Carla. Si cela me vaut une couronne sur la tête, je ferai tout ce qu'il faudra.

Cal en avait plus qu'assez entendu. Il était dégoûté par toute cette histoire. L'engouement passager de son cousin pour Carla, ses parents insistant pour qu'il vienne ici après avoir subi la pression de la famille royale, les intrigues de Carla et Elaine... Et si quiconque l'ennuyait pour s'être défilé de ses responsabilités, eh bien il avait ces vidéos de Karl et Carla dans sa poche arrière, si nécessaire.

Il avait fait son devoir, avait fait comme promis. Il n'y avait aucune menace envers Carla, si ce n'était un égo exagéré et un désespoir inimaginable.

Tant pis pour demain, il partait aujourd'hui. Maintenant.

Il continua calmement vers la cuisine. Il savait qu'il y trouverait June, travaillant dur sans se plaindre pour préparer un dîner que personne n'apprécierait. Elle était déjà debout, s'étant levée avant six heures, quand il avait descendu les escaliers pour la trouver, venant de terminer de préparer son petit déjeuner. Elle avait même préparé une tasse de thé qui l'attendait.

Les quelques petites heures passées avec June les deux dernières matinées n'avaient pas changé son opinion sur elle.

Au contraire, ce temps l'avait rendu plus curieux. L'avait davantage attiré vers elle. Elle était d'une présence réconfortante. Elle était heureuse rien que de s'asseoir en silence avec lui, prête à discuter des souvenirs joyeux qu'elle avait de son père.

Cal n'aimait pas avec quelle rapidité elle se dénigrait. Minimisant son manque d'éducation, de vêtements chics, de compétences professionnelles... sa taille.

Aux yeux de Cal, elle était incroyablement résistante. Dans la vie, il y avait davantage qu'une scolarité ; certaines des personnes les plus intelligentes qu'il avait jamais rencontrées n'étaient pas allées à l'université. Il choisirait toujours une personne ayant les pieds sur terre qui savait se débrouiller et avait du bon sens qu'une personne possédant un doctorat avec un égo surdimensionné.

Et June était gentille et généreuse. C'était presque incroyable à quel point elle était gentille, vu la façon dont elle était traitée. Elle aurait pu être amère ou en colère, désespérée de se venger d'un monde qui lui avait apporté de la malchance. Mais de toute évidence, l'éducation de son père avait laissé une dernière impression. Cal était déçu de ne jamais rencontrer l'homme qui avait élevé une fille aussi extraordinaire.

Il ouvrit la porte de la cuisine et exactement comme il l'avait pensé, il trouva June se tenant derrière la cuisinière. Elle se tourna lorsque la porte s'ouvrit, ses joues rouges sous la chaleur du four et les cheveux dressés en un chignon décoiffé. Elle n'était absolument pas maquillée et portait un tablier par-dessus un tee-shirt et des leggings noirs.

Pendant un moment, tout ce qu'il parvint à faire, c'était regarder. Ses jambes étaient parfaitement dessinées dans le tissu moulant et les courbes exposées lui mettaient l'eau à la bouche.

— Cal ? Qu'est-ce qui ne va pas ? Vous allez bien ? demanda-t-elle, un pli soucieux sur le front.

Le fait qu'elle s'inquiète pour lui ne lui échappa pas. Il était sûr comme jamais que sa décision de l'inviter dans le Maine était la bonne.

— Nous partons aujourd'hui. Maintenant, à vrai dire.

Elle le regarda fixement, sous le choc, pendant un temps.

— Maintenant ? demanda-t-elle à voix basse.

Cal pouvait entendre l'appréhension dans sa voix. Il n'allait pas la laisser changer d'avis. Hors de question.

Il marcha d'un pas raide vers elle et lui prit la cuillère des mains, coupa le brûleur sous une énorme casserole et posa ses mains sur ses épaules. Il la fit pivoter, ses belles fesses rondes sous son nez, et tira sur le nœud qui maintenait le tablier autour de sa taille.

Sa chute fut immédiate. Il lui fallut toute sa volonté pour ne pas se baisser et toucher les deux bonnes sphères moulées par son legging et le tee-shirt qui ne les recouvrait pas totalement.

Comme Cal la retournait pour qu'elle soit face à lui, il avait envie de sourire en repensant à la conversation dans la bibliothèque... Sur le fait qu'il pourrait être attiré par les mecs ou qu'il ne pourrait plus être capable d'avoir une érection. Il était davantage excité par une June pleinement recouverte qu'il ne l'avait été depuis... eh bien, plus longtemps qu'il n'arrivait à se souvenir.

Il la désirait. Tout entière. Mais ni ce moment ni l'endroit, n'étaient les bons pour avoir ce genre de pensées.

— Oui. Maintenant, finit-il par répondre avec fermeté.

— Pourquoi ? Que s'est-il passé ? Je pensais que vous ne partiez pas avant la fin de la semaine ?

— Carla n'est pas traquée. Elles ont inventé. J'ai toutes les preuves dont j'ai besoin. Mais quand je passais devant la bibliothèque et que je les ai entendues parler, je...

— Elles étaient dans la bibliothèque ? Elles ne vont jamais là-bas, dit June, confuse.

Cal acquiesça.

— Oui, elles étaient dans la bibliothèque. Probablement à

la recherche de livres de sorcellerie ou autre. Je ne sais pas... Bref, Elaine parlait d'apporter une preuve du harceleur de Carla et je ne vais plus participer à cette blague.

— Comment va-t-elle obtenir une preuve d'une chose qui n'existe pas ?

Cal avait ses idées, mais ce qu'Elaine et Carla faisaient ne le concernait plus.

— Ça n'a pas d'importance. J'en ai assez. Et nous partons.

June se mordit la lèvre, hésitante.

Cal posa à nouveau les mains sur ses épaules et la rapprocha.

— La première fois que je t'ai vue, tu regardais le ciel avec le soleil sur ton visage et une expression qui me disait que tu te sentais libre à ce moment-là. Je peux t'aider à trouver la vraie liberté, June. Tu pourras ressentir ça tous les jours et pas seulement lors de tes moments volés, lorsque tu travailles jusqu'à l'épuisement sans aucun paiement ni remerciement en retour. Tu peux faire tout ce que ton cœur désire. Tu peux être avec qui tu es censée être. Tout ce que tu as à faire, c'est te montrer suffisamment courageuse pour dire oui. Te rendre en bas, emballer tes affaires et partir avec moi, maintenant.

Cal retint son souffle, attendant la réponse de June. Il la kidnapperait s'il le fallait... pour son propre bien, évidemment, mais il souhaitait vraiment qu'elle prenne cette décision elle-même. Elle en avait besoin. Pour sa propre paix de l'esprit.

— J'ai peur, chuchota-t-elle.

— Je sais.

Et il était sincère. Il n'avait jamais parlé du temps où il était prisonnier de guerre, mais il voulait s'ouvrir à June.

— Quand j'ai été sauvé, j'étais terrifié. Je savais que ces enfoirés avaient filmé mes tortures. Je ne savais pas si quelqu'un les avait vues. Et quand j'ai découvert que les images avaient été diffusées partout dans le monde, j'ai voulu mourir. Je ne voulais littéralement pas vivre à ce moment-là, June. Ça me paraissait presque plus facile de faire demi-tour et de retourner à cette cave. Au moins là-bas, je savais à quoi m'attendre. Mais j'avais trois amis qui me disaient que j'irais bien. Qu'ils seraient avec moi à chaque pas sur le chemin et pas seulement dans le monde effrayant d'une attention continue des médias dans lequel je me trouvais pendant un temps, mais lorsque je commencerais ma nouvelle vie dans le Maine. Laisse-moi faire la même chose pour toi, June. Tu es plus courageuse que tu ne le penses. Je ne connais pas beaucoup de monde qui aurait été capable de survivre à ce que tu as traversé pendant tant d'années. Capable de s'épanouir durant les brefs moments d'ensoleillement, même en étant enfermé dans un sous-sol sombre. Je t'en prie, laisse-moi t'aider à t'épanouir.

Elle le regarda pendant si longtemps que Cal s'inquiéta d'avoir dépassé les limites. D'être allé trop loin. Mais alors, elle susurra :

— Pourquoi ?

— Parce que l'idée de te laisser ici et de simplement m'en aller me rend malade jusqu'aux tripes. Me fait plus mal que toutes les tortures balancées par ces salauds. De plus... quand Carla découvrira que tu es partie et qu'elle fera le lien avec le fait que tu sois partie avec *moi*, pense à quel point elle va être furieuse, lui répondit-il, ce qui la fit sourire.

June sourit légèrement. Puis elle redevint sérieuse.

— Je ne sais pas si je peux avoir une vie normale ailleurs. Ici, je sais où est ma place. Mes jours se ressemblent tous. Et si je ne peux pas trouver de boulot ? Qu'est-ce que je vais faire ?

— Un jour à la fois, lui dit fermement Cal. Et princesse, ta vie *ici* n'a rien de normale.

Le terme affectueux était sorti sans qu'il y pense.

Il ne parvenait pas à lire les émotions qui tourbillonnaient dans les yeux de June mais son corps entier s'affaissa sous le soulagement lorsqu'elle finit par hocher la tête.

— Tu vas partir avec moi ? Tout de suite ?

— Oui.

Le triomphe jaillit en Cal. L'adrénaline baignait dans son sang.

— Mais peut-être après le déjeuner ? Carla et Elaine font une sieste en général, après manger.

Cal voulait partir là, tout de suite, mais elle marquait un point. Il ne voulait pas se retrouver en plein milieu d'une scène s'il pouvait l'éviter et il savait sans en douter que Carla piquerait une crise quand elle réaliserait qu'il partait.

— D'accord. Puis-je faire quoi que ce soit pendant que tu prépares tes affaires ? demanda-t-il.

— Tu sais cuisiner ? le taquina-t-elle.

— Je suis célibataire depuis longtemps. Bien sûr que je sais cuisiner. Je peux en tout cas touiller ce qui sent si bon dans cette casserole pendant que tu n'es pas là.

— Tu en es vraiment sûr ?

Il avait le sentiment qu'elle ne parlait pas du déjeuner.

— Plus que sûr. Tout ira bien, June. Je le promets. Et en tant que membre de la famille royale du Liechtenstein, tu devrais savoir que c'est une question d'honneur de toujours garder mes promesses.

Cela fit sourire June.

Il se pencha puis embrassa sa joue droite puis gauche, appréciant le léger rougissement qui apparaissait dessus.

— Vas-y. Prépare tes affaires. Apportes-en autant que tu le veux.

— Je n'en ai pas beaucoup.

Cal n'en fut pas surpris.

— Des souvenirs de ton père que tu aimerais prendre ?

Elle hocha la tête.

— Un service à thé dont se servait mon père quand il jouait à se déguiser avec moi.

— Où est-il ?

En réponse, June traversa la pièce, s'agenouilla et ouvrit un placard. Elle tendit le bras, déplaçant des choses de son chemin, avant de se rasseoir avec ce qui ressemblait à une théière en argent.

— J'ai dû la cacher d'Elaine. Elle l'aurait vendue ou l'aurait fait fondre pour s'en faire une stupide babiole à porter. C'est de l'argent massif. J'ai demandé une fois à papa pourquoi il laissait une enfant de huit ans utiliser une chose aussi précieuse et il m'a répondu qu'elle avait été faite pour être utilisée et il ne pouvait imaginer une meilleure personne que la petite fille la plus importante de sa vie.

Elle avait les larmes aux yeux, fixant la théière ternie et Cal se fit la promesse en cet instant d'en apprendre sur son père autant que possible. Ça ne la rendrait pas seulement contente de parler de son bienaimé père, mais il avait le sentiment qu'il pouvait en apprendre beaucoup sur la façon de devenir un meilleur homme en entendant les histoires sur la façon dont il avait vécu sa vie.

Il s'approcha et se mit à genoux aux côtés de June.

— Puis-je ? demanda-t-il, désignant la théière d'un signe de tête.

June la lui tendit sans hésiter. Là encore, la confiance qu'elle affichait envers lui était une leçon d'humilité.

— Des tasses vont avec ?

June secoua la tête.

— Non, elles ont toutes été cassées il y a des années.

— D'accord. Allez, vas-y. Va chercher tes affaires, princesse. Nous nous mettrons en route juste après le déjeuner et irons aussi loin que possible. La route est longue jusqu'à Newton.

Au soulagement de Cal, elle hocha la tête et se dirigea vers la porte du sous-sol.

— Remets le brûleur à feu moyen et mélange. Ne laisse pas brûler la sauce Alfredo. Je la prépare avec de la crème riche en matière grasse et du fromage, même si Carla et Elaine sont constamment au régime, dit-elle avec un sourire espiègle avant de disparaître.

Deux minutes plus tard, Cal était encore en train de sourire à cette petite attitude de défi. Sa June irait parfaitement bien. Elle n'avait pas perdu l'étincelle de vie qui était bien profondément en elle.

Quand il réalisa qu'il considérait June comme sa June, Cal n'en fut même pas surpris. Quelque part, d'une certaine façon, cette femme s'était faufilée à travers son blindage... et il n'était pas sûr de détester ça.

CHAPITRE CINQ

June s'inquiétait que quelque chose arrive pour l'empêcher de partir, mais chose surprenante, tout se déroula remarquablement paisiblement. Après qu'Elaine et Carla eurent déjeuné, elles se rendirent à l'étage, dans leurs chambres, comme elles le faisaient chaque jour. Même si elles étaient clairement sorties du lit seulement quelques heures avant, elles faisaient toujours une sieste après avoir mangé.

Au moment où leurs portes se fermèrent derrière elles, Cal descendit les escaliers jusqu'au sous-sol pour prendre les valises de June. C'était embarrassant qu'elle n'ait pas assez d'affaires pour en remplir plus de deux, mais ce n'était pas comme si Elaine lui avait donné de l'argent pour faire du shopping ou lui avait offert des cadeaux, que Dieu l'en garde. L'argent que June avait mis de côté ces dernières années était stocké dans les poches de son pantalon le plus vieux et usé. Elle s'était dit que personne ne penserait à regarder là et que l'argent serait en sûreté.

Cal avait déjà mis son sac en toile dans son SUV et il l'avait aidée avec rapidité et efficacité à monter sur le siège passager du véhicule luxueux, refermant la portière avant de faire le tour jusqu'au siège conducteur.

S'éloignant de la maison, June ne put s'empêcher de regarder en arrière le seul endroit dans lequel elle avait vécu. C'était un moment amer et doux et elle ne savait pas trop comment elle se sentait. Il y avait du soulagement, c'était certain, mais aussi du chagrin... et une bonne dose d'incertitude. Prenait-elle la bonne décision ? Son père comprendrait-il ? Lui pardonnerait-il d'abandonner leur foyer ?

Cela lui prit un moment pour réaliser que Cal avait arrêté le véhicule, lui accordant tout le temps dont elle avait besoin pour contempler la maison une dernière fois.

Elle lui jeta un coup d'œil et découvrit son regard rivé sur son visage.

— Tu vas bien ?

Elle acquiesça.

— Tu veux que je prenne une photo avec mon téléphone ?

June possédait un vieux téléphone bon marché, mais elle l'avait laissé sur le comptoir de la cuisine. Elle ne souhaitait pas qu'Elaine ou Carla ait le moindre moyen de lui mettre la main dessus et elle n'avait pas d'amis à appeler.

Elle n'avait même pas pensé à prendre une photo de la maison et elle réfléchit à son offre un moment avant de secouer la tête.

— Non, je crois que je préfère me souvenir d'elle comme elle était à l'époque où mon père était en vie. Quand j'avais de bons souvenirs.

— Okay, dit-il, mais il ne retourna pas son attention sur la route, il resta concentré sur June.

Accordant un dernier regard à la maison, elle se força à lui faire face et dire :

— Je suis prête.

June ne fut pas surprise que Cal ne lui demande pas si elle en était sûre. Qu'il ne lui propose pas de faire demi-tour. Il avait été clair sur son envie de la faire partir et il n'allait pas changer d'avis maintenant. Secrètement, June était soulagée. C'était agréable de laisser quelqu'un d'autre prendre les décisions difficiles à sa place. Mais seulement pour un bref moment, jusqu'à ce qu'elle soit de nouveau sur pied.

À chaque kilomètre parcouru, s'éloignant de la maison, June se sentait plus légère. Elle n'avait pas réalisé à quel point la responsabilité d'entretenir la grande maison avait pesé sur elle. Elle se sentit coupable de ça pendant un moment puis elle secoua la tête. Non. Son père n'aurait pas voulu qu'elle ait un fardeau aussi lourd. Il ne lui aurait jamais demandé de maintenir sa promesse de garder la maison s'il avait pu prévoir le futur.

— Tu n'es pas en train de flipper là, n'est-ce pas ? demanda Cal.

June se tourna vers lui et lui fit un petit sourire.

— Un peu, mais ça va. C'est bien. Génial, même. Que penses-tu qu'elles vont faire lorsqu'elles vont se réveiller et comprendre que nous sommes partis ?

Cal ricana.

— Piquer une sacrée crise !

Il n'avait pas tort.

— Tu vas avoir des problèmes ? Avec ta famille, je veux dire ? Tu sais qu'elle va s'adresser directement à ton cousin et faire toute sorte de fausses déclarations...

— Je sais et ne t'en fais pas pour Karl. Je peux m'occuper de lui. J'ai déjà parlé à mes parents alors ils savent ce qui se passe. Ils se chargeront de ses parents qui, en retour, verront ça avec Karl.

— Est-ce que lui aura des ennuis ? ne put s'empêcher de demander June.

— Ça t'intéresse vraiment ? répliqua Cal.

June haussa les épaules.

— Ouais... Enfin, il ne sait pas à quel point Carla peut être manipulatrice. Et elle est vraiment jolie. Et tu sais... avec ses nibards...

Elle sourit pour lui faire comprendre qu'elle plaisantait même si elle ne blaguait pas tout à fait. June avait elle-même une poitrine de bonne taille, mais ses seins étaient vrais et par conséquent, tombaient un peu. Ils n'étaient pas remontés et guillerets comme ceux de Carla.

— C'est un idiot, répondit Cal avec fermeté. Et il était temps que ses parents comprennent bien le fait qu'il est guidé par sa queue tenue par de parfaits inconnus qu'il rencontre sur Internet.

June fut quelque peu choquée par ses franches paroles.

— Désolé, je n'aurais probablement pas dû dire ça. Mais c'est vrai, dit-il avec calme.

— C'est bon. Enfin, j'ai été couvée, mais pas à ce *point*, lui répondit June.

Il lui jeta un coup d'œil qu'elle ne put interpréter, mais elle se dit qu'il était probablement dans son intérêt de l'ignorer. De laisser tomber ce sujet.

— Alors... quelle distance allons-nous parcourir aujourd'hui ? Et si tu as besoin que je conduise, je peux. Je veux dire, je serais morte de peur de détruire ta belle voiture, mais si tu es fatigué, je peux prendre le relais.

— Je me fiche de la voiture. C'est juste un tas de ferraille. Et merci, si j'ai besoin que tu conduises, je te le ferai savoir.

June passa une main sur le cuir lisse de la console entre eux.

— Un tas de ferraille ? J'ai entendu Carla dire que c'est une Rolls-Royce. Et tout le monde sait qu'elles sont super chères.

— Ah oui ? dit Cal presque vaguement.

— Bien sûr ! C'est probablement du genre quatre-vingt mille dollars ou un truc comme ça.

— Trois cent cinquante, la corrigea Cal en riant.

Les yeux de June s'agrandirent et elle le regarda bouche bée, sous le choc.

— Sérieux ?

— Ouep.

— La vache... Je retire ce que j'ai dit. Je ne conduirai pas. Hors de question. Désormais j'ai même peur de toucher quoi que ce soit.

Cal rejeta la tête en arrière et rit si fort que June ne put que le regarder fixement. Elle ne l'avait jamais vu si détendu, si libre, durant la courte période où elle l'avait connu. Elle aimait bien ça... beaucoup. Et se demanda ce qu'elle pourrait faire ou dire pour le faire rire ainsi dans le futur.

— Tu sais que je suis un prince, dit-il, une fois le contrôle de lui-même repris.

— Ouaiiis..., répondit June, prononçant longuement le mot, se demandant où il voulait en venir.

— Je suppose que tu sais également que la plupart des familles royales ne souffrent pas d'un manque d'argent.

June acquiesça.

— J'ai plus d'argent à la banque que je ne pourrais jamais dépenser dans une vie entière, dit-il sans détours, ne semblant pas se vanter, juste énoncer un fait. Je voulais une voiture qui soit sûre, bâtie comme un roc et capable de supporter les hivers du Maine. Je voulais aussi être sûr de pouvoir distancer les paparazzis si j'avais à le faire et obtenir une attention immédiate et un service quand je le voulais, comme lorsque je dois réserver dans un hôtel ou autre. C'est ce genre de voiture.

— Oh.

Il lui lança un coup d'œil.

— Écoute, je ne fais pas le tour des gens pour leur dire combien coûte ma voiture, mais il n'est pas difficile de faire une recherche en ligne et de le découvrir.

— Alors, pourquoi me l'avoir dit ?

— Parce que tu es toi. Parce que j'ai le sentiment que tu n'es pas intéressée par mon compte en banque. Que tu préférerais en fait que je me fasse vingt mille par an et que j'utilise des coupons pour faire mes courses.

— C'est intelligent d'économiser de l'argent, dit-elle, sur la défensive.

Cal ricana.

— Tu as raison, princesse. Tout ce que je dis, c'est que je te fais confiance.

Elle le regarda rapidement suite à ces mots.

— Nous venons de nous rencontrer.

L'homme à côté d'elle haussa les épaules.

— Oui. Est-ce que tu vas te connecter et poster des photos de ma voiture ou de moi ?

— Quoi ? Non ! Je n'ai même pas de compte sur les réseaux sociaux. Et il est fort probable que je n'en ai jamais, puisque je n'ai pas d'amis avec qui partager tout ça de toute manière.

— Bien. Je te fais confiance, dit-il à nouveau. Et tu auras des amis très bientôt. Je suis sûre que Carlise sera super contente de te rencontrer.

June n'était pas vraiment sûre de ça. Elle avait eu du fil à retordre pour s'ouvrir lors d'événements sociaux.

— Je pense que la météo est censée se maintenir jusqu'à ce que nous arrivions dans le Maine alors c'est une bonne chose, dit Cal, changeant de sujet, ce pour quoi June lui était reconnaissante.

Ils parlèrent de tout et de rien encore quelques heures. Elle ne pouvait s'empêcher de penser à Carla et Elaine... Elles devaient être réveillées maintenant. Avaient dû voir qu'elle et Cal étaient tous les deux partis. Elle ne savait pas ce qu'elles feraient, mais elle avait le sentiment que sa demi-sœur n'allait pas laisser Cal partir si facilement. Elle avait dans la tête de se marier avec un prince et maintenant qu'il était parti sans dire un mot, elle serait probablement encore plus déterminée. Surtout si elle découvrait que June était partie avec lui.

— À quoi tu penses d'aussi prenant là ? demanda Cal.

— Rien d'important, répondit June, déterminée à ne pas filer le bourdon.

Elle appréciait son premier road trip et ne voulait rien faire ni dire quoi que ce soit pour le gâcher.

— Tu as faim ? demanda Cal.

— Si toi aussi.

Il secoua la tête, mais June ne sut pas pourquoi.

— Et si nous continuions encore une heure puis que nous trouvions un hôtel et prenions un dîner ?

— Oh, tu veux t'arrêter ? Au lieu de conduire direct jusque Newton ?

Cal haussa les épaules.

— Ce n'est qu'un trajet de onze heures. Je pourrais le faire en une journée, mais nous ne sommes pas pressés. Et je n'ai pas besoin de revenir avant samedi, le jour où Chappy se marie.

— Vraiment ? Je veux dire, ils se marient *ce* week-end ?

— Ouep. Quand Chappy a su que je revenais, il s'est organisé immédiatement. Il est à ce point nerveux d'épouser Carlise... Il fait venir sa mère en avion de Cleveland et April prépare une fête après la cérémonie, pour célébrer ça.

— Tu passeras un bon moment, j'en suis sûre.

— *Nous* passerons un bon moment.

— Quoi ?

— Tu viendras avec moi, n'est-ce pas ? Les mariages, ce n'est pas trop mon truc.

June le fixa.

— Je... Ce n'est pas le mien non plus. Enfin, je suppose... Je n'ai jamais été à un mariage.

— Alors tu dois vraiment aller à celui-là. De ce que j'ai compris, la cérémonie en elle-même sera sobre. Il n'y aura pas une tonne de gens là-bas. Ce sera amusant pour toi.

June n'en était pas sûre, mais elle voulait aussi vraiment, vraiment y aller. Elle n'avait presque rien fait en deux décennies. Elle avait été exclue, mise sur la touche depuis qu'elle avait quinze ans. Elle voulait faire l'expérience de *tout*. Et elle ne pouvait nier que passer du temps avec Cal ne serait pas une épreuve.

— D'accord... si tu es sûr.

Cal lui sourit.

— Je suis sûr.

Le silence tomba entre eux, mais il ne mettait pas mal à l'aise. L'esprit de June tourbillonnait tandis qu'elle observait le monde passer par la vitre. Elle avait l'impression de vivre une expérience extra-corporelle, comme si ce n'était pas elle qui était assise dans cette voiture luxueuse à côté d'un riche prince, sans travail, sans endroit où vivre et sans une quelconque idée de quoi faire ensuite. Mais chose surprenante, en dépit de ces soucis, elle était contente. Elle avait confiance en Cal. Il l'aiderait à se mettre sur pied.

Un petit sourire s'étendit sur ses lèvres, pensant à quel point son père serait heureux pour elle en cet instant.

* * *

Cal jeta un coup d'œil à June et ne put s'empêcher d'apprécier la façon dont son sourire semblait illuminer son visage. Ses cheveux étaient encore dans un chignon décoiffé, elle portait toujours le même tee-shirt et legging... et il ne s'était jamais senti aussi fier d'avoir une femme assise à côté de lui comme c'était le cas en cet instant. Pour lui, elle était extrêmement courageuse de se lancer et de laisser derrière elle le seul endroit qu'elle avait jamais connu. Aucune des femmes bien coiffées et cultivées qu'il avait rencontrées par le passé n'arrivait à la cheville de June.

Elle n'était pas ce que la société trouverait de classiquement jolie. Il n'y avait rien d'exotique dans les traits de son visage et sa coiffure n'était pas sophistiquée, d'une couleur fréquemment considérée comme « châtain clair », mais Cal n'en avait rien à faire de ces choses-là. Il était trop occupé à remarquer que ses cheveux avaient la longueur parfaite pour qu'il puisse les enrouler autour de son poing...

Peu importait ses caractéristiques physiques, il y avait en elle une énergie apaisante et attirante qui brillait par tous ses pores, lui donnait envie de se rapprocher encore plus, d'absorber ses ondes positives uniques.

Plus il se trouvait à ses côtés, plus il *voulait* être à ses côtés.

Il n'avait *pas* vraiment à s'arrêter pour la nuit, même si son corps était douloureux après de longues heures de conduite. Il pouvait conduire d'une traite et arriver à Newton sans avoir à s'embêter avec un hôtel, mais il savait admettre qu'il voulait prolonger son temps passé avec June. Il aimait bien être avec elle, parler avec elle, voir le monde avec ses yeux.

Elle n'avait été nulle part ailleurs que DC. Il aimait être celui qui lui montrait ce qu'il y avait d'autre dehors. Lui présenter toutes les possibilités du monde.

Il avait le sentiment qu'elle était beaucoup trop bien pour lui. Oui, il était un membre de la famille royale, il avait un tas d'argent à la banque et il était considéré comme beau par les femmes et les journalistes partout dans le monde. Bien sûr, s'ils savaient à quoi ressemble le reste de son corps, ils l'appelleraient le monstre.

Son compte en banque et son pédigrée n'avaient pas d'importance. Il y avait des choses bien plus importantes dans la vie. June était gentille, digne de confiance et positive malgré des années de maltraitance. Et c'est ce qui la rendait meilleure que la plupart des gens... Cal inclus.

À terme, il ignorait ce qui pourrait arriver entre eux, mais pour le moment, son plan était d'être égoïste, de savourer sa compagnie, de se sentir normal pendant un temps... puis de lui trouver un endroit où vivre et un travail et la voir s'épanouir de loin.

Elle méritait mieux qu'un homme brisé qui ne supportait pas de se regarder dans un miroir.

Le trafic autour de New York était atroce et ils finirent par perdre énormément de temps en avançant lentement, à vingt kilomètres-heure. Cal était définitivement content qu'ils n'aient pas fini ici après avoir quitté l'armée, comme Bob le voulait.

Deux heures plus tard, décidant de s'arrêter près de New Haven dans le Connecticut, Cal trouva un hôtel d'une grande chaîne et s'y arrêta. Il se tourna pour regarder June... et ne put s'empêcher de sourire en la voyant. Elle avait l'air extraordinairement enthousiaste de passer la nuit dans un hôtel. Cela le rendait à la fois triste et en colère qu'elle n'en ait jamais eu l'occasion. Il parierait son titre et tout ce qu'il possédait qu'Elaine et Carla avaient séjourné dans des hôtels toute leur vie. Et qu'elles ne se contenteraient pas d'une banale chaîne d'hôtel.

Cal n'était pas un snob, mais il séjournait aussi généralement dans des hôtels de luxe. Ceux disposant de valets et de la sécurité dont il avait parfois besoin lorsque quelqu'un le reconnaissait. Mais il n'avait pas envie de conduire jusqu'au cœur de la ville pour trouver de meilleurs logements. Et tandis que la plupart des femmes seraient aux anges de séjourner dans un hôtel cinq étoiles et qu'on soit aux petits soins avec elles, Cal avait l'intuition que June n'en serait que mal à l'aise et ne se sentirait pas à sa place.

— Viens, nous allons nous enregistrer puis revenir et prendre ce dont nous aurons besoin pour la nuit, dit-il en se tournant pour descendre du véhicule.

Sans réfléchir, il lui prit la main quand elle le rejoignit devant le SUV et il la guida jusqu'au hall d'entrée. Cal lui jeta un coup d'œil et ne put s'empêcher de remarquer ses joues légèrement rougies. Il ne put se souvenir de la dernière fois qu'une femme avait rougi devant lui, surtout pour une chose aussi simple que tenir la main. Il aimait cette rougeur. Beaucoup.

À l'intérieur, il s'approcha du guichet de la réception libre et demanda à la réceptionniste deux chambres avec lits King-size pour la nuit.

La femme derrière le bureau lui accorda un regard sympathique avant de se tourner vers son ordinateur.

— Je suis navrée, mais il y a un tournoi de crosse lycéen en ville alors nous sommes presque au complet.

Cal cligna des yeux, la fixant du regard pendant un temps. D'ordinaire, il ne se servait pas de sa notoriété pour obtenir ce qu'il voulait, mais il était grandement tenté d'essayer maintenant.

— Ça ira, je suis sûr que nous pouvons trouver un autre endroit où rester, lui dit June d'une petite voix à côté de lui. Et si tu as besoin, je peux conduire. Peut-être que nous pouvons faire un trajet direct jusque chez toi ?

Il pouvait déceler la déception et l'inquiétude dans sa voix. Il était évident qu'elle ne voulait pas conduire cet onéreux SUV, mais elle le ferait si elle le devait. Cal ouvrit la bouche pour lui dire de ne pas s'en faire, qu'ils trouveraient quelque chose, mais la femme derrière le comptoir avait tapoté sur son clavier d'ordinateur et parla la première :

— Je n'ai plus de chambres King-size, mais il me reste une chambre avec un double lit. Avec toutes les familles présentes ici pour le tournoi, les chambres Queen-size sont absolument toutes occupées, mais j'ai eu une annulation juste avant que vous n'arriviez. C'est une chambre au rez-de-chaussée, près de la piscine, dit-elle, toujours d'un air désolé.

Cal grimaça. Le dernier endroit où il voulait être, c'était une chambre près de la piscine. Surtout dans un hôtel bondé d'adolescents. Mais peut-être vont-ils tous se reposer pour leur tournoi plutôt que de rester debout toute la nuit, à causer la pagaille autour de la piscine. Il regarda June.

— C'est toi qui vois.

— Nous la prenons, dit-elle à la réceptionniste.

— Super, répondit la femme. Je suppose que vous ne bénéficiez pas du Triple A ou autre ? Cela vous aurait fait bénéficier de dix dollars.

Cal avait envie de rire à l'idée d'économiser dix balles. Mais au lieu de se comporter comme un prétentieux, il haussa simplement les épaules et lui répondit que non, il ne bénéficiait pas de plan de ristournes automatiques.

En quelques minutes, la femme lui tendit deux clés, l'informant du petit déjeuner compris dans le salon, dans la matinée. Elle se pencha en avant et dit d'un air conspirateur :

— Ce sera super bondé ici aux alentours de sept heures, car le tournoi commence à huit heures et demie. Je vous suggère de manger avant sept heures ou d'attendre jusqu'à huit heures et demie ou neuf heures si vous le pouvez.

Cal hocha la tête.

— Merci. J'apprécie le conseil.

La femme lui fit un clin d'œil.

— Votre chambre se trouve tout au bout de ce couloir, sur la droite. Bon séjour !

Cal et June retournèrent dehors au SUV et il sortit son sac de la voiture. Il souleva l'une des deux valises que June avait emportées.

— Est-ce que celle-ci suffira ? Est-ce que tes affaires pour la nuit se trouvent là-dedans ou dois-tu prendre quelque chose dans l'autre ?

— Celle-ci fera l'affaire. Merci, lui dit-elle avec un grand sourire.

Ce ne fut pas avant que June ouvre la porte de leur chambre et qu'il la suive à l'intérieur que Cal réalisa l'erreur colossale qu'il avait faite. Il avait été tellement occupé à penser aux éventuels problèmes sonores d'une chambre située à côté d'une piscine qu'il n'avait pas pensé aux conséquences de partager une chambre avec June... et un seul lit.

— Et mince ! jura-t-il, préférant la version moins offensive qu'il utilisait auprès des gens qui pourraient être ou ne pas être offensés par le langage plus fleuri qu'il avait adopté quand il était militaire.

— Quoi ? Que se passe-t-il ? demanda June, le front soucieux.

Elle venait tout juste de poser sa valise et le fixait avec inquiétude.

— Il n'y a qu'un seul lit, dit-il, désignant l'évidence.

Le regard de June passa de lui au lit puis revint à lui. Elle haussa les épaules.

— C'est bon. Je dormirai sur le sol. Je suis habituée.

La tête de Cal faillit exploser.

— Tu ne vas pas dormir sur ce fichu sol, dit-il d'un ton agressif.

Désormais, elle paraissait confuse.

— Pourquoi pas ?

— Parce que ! répondit-il, exaspéré.

— Eh bien, *ton* popotin royal ne peut pas dormir sur le sol, dit-elle d'un ton qui supposait qu'elle pensait avoir un argument parfaitement raisonnable.

— Princesse, j'ai dormi dans la saleté, sur une rive bourbeuse, enchaîné contre un mur dans une cellule sombre et humide après avoir été tabassé... Je t'assure, ce sol n'arrive probablement pas dans mon top vingt des endroits les plus dégoûtants dans lesquels j'ai dormi. Mais toi ? Tu ne vas *pas* dormir sur ce sol. Il en est fichtrement hors de question.

Elle le regarda fixement pendant dix bonnes secondes avant de hausser de nouveau les épaules.

— Très bien. Nous dormirons tous les deux dans le lit.

Puis elle se détourna et alla jusqu'à la fenêtre. Elle ouvrit les rideaux, seulement pour rire à la vue d'un énorme pick-up garé juste devant leur chambre.

Cal ne pouvait que la regarder. N'avait-elle pas réalisé à quel point le lit était petit ? Et qu'il n'était pas, *lui*, petit ? Qu'il allait probablement devoir dormir en diagonale s'il ne voulait pas que ses pieds dépassent du matelas ?

Peut-être faisait-ce là partie du grand plan pour tenter de faire un compromis...

Il éteignit cette pensée avant qu'elle ne puisse terminer de se former. Il ne connaissait pas June depuis longtemps, mais elle n'avait strictement rien à voir avec sa belle-famille. Elle semblait juste vraiment n'avoir aucune réserve quant à partager un lit.

Cal ne savait pas s'il devait être flatté ou furieux qu'elle soit aussi naïve...

— J'ai pensé que nous pouvions commander à dîner ce soir, dit-il.

— D'accord.

Elle était la femme la plus agréable qu'il avait rencontrée dans sa vie.

— Mais si tu préfères sortir, ça m'ira aussi, ajouta-t-il, juste pour être contrariant et voir ce qu'elle dirait. Il avait peu de patience pour l'indécision ou les gens qui le suivaient dans tout ce qu'il suggérait. Il ne savait jamais si c'était parce qu'ils essayaient de lui lécher les bottes pour entrer dans ses bonnes grâces ou pas. Il s'était habitué à ce que ses amis disent ce qu'ils pensent. S'ils n'étaient pas d'accord avec quelque chose qu'il avait dit, ils n'avaient aucun problème pour le lui faire savoir.

June l'étudia un moment avant de hausser les épaules.

La déception frappa Cal. Elle allait dire que sortir lui convenait également. Puis il allait devoir trouver ce qu'elle voulait manger. Il aurait probablement fini par suggérer un endroit qu'elle détestait et elle n'osera pas dire un mot, mais puisqu'elle n'était pas douée pour dissimuler ses sentiments, il culpabiliserait toute la nuit.

À sa surprise, June marcha jusqu'à lui, qui se tenait toujours dans l'entrée. Elle posa une main sur son bras et le regarda bien dans les yeux.

— Tu es fatigué, dit-elle d'un ton posé. Ça n'a aucun sens de ressortir maintenant que nous sommes ici. Nous pouvons commander quelque chose à nous faire livrer, ça me va très bien. De plus, tu as une bonne place de parking. Cet endroit étant complet pour la nuit, j'ai le sentiment que si nous partons, nous pourrions ne pas être aussi chanceux à notre retour et quelqu'un pourrait s'introduire dans ta voiture si elle est garée dans un recoin sombre du parking ou autre, au lieu d'être en pleine lumière comme elle l'est actuellement. Peut-être qu'il y a un match ou autre à la télé, que tu peux regarder pour te détendre. Ça t'embête si nous commandons dans un burger ? Ça fait une éternité que je n'ai pas mangé de burger bien savoureux. Oh ! Avec des frites recouvertes de fromage... et peut-être un gâteau au chocolat.

Cal savait qu'il était en train de sourire comme un idiot, mais il ne pouvait se contenir. Cette femme le surprenait constamment. Elle était prévenante, futée – ce *serait* craignos d'avoir sa Rolls garée dans un recoin sombre – et résolue. Il pouvait absolument vivre avec ça. Avec *elle*.

— On dirait qu'on a un plan, dit-il en sortant son téléphone.

Les burgers et les frites ne faisaient en général pas partie de ses menus à emporter favoris. Les frites avaient tendance à se ramollir durant le trajet, mais si c'était ce que June voulait, c'était ce qu'elle aurait.

Il fit défiler l'application de son téléphone, à la recherche d'un restaurant burger qui n'était pas trop loin de l'hôtel. Il trouva un endroit appelé Prime 16 qui avait de formidables avis et était listé comme l'un des dix meilleurs endroits pour manger un burger à New Haven.

Cal demanda à June la cuisson qu'elle préférait pour son burger et ce qu'elle souhaitait dessus puis ajouta le sien au panier. Il compléta avec un supplément de frites, des croquettes au fromage de chèvre à grignoter, du chou-fleur Buffalo et des cornichons frits pour faire bonne mesure. À la dernière minute, il se souvint qu'elle voulait du gâteau au chocolat et même si ça ne faisait pas partie du menu, il pensait qu'elle apprécierait tout de même la tarte au chocolat qui était proposée.

Cal était apparemment plus affamé qu'il ne le pensait, mais tout ce qui était au menu paraissait délicieux.

— Tu as fait une folie, n'est-ce pas ? demanda June, souriant légèrement.

— Pourquoi penses-tu ça ? demanda-t-il, réellement curieux de la façon dont elle était capable de lire si bien en lui ; il avait toujours excellé pour cacher ses pensées aux autres.

— Il y a ce regard dans tes yeux qui me dit que je vais être choquée par la quantité de nourriture que tu as commandée. Et tes lèvres forment un demi-sourire.

— Disons juste que j'en ai pris assez pour nous plonger dans un coma alimentaire, comme ça aucun de nous ne remarquera le moindre bruit provenant de la piscine ou du couloir.

— Parfait. Euh... Ça t'embête si je prends une douche pendant que nous attendons d'être livrés ? demanda-t-elle en plissant légèrement le nez.

— Pourquoi cela m'embêterait-il ?

Tout à coup, elle eut l'air nerveuse.

— Je ne sais pas.

Cal détestait voir son mal-être soudain. Il marcha jusqu'à l'endroit où elle se tenait près de la fenêtre et il lui fallut toute sa force pour ne pas la toucher.

— Tu n'as pas à me demander si ça me convient que tu fasses *quoi que ce soit*. Tout ce dont tu as besoin, tout ce que tu veux, tu y vas et tu le fais.

— Désolée, dit-elle dans un soupir. Je suppose que je me suis habituée à demander la permission pour faire à peu près tout.

Cal maitrisa sa colère. Foutues belle-mère et demi-sœur !

— Alors je te donne la permission de faire ou dire tout ce que tu veux, June.

— Et si je disais que je voulais aller nager ?

Penser à elle en maillot de bain faisait trémousser son membre dans son jean. C'était une sensation si surprenante que son esprit cessa de fonctionner pendant un moment.

Cela faisait plus de trois ans qu'il n'avait pas eu d'érection. Après avoir été torturé et après que ces animaux aient éprouvé autant de joie à le menacer de lui couper le sexe, il avait été incapable d'avoir une érection, littéralement. Une chose qu'il avait si facilement considérée comme acquise avant sa capture.

Mais en cet instant, sa verge agissait comme si elle n'avait jamais été présentée au côté tranchant d'une lame. Comme si elle était plus que ravie d'agir, tant que c'était pour la femme qui se tenait devant lui.

— Si tu veux nager, va nager, dit-il avec fermeté.

— Tu viendras avec moi ?

Et d'un coup, son érection disparut en un éclair.

— Non, répondit-il catégoriquement.

Il n'allait pas porter de maillot de bain. N'allait pas faire l'étalage de son corps. S'offrir aux regards dégoûtés, aux regards de pitié, aux photos que les gens prendraient sûrement.

Il était si perdu dans ses pensées qu'il n'avait pas réalisé que June s'était rapprochée et qu'elle lui tenait fermement le bras.

— Cal ? Parle-moi.

Il avait l'intuition qu'elle avait appelé son nom plusieurs fois. Il lui simula un sourire et haussa légèrement les épaules.

— Désolé, je me suis déconnecté pendant un moment. Ça va. Et non, je ne nage pas. Jamais. Mais si tu veux y aller, vas-y. Je pense que je vais sortir et attendre notre commande dans le couloir.

Se sentant comme un con, il s'éloigna d'elle et se dirigea vers la porte.

— Cal ? l'entendit-il dire, mais il ignora l'appel.

Il avait besoin d'air. Besoin de s'éloigner d'elle. D'être loin de son inquiétude, de ses regards doux, de son innocence.

Elle n'était pas pour lui. Elle était un rayon de soleil et la bonté, et lui était... Cal n'était plus sûr de *ce* qu'il était. Mais il refusait de contaminer sa liberté récemment trouvée avec ses démons.

Cela aurait été tellement plus facile si elle avait été une garce sournoise ! Il savait comment agir avec les gens comme ça. Si elle l'avait regardé avec pitié. Ou dédain. Ou avec des yeux avides.

Il ne savait pas ce qu'il fallait faire avec une femme aussi douce et généreuse que June, peu importait à quel point ces traits étaient attrayants.

Il s'assit sur un banc une fois passées les portes du couloir et soupira. Elle le rendait fou après seulement une heure passée seuls et soudain, il regrettait de s'être arrêté à un hôtel. Mais comment allait-il bien pouvoir passer la nuit dans le même lit que June ? Il n'y arriverait pas. Il le savait sans aucun doute.

Une fois qu'elle serait endormie, il irait sur le sol. Ce n'était pas un problème. Comme Cal le lui avait dit, il avait dormi dans des endroits bien pires que ça.

Il suspectait fortement qu'avoir Juniper Rose endormie dans la même pièce que lui l'éloignerait de toute façon de toutes les autres femmes. Rendrait impossible d'avoir à nouveau une bonne nuit de sommeil.

— Et mince, marmonna-t-il.

Il était foutu. Il l'avait déjà dans la peau et il n'avait aucune idée de ce qu'il allait faire pour ça.

CHAPITRE SIX

Tracassée, June se mordit la lèvre. Quand Cal était revenu avec leur repas, il semblait avoir surmonté ce qui l'avait importuné plus tôt. Il avait ri et blagué avec elle pendant qu'ils mangeaient autant de nourriture délicieuse que possible. Il avait clairement fait des folies, mais June savoura tout ce qu'il avait commandé. Elle n'avait été capable de prendre que quelques bouchées de tarte au chocolat, mais c'était le paradis.

Depuis que son père avait disparu, personne n'avait fait une chose aussi simple que s'assurer qu'elle était nourrie. Elle avait été menée à la baguette, ignorée et dénigrée pendant des lustres. Cal lui donna même la télécommande et lui dit de trouver quelque chose qu'elle voudrait regarder. Elle n'avait pas regardé la télé depuis des années et elle n'avait aucune idée de ce qu'étaient les programmes populaires de nos jours, mais elle finit par rester sur un concours de cuisine qui avait l'air divertissant.

Elle avait pris une douche plus tôt pendant que Cal était dehors à attendre leur commande et elle se sentait bien mieux maintenant qu'elle était propre.

Une douche, un ventre plein et une nuit avec rien de mieux

à faire que de regarder un divertissement à la télé ? Cela suffisait à gâter une nana.

— Que crois-tu qu'elles soient en train de faire ? demanda-t-elle calmement.

Elle et Cal étaient assis l'un à côté de l'autre sur le lit, les oreillers calés derrière eux pendant qu'ils regardaient le programme. Il était sur son téléphone, tapant de temps en temps quelque chose, mais elle pouvait pratiquement sentir la tension exhaler de lui et savait qu'il n'était pas détendu. Contrairement à l'homme qui avait été assis à côté d'elle toute la journée dans la voiture ou même à l'homme qui avait dîné avec elle, un court instant auparavant.

— Sans doute hors d'elles de devoir préparer leur propre dîner, répondit Cal avec un petit sourire satisfait.

June ne trouva aucun amusement dans ses paroles. Ce n'était pas qu'elle se sentait coupable... D'accord, elle se sentait un peu coupable, mais il y avait un nœud d'inquiétude ancré profondément en elle qu'elle ne parvenait pas à défaire. Elle connaissait sa belle-mère. Savait que cette femme était méchante jusqu'au cœur. Elle ne laisserait pas passer ça. June n'avait aucun doute là-dessus.

— Elaine va être folle.

Cela parut attirer l'attention de Cal. Il posa son téléphone et se tourna vers elle.

— Probablement, dit-il au bout d'un moment.

Comme il ne développa pas, June soupira et reporta son attention sur la télé.

— Je n'arrive pas à croire qu'il pense qu'en mettant simplement de petits bouts d'oignons sur le dessus, il offre le meilleur de l'ingrédient, commenta-t-elle.

— June, regarde-moi, lui intima Cal.

Elle ne pouvait rien refuser à cet homme. Elle tourna la tête.

— Les moments où tu t'inquiétais pour ta belle-mère et ta

demi-sœur sont terminés. Tu as raison, aucune des deux ne sera ravie. Elles ont cru avoir chopé un prince et leur jouet leur ayant été arraché, elles vont vouloir que quelqu'un paie. Et ça craint, mais je suppose que tu seras celle qu'elles vont blâmer, celle sur qui elles vont mettre leur frustration et leur colère. Mais je vais te dire ici et maintenant que ça n'arrivera pas. Tu es en sécurité avec moi et mes amis. Je ne laisserai personne poser la main sur toi. Tu es libre, princesse. Libre d'elles, de te sentir obligée, d'avoir peur. Tu es libre de faire tout ce que tu veux.

June ne put empêcher les larmes de couler. Avait-elle déjà connu quelqu'un pour la défendre comme le faisait Cal ?

Ouais... une fois. Son père. Il était son champion. Son meneur. Elle l'avait admiré et sa dévastation fut sans limites quand il lui fut arraché si soudainement.

Cal était apparu de nulle part et l'avait emportée loin d'une vie qu'elle avait détestée, mais sans savoir comment s'en échapper, lui offrant un nouveau départ.

Il leva une main et la posa sur le côté de sa tête, son pouce chassant doucement les larmes sur ses joues.

— Ne pleure pas, la pria-t-il. Je ne supporte pas de te voir pleurer.

— Alors tu vas devoir arrêter d'être si génial, rétorqua-t-elle.

Il lui fit un petit sourire.

— Dis-moi que tu me crois. Que tu sais que tu es en sécurité et que tu n'as plus à t'inquiéter d'elles.

— Je crois que tu feras tout ton possible, répondit-elle, un peu à côté.

Mais Cal secoua la tête et avait les sourcils froncés. Ses doigts s'enfoncèrent dans la chevelure de June et se crispèrent.

— Pas assez.

June leva le bras et enroula ses doigts autour de son poignet, le tenant fermement tout en le regardant dans les yeux. C'était comme s'ils étaient les deux seules personnes sur la terre en cet instant. Recevoir cette attention absolue était un peu déconcertante, mais ça faisait aussi vraiment du bien d'être pleinement vue pour la première fois depuis des années.

— Tu ne les connais pas, Cal. Elles ne vont pas laisser passer ça. Elles me *détestent*. Carla va m'accuser de t'avoir volé à elle. Elles vont vouloir se venger.

Cal ne parut pas du tout inquiet.

— Elles te détestent parce que tu es leur opposé absolu. Parce que tu es le soleil et la lumière et tout ce qui est bon dans ce monde alors qu'elles sont amères, pingres, des garces en quête de gloire qui ne supportent pas que de bonnes choses arrivent aux autres.

Un petit ricanement s'échappa de June. Il continua.

— En vérité, je veux qu'elles tentent quelque chose. Car j'ai un tas de gens qui surveillent mes arrières. Et pas juste des amis militaires. Mes parents, mes cousins, toute la famille royale. Je me fiche qu'ils ne vivent pas ici, *personne* ne cherche des ennuis à l'un des leurs. Certainement pas des Américaines inutiles et paresseuses avec un sens aigu de l'amour propre.

Waouh, c'était sévère. Mais il n'avait pas tort.

— Okay, lui dit-elle.

— Est-ce que tu dis okay parce que tu crois sincèrement ce que je te dis ou tu le dis parce que tu es mal à l'aise et que tu veux que je me taise et que tu ne sais pas comment faire ça ?

— Je te crois, répondit-elle avec honnêteté.

Et à sa surprise, elle réalisa que c'était le cas. Chaque muscle du corps de Cal semblait tendu, comme si la confiance qu'elle avait en lui pour la garder en sécurité était plus importante pour lui que respirer. Il était passionné et elle sentait qu'il pouvait être un peu effrayant, mais elle n'avait pas peur de lui.

À chaque minute passée en sa présence, June tombait encore plus profondément sous son charme. Elle n'avait aucune idée de ce que le futur réservait, mais elle suspectait que si Cal n'y figurait pas, elle ressentirait un vide et une douleur si déchirants qu'elle n'était pas sûre de pouvoir y survivre.

Mais elle garda ces pensées pour elle, fermant les yeux en soupirant, et vint appuyer sa tête contre la main de Cal.

Elle sentit le matelas remuer... puis les lèvres de Cal effleurer les siennes.

Elle ouvrit grand les yeux, mais il était déjà en train de battre en retraite.

— Je vais prendre une douche. Ça t'ennuie si j'éteins les lumières ?

Elle secoua la tête et l'observa appuyer sur l'interrupteur de son côté du lit. Puis il marcha vivement jusqu'à son sac en toile, y farfouillant pendant un moment avant de disparaître dans la salle de bain.

June posa un doigt sur ses lèvres. Il l'avait déjà embrassée auparavant, mais cela avait été ces petits baisers légers sur les joues qu'il avait prétendu être normaux en Europe. Avait-il simplement manqué sa joue ?

Non, elle ne le pensait pas.

S'enfonçant sous les couvertures, June s'allongea, baissant le volume de l'émission de cuisine et était à moitié endormie quand Cal finit par émerger de la douche. À la lumière de la télé, elle fut surprise de voir qu'il portait un pantalon en flanelle et un tee-shirt à longues manches.

Elle n'était pas une experte, mais elle ne pensait pas que les hommes dormaient avec autant de vêtements.

Puis elle se souvint.

Ses cicatrices.

Ce mec était l'homme le plus fort et le plus masculin qu'elle avait rencontré de sa vie et pourtant, il était de toute évidence encore affecté par ce qu'il avait enduré. Elle se rappela les photos qu'elle avait vu rapidement passer en ligne. Celles affreuses qui étaient des plans fixes des vidéos que ses ravisseurs avaient postées pour que le monde entier les voie. Celles qui montraient son torse et ses cuisses où coulait réellement du sang.

Elle se souvint de son regard distant, vide. Elle ne pouvait imaginer ce qu'il avait traversé et il était évident, en tout cas pour elle, qu'il était encore en train de lutter avec ses cicatrices. Probablement physiquement, mentalement *et* émotionnellement.

La colère naquit en June. Elle était furieuse qu'on ait osé le toucher. Ils n'en avaient pas le droit. Et pour quoi ? Pour le plaisir ? La vengeance ? La célébrité ? Ça n'avait pas de sens.

Elle avait très envie de se rapprocher et de se blottir contre lui. De le rassurer sur le fait qu'elle était attirée par lui, peu importait le nombre de ses cicatrices. Qu'elle lui faisait confiance et qu'elle pensait que le monde était un meilleur endroit s'il en faisait partie.

Mais dès qu'il s'installa sous les draps, il se mit sur le côté et lui tourna le dos.

June tendit le bras et éteignit la télé. Le bruit d'un rire provenant des alentours de la piscine à travers le couloir sembla bien plus fort maintenant que la télévision ne le couvrait plus. Elle l'ignora, surtout parce que tout ce à quoi elle parvenait à penser, c'était à l'homme à côté d'elle. Elle pouvait presque sentir la chaleur émaner de son corps. Le lit était petit, mais elle n'avait pas réalisé à quel point il paraîtrait plus petit en ayant Cal étendu sous les couvertures avec elle.

Elle demeura silencieuse, écoutant la respiration de Cal. Il était évident qu'il ne dormait pas, mais June ne savait absolument pas quoi dire ni faire pour qu'il se détende. Elle supposa qu'il était sans doute étrange pour lui de dormir à côté d'une inconnue, mais à elle, ça ne lui faisait pas bizarre du tout. D'une certaine façon, durant ces derniers jours, il avait cessé d'être un inconnu pour June et avait commencé à donner l'impression d'être un ami.

Ce qui était stupide, vraiment. Elle ne le connaissait pas et il ne la connaissait pas. Elle se sentait probablement juste reconnaissante qu'il l'ait aidée. Très bientôt, elle allait devoir enfiler sa tenue de grande fille et trouver quoi faire de sa vie, maintenant qu'elle était libre.

Cal l'avait dit plus d'une fois et elle s'était donné le temps de l'assimiler. Elle n'avait pas à supporter les critiques méchantes de Carla. Elle n'avait pas à être aux ordres d'Elaine. Elle avait peut-être perdu la maison que son père aimait, mais elle avait tant gagné ! La possibilité de faire ce qu'elle voulait. D'être qui elle voulait.

Elle était reconnaissante envers Cal, mais sa gratitude se mélangeait à tant d'autres sentiments qu'elle ne parvenait pas à les séparer les uns des autres.

Inconsciemment, elle s'était rapprochée de lui. Son nez le touchait presque et quand elle inhala, elle put sentir l'odeur du savon de l'hôtel qu'il avait utilisé sous la douche. L'envie de mettre son bras autour de sa taille, de lui dire qu'il n'avait pas à se cacher d'elle, qu'elle l'acceptait comme il était, avec ses cicatrices et tout le reste, la submergea presque, mais elle parvint à garder ses mains de son côté. Ce serait embarrassant qu'il la rejette, la regarde avec pitié et dise qu'elle avait mal interprété ses intentions, qu'il ferait en sorte qu'elle soit en sécurité, mais que l'amitié serait tout ce qu'il y aura entre eux.

La pensée de perdre cette amitié suffit à la faire changer de position et faire face à la direction opposée, lui accordant autant de place que possible. Elle avait besoin de cet homme dans sa vie... même s'il n'était seulement qu'un ami.

* * *

— C'est une pute ! Une garce énorme, moche et fourbe ! tempêta Carla tout en faisant les cent pas dans le salon, agitée. Elle me l'a volé pile sous mon nez ! Elle *savait* que je le voulais. Que c'était l'unique raison pour laquelle il était ici ! Parce que j'allais l'épouser. Je n'arrive pas à croire qu'elle est partie en douce d'ici sans un mot. Après tout ce que nous avons fait pour elle. Elle est ingrate et moche et stupide et... et... Je ne peux penser à rien d'autre ! Je suis trop enragée !

— Calme-toi, Carla, lui dit sa mère.

— Comment *toi*, tu peux être si calme ? lui demanda Carla, effarée. Tu l'as élevée, tu lui as tout donné et c'est comme *ça* qu'elle te remercie ?

— Elle aura ce qu'elle mérite, dit Elaine avec une lueur dans les yeux.

Carla prit un moment pour étudier sa mère puis s'assit à côté d'elle sur la causeuse.

— Qu'as-tu prévu ? demanda-t-elle, avec une étincelle d'excitation.

Elaine sourit.

— Eh bien, j'ai quelque chose de tout trouvé pour prouver que tu as un harceleur... et j'ai parlé au type aujourd'hui, après que nous avons découvert ce que cette garce avait fait. Maintenant, il a une nouvelle cible.

Carla soupira d'un air ravi.

— Sérieusement ? C'est *génial* ! Que lui as-tu dit de faire ?

— Comme bon lui semble. Je lui ai donné une sorte de menu.

— Que veux-tu dire ? demanda Carla, perplexe.

— L'effrayer avec des mots ou laisser des animaux morts et d'autres choses sur le seuil de sa porte lui feront gagner une centaine de dollars. La passer à tabac lui fera cinq cents. L'envoyer à l'hôpital ? C'est bon pour trois briques, expliqua Elaine avant que son expression ne durcisse. S'assurer que je n'ai plus jamais à penser à elle, mais pas avant qu'elle regrette profondément de m'avoir défiée ? Dix mille.

Le front de Carla se plissa sous la confusion. Sa mère leva les yeux au ciel.

— La *torturer*, ma chérie. Puis la tuer. La prochaine fois que je vois son nom, je veux que ce soit aux informations, concernant son meurtre. Ensuite, tu pourras jouer à la pauvre sœur au cœur brisé et regagner le prince.

Carla s'assit et afficha un large sourire.

— Oui ! Je peux faire ça. Mais je ne porterai pas de noir. J'ai l'air affreuse en noir.

Elaine renifla.

— Bien sûr, ma chérie. Mais nous ne pourrons parler de ça à personne.

— Je ne le ferai pas, répondit immédiatement Carla. Tu crois qu'il fera tout ça, toutefois ? Genre, trouver le courage de la torturer et de la tuer ? Je veux savoir qu'elle souffre et qu'elle meurt de peur.

Sa mère la regarda fixement pendant un long moment.

— Quoi ? demanda Carla, sur la défensive. Elle nous a cassé les pieds pendant des années. Et les tiens depuis ton mariage avec son père. Est-ce que tu..., commença Carla avant de se mordre la lèvre. Tu ne crois pas qu'elle a découvert qu'il n'était pas mort d'une crise cardiaque, si ? Que tu as mis ce suc... suxa..., dit-elle avant de marquer une pause pour trouver le bon mot. Suxaméthonium dans son verre ?

Et d'un coup, sa mère se transforma, passant de la femme au sourire satisfait et fière d'elle qu'elle était l'instant d'avant en une personne que Carla n'avait jamais vue. Quelqu'un qui l'effrayait un peu, en réalité.

— Ne redis *jamais* ça. Je suis sérieuse, Carla. Jamais ! Mon pauvre mari est mort d'une crise cardiaque. Un seul faux pas et il y a toujours une chance que quelqu'un décide de le déterrer et de faire une autopsie. Si cela arrive, nous sommes fichues. J'aurais dû le faire incinérer, mais Juniper nous a piqué une telle crise que ça aurait eu l'air suspicieux si j'avais insisté. Mais il est mort et enterré. J'ai l'argent que je voulais et tu as cette vie grâce à moi. Alors, ne t'*avise* pas d'évoquer de nouveau ce sujet. Compris ?

— Oui, mère. Désolée, répondit Carla d'un air contrit.

Cela faisait cinq ans que sa mère avait admis ce qu'elle avait fait, lors d'une nuit alcoolisée à célébrer l'agence de mannequins avec qui Carla venait de signer. Elle lui avait fait promettre de ne jamais évoquer la mort de son beau-père à quiconque et elle ne l'avait pas fait... jusqu'à aujourd'hui.

— J'aurais dû l'éliminer elle aussi, marmonna Elaine. Mais il n'est jamais trop tard. Là, ce sera mieux. Cela soutiendra notre histoire de harceleur. Le prince a installé ces caméras après tout alors ce sera vraiment de *sa* faute si le harceleur n'a pas pu t'atteindre et a détourné son attention sur ta pauvre sœur, dit-elle, souriant avec méchanceté. En blessant tes êtres chers afin de te faire souffrir. Pour prouver ce qu'il te ferait subir ensuite.

— Que lui as-tu dit pour qu'il la trouve ? demanda Carla, impressionnée par la créativité de sa mère.

Elle n'aimait pas avoir à réfléchir si intensément toute seule. Elle était habituée à être le joli visage, à avoir des gens pour prendre soin d'elle... pas d'avoir à faire des plans tels que des complots de meurtre compliqués.

— Le Maine. C'est là où vit ton prince. Je suis certaine qu'il l'a emmenée avec lui dans cette ridicule petite ville dans laquelle il vit. Ce sera facile de la trouver, mais plus dur de s'approcher d'elle là-bas. Si elle était dans une grande ville, le gars que je connais pourrait juste la descendre dans un vol qui aurait mal tourné. Mais il trouvera. Et pour répondre à ta question posée plus tôt, il semble avoir désespérément besoin d'argent. Je suis sûre qu'il parcourra mon menu avant d'arriver au dessert.

Sa mère se mit à rire et une fois de plus, Carla ressentit un iota de malaise. Elle était vraiment contente que sa mère soit de son côté. Et pourquoi ne le serait-elle pas ? Elle était sa fille après tout.

— Alors, qu'allons-nous faire pour le petit déjeuner ce matin ? demanda Carla.

Elle se sentait bien plus calme maintenant qu'elle savait que Juniper allait bientôt voir ce qui allait lui arriver... et qu'elle aurait sa chance de marier le prince. Il réaliserait sûrement qu'il avait gravement fauté concernant le harceleur et il reviendrait en courant pour la protéger.

Elle s'assurerait également de parler bientôt à Karl, de lui faire savoir à quel point elle était terrifiée et cela aiderait à attiser les flammes.

Elle était prête à mourir pour devenir une putain de princesse ! Elle le méritait.

— Quand tu te lèveras, tu nous prépareras quelque chose, lui dit sa mère, désinvolte.

Carla fronça les sourcils.

— Moi ?

— Tu ne t'attends pas à ce que *je* le fasse, si ? lui demanda sa mère, un sourcil levé. Après tout ce que j'ai fait pour toi ? Tu n'aurais pas ce contrat de mannequinat sans moi. Nous ne vivrions pas dans cette grande maison sans moi. Tu sais que c'est vrai alors n'essaie pas de contredire.

Carla prit une grande inspiration et acquiesça. Elle ne savait pas cuisiner, mais elle pourrait leur faire des toasts ou autre... Elle comprenait ce que disait sa mère et le fait qu'elle n'ait pas seulement tué son second mari, mais connaissait quelqu'un de disposé à voyager jusqu'au Maine pour s'occuper de Juniper incitait Carla à y réfléchir à deux fois quant au fait d'aller à l'encontre de ses volontés.

Elle n'aurait juste qu'à se renseigner pour engager quelqu'un qui pourrait cuisiner et nettoyer et faire les courses, tout ce que Juniper avait fait avant de lui voler son prince et de s'en aller. Elle se servirait de son propre argent de mannequinat s'il le fallait. Hors de question qu'elle fasse tout ce travail elle-même.

Satisfaite du plan pour sa demi-sœur et par l'idée d'embaucher quelqu'un pour aider dans la maison, Carla souhaita bonne nuit à sa mère et se rendit à l'étage. Elle avait des photos à prendre pour ses comptes sur les réseaux sociaux, un bain dans lequel se prélasser... et ensuite, elle voulait faire un Face Time avec Karl. Commencer à préparer le terrain pour faire culpabiliser le prince de l'avoir laissée seule quand elle avait eu besoin de lui.

Après ça, elle allait devoir s'occuper de son petit boulot d'appoint.

Elle ne se faisait presque pas assez d'argent avec le mannequinat. Elle en voulait à son agent qui ne la mettait pas sur les gros contrats qu'elle visait. Alors elle était devenue une cam-girl. Carla avait dépensé pas mal d'argent pour ses seins, enfin sa mère l'avait fait. Elle voulait en retirer autant d'argent que possible.

Se connecter chaque nuit et s'exhiber un peu, c'était comme voler les bonbons des bébés. Le nombre d'hommes littéralement prêts à lui balancer de l'argent juste pour qu'elle leur montre ses seins était presque ridicule.

Carla ne savait pas du tout si sa mère savait ce qu'elle faisait durant les petits matins, mais peu importait. Tout ce qui comptait, c'était l'argent.

Et faire payer sa demi-sœur d'avoir volé le prince, bien entendu, afin que Carla devienne une princesse. La fin justifiait les moyens. Et elle était plus que satisfaite du plan destiné à mettre fin à Juniper.

CHAPITRE SEPT

Cal tenta de se convaincre de bouger. De sortir du lit et de s'éloigner de June, mais il n'y parvint pas. C'était comme si ses bras étaient attachés sur quelqu'un d'autre.

Il avait eu comme idée de galanterie de s'installer sur le sol dès que June se serait endormie, mais juste au moment où il avait été prêt à se glisser hors du lit, elle avait laissé échapper un petit gémissement, comme si elle faisait un mauvais rêve.

Cal avait commencé à bouger avant même de réaliser ce qu'il était en train de faire.

Il avait détesté lui tourner le dos après s'être mis au lit, mais c'était pour sa propre santé mentale. Pour la première fois depuis des années, il s'était masturbé sous la douche. À la seconde où il avait posé le pied sous l'eau chaude, il avait pensé au fait que June s'était trouvée à ce même endroit plus tôt. Nue, se tenant au même endroit que lui à ce moment-là.

Son sexe s'était durci si vite que ça en avait été presque embarrassant. Il s'était touché sans réfléchir, grognant sous le plaisir qui avait parcouru son corps. Des filets de sperme avaient été éjectés du bout de sa verge après avoir à peine commencé à se caresser, comme si tout s'était simplement retenu en attendant la bonne personne... celle qui était innocemment allongée sur le lit de l'autre côté du mur.

Il s'était lavé rapidement puis était resté un moment aux toilettes, enfilant un pantalon en flanelle et un tee-shirt à longues manches, refusant de se regarder dans le miroir. Chez lui, il dormait nu. C'était la seule fois où il se sentait assez à l'aise pour être sans vêtements. Il n'avait pas de miroirs dans sa chambre et seulement un petit dans son cabinet de toilette, afin qu'il puisse se raser sans se couper des lambeaux de peau.

Il voulait accorder à June du temps pour qu'elle s'endorme. Mais quand il avait fini par trouver le courage d'aller dans la chambre, il savait d'instinct qu'elle était toujours éveillée. Il avait dû lui tourner le dos parce qu'il savait qu'il était à quelques secondes de la prendre dans ses bras et il ne voulait pas lui mettre la pression, d'aucune sorte.

Non seulement ça, mais il ne voulait pas s'habituer à avoir June dans les parages. Une fois qu'elle serait prête, elle verrait à quel point il était brisé. Elle finirait par trouver quelqu'un qui serait bien mieux pour elle que Cal. Quelqu'un qui serait aussi bon et gentil qu'elle.

Il n'était pas cet homme.

Il lui fallut un moment pour qu'elle s'endorme et quand il sentit finalement qu'il pouvait remuer sans la réveiller, ce gémissement contraria ses projets. Il avait rappliqué plus près et avait posé son bras autour de sa taille, la rapprochant dans ce berceau que formait son corps. Sa gorge avait émis un bruit de contentement, elle avait saisi son bras et ne l'avait pas lâché... de toute la nuit.

Maintenant, c'était le matin. Le grand pick-up garé dehors devant leur fenêtre l'avait réveillé lorsque ses phares avaient illuminé la chambre, encadrant les rideaux noirs qu'il avait tirés avant le dîner. Son nez était enseveli dans les cheveux de June, son corps niché à la perfection dans ses bras.

À sa surprise, il avait lui-même bien dormi. Il faisait

fréquemment des cauchemars et se réveillait presque toujours au moins une fois, au souvenir de la douleur des couteaux lui déchirant la chair. Certaines nuits, quand il ne parvenait pas à se rendormir, il faisait les cent pas pendant des heures pour essayer de faire sortir ces images de sa tête.

Mais la nuit dernière, il avait dormi comme un loir tout en étant blotti contre June.

Il ne s'était pas trompé : plus il passait du temps avec elle, plus dur ce serait de la laisser partir. Il le savait, mais ne parvenait toujours pas à quitter le lit.

— Quelle heure est-il ? demanda-t-elle en marmonnant.

— Pas encore l'heure de se lever, lui répondit-il. Rendors-toi.

La vérité, c'était que Cal n'avait aucune idée de l'heure. Mais il ne voulait pas bouger. Cela ne prendrait plus qu'environ quatre heures, selon le trafic, pour arriver à Newton et il n'était pas tout à fait sûr de ce qui arriverait quand ce sera le cas. Chose certaine, son temps en tête à tête avec June arriverait à terme. Il avait déjà appelé April la nuit dernière pour voir si elle pouvait lui trouver un endroit où vivre. Ensuite, il serait de nouveau seul avec ses pensées torturées.

— Okay, dit-elle sans hésiter avant de choquer totalement Cal en se tournant dans son étreinte.

Au lieu de s'extirper de ses bras, elle se pelotonna contre son torse comme si elle l'avait fait chaque jour de sa vie.

Se mettant sur le dos, Cal la tint contre lui. Les cheveux de June étaient emmêlés dans ses doigts et il pouvait sentir ses souffles chauds sur son torse, même à travers le tee-shirt qu'il portait.

Et soudain, il se pétrifia.

Lorsqu'il s'était mis sur le dos, son tee-shirt s'était légèrement relevé... et la main de June progressait lentement vers la peau nue de son ventre.

Il libéra un souffle tremblant et ferma les yeux. Son torse

avait pris le plus gros de la rage de ses ravisseurs. Ils avaient eu grande joie à sculpter dans son corps. À enfoncer leurs couteaux dans sa chair suffisamment fort pour l'inciter à se demander s'ils allaient finir par le faire, à juste plonger un couteau dans son cœur et à le tuer dans cet endroit, à cet instant. Mais pour des raisons qu'il n'avait pu comprendre, ils ne l'avaient jamais fait.

Le tissu cicatriciel était si épais par endroits qu'il pouvait à peine sentir quelque chose. Mais en cet instant, la chaleur de la main de June donnait l'impression de le brûler là où elle était posée, sur ses abdos, tandis qu'elle dormait.

Il était désespéré de lui prendre la main et de l'éloigner violemment de sa peau endommagée, mais il ne voulait pas non plus la réveiller. Plus il restait ainsi, l'odeur du shampoing de l'hôtel dans ses cheveux et le léger poids de son corps contre lui, plus il finissait par se détendre.

Il resta dans le lit sans doute une autre heure ou plus avant qu'elle ne recommence à bouger. Ses doigts fléchirent et ses ongles s'enfoncèrent dans la peau de son ventre.

Cal respira nerveusement et ferma les yeux.

Il n'avait plus été intimement touché depuis bien avant qu'il soit un prisonnier de guerre. Honnêtement, il n'avait pas voulu qu'on le retouche de cette façon. Mais de façon inexplicable, il ressentit l'envie de poser sa main sur celle de June et de la presser contre sa peau, pour qu'elle ne bouge plus.

June remua à nouveau.

— Euh... peut-être que je devrais...

Sa phrase resta en suspens et elle parut incertaine et embarrassée.

Quand sa main commença à s'éloigner en glissant, les yeux de Cal s'ouvrirent brutalement et il fit exactement ce à quoi il avait pensé, poser sa main sur la sienne et la maintenir immobile.

— Reste, lui ordonna-t-il avec douceur.

Elle cessa d'essayer de se dégager et ils restèrent en silence pendant une minute ou deux avant qu'elle ne parle.

— Je suis désolée si je t'ai bousculé. Si je te bouscule. Je ne... je n'ai... Je veux dire, je n'avais jamais dormi avec quelqu'un auparavant.

Cal tourna sa tête sur le côté, tentant de voir son visage. Il était choqué jusqu'à l'os ! Comment cette femme pouvait-elle encore être *vierge* ? Est-ce que tous les hommes qu'elle avait rencontrés étaient des idiots ?

Elle pouvait clairement lire son expression, car elle souffla calmement.

— Non, je veux dire, j'ai... je l'ai *fait*. Tu sais... Mais je n'avais jamais dormi *dormi* avec personne avant.

Son explication ne lui donna pas exactement envie de revoir son opinion des hommes qu'elle avait connus par le passé.

— Pourquoi pas ? demanda-t-il d'une petite voix.

Elle haussa les épaules contre lui.

— Ils n'étaient intéressés par rien d'autre que le sexe ? Je devais rentrer chez moi avant qu'on ne le remarque ? Je pourrais probablement trouver une centaine de raisons, mais en gros... je ne le voulais pas.

Cal pouvait comprendre et il respectait ça.

— Tu ne me bousculais pas. C'est moi qui t'ai prise le premier dans mes bras, admit-il. Je suis attiré par toi, June. Il y a quelque chose chez toi auquel je ne peux pas résister. Honnêtement, je suis confus.

— Je ressens la même chose, confessa-t-elle contre son torse.

Un poids de vingt kilos sembla quitter ses épaules à cet aveu, mais le moment d'après, il retomba. Il ne devrait pas être ici. Ne devrait pas être si sincère. La dernière chose qu'il voulait, c'était lui donner des espoirs sur le fait que quelque chose pourrait évoluer entre eux. Pas parce qu'il ne la désirait pas...

bon Dieu, il la désirait plus qu'il n'avait désiré toute autre femme, de mémoire récente. Peut-être même *jamais* autant.

Mais elle pouvait avoir tellement mieux... Elle pourrait avoir un homme qui ne soit pas foutu, dans sa tête comme dans son corps, comme lui.

Malgré ce mantra constamment présent en tête, il ne parvenait pas à s'écarter d'elle. Pour la première fois depuis des années, il se sentait... normal. Comme s'il n'était pas un amas de chair balafrée sous ses vêtements. Une surprise fâcheuse attendant quiconque osait s'approcher. Il n'était définitivement pas le Prince Charmant, il était davantage la Bête de la *Belle et la Bête*. Inapte à être vu dans la société normale. Grognon. Brisé. Maudit.

— On devrait se lever, prendre un petit déjeuner, prendre la route, dit-il au bout d'un moment, sans faire un mouvement pour sortir du lit.

— Oui, répondit June, semblant se creuser davantage à ses côtés même en ayant dit cela.

Les lèvres de Cal se tordirent, mais il ne se plaignait pas, ne fit que resserrer davantage son étreinte. Au bout d'un moment, il sentit le pouce de June commencer à caresser d'avant en arrière sur son ventre. Instantanément, il se tendit, mais se força à se relaxer. Ça faisait plus l'effet d'une petite chatouille qu'autre chose. Il ne pouvait sentir plus dans ce minime toucher.

— Ce sont eux, les enfoirés, tu sais, dit-elle calmement.

Tout en lui se pétrifia de nouveau.

— Quiconque prend plaisir à faire du mal aux autres n'a pas d'âme. Je me fiche qu'ils soient nés ainsi ou s'ils ont appris ces croyances en grandissant. Il n'y a pas d'excuses pour blesser les autres, les dédaigner, leur prendre leur libre arbitre. Je ne comprends pas le besoin qu'a une personne d'avoir le pouvoir sur une autre. De lui dire ce qu'elle peut faire et ne pas faire. De gérer son pays et ses habitants d'une main de fer. Ça me rend triste. Nous sommes tous dans le même bateau. Essayant de nous en sortir, jour après jour, de trouver où est notre place dans ce monde.

Elle soupira.

— Et je ne comprendrai *jamais* le besoin qu'ont les gens de faire du mal aux autres pour obtenir ce qu'ils veulent. Mon père m'a appris que le seul moyen d'atteindre nos objectifs, c'est de travailler dur. D'aider les autres en chemin. D'être gentil. Et je sais que ce concept est complètement étranger pour un tas de gens. Ils ont l'impression qu'ils doivent marcher sur les autres pour arriver en haut. Mais pourquoi voudrait-on se retrouver tout en haut de toute façon ? Ça paraît n'être que beaucoup de stress et de solitude... des gens qui mentent et profitent de vous pour obtenir ce qu'*ils* veulent. Je préfèrerais rester en bas, heureuse et satisfaite, que d'avoir affaire à tout ça. *Feck*, vers où j'allais en disant ça ? Oh oui... ce qui t'est arrivé n'était pas de ta faute, Cal. C'est à *eux* que tes cicatrices font honte, pas à toi. Elles sont la preuve de ta force. Le fait que tu sois ici témoigne de ta force intérieure, de ta ténacité. On dit merde à ce que les autres pensent de toi. Tes amis connaissent la vérité, que tu as encaissé le plus gros de tes ravisseurs pour les protéger.

Elle ne disait rien de plus que ce que les amis de Cal lui avaient dit ces trois dernières années, ou ce que les psychiatres qu'il était allé voir avaient dit. Mais quelque part, en étant étendu là avec elle dans le calme du matin, sachant qu'elle n'avait pas d'idées derrière la tête, qu'elle était plus gentille et transparente que toutes les personnes qu'il avait rencontrées, ses paroles touchèrent une corde profondément sensible en lui.

Elles n'ont pas effacé la honte. N'ont pas changé le passé et n'ont pas rendu plus facile de regarder son corps... mais elles ont un tantinet réduit le fardeau qu'il portait dans son âme.

— Est-ce que j'ai bien prononcé ce mot ?

Il cligna des yeux, surpris.

— Quel mot ?

— *Feck.*

Il ricana.

— Ouais, princesse, tu as bien fait.

— Je ne le suis pas, tu sais, dit-elle au bout d'un moment.

— Pas quoi ?

— Une princesse. Je suis à l'opposé de ce que tu peux attendre d'une princesse. Et franchement ? Je ne crois pas vouloir en *devenir* une un jour. Trop de pression. Je suis juste... moi.

Elle avait raison. Elle n'était pas une princesse. La vie royale l'avalerait avant de la recracher. La changerait en une personne cynique. La rendrait méfiante, sur ses gardes. Et Cal ne voulait pas ça.

— Ne change pas, murmura-t-il. Sois qui tu es. Comme ton père t'a élevée. Et on dit *feck* à tous ceux qui ne voient pas que tu es parfaite exactement comme tu es.

Elle releva la tête et lui sourit.

— Quels autres jurons britanniques peux-tu m'apprendre ?

— Je ne suis pas certain de devoir t'apprendre ces vilains mots, répondit-il en souriant.

— Oh, allez. S'il te plaît ?

Il ne pouvait pas résister à cette femme. Pas une seconde.

— Okay, voyons voir... Il y a *arse*, comme dans *arsehole*[1]. *Blimey*, ça alors ! Utilisé pour exprimer l'étonnement. *Bloody* est vraiment commun, rendu plus ou moins populaire par Gordon Ramsey, qui dit tout le temps "bloody hell"[2].

Cal fut quelque peu déçu quand June glissa sa main de sous la sienne et qu'elle s'assit à côté de lui. Elle croisa les jambes et se pencha vers lui, enthousiaste.

— Quoi d'autre ? demanda-t-elle.

Cal poussa sur ses bras pour se mettre en position assise, et sans y réfléchir, posa sa main sur le genou de June. Quand il réalisa ce qu'il avait fait, il regarda fixement sa main comme si elle appartenait à quelqu'un d'autre, se disant qu'il devrait la retirer. Mais ce fut au tour de June de poser sa paume sur la *sienne*, pour le maintenir en place.

— *Bollocks* veut dire *n'importe quoi* et c'est aussi un autre mot pour testicules. Un *wanker*, c'est une personne détestable ou alors, utilisé comme verbe, quelqu'un qui est saoul.

— Est-ce que c'est spécifique au genre ?

Cal n'arrivait pas à croire qu'il avait cette conversation...

— Pas vraiment, répondit-il en haussant les épaules.

— Alors je pourrais dire que ma demi-sœur est une *wanker* ? demanda-t-elle avec un grand sourire.

Cal ricana.

— Tu pourrais.

— Cool ! Quoi d'autre ?

— *Shite* est une variation de *shit*[3], un *plonker* est un idiot agaçant, *manky* c'est sans valeur ou dégoûtant. Un qualificatif assez léger. Un *cock-up* est un raté, une merde. Et l'un de mes préférés, c'est *bugger*. Il peut être utilisé de tant de façons, un peu comme les Américains disent le mot *fuck*. Ce peut être un nom pour con ou un verbe signifiant ruiner. Ou ce peut être une expression de mécontentement.

Les yeux de June étincelaient.

— Cool !

Cal fit un grand sourire.

— Ton père doit se retourner dans sa tombe en sachant que je t'apprends tout ça, marmonna-t-il.

— En fait, il serait aussi excité que moi, riposta June. Il était merveilleux. Drôle et sarcastique, mais aussi adorable et sensible, dit-elle avant de soupirer. Je crois que c'est pour ça qu'il a fini avec Elaine. Elle lui a probablement raconté une histoire larmoyante sur le fait d'être une mère célibataire et il s'est fait avoir comme un bleu.

— Comment est-il mort ? demanda Cal avec douceur, lui pressant légèrement le genou.

June baissa la tête.

— Crise cardiaque. Ce qui n'a aucun sens étant donné qu'il était en assez bonne santé. Il avait quelques kilos en trop, car il adorait manger, mais il allait chez le médecin chaque année, n'avait pas une tension artérielle élevée ou quoi que ce soit et il faisait régulièrement de l'exercice. Je ne l'avais pas compris à ce moment-là et je ne le comprends pas aujourd'hui. Un jour, il était là et le suivant, il était à l'hôpital, en train de mourir.

Les cheveux de Cal se dressèrent sur sa nuque et son ventre se tordit. Il ne connaissait pas June depuis longtemps, ni sa belle-famille d'ailleurs, mais si ce qu'il entendait était vrai – si son père avait été en bonne santé – quelque chose paraissait incroyablement suspect...

— Qu'a dit le rapport d'autopsie ?

June leva des yeux froncés vers lui.

— Rien. Il n'y en a pas eu. Elaine a dit qu'elle ne voulait pas profaner son corps.

Le sixième sens qui avait sauvé plus d'une fois la vie de Cal était en train de hurler. Prenant note de faire quelques enquêtes ou au moins de demander à un ami ou deux ayant davantage d'influence que lui de jeter un œil à la situation, Cal changea de sujet.

— Tu as faim ?

Elle lui fit un petit sourire.

— Je mangerais bien.

— D'accord, mais une dernière chose, dit-il avant qu'elle ne bouge.

— Oui ?

— Tu ferais une incroyable princesse. Une princesse que n'importe quelle nation serait honorée d'avoir. Tu t'intéresses à tes proches avant tout. Tu fais passer leur bien-être avant tout le reste. Tu te battrais pour eux si nécessaire et les encourages quand ils accomplissent de grandes choses. Tu serais le genre de princesse qui aurait des statues érigées en son honneur et tu gagnerais une loyauté profonde et constante de ton peuple. Et tu accomplirais tout ça sans être autre chose que ce que tu es. Le monde serait un meilleur endroit s'il y avait des princesses comme toi.

Cal n'était en général pas très doué avec les mots. Il avait pour habitude de tenir sa langue, de laisser parler sa famille pour lui. Et alors qu'il n'aimait pas les larmes qui apparaissaient dans les yeux de June à cause de son petit discours, il ne regrettait rien de ce qu'il avait dit. Chaque mot lui était venu du cœur.

— Vas-y, utilise la salle de bain en premier. Je vais vérifier mes emails et dire à mes amis que nous arriverons plus tard aujourd'hui, je ferai le point avec April et verrai si elle a eu de la chance en te dénichant un endroit où vivre.

— D'accord.

À sa surprise, elle se pencha en avant et lui embrassa une joue puis l'autre.

Il lui fallut toute la force en lui pour ne pas la prendre par la nuque et la ramener vers lui tandis qu'elle s'éloignait.

— Est-ce que je l'ai bien fait ? demanda-t-elle timidement. Tu sais, l'embrassade.

Il faillit répondre que non, elle avait manqué ses lèvres. Mais au lieu de ça, il se força à hocher la tête.

— Ouais.

Il n'allait pas lui dire que la plupart des gens ne posaient pas, en réalité, leurs lèvres sur qui que ce soit. Ils donnaient des baisers volants polis quand ils saluaient les autres de manière formelle.

La peau de son corps était peut-être meurtrie, avec tellement de terminaisons nerveuses endommagées, mais son visage avait guéri depuis longtemps de la maltraitance à laquelle il avait été soumis... et la chaleur des lèvres de June s'attardait.

— Je ne prendrai pas trop de temps, lui dit-elle avec un

autre petit sourire, se tournant pour balancer les jambes sur le côté du lit.

Elle disparut dans le cabinet de toilette après avoir pris des vêtements de rechange de sa valise et ce ne fut qu'après que Cal osa respirer à nouveau.

Il ne la connaissait que depuis quelques jours et elle était déjà la meilleure chose qui lui soit arrivée. Il ne savait pas ce que réservait le futur de June, mais il chérirait chaque minute passée en sa présence jusqu'à ce qu'elle estime que Newton soit trop petite. Trop éloignée. Qu'elle voulait poursuivre sa route, faire de grandes choses dans sa vie, ailleurs. Il ne doutait pas qu'elle découvrirait son potentiel tôt ou tard maintenant qu'elle était libérée du joug de sa belle-famille.

Penser à Elaine le fit grimacer. Il avait compris qu'elle était fourbe, mais après en avoir appris plus sur la mort du père de June, il craignait que sa dépravation soit plus profonde qu'il ne le suspectait.

Il était en terrain inconnu avec le meurtre... le peu qu'il en savait provenait des émissions criminelles sur lesquelles il était tombé par hasard ici et là. Il devait appeler quelqu'un qui savait ce qu'il faisait, voir si une enquête serait justifiée. Au moins, devoir répondre à des questions concernant la mort de son mari pourrait détourner l'attention d'Elaine sur le fait que sa belle-fille était partie sans dire un mot... avec l'homme qu'elle espérait voir marié à sa *propre* fille.

Penser à Elaine et Carla laissa un goût amer dans la bouche de Cal et il se refusa à gâcher une journée parfaite en s'inquiétant à cause d'elles. Il attrapa son téléphone sur la table de nuit. Il devait faire le point avec JJ, s'assurer que Jack's Lumber tenait bon, envoyer un email à Chappy concernant les détails de son mariage et demander à Bob des idées de cadeaux pour le couple bienheureux.

La cérémonie représentait une rare occasion pour Cal de faire un beau geste. Dieu savait que ses amis avaient refusé son argent pour monter leur affaire ou pour acheter tout le matériel dont ils auraient besoin. Oui, il avait décemment participé, mais JJ avait insisté pour faire un emprunt et ne pas laisser Cal financer toute l'opération.

Mais il était hors de question que Chappy refuse un don généreux fait au nom de sa femme. Cal savait sans se tromper que tout ce qui pourrait rendre la vie de Carlise plus facile serait accepté sans trop ronchonner.

Cal devait tant à ses amis... Sans eux, il ne doutait pas qu'il ne serait pas là aujourd'hui. Ils l'avaient aidé à rester sain d'esprit et à se battre pour sa vie quand ils étaient prisonniers. Il aurait abandonné s'ils n'avaient pas été là, si cela n'avait pas incité leurs ravisseurs à ne serait-ce que poser leurs lames sur ses amis. Il aurait donné sa vie pour eux et savait qu'ils auraient fait la même chose.

Il détestait ce qui était arrivé, détestait la façon dont il se sentait aujourd'hui, mais il ne changerait rien si cela engendrait que ses amis soient blessés à sa place.

Cal fit une pause dans la lecture de ses emails, souriant en entendant le bruit de l'eau dans la salle de bain. June avait admis n'avoir jamais partagé de lit avec un homme et il n'avait jamais partagé une chambre d'hôtel avec une femme. C'était intime... et avec June au moins, il s'en moquait bien.

Le meilleur aspect de la journée, c'était qu'il aura encore quatre heures ou plus seul avec elle, tandis qu'ils continueraient vers le nord. Il ignorait où les mèneraient leurs conversations, mais il savait qu'il ne s'ennuierait pas. Il mourrait d'envie d'en apprendre plus sur elle, mais d'abord, ils quitteraient l'hôtel et prendraient un petit déjeuner.

Et il s'inquièterait plus tard de ce qui arrivera quand ils arriveront à Newton.

CHAPITRE HUIT

June était ravie que la réceptionniste leur ait indiqué quelle était la meilleure heure pour aller prendre le petit déjeuner, car même s'il y avait encore un bon nombre de personnes dans le salon, ils furent capables de trouver une place à part du reste des clients. La nourriture n'avait rien de spécial, mais elle suffirait à l'aider à continuer jusqu'à ce qu'ils s'arrêtent pour déjeuner, sur leur route vers le Maine.

June voyait ce voyage comme une grande aventure, une aventure qu'elle pensait ne jamais vraiment avoir l'occasion de vivre. Mieux encore, elle n'avait pas eu à dépenser le moindre sou qu'elle avait méticuleusement mis de côté. Elle se sentait mal à l'aise que Cal ait payé pour l'hôtel, ce qui était l'une des raisons pour laquelle elle n'avait pas rechigné à partager une chambre. Elle apaisa sa culpabilité en se disant qu'il aurait dépensé de l'argent dans une chambre même s'il avait voyagé seul.

Mais la meilleure raison pour elle, c'était de passer plus de temps avec Cal.

Il ne ressemblait à aucun homme qu'elle avait rencontré. Il était protecteur et dominant, pourtant elle pouvait également voir qu'il n'était pas à l'aise parmi les gens. C'était un prince. Il devrait être habitué à être avec une multitude de gens. Sauf qu'il ne l'était clairement pas. Elle se disait que cela devait probablement beaucoup dépendre de ce qu'il avait traversé lorsqu'il avait été retenu prisonnier.

Il était aussi patient et perspicace et se fichait quand les gens le coupaient, que ce soit sur la route ou en faisant la queue au buffet du petit déjeuner. Il ne se prenait pas trop au sérieux et alors qu'elle était sûre que la situation l'exigerait, qu'il pouvait se transformer en cette personne royale qu'on lui avait appris à être, elle ne l'avait pas encore vu se montrer grossier ou indélicat envers quiconque.

S'il avait été arrogant ou impoli avec les autres, June ne l'aimerait pas autant qu'elle le faisait. Et elle l'appréciait vraiment beaucoup. Plus que ce qui était raisonnable.

Peu importait ce qu'il disait, elle n'avait *pas* l'étoffe d'une princesse. Bien entendu, elle allait probablement se rejouer ses paroles dans sa tête quand elle aura besoin d'être encouragée à avoir confiance en elle, mais c'était tout ce qu'elles étaient, des paroles. Elle avait le sentiment que s'il l'amenait chez lui pour lui présenter ses parents, ils verraient clairement en elle. Ils diraient sans ambages à son fils qu'elle n'aurait pas sa place au sein de leur famille privilégiée.

Et la pensée d'être un jour présentée au roi et à la reine du Liechtenstein lui donnait envie de vomir.

Non, elle et Cal venaient de mondes très différents et plus tôt elle se rentrera ça dans le crâne, mieux elle s'en portera. Elle appréciait son aide, mais elle avait le sentiment que dès qu'ils arriveront dans le Maine et qu'il retournera à sa routine, il se demanderait ce qu'il avait eu en tête en la sauvant de sa situation, en lui donnant accès à sa vie.

Toutefois, en attendant, elle allait profiter de ce changement inattendu dans sa situation autant que possible. En commençant par le porridge baveux, les œufs tièdes et les galettes de pomme de terre molles devant elle. C'était plutôt médiocre, mais c'était aussi de la nourriture qu'elle n'avait pas eu à acheter ou préparer et par conséquent, c'était plus qu'apprécié.

— Ce n'est pas génial, commenta Cal, lisant dans son esprit avec une grimace après avoir pris une gorgée du café qu'il avait pris dans la grande carafe, dans un coin du salon.

June ne put faire autrement que glousser.

— Tu devrais voir ta tête, dit-elle avec un grand sourire.

Le sourire de Cal fut un peu plus sec.

— C'est plus fort que moi. J'ai été habitué aux incroyables petits déjeuners à l'anglaise, les deux matinées passées à DC. Même si je dois dire qu'ici, la compagnie est aussi bonne que lorsque je me trouvais là-bas.

June se sentit rougir. Cet homme... Il avait une façon de dire ce qu'il fallait quand il fallait. Si elle avait eu plus d'expérience, elle pourrait penser qu'il flirtait avec elle.

— Beurk, dit-il après avoir pris une autre gorgée. Je ne peux pas boire ça. Ton thé à la menthe poivrée me manque. Je vais aller jeter ça dans la poubelle et me prendre un jus. Tu veux quelque chose pendant que je suis debout ?

— Non, ça va, lui répondit-elle, contente qu'il ait apprécié le thé qu'elle avait préparé pour lui.

Elle le suivit du regard lorsqu'il se leva pour se diriger vers la poubelle dans le coin de la salle. Elle vit plus d'une femme faire comme elle et ses lèvres formèrent un petit sourire en voyant que Cal ne semblait pas remarquer. Cet homme était la personne la plus attirante et inconsciente de l'être qu'elle avait rencontrée... ou peut-être était-elle habituée à la façon dont Carla faisait la belle partout où elle allait et à la façon dont elle *s'attendait* à être admirée.

June avait l'intuition que si Cal savait à quel point il attirait l'attention – pas seulement parce qu'il était le Prince Redmon, mais parce qu'il était un homme vraiment agréable à regarder – il serait atterré. Il faisait de son mieux pour se fondre dans le décor, mais c'était impossible. Même s'il n'avait pas été un prince, il aurait gagné le respect et l'attention partout où il allait.

Un mouvement sur la gauche attira l'attention de June. Un vieil homme était assis, seul, tentant de manger, mais sa main tremblait tant qu'il fit rapidement tomber sa fourchette sur le sol. Elle le vit fixer la fourchette pendant un moment avant de soupirer et de repousser son assiette encore pleine.

June était déjà en train de bouger avant même de le penser. Elle ramassa les couverts en trop sur leur table – Cal lui en avait ramené sans savoir qu'elle avait déjà pris les siens – et marcha jusqu'à la table du vieil homme. Elle tira une chaise et s'assit, disant :

— Salut ! Je m'appelle June.

Il leva les yeux, surpris, mais lui fit un petit sourire.

— Edgar.

Sans se prendre la tête, June ouvrit les couverts en plastique non utilisés tout en parlant.

— Je viens de Washington, DC. Je suis là avec mon ami – il est là-bas en train de se servir en jus de fruits parce que c'est un buveur de thé extrémiste, dit-elle, ayant murmuré la dernière partie comme pour admettre un secret d'État.

Le vieil homme eut un petit rire.

— Comment lui en vouloir. J'ai moi-même un faible pour les bonnes tasses de thé chaud.

— Vous êtes seul ici ?

— Oui, répondit-il avec calme.

— Qu'est-ce qui vous amène ici ? demanda-t-elle en rapprochant l'assiette de l'homme, prenant une pleine cuillerée d'œufs avant de placer le couvert dans sa main. Elle maintenait sa main avec la sienne et il la regarda fixement, avec un mélange d'incrédulité et de ce qu'elle espérait être du soulagement et non de l'irritation.

Elle retint son souffle, priant d'adopter le bon comportement. Elle n'essayait vraiment pas de se montrer impolie ou insistante, mais elle ne pouvait pas rester assise à sa table plus loin et regarder quelqu'un s'affamer à cause d'une incapacité physique.

Il finit par faire bouger le couvert jusqu'à sa bouche. Elle gardait sa main immobile tandis qu'il ouvrait la bouche pour la cuillère.

— Je suis là pour rendre visite à la famille de ma femme. Elle est morte la semaine dernière, répondit-il tristement.

— Oh, je suis tellement désolée, lui répondit gentiment June, l'aidant à prendre une autre cuillerée d'œufs. Vous avez été mariés longtemps ?

— Soixante-et-un ans, répondit-il fièrement. Elle était l'amour de ma vie. Je ne sais pas ce que je vais faire sans elle.

— Oh, ça, ça *fait* longtemps.

June continuait de l'aider. Il semblait perdu dans ses souvenirs, à peine conscient d'être toujours en train de manger.

— Elle doit tellement vous manquer.

Edgar leva les yeux et croisa son regard.

— Elle m'aidait toujours à manger... tout comme vous.

June lui fit un sourire tendre.

— Tout va bien ? demanda Cal.

June sentit sa main sur son épaule et elle inclina la tête en arrière pour le regarder.

— Salut, Cal. Tout est parfait. Voici Edgar. C'est mon nouvel ami.

— C'est un plaisir de vous rencontrer, dit Cal, en pressant l'épaule de June. Puis-je me joindre à vous ?

Edgar désigna de la main le siège face à lui.

Au soulagement de June, Cal ne posa pas de question sur ce qu'elle était en train de faire. Il repartit simplement à leur table précédente, prit le café qu'elle était en train de boire, se débarrassa de leurs assiettes vides et se joignit à elle et Edgar.

Tandis qu'elle aidait son nouvel ami à manger, lui et Cal se lancèrent dans une conversation à propos de l'armée. Il se trouvait qu'Edgar était un vétéran et lui et Cal avaient un tas de choses à se raconter. June ne pensait pas qu'Edgar réalisa même d'avoir terminé son petit déjeuner. Elle se leva pour aller lui chercher une tasse de café chaud, faisant attention à ne pas trop la remplir pour qu'il n'en renverse pas sur ses mains tremblantes et à son retour, lui et Cal étaient toujours en train de papoter.

Elle posa un coude sur la table et son menton dans la main, les écoutant, un petit sourire sur le visage. Au bout d'un moment, Edgar la regarda.

— Pardon, vous devez vous ennuyer terriblement.

— Pas du tout, protesta June. Je suis fascinée.

— Vous êtes mariés depuis combien de temps tous les deux ? demanda Edgar.

La main de June retomba et elle regarda Cal, embarrassée.

Il ne perdit pas contenance. Il tendit la main et prit la sienne, la portant à sa bouche et lui embrassant le dessus avant de répondre :

— C'est à la fois comme si cela faisait une éternité, mais aussi comme si c'était hier, que nous nous sommes rencontrés.

Les joues de June brûlaient, mais elle ne pouvait détourner le regard de Cal. Son cœur tambourinait dans sa poitrine et elle avait des papillons dans le ventre.

Edgar pouffa.

— C'est ce que je ressentais pour ma Betty.

Le regard de June revint au vieil homme, mais elle était parfaitement consciente que Cal ne lui avait pas lâché la main. Elle ne savait pas très bien ce qui était en train de se passer, seulement que ça lui paraissait... normal.

Ils parlèrent tous les trois encore dix minutes ou plus avant qu'Edgar ne finisse par regarder sa montre et ne déclare qu'il devait partir. Ils se levèrent tous et Cal emmena la vaisselle d'Edgar vers les poubelles.

— Merci, dit Edgar à June d'un air solennel. Vous n'aviez pas à m'aider.

— Bien sûr que si, rétorqua June. Et tout le plaisir était pour moi. Vous avez illuminé ma journée et j'espère que, peut-être, quand vous serez arrivé là où vous devez aller, nous resterons en contact ?

— Ça me plairait, dit-il, d'une façon bourrue.

Cal revint et il posa la main dans le creux du dos de June. C'était comme une marque au fer sur sa peau, et furtivement, elle se pencha un tant soit peu vers lui.

Cal tendit la main vers Edgar et les deux hommes se saluèrent.

— Vous n'êtes pas comme je m'y attendais, dit le vieil homme avec sérieux.

— Vous m'avez reconnu ? demanda Cal, clairement surpris.

Edgar acquiesça.

— À la seconde où je vous ai vu traverser la salle, dit-il, avant d'ajouter, désignant June de la tête : Elle est unique en son genre. Ne la laissez pas s'échapper.

Cal hocha la tête.

— Il y en a une sur un million comme elle, s'accorda-t-il.

— Vous allez conduire jusqu'à l'endroit où vous devez aller ? demanda June, hésitante, car elle ne pouvait l'imaginer au volant d'un véhicule, puisqu'elle l'avait aidé à manger.

— Seigneur, non, répondit Edgar. Mon beau-fils me retrouve ici dans environ dix minutes. Il descend tout droit de Hartford ce matin. Ma fille m'a déposé ici, la nuit dernière.

— Très bien, dans ce cas, dit June, se sentant triste qu'ils aient à le laisser.

— Tout ira bien, ma petite. Mais j'apprécie votre inquiétude. La plupart des gens ne m'auraient même pas regardé deux fois.

— Eh bien, ils ratent quelque chose, répondit fermement June.

— Merci encore. Je vous contacterai.

Il mit dans sa poche la carte de visite que Cal lui avait glissée à un moment donné. Puis il se tourna et claudiqua dans le couloir menant au hall d'entrée.

— Tu es prête à partir ? demanda Cal d'un ton que June ne parvint pas à traduire.

Elle hocha la tête.

Ils se rendirent dans leur chambre et rassemblèrent leurs affaires, puis June attendit patiemment pendant que Cal réglait la note. Il prit son coude dans sa large main et la mena sur le parking. Ils rangèrent leurs affaires puis Cal guida June jusqu'au siège passager du luxueux SUV. Il ouvrit la portière et alors qu'elle allait grimper, Cal l'arrêta.

Elle le regarda, l'air soucieuse étant donné qu'il ne disait rien. Il la regarda simplement fixement pendant un long moment.

— Quoi ? J'ai quelque chose sur le visage ? demanda-t-elle, timidement.

Cal secoua la tête et leva la main pour poser la paume sur sa joue.

— Plus j'en apprends sur toi, June Rose, plus je suis fasciné.

June secoua la tête bien qu'elle ne sache pas trop pourquoi.

— Tu as été géniale avec lui, dit-il.

— Edgar ? demanda June avant de hausser les épaules. Il avait besoin d'aide.

— Il avait raison, tu sais. Personne dans ce salon ne l'a regardé deux fois. Sauf toi. Et tu ne l'as pas seulement regardé, tu as vu qu'il avait besoin d'aide et tu as agi. Et en réalité, tu as semblé apprécier sa compagnie.

— Pourquoi n'aurais-je pas apprécié ? demanda-t-elle, légèrement sur la défensive. Il est vieux, pas malade.

— Tu apprécies les personnes âgées ?

June fronça les sourcils, confuse.

— Oui, pourquoi ?

— Je ne sais pas. Certaines personnes sont mal à l'aise avec eux.

— Eh bien, c'est stupide. Ce ne sont que des personnes. Et comme tu l'as découvert aujourd'hui, la plupart ont des histoires à partager, si nous restons suffisamment longtemps pour écouter. Je pense que nous pourrions tous apprendre beaucoup de notre ancienne génération, mais la plupart du temps, nous sommes trop occupés, nos visages bloqués sur nos téléphones et autres appareils électroniques, trop overbookés que nous sommes pour nous arrêter et leur parler.

— Je suis d'accord, dit-il, son pouce lui effleurant légèrement la lèvre inférieure.

— Pourquoi ne lui as-tu pas dit que nous n'étions pas... ensemble, *ensemble* ? laissa-t-elle échapper.

Cal ne parut pas décontenancé par sa question.

— Ça ne m'a pas paru bien sur le moment, répondit-il aisément.

Sa réponse ne lui apprenait rien, mais elle le connaissait déjà suffisamment pour réaliser que s'il ne voulait pas expliquer, rien de ce qu'elle dirait ne le convaincrait de développer.

June inspira profondément par le nez. Elle pourrait rester ici pour toujours, à contempler Cal, sentir son odeur de propre, mémorisant son visage, essayant de le décrypter. Mais ce n'était pas sensé. Ils avaient des endroits dans lesquels se rendre, des choses à faire.

— Nous partons ? demanda-t-elle dans un murmure.

— Ouais, répondit Cal, mais sans s'écarter d'elle.

Elle lui fit un petit sourire.

— Je ne suis pas certaine que tu puisses conduire de là où tu tiens.

Il fit un sourire plus large.

— Probablement pas.

Puis lentement, il se pencha en avant. Lui accordant du

temps pour protester, pour s'écarter, pour lui demander ce qu'il était en train de faire.

Mais June ne comptait pas faire la moindre de ces choses. Elle savait que tout ce qui arrivait en cet instant ne pourrait durer. Il s'ennuierait bien rapidement avec elle. Elle n'était pas mannequin comme Carla et elle n'était pas tout à fait la personne la plus intéressante du monde non plus. Elle n'avait jamais quitté DC, n'avait même jamais mangé le petit déjeuner pourri d'un hôtel. Et elle dépendait presque entièrement de lui.

Il l'aiderait à s'installer, elle n'avait aucun doute là-dessus, il avait trop d'honneur pour ne pas le faire, mais ensuite, il trouverait que ce qui mijotait entre eux serait une aberration et il reprendrait le cours de sa vie.

Mais il était là maintenant. Se tenant si près qu'elle pouvait sentir la chaleur de son corps. Et se penchant toujours plus près avec une lueur dans les yeux qui, elle en était sûre, était le reflet de la sienne. Elle leva légèrement le menton et elle fut récompensée par ses doigts se resserrant tandis que leurs lèvres se rencontraient.

D'abord, il les lui effleura légèrement, fugitivement. Rapidement et presque incertain.

June ne put s'empêcher de le toucher. Ses mains se posèrent sur son torse tandis qu'un petit bruit s'échappa de sa gorge.

Puis les lèvres de Cal furent de nouveau sur elle, à l'exact opposé de leur dernier baiser, agissant avec une confiance qui la laissa à bout de souffle. Si elle avait été une femme plus romantique, elle aurait appelé ça une déclaration.

Cal donna un coup de langue sur ses lèvres et elle s'ouvrit avec impatience pour lui. Il avait un goût sucré, comme le jus qu'il avait bu au petit déjeuner. June se sentit étourdie et déséquilibrée, la langue de Cal caressa la sienne et les doigts de June s'enfoncèrent dans le tissu de son tee-shirt, faisant de son mieux pour rester debout. Mais Cal n'allait pas laisser tomber.

Son autre main entoura sa taille et il l'attira plus près de lui, la tenant contre lui, la tête inclinée afin d'approfondir leur baiser.

June ne s'était jamais sentie comme ça ! Comme si elle voulait dévorer et être dévorée. Le baiser de Cal était passionné, mais pas obscène. Il ne salivait pas à outrance, n'essayait pas d'enfoncer sa langue dans le fond de sa gorge. Il ne manipulait pas sa tête comme ci ou comme ça, il remuait simplement de façon naturelle tandis qu'ils s'exploraient l'un l'autre.

Bien avant qu'elle soit prête, la tête de Cal se releva, mais elle n'alla pas bien loin ; il posa le front contre le sien, luttant pour ralentir sa respiration et retrouver son sang-froid. June fut soulagée de ne pas être la seule à être si émue par leur baiser.

— Je n'aurais pas dû faire ça, dit-il après un long moment.

Chaque muscle du corps de June se tendit. Il regrettait de l'avoir embrassée ?

Seigneur, comme c'était humiliant ! Elle tenta de se retirer, de mettre de l'espace entre eux, mais l'étreinte de Cal se resserra tandis qu'il levait la tête pour la regarder.

— Je n'aurais pas dû faire ça... mais je n'avais jamais reçu un cadeau aussi doux. Tu es incroyable, June. Tu es la personne la plus généreuse que j'ai jamais rencontrée. Je me lie à toi après seulement quelques jours et je ne sais pas si je devrais être complètement terrifié ou si je te devrais te lier *toi*, te balancer dans le coffre de ma Rolls et te dissimuler dans un chalet abandonné pour te garder rien que pour moi jusqu'à la fin de mes jours.

June était si surprise, qu'elle éclata de rire.

— Tu t'ennuierais à mourir en un rien de temps, lui assura-t-elle, avant de se lécher les lèvres, appréciant la façon dont son goût s'attardait.

Le regard de Cal ne quittait pas les lèvres de June et il inspira profondément.

— J'en doute sérieusement. Tu vas bien ?

Elle fronça les sourcils.

— Pourquoi n'irais-je pas bien ?

Cal haussa les épaules.

— Je voulais juste m'assurer que tu ne regrettais pas d'être venue avec moi. Tu es en sécurité. Je ne te forcerai en rien. J'ai juste... perdu la tête pendant un instant.

June se fit soucieuse. On aurait dit que leur baiser était l'histoire d'une fois. Qu'il avait désormais retrouvé le contrôle et qu'il lui annonçait que ça n'arriverait plus.

La déception envahit June, mais elle lui tapota la poitrine et fit de son mieux pour sourire.

— Ça va. Je te fais confiance.

— Merci, princesse. Nous y allons ?

Elle hocha la tête, frissonnant légèrement lorsque ses mains la quittèrent et elle grimpa sur le siège passager. Il referma la portière et elle prit une grande inspiration, tâchant de reprendre le contrôle de ses émotions pendant qu'il faisait le tour de la voiture.

Elle le désirait. Plus que tout ce qu'elle avait désiré dans sa vie. Elle serait même d'accord pour retourner à DC et être un fardeau non payé et peu apprécié dans la vie de sa belle-mère si cela lui offrait une nuit avec l'homme qui était en train de s'installer sur le siège conducteur à côté d'elle.

Et pas parce qu'il était un prince.

Pas parce qu'il était riche.

Pas parce qu'il conduisait une voiture qui coûtait plus cher que la plupart des maisons.

Parce qu'il était Cal. Le genre d'homme qui prenait le temps de discuter avec un vieil homme qu'il venait de rencontrer. Qui gardait une femme dans ses bras toute une nuit sans rien tenter de sexuel. Qui pouvait voir à travers la vérité cachée sous les mensonges de Carla et Elaine.

Et parce qu'il l'avait davantage excitée avec un simple baiser que d'autres l'avaient fait avec le sexe.

— Et c'est parti, dit Cal d'une petite voix en démarrant le moteur.

June tourna son attention sur le système de navigation. Elle s'en était occupée la veille, lui indiquant où étaient situées les aires de repos et quand ils s'approchaient du trafic. Il lui donna une adresse à Newton et elle l'entra. La voix électronique d'une femme britannique sur l'application de navigation, qui réussissait à avoir l'air raffinée plutôt que robotique, les informa que leur destination était à trois heures et quarante-cinq minutes de là.

Quelques minutes de silence passèrent, Cal les dirigeant vers l'autoroute. Puis il posa la main sur la console entre eux, paume ouverte.

June la regarda, ensuite Cal et de nouveau sa main. Elle lutta intérieurement pendant deux secondes puis soupira mentalement avant de placer sa main dans la sienne.

Il la lui pressa, mais ne dit pas un mot.

Ils roulèrent vers le nord main dans la main et June fit de son mieux pour se convaincre qu'elle n'était pas en train de tomber amoureuse de l'homme à côté d'elle. Elle ne pouvait pas. C'était trop tôt. Elle le connaissait à peine. Elle était trop banale. Il était trop... tout.

Mais peu importait la façon dont elle essayait d'argumenter avec elle-même, une part d'elle, très profonde, savait qu'il était trop tard... Elle était déjà tombée, brutalement, rapidement.

Les yeux fermés, June posa la tête sur le dossier du siège. Elle n'avait aucune idée de ce que le futur avait en réserve, mais elle était déterminée à profiter de son temps passé avec Cal... car tôt ou tard, il ne serait plus là et elle serait de nouveau seule. Jusque-là, elle absorberait autant de minutes de son attention que possible et elle se promit de ne pas faire tout un plat quand il finira par mettre de la distance entre eux. Elle était ce qu'elle était... Cal était Cal. Et ils étaient aussi éloignés que peuvent l'être deux personnes.

Se déconnectant de cette partie d'elle qui était casse-pied et déterminée à se battre pour obtenir ce qu'elle voulait, qui tentait de la convaincre qu'elle était digne de Cal comme tout le monde – certainement plus que le serait sa demi-sœur – June orienta ses pensées ailleurs... Ce qu'elle ferait une fois dans le Maine, comment elle pourrait gagner sa vie. Elle ferait tout son possible pour ne *pas* avoir à retourner à DC. Pour ne pas retomber sous la coupe d'Elaine.

Qu'elle réussisse ou non dépendait de sa capacité à se tenir toute seule debout et c'était exactement ce qu'elle allait faire.

CHAPITRE NEUF

Plus ils se rapprochaient de Newton, plus Cal se sentait patraque.

Il avait aimé son temps passé seul avec June. Égoïste, il ne voulait la partager avec personne. Ses amis voudraient tout savoir d'elle. April voudrait s'assurer qu'elle n'avait pas d'arrière-pensées, elle était comme une maman louve protectrice quand il s'agissait de « ses garçons ». Et Carlise voudrait être sa nouvelle meilleure amie.

Tout cela était positif, mais Cal voulait mettre June dans une bulle et la garder pour lui. Ça n'avait aucun sens... c'était absolument ridicule. Et pourtant, il ne pouvait se débarrasser de cette pensée.

En arrivant en ville, ce sentiment n'en fut que plus fort, plus insistant. Il faisait de son mieux pour ne pas conduire directement jusqu'à sa maison, la traîner à l'intérieur et verrouiller la porte derrière eux.

Mais June se redressait sur son siège, regardant autour d'elle avec de grands yeux excités. Et la dernière chose que voulait Cal, c'était effacer son enthousiasme.

Pour lui, Newton n'était pas super palpitante, mais c'était sa maison. Une petite ville américaine typique, un endroit où il se sentait aujourd'hui suffisamment bien dans sa peau. Personne ici ne le traitait comme le Prince Redmon. Pour les locaux, il était un employé de Jack's Lumber qui leur venait en aide quand un arbre tombait sur la route, une maison, ou sur la propriété de quelqu'un. Il grimpait aux arbres pour secourir les chatons – et les enfants – qui étaient montés un peu trop haut pour pouvoir redescendre en sécurité et sans aide. Il n'était pas né là ni n'y avait grandi, mais il était traité comme l'un des leurs.

Il désigna les divers immeubles et commerces que June pourrait, selon lui, avoir envie de visiter à un moment donné : Granny's Burgers, la petite épicerie, la quincaillerie, le seul et unique institut de beauté en ville... June hocha la tête à chacun et il se dit qu'elle prenait mentalement note des endroits où tout se trouvait, afin de ne pas avoir à le demander un de ces jours.

Il avait appris que n'était pas son truc de demander de l'aide. Il devrait faire attention à ça...

Non. Cal secoua la tête. Ce ne serait pas son boulot à l'avenir. Elle trouvera quelqu'un d'autre qui fera volontiers attention à elle et s'assurera qu'elle ne tentera pas de tout gérer toute seule.

— La chambre disponible qu'a trouvée April n'est pas trop loin d'ici, se força-t-il à dire.

Son ton avait été un peu bourru, mais il se dit que June ne l'avait pas remarqué, elle était trop occupée à admirer les paysages.

C'était le début d'après-midi et le soleil était de sortie bien qu'il ne fasse pas vraiment chaud. Le printemps arrivait tard dans cette partie du Maine et Cal avait de nouveau hâte d'être actif au sein de leur entreprise et en tant que guide des randonneurs sur le Sentier des Appalaches. Cela lui donnerait quelque chose d'autre à faire que faire une fixette sur la femme à côté de lui.

— Tu es certain qu'ils ont dit qu'il n'y avait pas d'acompte ? demanda June, inquiète. Ça me paraît étrange.

— Si April l'a dit, c'est que c'est vrai, lui répondit Cal.

Quand ils s'étaient arrêtés pour mettre de l'essence, il avait découvert un email d'April avec l'adresse du lieu et les détails basiques du bail.

— Okay. J'ai de quoi pour un loyer d'environ trois mois si le prix mentionné est le bon, mais pas plus. Je chercherai un boulot sur-le-champ.

Cela demanda tous les efforts de Cal afin de ne pas insister pour lui payer le loyer, lui dire qu'elle n'avait pas à s'inquiéter. June avait sa fierté, ce qu'il comprenait, mais il était hors de question qu'il la laisse s'affamer ou se retrouver sans abri si elle ne parvenait pas à trouver un travail.

— Ça va marcher, dit-il, restant concentré sur les alentours.

Il n'était jamais allé dans cette partie de Newton alors il n'était pas certain de savoir où aller. Le système de navigation lui avait indiqué les directions pas à pas, et quand il annonça qu'ils étaient arrivés à destination, Cal en fut perplexe.

Ce ne pouvait pas être là... Ce ne pouvait pas être la chambre qu'April avait trouvée pour June...

Ils étaient garés devant une maison qui donnait l'impression d'avoir connu de meilleurs jours. Il manquait quelques planches au porche, il y avait une voiture complètement rouillée dans le jardin de devant et le lieu avait cruellement besoin de peinture.

— Oh... c'est... plutôt mignon, dit June après une pause lourde de sens.

Ça ne l'était pas. C'était un désastre. June étant June, elle tentait simplement de rester positive.

— Je suis sûre que la chambre à l'intérieur sera très bien.

Ce n'était pas une résidence d'appartements, juste une

chambre simple que le propriétaire louait. Cal le savait bien, des locations dans une si petite ville étaient rares et les quelques résidences étaient remplies, en général. Il savait qu'il y avait une salle d'eau rattachée et une entrée séparée et que c'était une pièce du sous-sol. Quand il s'était renseigné pour la cuisine, elle lui avait répondu par email un truc à propos d'une plaque chauffante et d'un mini frigo. Pas idéal, mais il avait été d'accord pour jeter un œil à l'endroit.

Mais maintenant ? Après avoir vu lui-même la maison ? Il savait exactement où il emmènerait June.

Sans dire un mot, Cal enclencha la marche arrière de la Rolls et recula dans l'allée, pleine de grosses ornières.

— Cal ? demanda June.

Il ne répondit pas, s'éloigna simplement de la maison.

— Où est-ce que tu vas ? Arrête-toi !

— Tu ne vivras pas ici, dit-il fermement.

— Je sais que les extérieurs ont besoin de travaux, mais je suis sûre que la chambre est parfaitement adéquate. En tout cas, elle serait à *moi*. Je n'aurais pas à être à la disposition de quelqu'un. Je peux faire ce que je veux, quand je veux...

— Tu pourras faire ça là où je t'emmène, dit-il aussi calmement que possible.

Il était en train de faire une erreur. Il le savait. Plus il passait du temps avec cette femme, plus ce serait difficile de s'en éloigner. Mais il n'allait pas la laisser vivre dans un endroit qui ne paraissait pas sûr. Dans lequel *elle* ne serait pas en sécurité.

Peut-être se montrait-il injuste, il n'avait pas vu la chambre après tout et il n'avait pas rencontré son logeur potentiel. Mais il ne pouvait pas la laisser dans ce taudis. Il en était juste incapable.

— Tu connais une autre chambre ? Est-ce qu'April t'a envoyé d'autres endroits à visiter ?

— Oui, mentit Cal sans l'ombre d'un remords.

Il avait quelques mots bien sentis pour April, mais ça attendrait. Évidemment, il ne lui avait accordé qu'une journée de préavis pour trouver quelque chose, mais il n'arrivait pas à comprendre pourquoi elle avait pu penser que *cet* endroit était approprié. Il ne pouvait que supposer qu'elle ne l'avait pas d'abord vu... mais cela ne ressemblait pas à leur assistante, elle qui était très rigoureuse.

— D'accord, répondit June, calme.

Cela ne prit pas longtemps à Cal pour arriver à sa destination. Il se gara dans la longue allée et jeta un coup d'œil à June.

Elle contemplait la maison avec de grands yeux.

— Merde alors, Cal ! C'est magnifique ! Ça ne peut pas être ici... Je ne peux sans doute pas me permettre de vivre ici, peu importe le loyer.

La satisfaction coulait dans ses veines tout comme le soulagement du fait qu'elle aimait l'allure de la maison. C'était sa fierté et sa joie. Il l'avait achetée en emménageant à Newton et avait fait pas mal de boulot pour la rendre comme elle était aujourd'hui. Il avait passé chaque moment de veille cette première année à la réparer quand il ne se trouvait pas sur son lieu de travail. Le résultat d'heures passées en ligne à regarder des vidéos pédagogiques et d'un paquet de sang, de sueur et de larmes, c'était sa maison et il était fier de l'appeler foyer.

— Tu peux, lui assura-t-il en arrêtant la Rolls.

June sortit du SUV et continuait de regarder sa maison, émerveillée. Le porche, qui faisait tout le tour, comportait normalement une balancelle, mais elle était actuellement dans le garage pour l'hiver. Il avait une paire de chaises sur la terrasse en bois cependant et même une couronne de fleurs sur sa porte d'entrée, qu'April lui avait achetée.

La maison à deux étages donnait l'impression de sortir tout droit d'un magazine d'architecture. Cela faisait partie des raisons pour lesquelles Cal l'avait achetée. Il adorait les boiseries d'époque même si cela demandait un sacré entretien avec le climat rigoureux du Maine.

Il y avait un plan d'étage ouvert, un plafond cathédrale, une grande cuisine fonctionnelle, des moulures et du plancher en bouleau jaune. Il bénéficiait de deux cheminées, une dans la chambre parentale et une autre dans la grande pièce.

— Viens, je vais te faire visiter.

— Attends, quoi ? demanda June, comprenant enfin.

Mais Cal ne lui donna pas l'occasion de rechigner. Il lui prit la main, ignorant le bien que ça lui apportait, et la tira jusqu'à la porte d'entrée.

— En général, j'entre par la porte arrière puisqu'elle est plus proche du garage, mais je me dis que tu tirerais le meilleur parti de la visite si nous passions par l'entrée.

— Attends, Cal, *tu* vis ici ?

— Oui.

— Et tu loues des chambres ? persista-t-elle.

— Non. Pas d'habitude. Mais apparemment, je le fais maintenant.

— Je ne peux pas…, commença June.

Cal se tourna vers elle une fois franchies les trois marches du porche. Il la tira vers lui, ignorant le petit bruit qu'elle avait fait en heurtant son torse.

— Si, tu peux. Et tu le feras. Hors de question que je te laisse avec cette pauvre excuse pour une simple maison. Je me fiche que les pièces à l'intérieur soient immaculées. Le toit fuit probablement et le voisinage semble affreusement louche. Tu seras en sécurité ici. Je te donne ma parole en tant que membre de la famille royale du Liechtenstein. Tu peux te remettre sur pieds, trouver un boulot, économiser de l'argent puis trouver ta propre maison. Je t'en prie, June… ne me force pas à te ramener là-bas. Je ne pourrais pas en dormir. Je cesserais de manger, inquiet. Je dépérirais.

Il en rajoutait, avec un petit sourire satisfait, pour son bien… mais il était aussi totalement sincère.

June leva les yeux au ciel.

— Je ne devrais vraiment pas, dit-elle.

— Tu devrais, riposta-t-il. Jette un œil au moins. J'ai une grande chambre d'amis au second étage, qui dispose d'un petit coin salon et de sa propre salle de bain attenante. Nous devrons partager la cuisine, mais si ça te met mal à l'aise, on peut te procurer un petit frigo et tout appareil dont tu aurais besoin ou que tu voudrais avoir dans ta chambre.

— Je me moque de partager une cuisine avec toi, Cal, dit-elle en soufflant. Bon sang... Nous avons dormi ensemble la nuit passée. Pourquoi cela m'embêterait de partager ta cuisine ?

Dès que les mots furent sortis de sa bouche, ses joues devinrent rouge vif.

— Je veux dire... Je... euh... *crotte*.

Cal l'aida à s'en tirer même si ses paroles ramenèrent des souvenirs en première ligne de son esprit de lui en train de l'étreindre.

— Je vois ce que tu veux dire et je suis ravi. Je ne suis pas un sagouin, je nettoie après mon passage et il y aura des périodes où je ne serai pas là pendant plusieurs jours et nuits, si je bosse dehors sur le Sentier des Appalaches. Tu ne sauras même pas que je suis là la plupart du temps.

Mais lui saurait assurément qu'*elle* serait là.

La relâchant avec réticence, il se tourna vers la porte et inséra la clé dans la serrure.

— Jette au moins un œil, l'amadoua-t-il.

— Très bien. Mais si à tout moment tu changes d'avis, tu dois me promettre de me le dire, s'inquiéta-t-elle.

— Je le ferai, répondit Cal, sachant qu'il n'arriverait jamais à ce stade.

Il pourrait l'encourager à partir, à déployer ses ailes et voler, mais il ne la chasserait jamais par refus de l'avoir ici.

Il retint son souffle quand elle entra dans sa maison. Il voulait qu'elle aime aussi l'intérieur, ce qui était un nouveau sentiment. Il se fichait de ce que les autres pensaient de sa maison, mais il voulait désespérément que June se sente à l'aise.

Elle se balada dans la grande pièce les yeux grands ouverts, touchant une chose ici et là tout en explorant. Quand elle entra dans la cuisine, il l'entendit hoqueter.

— Waouh, Cal ! C'est... Je ne *sais* même pas ce que c'est !

— C'est une cuisine, dit-il pince-sans-rire.

Il n'avait pas regardé à la dépense quand il avait refait l'espace. Il n'était pas le meilleur cuisinier, mais il souhaitait une cuisine bien organisée, belle et fonctionnelle.

Il avait un grand évier de ferme, de longs plans de travail, des meubles de rangement en bois sur mesure, des équipements luxueux, un évier de préparation, des comptoirs en marbre, une gazinière Bertazzoni indépendante, un double réfrigérateur, une cave à vin, des rangements spécialement conçus pour les casseroles, poêles et couvercles et chaque autre gadget et ustensile de cuisine connus de l'homme.

Maintenant qu'il y pensait, Cal réalisa qu'il avait exagéré. Mais c'était ainsi que ça lui plaisait ; il était aisé de se déplacer dans la cuisine et elle avait très belle allure également.

Elle se tourna vers lui, secouant la tête.

— Tu sais, jusqu'à cet instant, je n'avais pas vraiment pensé au fait que tu étais riche. Je veux dire, tu as mentionné avoir beaucoup d'argent. Et je m'en serais doutée si tu ne l'avais pas fait, avec ta voiture et tout ça mais... je suppose que je l'ai refoulé. Mais maintenant ? En voyant ça ? dit-elle en faisant un signe de la main, désignant la grande cuisine. C'est vraiment frappant. Je ne pense pas pouvoir être à la hauteur de tout ça.

Elle regarda de nouveau autour d'elle, l'air inquiète, déglutissant avec nervosité.

Cal marcha vers elle. Elle recula jusqu'à se retrouver contre le comptoir et incapable d'aller plus loin. Il se rapprocha suffisamment pour la toucher, sans pour autant le faire. Mais il se pressait clairement contre elle.

— Ne pas être à la hauteur ? Tu l'es déjà, insista-t-il, espérant qu'elle pourrait entendre la sincérité dans sa voix. Tu es l'une des personnes les plus inspirantes que j'ai jamais rencontrées... et ça, après avoir été avec toi moins d'une semaine. Ta loyauté, même envers des gens qui ne la méritaient pas d'un iota, est bluffante. Ta capacité à ressentir de l'empathie pour les autres, à les traiter avec gentillesse, à garder le sourire quand ton monde est morne, à trouver de la joie dans chaque moment, à rester humble... toutes ces choses me donnent l'impression de me tromper complètement sur le fait d'être vivant. Cette cuisine ? Cette maison ? Ma voiture, mon compte en banque et tout le reste... Je lâcherais tout dans la seconde si cela pouvait changer mon passé. Être anonyme. Ne pas être une cible juste à cause de mon héritage. Mais je ne peux pas. Alors je me suis terré ici, seul. J'ai bâti cette belle maison parce que j'ai pensé que cela me ferait plaisir et me rendrait heureux. Ce n'est qu'après t'avoir rencontrée que je me suis souvenu que les *choses* ne pouvaient pas faire ça... seuls les gens peuvent. Je me suis senti plus détendu, plus stable durant ces quelques jours passés avec toi que je ne l'ai été des années dans cette maison. *Tu* as fait ça. Pas les choses matérielles que j'ai accumulées ni le titre de noblesse suspendu au-dessus de ma tête. Et là encore... j'abandonnerais tout aujourd'hui si je pouvais être une personne comme toi. Vivre une vie libre de toute amertume et de méfiance envers mes semblables.

Cal réalisa qu'il bredouillait, à parler de choses qui avaient peu de rapport avec sa cuisine élégante et chère qui avait été le point de départ de cette conversation. Mais il semblait incapable de se contenir en compagnie de June.

Il tressaillit légèrement lorsqu'elle leva une main, mais se détendit quand elle la plaça sur sa joue.

— Cal, murmura-t-elle.

Elle ne dit rien d'autre pendant un moment qui lui parut très long. Finalement, quand elle se mit à parler, ses yeux marron contenaient tant d'émotion et d'intensité qu'il ne pouvait regarder ailleurs.

— Je *suis* amère, lui dit-elle. Je suis en colère que mon père soit mort et m'ait laissée seule avec Elaine. Je ne fais pas vraiment confiance aux gens non plus, mais tu es une exception. Et ta famille, tes expériences... elles ont toutes fait de toi l'homme que tu es aujourd'hui.

Cal ne put que grimacer à ça.

June secoua la tête.

— Non, ce n'est pas une mauvaise chose. Tu es protecteur et attentif. Tu te méfies des autres et tu es toujours sur tes gardes. Et tu pourrais penser que ce sont des points négatifs, mais à mes yeux, ce sont des dons. Pendant si longtemps, je n'ai pu compter sur personne d'autre que moi-même. J'ai dû surveiller mes propres arrières, me défendre toute seule. Mais avec toi, je suis capable de me détendre. Baisser un tout petit peu ma garde, simplement parce que je sais que tu es là. Que tu fais attention aux gens autour de nous, aux voitures, à l'*espace* même. Ne comprends-tu pas ? Si tu n'étais pas celui que tu es maintenant, si tu n'avais pas vécu ce que tu as vécu... je ne serais pas ici. Je ne t'aurais pas fait confiance lorsque tu m'as dit vouloir m'aider. Alors, n'aie pas honte de ton passé. Il est là. Il ne peut être changé, tout comme le mien. Tout ce que nous pouvons faire, c'est être reconnaissant pour les leçons que nous avons apprises et aller de l'avant.

Cal voulait acquiescer. Lui dire qu'elle était sage et qu'il était pleinement d'accord. Mais il était encore trop submergé par l'amertume. La honte. Ses paroles faisaient du bien, vraiment du bien... mais il n'était prêt à les croire complètement. Pas encore et peut-être jamais.

— Et en ce qui concerne cette cuisine... je pense que je finirai sans doute par m'y habituer, le taquina-t-elle avec un petit sourire.

Cal recouvrit la main posée sur sa joue. Il embrassa sa

paume après l'avoir enlevée, gardant fermement sa main dans la sienne.

— Tu n'es pas une femme de ménage, l'avertit-il. Pas ma cuisinière, pas ma domestique. C'est ta *maison*. Tu as envie de laisser tes chaussures au milieu de la pièce, fais-le. Tu veux inviter des gens à te rendre visite ? Vas-y. Je te donnerai une clé pour que tu puisses aller et venir comme il te plaira et nous verrons ce que nous pourrons faire pour te trouver un véhicule fiable également. Pendant ce temps, tu peux utiliser le mien comme tu le veux et si j'ai besoin de me rendre quelque part, je demanderai à l'un de mes amis de venir me chercher. Je veux que tu sois à l'aise ici, princesse. N'aie pas l'impression de ne rien pouvoir toucher ou utiliser dans cette maison. Ce n'est que du matériel. Compris ?

— Pourquoi te montres-tu si généreux ? lui demanda-t-elle dans un murmure.

— Tu ne sais pas ?

Elle secoua légèrement la tête.

Cal voulait dire tant de choses... Voulait tant avouer.

Mais elle s'enfuirait en courant s'il lui disait qu'il pouvait aisément imaginer June dans son avenir. Qu'il pouvait pratiquement voir leurs enfants à naître dans ses yeux. Qu'après quelques petits jours, il savait déjà qu'il serait une coquille vide sans elle dans sa vie.

Et il n'avouerait rien de tout ça, même si elle était disposée à l'entendre. Il n'était pas assez bien pour elle. L'argent et un titre de noblesse ne suffisaient pas à retenir l'intérêt d'une femme. À satisfaire sa grande personnalité. Son caractère solaire. Il ne voulait pas la contaminer, la retenir. La traîner dans ses ténèbres.

— Parce que tu mérites tellement mieux que ce que tu as eu dans ta vie jusqu'à présent, choisit de dire Cal.

— Comme toi, répondit-elle doucement.

Cal en rit presque. Quatre-vingt-dix-neuf pour cent des

gens dans le monde seraient en désaccord avec elle. Ils jette-raient un œil à son compte en banque, sa famille, et suppose-raient qu'il était le prince pourri gâté que les médias adoraient exploiter avec des histoires inventées sur sa vie.

— Tu vas rester ? ne put-il s'empêcher de demander. Même si ma voiture te fait peur et que ma cuisine te fait craindre de toucher quoi que ce soit ?

Elle sourit et Cal comprit qu'il ferait n'importe quoi, *n'importe quoi* pour que demeure cet air heureux sur son visage.

— Eh bien, je n'ai pas vu le reste de la maison, mais je me dis que je pourrais emménager dans cette cuisine et dormir sur le sol et en être parfaitement contente.

— Alors c'est un oui ? la pressa-t-il.

— Oui, Cal. Je serais honorée de rester ici pendant un temps.

Pendant un temps. Bon Dieu, il détestait entendre ces trois mots, mais elle avait raison. Elle finirait par avoir envie d'avoir un endroit à elle. Un homme gentil dans sa vie. Elle pourrait même trouver que Newton ne serait pas à son goût et décider de déménager dans une ville plus grande. Ça le tuerait de la laisser partir, mais il le ferait. Il l'appréciait suffisamment pour souhaiter le meilleur pour elle et il savait, au plus profond de son cœur, que ce n'était pas lui.

— Bien. Si tu veux aller à l'étage et explorer le reste de la maison, j'irai chercher nos bagages et entrerai la voiture dans le garage. Je pense faire griller des steaks ce soir, si ça te dit...

Cal fit de son mieux pour paraître nonchalant, mais le simple fait d'évoquer quoi faire pour le dîner avec cette femme lui semblait si agréable !

— Je peux aider avec les sacs et le dîner, proposa-t-elle immédiatement.

— Je sais que tu peux, mais tu n'as pas à le faire. Je m'en occupe. Laisse-moi être à tes soins. Première nuit dans ton nouvel habitat, tout ça, dit-il quelque peu maladroitement.

— Avoir tout ça et être servie..., me taquina-t-elle. Je ne suis pas certaine d'avoir un jour envie de partir.

Son cœur se serra fort et vite. Il n'avait pas non plus envie qu'elle parte. Mais il savait qu'elle faisait une blague alors il afficha un large sourire.

— La grande chambre d'amis est en haut, sur la gauche. Prends ton temps. J'apporterai tes valises à l'étage dans quelques minutes.

Puis il se força à lâcher sa main et à lui tourner le dos, prenant la direction de la porte d'entrée.

— Cal ?

Sa voix le stoppa dans son élan et il se retourna.

— Ouais ?

— Merci.

Ces deux mots avaient été prononcés dans un murmure et avec tant de gratitude – et une autre émotion qu'il ne pouvait interpréter – que cela tordit douloureusement les tripes de Cal. Il détestait le fait que si peu de gens aient été gentils envers cette femme. Elle avait vécu dans un nid de vipères et cela le mettait en colère qu'elle ait été si sous-estimée. Il jura de s'assurer qu'elle ne vive plus jamais ça.

— De rien, princesse. Je reviens dans une minute.

Il continua jusqu'à l'entrée et attrapa la poignée de porte. Ce qui lui demanda toute la volonté qu'il possédait pour ne pas faire demi-tour et prendre June dans ses bras. L'avoir ici – chez lui, dans son espace – était quelque chose qu'il ne pensait jamais vivre. Partager sa vie et son foyer avec une femme... Elle ne lui appartenait pas et les circonstances n'étaient pas romantiques, mais il peinait à faire comprendre cela à son cœur.

Maintenant qu'il était chez lui, il avait plusieurs appels à passer. À ses parents, à Karl, à ses amis. Il voulait tâter le terrain pour aider June à trouver un genre de boulot, où elle pourrait se sentir utile et s'occuper. Il savait déjà qu'elle était exactement comme lui à cet égard, elle n'aimait pas paresser.

Il voulait également avoir une discussion avec le chef de police, Alfred Rutkey, à propos du peu qu'il savait de la situation de June. Il pourrait ne rien y avoir à faire avec la mort discutable de son père, mais il ne trouverai pas le repos avant d'avoir enquêté. Si Elaine Green avait fait quelque chose à cet homme, il voulait être sûr qu'elle ne s'en sorte pas.

Non seulement ça, mais le fait que les deux femmes avaient entièrement inventé une ruse et avaient menti si aisément devant lui à propos d'un harceleur ne lui plaisait toujours pas.

Il voulait parler à Carlise et Chappy, se renseigner sur les détails de leur cérémonie de mariage et voir si Carlise, ou peut-être April, seraient prête à aider June à trouver quelque chose de joli à porter. Il se fichait de *ce* qu'elle portait quant à lui, mais il avait le sentiment qu'elle aurait envie de se faire belle pour l'occasion.

Oui, il y avait pas mal de choses que Cal devaient accomplir, mais tout ça devra attendre, jusqu'à ce qu'il parvienne à arrêter de penser à la femme se trouvant à l'intérieur de sa maison.

Il était allé à Washington DC, pensant simplement faire une faveur à sa famille et il avait fini par changer sa vie.

Regrettait-il ? Non. Il avait sorti June de sa situation et il s'assurerait qu'elle serait capable de se débrouiller seule. Mais il n'allait pas être dans sa vie pour toujours... Elle avait besoin de prendre son envol et elle ne pourrait le faire en étant attachée à lui.

Cal soupçonnait qu'elle pourrait être la meilleure chose qui ne lui soit jamais arrivée... et s'il avait cru qu'être torturé et découpé en morceaux étaient douloureux, il avait l'intuition que ce ne serait rien comparé au fait de la laisser partir.

* * *

Tim Dotson avait roulé sans s'arrêter toute la nuit pour arriver à Newton, afin de pouvoir se renseigner sur les environs et concevoir un plan. Il avait une réserve d'argent suffisante pour plusieurs jours alors il ne croyait pas que cela lui prendrait trop longtemps pour faire ce qu'il avait à faire. L'argent que la vieille lui avait proposé était trop tentant pour faire traîner ça.

Il avait rencontré Elaine Green alors qu'il était en train de s'acheter de la coke auprès de l'une de ses connaissances. Tim était ce que la plupart des gens appelleraient sans doute une espèce de tueur à gages. Il avait lui-même proposé ses services pour s'occuper de clients qui posaient problème auprès de nombreux dealers de drogue qu'il connaissait, y compris le fournisseur d'Elaine. Mais la plupart du temps, il tabassait simplement les gens et leur foutait la trouille pour un petit prix et un approvisionnement régulier en herbe.

Il venait de finir un boulot pour un dealer en particulier et était en train d'encaisser le paiement quand Elaine était venue se pavaner dans la planque. Elle avait l'air ridicule et pas à sa place, dans l'un des quartiers les plus dénigrés de la capitale nationale, mais il supposait qu'elle dépensait son argent tout comme n'importe qui d'autre.

En dépit des apparences, elle semblait complètement à l'aise avec les rebuts de la société qui traînaient dans la maison de son dealer. Tim ne put s'empêcher d'être intrigué par son arrogance comme son assurance. Ils s'étaient mis à discuter et elle lui avait dit qu'elle achetait pour sa fille Carla, un mannequin qui prenait apparemment de la drogue pour rester mince.

Quand elle lui avait demandé son numéro pour rester en contact, au cas où elle aurait un besoin urgent de cocaïne et que leur ami commun ne soit pas disponible, il le lui avait donné. Tim n'avait pas été offensé qu'elle l'ait pris pour un dealer. Il aimait qu'avec lui les gens restent sur leurs gardes et soient déstabilisés.

Elle l'avait appelé quelques fois l'an passé ou plus, désespérée de trouver une dose pour sa fille. Il n'était pas difficile d'obtenir ce qu'il lui fallait, de perpétuer la ruse qu'il était un dealer. Et il ajoutait une petite « commission » à son dérangement.

La vérité, c'était que Tim était beaucoup plus habile comme qu'escroc que pour autre chose. Ravi d'être ce qu'on voulait qu'il soit... tant que le prix était juste.

Pour ce faire, Elaine avait appelé quelques jours auparavant avec une opportunité qu'il ne pouvait laisser passer. Il s'avérait que sa fille – qui avait l'air d'être une garce de première classe – prévoyait de se marier à un vrai prince, mais il y avait eu des complications pendant la séduction... Ayant lu entre les lignes de son histoire décousue, Tim comprit que la vieille avait tenté de duper l'homme. Elle avait réussi à le faire venir à DC, prétendant que sa fille était harcelée, mais le gars avait rapidement considéré que tout ça n'était que connerie. Alors, Elaine avait besoin d'apporter des preuves.

Le concernant, Tim avait eu pour tâche de se rendre dans son quartier de riches afin de foutre la trouille, pour de faux, à sa fille. Il se préparait à le faire quand Elaine avait appelé une seconde fois.

Le prince avait apparemment quitté la ville – filant en douce avec une belle-fille ringarde. Le flot de jurons que cette vieille peau avait utilisés était impressionnant en réalité. C'était là qu'elle lui avait annoncé qu'il y avait un changement de plan.

Elaine désirait une vengeance.

Elle semblait penser que faire du mal à la demi-sœur rendrait le prince fou amoureux de Carla ou une connerie du genre. Il ne connaissait pas les détails précis et personnellement, Tim trouvait que cette garce était tarée. Il avait été sur le point de lui dire d'aller se faire voir – tout cela devenant trop compliqué à son goût – jusqu'à ce qu'elle lui dise combien d'argent elle était prête à payer pour se débarrasser de sa belle-fille.

C'était une offre que Tim ne pouvait littéralement pas refuser. Le plan que la vieille femme avait concocté était ridicule, mais le fric, ça restait du fric, alors il était partant.

Il s'était immédiatement mis en route pour Newton, dans le Maine, préparé à se faire de l'argent facile.

Sauf que maintenant qu'il était ici, il réalisa que ça n'allait pas être si facile après tout.

Newton était la plus petite ville dans laquelle il s'était jamais trouvé. Aucun feu stop, des vieilles maisons partout... Il y avait une station de ski pas très loin de la ville, mais on aurait dit que chaque sou rapporté n'avait pas vraiment bénéficié à ce bled complètement paumé. Un endroit étrange, calme... le genre d'endroit où tout le monde connaissait tout le monde comme les commerces.

Il était impossible que Tim puisse se fondre comme il l'avait prévu. Bordel, il s'était arrêté dans un resto de burgers pour manger un morceau puisqu'il était debout depuis plus de trente heures et mourrait de faim et il avait été accueilli avec des saluts de tous les patrons *ainsi* que par la propriétaire du boui-boui. Une nana qui se faisait appeler « Granny » qui lui avait posé un million de questions sur qui il était, d'où il venait et ce qui l'amenait en ville.

Il avait dû inventer des âneries sur le pouce, ce qui n'était pas facile quand il était mort de fatigue. Il avait fini par raconter qu'il était dans la dèche et qu'il cherchait un travail.

À son grand étonnement, Granny lui avait donné le nom de trois contacts qui cherchaient à embaucher.

Tim n'aimait pas travailler. Détestait se lever tôt. Se fichait des gens qui lui disaient quoi faire et comment le faire. Il aimait l'argent facile, s'envoyer en l'air, fumer occasionnellement un joint et... c'était tout. Mais il lui fallait une raison de rester en ville. Trouver un boulot ingrat ferait une chouette couverture pour sa véritable raison d'être là.

Il avait remercié la femme et s'était rendu à la maison avec le panneau **CHAMBRE À LOUER** qu'il avait vu en conduisant dans les parages pour se faire une idée de l'endroit. C'était une maison d'allure pitoyable, mais ce serait mieux que de vivre dans son fourgon.

Il pensa brièvement à cette histoire de « menu » qu'avait suggéré Elaine, pour sa belle-fille. Ça la démangeait de faire souffrir cette nana. Plus il restait pour cocher les options, plus il avait de chance d'être chopé et jeté dans une minuscule cellule, comme à Mayberry[1].

Mais Elaine Green n'était pas là et comme elle était du genre stupide, son idée de « preuve » n'était pas exactement convaincante. Elle ne saurait jamais s'il avait *vraiment* fait tout ce qu'il affirmerait.

Tim avait fait de vilaines choses dans sa vie qu'il regrettait *presque,* mais arnaquer une vieille riche qui gâtait sa fille et pensait qu'elle pouvait s'en sortir facilement n'en ferait jamais partie.

Il pouvait écrire un mot, en prendre une photo accrochée à sa propre porte et l'envoyer à Elaine. *Ding ding ding* ! Une centaine de dollars.

Il frapperait dans un mur, prendrait une photo de ses articulations à vif, affirmerait qu'il avait braqué cette garce et l'avait frappée au visage... et Elaine lui glisserait cinq cents.

Il ne pourrait probablement pas s'en sortir en mentant sur le fait d'avoir envoyé sa belle-fille à l'hôpital, mais il se priverait volontiers de cet argent pour obtenir le jackpot. Dix mille pour la tuer ? Tim en était complètement sonné. Il n'avait jamais fait autant d'argent en une seule fois et il ferait à peu près tout pour l'avoir.

Peut-être pouvait-il harceler pour de faux la belle-fille pendant un petit moment, au moins. Voir combien de fois il pourrait faire saigner la mère d'une centaine de billets. Avoir un billet de cent pour chaque fausse déclaration de harcèlement vaudrait la peine de rester quelques jours dans cette ville de ploucs.

Celui lui donnerait également du temps pour suivre l'autre

garce et découvrir sa routine. Il frapperait quand elle s'y attendrait le moins, retournerait chez lui, récolterait l'argent.

Tout sourire, Tim hocha la tête pour lui-même. Il se fichait d'Elaine, du mannequin ou de la belle-fille qui ne se doutait de rien. Tout ce qui l'intéressait, c'était une vie de loisirs. Afin d'éviter d'avoir un vrai travail et de pouvoir aller où il le voulait quand il voulait, il avait besoin d'argent. S'il devait se cailler les miches dans le Maine, il le ferait. Car la récompense en valait la peine.

Le fait que quelqu'un devait mourir afin qu'il ait dix briques n'était même pas un mauvais moment à passer, pour sa conscience.

CHAPITRE DIX

June se pinça pour être sûre de ne pas être en train de rêver.

L'époque où elle stressait pour le jour où elle serait capable de quitter DC et l'endroit où elle allait se rendre ne remontait pas à si loin. Aujourd'hui, la voilà dans le Maine avec l'homme le plus incroyable qu'elle ait connu, avec un toit au-dessus de sa tête – un toit vraiment luxueux et confortable en plus – et elle était assise autour d'une énorme table avec six des plus agréables personnes qu'elle avait jamais rencontrées.

Elle avait dormi comme un loir la veille dans le lit douillet de la chambre d'amis, se levant ce matin avec l'odeur de bacon et de café. L'hôtel mis de côté, elle ne pouvait se souvenir de la dernière fois où quelqu'un lui avait préparé *son* petit déjeuner. Elle se sentait bien et complètement gâtée. En fait, le seul inconvénient en restant avec Cal était qu'elle avait l'impression d'être seule. Aller au lit dans une énorme chambre d'amis, dormir dans un lit King-size toute seule, ça lui semblait... mal.

Il n'avait fallu qu'une seule nuit dans les bras de Cal pour la ruiner.

Mais elle ne se plaindrait pas. Pas un mot de protestation ne quitterait jamais ses lèvres. Elle ne ferait jamais pression sur

Cal pour quoi que ce soit qu'il ne donnerait pas librement, même si son cœur en souffrait.

Ils avaient passé la matinée à parler de Newton, de son enfance en Angleterre, du roi et de la reine du Liechtenstein, de son boulot à Jack's Lumber, de ses amis et des quelques randonnées dont il avait été le guide sur le Sentier des Appalaches.

June absorbait chaque information. Cal était fascinant et elle adorait l'entendre parler de ses expériences. La seule chose dont il ne parlerait pas, ce serait son temps passé dans l'armée, mais June le comprenait. Sa carrière militaire s'était terminée si brutalement et avec une telle horreur qu'elle ne lui en voulait pas de ne pas vouloir en parler.

Elle avait eu plus de mal à parler d'elle. Comparée à lui, elle était complètement banale. Elle avait vécu toute sa vie à DC et n'avait pas l'impression d'avoir fait quelque chose... Mais sous ses gentils encouragements, elle lui en avait dit plus sur son père. Elle ne se souvenait pas de sa mère, mais lui avait confié les choses que son père lui avait racontées sur cette femme. Elle avait parlé de son amour pour les enfants et les personnes âgées. De ses plats préférés à cuisiner, la façon dont elle adorait l'hiver et n'aimait pas la chaleur et l'humidité de l'été.

Après le déjeuner, Cal s'était rendu à son bureau pour passer quelques coups de fil. June s'était divertie avec un livre parmi la centaine qu'il possédait dans sa bibliothèque. Il était sorti de son bureau quelques heures plus tard et l'avait informée qu'ils allaient avoir de la compagnie pour le dîner. JJ, Bob, Chappy, Carlise et April allaient venir.

Elle s'était immédiatement mise à paniquer, son cerveau carburant à mille à l'heure avec toutes les choses qu'elle devait faire pour être prête à les accueillir. Bien entendu, Cal l'avait remarqué. Il avait posé ses mains sur ses épaules et lui avait rappelé qu'elle n'était pas à DC, qu'elle ne travaillait plus pour sa belle-mère et qu'elle n'avait pas à faire en sorte que tout soit immaculé ou cuisiné pour un menu de quatre plats.

Ses paroles rassurantes étaient passées dans une oreille et ressorties par l'autre. C'était ses *amis*. Elle avait le sentiment qu'ils venaient ici pour être sûrs qu'elle ne voulait pas profiter de Cal... et elle ne pouvait les en blâmer. Il était riche. Et c'était un prince. Et elle n'était personne.

Même si elle était une cuisinière douée, June était partante pour une nouvelle expérience en préparant le repas. Cela faisait longtemps qu'elle n'avait pas aidé et Cal la faisait rire sans arrêt. Sans parler du fait qu'il se cognait constamment contre elle et l'effleurait... Alors que la cuisine était grande et qu'ils disposaient de beaucoup de place pour manœuvrer, elle le retrouvait tout de même dans son espace personnel à chaque fois qu'elle se tournait. Mais elle s'en moquait.

Ses amis étaient arrivés juste quand ils avaient terminé de préparer le repas et maintenant, ils étaient tous assis autour d'une grande table dans l'espace ouvert entre la cuisine et le salon.

— Bon, dis-nous en plus sur toi, June, dit April avec un sourire amical.

— Non, intervint Cal avant que June ne puisse dire quoi que ce soit. Nous n'allons pas faire ça.

— Faire quoi ? demanda innocemment April. J'essaie d'apprendre à la connaître.

— Non, c'est faux, tu te prépares à l'interroger.

April se mit à rire.

— Si je faisais ça, j'aurais demandé son âge, le nom de jeune fille de sa mère, son numéro de sécurité sociale et combien d'argent elle avait à la banque, dit-elle, sans paraître pour le moins contrariée. Allez, Cal, détends-toi.

— C'est bon, dit June en lui faisant un léger sourire.

Chappy se mit subitement à rire, faisant un clin d'œil à Cal. Il était assis de l'autre côté de la table, à côté de Carlise. Il avait

à peine détourné les yeux de sa fiancée de toute la soirée et
June trouvait cela mignon.

— Il y a inversion des rôles là, non ? dit-il.

— Boucle-la, mon pote, grommela Cal.

Carlise sourit.

— Ils sont tous venus chez Riggs, j'appelle Chappy "Riggs",
à son chalet pour se renseigner sur moi, raconta-t-elle à June. Il
y a eu un énorme blizzard et quand JJ a découvert que j'étais
seule là-bas avec Riggs, il a paniqué. Ils sont tous venus pour
s'assurer que je n'étais pas une tueuse en série ou que je ne
torturais pas leur ami. J'ai trouvé ça adorable, mais Riggs était
clairement fâché.

June comprenait. Ils ne la connaissaient pas. La dernière
chose qu'ils avaient apprise, c'était que Cal se rendait à DC
pour une sorte de travail de garde du corps et qu'aujourd'hui, il
était revenu avec une passagère clandestine. Ils voulaient naturellement savoir ce qui se passait. Elle était contente que Cal ait
d'aussi bons amis.

— Je ne suis pas une tueuse en série, dit-elle. Mon nom est
Juniper Rose, mais s'il vous plaît, appelez-moi June. Le nom de
jeune fille de ma mère était Smith. Elle est décédée quand
j'étais petite, je ne me souviens pas vraiment d'elle. Ma demi-
sœur est celle pour qui Cal s'est rendu à DC, pour la protéger,
mais elle et ma belle-mère ont menti au sujet d'un harceleur et
Cal s'en est douté assez vite. J'avais déjà prévu de quitter
l'unique foyer que j'ai connu et Cal a proposé de m'aider.
Alors... me voilà. Je ne prévois pas de tirer avantage de sa géné-
rosité. Dès que je pourrai trouver un boulot et me débrouiller
seule, je ne serai plus dans ses pattes.

Elle crut entendre Cal marmonner de nouveau dans sa
barbe, mais ensuite, il se mit à parler :

— April, il faut que nous parlions de ce taudis que tu as cru
être approprié pour June.

— Tout doux, mec, maugréa JJ.

June fut surprise d'entendre un soupçon d'avertissement dans le ton de l'autre homme. Il n'avait été que courtoisie et amabilité dès le moment où elle l'avait rencontré ce soir. Mais là, il donnait l'impression d'être à deux doigts de défier Cal.

— Tu ne l'as pas vu, JJ, dit Cal, visiblement peu troublé du ton de son ami. La maison tombait pratiquement en morceaux.

— C'était dans le budget que tu m'avais donné, s'expliqua April. Et aussi, le seul endroit disponible à la dernière minute sans recherche préalable.

— Tu aurais dû me dire que c'était de la merde, riposta-t-il, sa voix gagnant en volume.

June tendit le bras et posa la main sur la cuisse de Cal sans réfléchir, voulant seulement le réconforter.

— Ce n'était pas si mal, dit-elle calmement.

— Pas si mal ? S'il y avait eu du chauffage, j'en aurais été surpris, grommela Cal.

— Écoute, on dirait bien que les choses ont fini par bien tourner, au final, dit April, haussant les épaules.

Cal rétrécit le regard qu'il lui destinait et son expression pouvait signifier que quelque chose venait de lui venir en tête... mais il ne dit rien de plus.

— J'apprécie sincèrement que tu essaies d'aider. Je veux dire, tu ne me connais pas du tout, ajouta June, souhaitant arranger ce malaise, car elle n'aimait pas que ces amis de longue date soient en désaccord.

— Que faisais-tu à DC ? demanda Carlise, brisant le silence qui s'ensuivit. Peut-être que nous pouvons t'aider à te trouver quelque chose ici.

— Y a pas grand-chose à *faire* ici, marmonna Bob dans sa barbe.

C'était ce que craignait June. Elle adorait déjà la petite ville, du peu qu'elle en avait vu, mais si elle ne parvenait pas à trouver un boulot, elle devrait probablement emménager dans une ville plus grande. Du regard, elle fit le tour de la table et elle sentit son embarras flamber et ses joues se réchauffer. Ces hommes et ces femmes étaient sans doute bien plus éduqués qu'elle ne l'était. Elle n'avait *rien* fait de sa vie. Pas vraiment.

— Hmm, fit-elle, tentant de trouver un moyen de changer de sujet.

— C'était une domestique non rémunérée sous le joug de sa belle-mère, dit Cal, d'une voix emplie d'irritation. Elle faisait entièrement la cuisine, les courses, le ménage, tout.

June sentit ses joues devenir encore plus chaudes. Elle était si embarrassée ! Ce n'était pas comme si elle avait été une prisonnière. Elle aurait pu partir à tout moment. Mais elle avait choisi de rester. Elle se sentait incroyablement stupide en cet instant.

April se mit à parler, évitant à June de sortir en courant de la table sans le savoir.

— Hmm, les gars, vous connaissez Meg King ?

— Ce n'est pas elle qui gère Hill's House ? demanda JJ.

— Oh ouais, je savais que ce nom me semblait familier, dit Bob.

— C'est elle. Je suis tombée par hasard sur elle au magasin la semaine dernière et elle m'a raconté qu'elle galérait à trouver quelqu'un pour l'aider à divertir les résidents en journée, dit April.

— Hill's House est une sorte de maison de retraite, expliqua JJ à June. Il n'y a que six personnes qui vivent là-bas en permanence. Il y a une employée fixe qui vit avec eux, Meg, qui s'assure qu'ils prennent leurs médicaments et vérifie ce dont ils pourraient avoir besoin d'autre. Ce n'est pas une maison de retraite, tous ceux qui vivent là-bas sont ambulatoires, ils ont juste besoin d'un peu d'aide pour demeurer en sécurité.

— Oh, ça a l'air bien ! réagit June.

— J'y suis allé, dit Bob. *C'est* bien. Ça ne sent pas comme dans un tas d'endroits pour les vieillards.

— C'est méchant, dit April, sourcils froncés.

— Quoi ? Je dis juste que c'est un endroit agréable pour les gens qui ne devraient plus vivre seuls, mais qui ne veulent pas aller dans une maison de retraite ou être assistés.

June réprima un sourire. Elle appréciait la façon dont chacun était honnête l'un envers l'autre. À part le caractère protecteur de JJ quand April était concernée, ils ne semblaient pas prendre ombrage quand les gens étaient en désaccord avec eux et ils se charriaient comme ce qu'elle imaginait des frères et des sœurs faire. Autrefois, elle avait espéré avoir le même genre de relation avec Carla, mais bien entendu, ça n'était pas arrivé.

— Bref, reprit April en revenant à June. Meg a dit qu'elle n'arrivait pas à trouver quelqu'un souhaitant venir en journée pour aider.

— Pourquoi pas ? demanda Carlise.

April haussa les épaules.

— Je suppose que ça ne paie probablement pas des masses et que la plupart des jeunes gens du coin cherchent à partir, aller à Bangor ou les autres plus grandes villes, ou travailler à la station de ski. Et les gens se sentent bizarres en travaillant avec les personnes âgées.

— Pourquoi ? lâcha JJ.

— Aucune idée.

— Qu'impliquerait le poste ? demanda Cal.

June lui lança un coup d'œil, surprise à quel point il semblait intéressé. Était-il à ce point pressé de la voir partir ? Elle déglutit avec peine, tâchant d'empêcher sa déception de s'afficher sur son visage.

— Rien de médical, répondit April. Faire des jeux, parler aux résidents, peut-être faire des sorties avec eux... des trucs qui les aideront à les occuper pour qu'ils ne dorment pas toute la journée.

— Tu serais fantastique pour faire ça, dit Cal, se tournant vers June. Tu n'as eu aucun problème à lancer une conversation avec Edgar, à l'hôtel. Sans hésiter, tu l'as aidé à manger et à se sentir comme s'il était la personne la plus importante de la pièce.

Elle le fixa, essayant de lire son expression.

— Au moins, tu pourrais travailler là-bas tout en cherchant autre chose que tu pourrais davantage préférer et te constituer une épargne en même temps. Et vivre ici t'évitera de verser un loyer.

June relâcha le souffle qu'elle retenait, tellement soulagée qu'elle avait la tête toute légère. Il ne voulait pas qu'elle déménage tout de suite. Merci, Seigneur !

— Si tu penses pouvoir être intéressée, je peux te présenter à Meg, lui dit April. Elle est super gentille.

June se força à détourner le regard de Cal et se tourna pour regarder April.

— Je pense que je pourrais aimer. Merci infiniment.

— Je t'en prie, vraiment, lui répondit April avec le sourire.

June sursauta de surprise quand elle sentit la large main de Cal recouvrir la sienne sur sa jambe. Elle n'avait même pas réalisé qu'elle le touchait encore ! Son pouce caressa la peau sensible au dos de sa main et une chair de poule lui recouvrit le bras.

— Tu as commencé à traduire un nouveau livre dernièrement ? demanda April à Carlise.

— Elle traduit des livres du français à l'anglais, chuchota Cal dans l'oreille de June, Carlise commençant à parler du dernier roman qu'elle avait terminé.

June était impressionnée. Mais elle se sentait également un peu plus intimidée. April et Carlise avaient clairement leurs vies à toutes les deux. Elles avaient des boulots géniaux et elle… eh bien, elle ne savait pas vraiment faire quoi que ce soit.

Elle hochait la tête et souriait aux bons moments, Carlise concluant sa discussion sur le livre qu'elle venait de rendre.

— Vous êtes prêts à vous caser, les amis ? demanda Bob une fois Carlise terminée.

— Oui ! répondirent en même temps Carlise et Chappy.

Tout le monde rit.

— Ma mère n'a pas pu avoir de vol avant samedi matin cependant, dit Carlise. JJ va la chercher à Bangor et l'amener directement au chalet. Nous ferons la cérémonie là-bas et elle restera avec April, un énorme merci pour ça ! Oh et juste un rappel, ce n'est pas le genre de mariage bien habillé, dit Carlise d'un ton sévère. Un jean fera parfaitement l'affaire.

— Merci, Seigneur, dit Bob.

JJ se pencha et embrassa le crâne de son ami et tout le monde rit à nouveau.

— Faire ça au chalet où vous vous êtes rencontrés et où vous êtes tombés amoureux, c'est parfait, commenta April. Et pour ma part, je suis reconnaissante de ne pas avoir à mettre de robe. Je n'arrive pas à me souvenir de la dernière fois où j'en ai porté une et je n'ai pas l'intention de changer de sitôt.

— Tu auras belle allure, peu importe ce que tu portes, dit JJ.

June cligna des yeux au sous-entendu de... eh bien, elle n'était pas sûre de ce qu'elle avait décelé dans la voix de JJ.

Elle n'eut pas l'occasion d'y réfléchir avant qu'April ne demande :

— Tu vas venir, n'est-ce pas, June ?

— Oh, euh...

Cal lui avait demandé de s'y rendre, mais maintenant, elle n'en était pas sûre. Ça allait vraiment être un petit événement intime et elle ne voulait pas s'incruster.

— Oui, répondit Cal à sa place.

— Youhou ! dit Carlise. J'ai hâte que tu rencontres Baxter et que tu vois le chalet de Riggs. C'est si mignon et incroyable ! Et c'est beau là-haut. Tu vas adorer !

April demanda à Carlise comment allait sa mère, ce qui donna à June l'opportunité de se tourner vers Cal et de demander :

— Baxter ?

— Leur chien. Longue histoire, mais c'était un chien errant qui lui a sauvé la vie... deux fois.

June cligna des yeux.

— Vraiment ?

— Vraiment.

— Waouh, d'accord !

— Et si tu ne veux pas de ce boulot à Hill's House, nous trouverons autre chose. Tu n'as pas à le prendre juste pour être polie, dit-il sérieusement.

— Je crois que je *veux* le faire, lui assura June. Mais je n'ai aucune expérience dans ce domaine.

— Tu seras parfaite pour ça. Tu es gentille et tous ceux qui te rencontrent t'adorent.

Elle n'était pas sûre de ça, mais une force s'épanouit en elle suite au compliment.

— Je trouverai un appartement ou autre dès que je le pourrai, se sentit-elle obligée de dire. Tu ne t'es pas rendu à DC en t'attendant à revenir avec une colocataire.

— Ça ne presse pas. Tu peux rester aussi longtemps que tu le veux. Enfin... *si* tu veux.

June acquiesça avant même d'y réfléchir.

— Je veux rester.

Il lui sourit.

— Bien. Je veux que tu restes aussi.

Elle avait l'impression de se noyer dans ses yeux. La main de Cal était toujours sur la sienne et elle se demanda s'il pouvait sentir le sang battre plus vite dans ses veines. Si elle tordait le poignet, ils se tiendraient la main. Pendant un moment, c'était comme s'ils étaient les deux seules personnes au monde.

— Qu'en penses-tu, Cal ? demanda JJ.

Son regard la quitta et retourna à son ami.

Il fallut à June une seconde pour retrouver ses sens. Ce court moment entre eux avait été intense, mais elle avait lu la sincérité dans ses yeux lorsqu'il lui avait dit qu'elle n'avait pas à s'en aller de chez lui. Cela aurait dû lui faire bizarre de vivre avec un homme qu'elle connaissait à peine, mais elle avait l'impression de connaître Cal depuis des années. Avec lui, elle se sentait en sécurité... ce même sentiment que lui avait toujours procuré son père. Sauf que Cal n'était clairement pas une figure paternelle.

La discussion autour de la table vira à la météo puis à la prochaine saison de randonnée. Les gens semblaient réserver leur guide pour le Sentier des Appalaches plus tôt qu'ils ne l'avaient fait ces deux dernières années. Ce qui voulait dire que les gars seraient occupés à s'assurer que la section du sentier qui était sous leur responsabilité d'entretien soit dégagée de tout débris et que les marques blanches faites au pinceau sur les arbres soient claires et faciles à repérer. Cela voulait également dire qu'ils seraient partis plus souvent, se relayant pour guider les randonneurs.

Tout portait à croire que l'entreprise de Chappy, Cal, Bob et JJ avait énormément de succès. Ils avaient survécu à une épreuve incroyablement horrible et en étaient ressortis de l'autre côté plus forts qu'avant. June était fière d'eux même si elle ne les connaissait pas tant que ça.

— C'était délicieux ! s'exclama Carlise quand ils eurent tous terminé de dîner, en tapotant son ventre. Si je ne fais pas attention, je vais prendre cinquante kilos en vivant ici. Ce n'est pas comme si je sortais faire de la randonnée et que je coupais des arbres comme certaines personnes, taquina-t-elle.

June rougit, mal à l'aise. À chaque fois que le sujet du poids avait été abordé lorsqu'elle vivait avec sa belle-mère et sa demi-sœur, elle avait fini par recevoir des commentaires vraiment méchants. Carla se plaignait constamment des plats trop caloriques de June, l'accusant d'essayer de la rendre grosse comme elle. Elaine mentionnait fréquemment que June pourrait être mignonne – pas jolie cela dit, mais simplement mignonne – si elle perdait du poids. Beaucoup de poids.

Sa mère était une femme forte. June tenait d'elle et même si elle tâchait de faire attention à ce qu'elle mangeait et qu'elle était constamment occupée, elle ne semblait jamais capable de perdre ses kilos en trop. C'était frustrant et se trouver aux environs de Carla enfonçait davantage le clou qu'elle ne serait jamais le genre de femme que la société jugeait acceptable.

— Tu seras belle, peu importe combien tu pèses, rassura Chappy en s'adressant à Carlise. Et quand tu seras enceinte de notre enfant, tu seras même encore plus irrésistible.

— Attends, tu es enceinte ?! cria presque April.

— Non, non, non. Pas encore. Ça fait genre une seconde et demie que Riggs et moi sommes ensemble, dit-elle en riant. Mais oui, nous voulons des enfants, dit-elle un peu plus rêveuse, levant les yeux vers son fiancé.

— C'est tellement excitant ! réagit April avec un grand sourire.

June ne put s'empêcher de sourire également. Voir Chappy et Carlise ensemble et complètement heureux la rendait un peu envieuse.

Elle sentit sur elle le regard de Cal et se tourna pour le découvrir en train de la fixer avec une expression indéchiffrable.

— Quoi ? lui demanda-t-elle en murmurant.

Il secoua la tête.

— Rien. Je réfléchissais juste.

June n'eut pas l'occasion de le questionner davantage, les autres se levant tous pour commencer à nettoyer la table.

— Oh, je peux m'en occuper, insista-t-elle en se levant pour attraper les assiettes que tendait Bob.

— On s'en occupe. Va te détendre avec Carlise et April, lui ordonna Cal.

— Mais...

— Viens, dit Carlise en venant aux côtés de June pour être bras dessus, bras dessous. Les mecs s'en occupent. J'ai envie de te parler un peu plus. D'apprendre à te connaître.

Le fait de ne pas nettoyer après un repas lui était si étrange que June se sentait presque mal en restant debout là, à observer les hommes se déployer vers la cuisine avec les assiettes sales. Leur volontarisme pour aider était si... *agréable.*

Escortée par Carlise, June s'assit au bout du canapé.

April le fit de l'autre, lui offrant un gentil sourire.

— Tu n'as pas eu la vie facile, n'est-ce pas ? lui demanda-t-elle.

June fut momentanément surprise. Elle s'était dit qu'elles commenceraient par des banalités polies. Mais April paraissait sérieuse. Elle haussa les épaules.

— Pas pire que d'autres, je suppose.

— Quand ton père est-il décédé ?

— Il y a longtemps. J'avais quinze ans, il a été marié à Elaine environ une année.

— Oh, je suis tellement navrée. Cela a dû être incroyablement dur, lui dit Carlise, l'air soucieuse.

— Ouais... Il était tout pour moi. Je me suis sentie perdue pendant un moment et je me suis consacrée à aider dans la maison. Ce qui s'est passé ensuite, c'est que j'ai cligné des yeux et j'avais trente ans. Ça paraît vraiment dingue, mais c'est vrai. J'étais si enracinée, en aidant à élever Carla et à tout faire pour rendre la vie de ma belle-mère plus facile que je n'ai pas réalisé à quel point je m'étais perdue.

— Il n'est jamais trop tard pour changer sa vie, dit April. J'ai quarante-six ans et j'ai été mariée à un mec qui me prenait pour acquise et il a à peine cligné des yeux quand je lui ai annoncé que je voulais divorcer. J'ai tout recommencé et si tu savais comme je suis bien plus heureuse aujourd'hui !

— Quel âge a ta demi-sœur ? demanda Carlise.

— Vingt-quatre.

— Oh alors elle est bien plus jeune que toi.

— Ouais…

— Eh bien, tu es là maintenant et c'est génial, lui dit April, sérieuse. Ne regarde pas en arrière.

June leur sourit.

— Ta famille mentait vraiment sur le fait d'avoir un harceleur ? demanda Carlise.

— Malheureusement, oui. Carla mène pas mal le cousin de Cal par le bout du nez. Puis je les ai entendues parler du fait d'« attraper » un prince et de toutes les choses que ferait Carla quand elle serait une princesse, confia June.

L'apparence décontractée d'April devint plus tendue.

— Mais est-ce qu'elles savent que Cal n'a pratiquement rien à voir avec la famille royale ? Qu'il participe surtout à ce genre de trucs quand il y a un couronnement ou un mariage important, tout ça ?

— Elles s'en moquent. Carla adore attirer l'attention. Elle la désire. Elle a décidé qu'elle voulait être une princesse alors elle et ma belle-mère feront presque n'importe quoi pour que ça arrive, leur raconta June.

— Je ne pense pas que ça marche comme ça, dit Carlise. Je veux dire, alors quoi, elle pensait que Cal allait venir, se sentir désolé pour elle qu'elle ait un harceleur et lui fasse sa demande ?

June haussa les épaules.

— Un truc dans ce genre ? Elle est vraiment jolie, à l'extérieur en tout cas. Elle est mince, elle a de beaux cheveux blonds et de grands yeux bleus. Elle est grande. Oh et bien entendu, elle a aussi de gros seins… faux, mais gros. Je suis presque certaine qu'elle prévoyait d'utiliser le sexe pour réussir.

June détestait imaginer Carla et Cal ensemble de la sorte, mais elle doutait peu qu'il ne s'agissait pas là d'une grande part de la stratégie de sa demi-sœur. De le magnétiser avec son corps et de lui faire des gâteries jusqu'à ce qu'il n'ait plus les yeux en face des trous, comme si cela deviendrait évident d'épouser Carla.

Bien qu'elle suppose qu'il y avait un tas d'hommes dans le monde qui pourraient être sous l'emprise d'une vie sexuelle épanouie. Elle n'imaginait simplement pas Cal comme l'un d'entre eux.

— Eh bien, c'était voué à l'échec pour elle, dit April en soufflant. Cal devient trop sensible quand il s'agit de son physique pour se mettre nu devant quelqu'un. Alors une femme qu'il vient de rencontrer !

— Je ne l'ai jamais vu autrement qu'avec des pantalons jusqu'aux chevilles et des chemises à manches longues depuis que je l'ai rencontré, confia Carlise à voix basse.

— J'ai vu son dos. Juste une fois. Il changeait de tee-shirt après que lui et les autres eurent été surpris par une pluie torrentielle l'été dernier, au boulot. C'était affreux, dit April en haussant légèrement les épaules. On aurait dit qu'il avait été fouetté encore et encore.

June n'était pas à l'aise de parler comme ça de Cal. Et d'apprendre qu'il était sensible quant à son apparence n'était pas une révélation. Elle avait déduit ça toute seule, même durant ce bref moment qu'elle avait passé avec lui.

— Bref, dit-elle en tentant de détourner le sujet de ses cicatrices, Carla et Elaine ne sont sans doute pas contentes du tout que Cal soit parti.

— Et encore moins ravies que tu sois partie avec lui, je suppose, dit Carlise.

— Donc tu crois qu'elles feront tout pour contre-attaquer ? demanda April, sourcils froncés.

— Je pense que Carla contactera le cousin de Cal, celui qu'elle a rencontré en ligne et essaiera de le faire intervenir en sa faveur. Avec Elaine, elles peuvent même aller aussi loin que s'envoyer à elles-mêmes des lettres menaçantes pour faire croire qu'il y a vraiment un harceleur. Cal les a entendues comploter pour apporter des preuves. Mais je doute qu'elles fassent tout le chemin jusqu'ici pour nous faire quoi que ce soit. Carla va probablement beaucoup pleurer et faire tout un cinéma pour presser Cal de revenir.

— Ça ne marchera pas, dit April en secouant fermement la tête.

— Tu ne penses pas ? demanda June.

— Nan. Une fois que Cal en a terminé, c'est terminé. Rien de ce qu'elles pourront dire ne l'incitera à retourner à DC. Surtout maintenant qu'il sait comment elles te traitaient.

— Je ne sais pas si ça compte…, nuança-t-elle.

— Sérieux ? demanda April, l'air incrédule. Tu n'as pas vu la façon dont il te regarde ?

June peina à déglutir.

— Il se sent juste navré pour moi. Il m'apporte son aide jusqu'à ce que je sois sur pied.

— Euh non, dit April en secouant la tête, avant de se tourner vers Carlise. Combien de temps s'est passé, exactement, entre le moment où tu as rencontré Chappy et celui où il t'a fait sa demande ?

— En comptant les trois jours où il était inconscient ou pas ? demanda-t-elle en rigolant.

— Non.

— Environ onze jours.

Les yeux de June s'agrandirent.

— Tu vois ? lui dit April.

June ne voyait pas. Elle n'avait pas compris à quelle vitesse la relation entre Carlise et Chappy avait progressé, mais dans tous les cas, ça n'avait rien à voir avec Cal.

— Les mecs… quand ils tombent, ils tombent vraiment. Et rapidement. Et Cal est déjà à mi-chemin. Je peux te le dire juste en le regardant. Vous n'avez pas conduit directement de DC jusqu'ici, si ?

— Non. Nous sommes restés dans un hôtel.

— Une chambre ou deux ? demanda April.

Désormais, June était définitivement mal à l'aise.

— Une. Il y avait un genre de compétition d'athlétisme à ce moment-là et il ne restait plus d'autres chambres.

— Bien. Écoute, je vais me montrer directe. Je connais Cal et les autres depuis un moment maintenant. Ce sont des hommes chouettes. Les meilleurs. Après ce qu'ils ont traversé, ils sont tous un peu brisés, à leur manière. Mais Cal..., dit-elle avant de marquer une pause et de secouer la tête. Ce serait dur pour n'importe qui de briser les murs qu'il s'est construits. Entre les femmes qui le désirent pour son argent ou son titre et à cause de l'enfer qu'il a vécu – dont je ne sais même pas grand-chose, car ces mecs sont loyaux jusqu'au bout et n'en parlent pas – je crois que Cal prévoyait de rester seul pour toujours. Mais tu ne peux pas lâcher l'affaire, pas avec sa façon de te regarder. Même s'il essaie de te repousser pour ton bien. Pousse à ton tour. Fais-lui voir que ses cicatrices n'ont pas d'importance. Que tu t'en moques.

June se tordait les mains, agitée, clairement secouée désormais. Elle détestait parler de Cal derrière son dos et elle n'aimait pas les ragots. Rien de bon n'en sortait jamais. Elle avait appris ça avec Carla.

— Et maintenant, je te fais flipper. Je suis désolée, réagit April d'un air contrit. C'est juste que... J'aime Cal comme un frère et je ne l'ai jamais vu aussi captivé par quelqu'un comme il l'est par toi. Tout ce que je dis, c'est de ne pas renoncer à lui. Ne l'écoute pas s'il essaie de te dire qu'il ne veut rien de sérieux. Il en a envie. Je peux le dire. Et si tu le désires de cette façon également, tu dois tenir bon. Compris ?

June n'était pas convaincue qu'April voyait la réalité entre elle et Cal. Mais penser qu'il l'aimait bien, même un peu, faisait du bien. Vraiment du bien. Et si en réalité, elle estimait que Cal la désirait, mais renonçait de lui-même parce qu'il croyait de ne pas être assez bien ou parce qu'elle pourrait le repousser après ce qu'il lui était arrivé, elle tiendrait bon de toutes ses forces.

Pour le moment, elle se contenta de hocher la tête, souhaitant que cette conversation prenne fin.

— Je sais que je vous préviens à la dernière minute, mais les filles, vous voudriez venir à l'appartement de Riggs et rester avec moi demain soir ? Pour un genre d'enterrement de vie de jeune fille ? Je ne connais personne d'autre ici et si je dis à Riggs que j'ai une soirée entre filles, il pourra sortir avec ses amis sans se sentir coupable. Les choses ont *vraiment* évolué vite entre nous et je veux que ses amis sachent que ce n'est pas parce que nous allons nous marier que leur relation ne sera plus solide. Qu'il ne va pas passer tout son temps avec moi et ne plus sortir avec eux.

— J'adorerais ! répondit April avant d'ajouter, avec ironie : Enfin tu es sûre de vouloir quelqu'un de vieux comme moi à ton enterrement de vie de jeune fille ?

— Tu n'es pas vieille ! la gronda Carlise.

— Ma petite, tu pourrais être ma fille, lui retourna April.

— À peine, réagit Carlise en reniflant.

— Tu as seize ans de moins que moi. Ça se tient.

— Parfait, mais sérieusement, April, ce n'est pas comme si tu avais déjà un pied dans la tombe, prête à emménager à Hill's House ou autre.

— Parfois, en présence des mecs, je me sens très vieille, dit calmement April, regardant vers la cuisine où les autres amis riaient et parlaient, accordant de toute évidence le temps aux filles d'avoir leur propre conversation.

June aperçut que ses yeux étaient posés sur un homme en particulier.

— JJ n'a pas l'air tellement plus jeune que toi, se risqua-t-elle à dire.

April tourna la tête et rit, bien que cela semblât forcé pour June.

— Ouais. Les hommes aiment les femmes plus jeunes, point. Les histoires de femmes plus âgées qui obtiennent les jeunes hommes sexy ne sont que pour les romans d'amour, dit-elle avant de se tourner vers Carlise. À quelle heure veux-tu que nous arrivions demain ? Et que pouvons-nous rapporter ?

— Je pensais à l'heure du dîner ? Six heures, environ ? Nous pourrions manger puis boire quelques verres. Alors, ramenez juste ce que vous aimeriez boire. Nous pouvons glander, regarder des films, parler, peu importe.

— Ça me paraît super, dit April. Je suis heureuse pour toi, Carlise. Toi et Chappy allez parfaitement ensemble.

— Merci.

— Je pense que je vais m'en aller, dit April. Je vous vois toutes les deux demain soir. C'était si chouette de te rencontrer, June, je parlerai à Meg à propos de ce travail à Hill's House et je vous mettrai en contact. Tu as un téléphone ?

June fronça les sourcils.

— Non. J'en ai eu un, mais je l'ai laissé à DC, car je ne voulais pas qu'Elaine ou Carla puissent être capables de me contacter. Elles n'auraient fait que crier, m'insulter et insister pour que je revienne leur préparer le petit déjeuner et faire leur lessive.

— Intelligent. Okay, je lui dirai de contacter Cal pour que vous puissiez convenir d'un moment et d'un endroit pour vous rencontrer et parler du poste.

June n'était pas surprise qu'April soit si douée pour son travail ; elle paraissait incroyablement organisée et déterminée.

Après s'être toutes levées, April enlaça rapidement Carlise, et à la surprise de June, se pencha en avant et l'enlaça également.

— Tu t'en vas ? demanda JJ à April en s'approchant.

— Oui, il se fait tard et je veux commencer tôt au bureau demain.

— Je vais t'escorter jusque chez toi, lui dit JJ.

— Pas nécessaire.

— Pour autant, je vais quand même le faire. On se voit demain les gars ? demanda JJ aux autres.

— Je dois me rendre au chalet pour m'assurer que tout est bien en place, leur dit Chappy.

— Je pensais emmener June à Rumford pour acheter tout ce dont elle aurait besoin et qu'elle n'a pas apporté avec elle, répondit Cal.

June cligna des yeux, surprise, en entendant cela. Il ne lui avait pas parlé d'aller où que ce soit. Ce n'était pas que ça la dérangeait ; il y avait en effet des choses qu'elle n'avait pas emportées qui lui seraient utiles. Mais elle ne s'attendait pas à ce qu'il ait envie de passer la journée avec elle après être parti quelques jours.

— Je serai au bureau, comme d'habitude, dit Bob en souriant de toutes ses dents.

— April et June ont dit qu'elles viendraient pour un enterrement de vie de jeune fille en soirée, annonça Carlise à son fiancé. Alors vous, les gars, vous pouvez sortir demain soir et faire... des trucs de mec.

— Wouhou ! Strip-teaseuses ! provoqua Bob, mais comme personne ne rit, il haussa les épaules. C'était une blague, nom de Dieu ! Ce n'est pas comme s'il y en avait dans le coin de toute manière. Et étant le seul mec célibataire, ce ne serait pas drôle du tout.

June fronça les sourcils en entendant cela ; Bob n'était pas le seul célibataire... Il y avait JJ – même si, réflexion faite, il semblait très intéressé par April. Et il y avait Cal. Elle regarda l'homme en question et le découvrit en train de regarder froidement Bob.

— Très bien, alors... Où devons-nous nous retrouver ? dit Chappy, tout sourire.

— Nous pouvons traîner ici, proposa Cal.

— Cool, lui répondit Chappy avant de lui donner une

claque dans le dos. Vendu. J'apporte la bière. Si tu veux autre chose, débrouille-toi.

— La bière, ça me paraît bien, dit Bob.

— Je serai le capitaine de soirée, annonça Chappy à ses amis.

— Toujours le protecteur, réagit Carlise en souriant, allant se blottir contre lui.

— C'est ton enterrement de vie de garçon, protesta Bob. Tu devrais pouvoir boire.

Mais Chappy haussa simplement les épaules.

— Ça ne m'intéresse pas vraiment d'être bourré la nuit précédant mon mariage.

— Oh, très bien. Sur ce, je vais décoller moi aussi, dit Bob avant de sourire et de se tourner vers June. C'était un plaisir de te rencontrer.

À sa surprise, il s'inclina et lui embrassa une joue avant de le faire avec l'autre.

— Bob, grogna presque Cal.

— Quoi ? À l'anglaise, non ?

Tout sourire, JJ s'approcha et fit de même.

Chappy emboîta rapidement le pas.

June savait qu'elle rougissait, mais ce n'était pas tous les jours qu'elle était embrassée six fois par trois hommes extrêmement beaux.

— Vous êtes des enfoirés, marmonna Cal.

Ses amis ne semblèrent pas perturbés par l'insulte. Ils firent simplement signe pour dire au revoir et se dirigèrent tous vers la porte.

Une fois tout le monde parti, elle jeta un coup d'œil à Cal après qu'il eut refermé la porte derrière eux.

— Tu es en colère ?

— Non.

— Tu as *l'air* en colère, observa-t-elle.

Et c'était vrai, ses sourcils étaient froncés et ses lèvres s'inclinaient vers le bas.

— Ils me taquinaient, lui dit-il.

— Comment ça ?

— En t'embrassant de la sorte.

— Oh. Mais ils suivaient juste ta coutume, non ?

— Oui et non. Ils t'ont surtout embrassée parce qu'ils savaient que ça m'agacerait.

June secoua la tête.

— Pourquoi cela t'agacerait-il ?

— Parce que je veux que personne ne t'embrasse à part moi, dit-il carrément.

June le regarda fixement, incrédule... et légèrement excitée.

— Ça ne voulait rien dire, dit-elle doucement.

— Je sais. Mais ça ne me plaît toujours pas.

Cal se fit plus proche et leva une main pour caresser avec son pouce l'une de ses joues, comme s'il pouvait essuyer le toucher des autres.

Sentant un courage sans savoir d'où il lui venait, elle plaça sa main sur son torse. Quand il était question de cet homme, elle se découvrait le souhait d'être différente. Voulait être le genre de femme avec qui il s'imaginerait.

— Peut-être devrais-tu faire quelque chose pour effacer la sensation de leurs lèvres sur mes joues.

— Comme quoi ? demanda-t-il, un sourcil haussé et un petit sourire aux lèvres.

June haussa les épaules.

— Peut-être, recouvrir leurs baisers avec les tiens ?

Elle retint son souffle en attendant sa réponse. À son grand désarroi, il ne bougea pas pendant un long moment.

Juste au moment où l'humiliation se glissait doucement en elle, il pénétra un peu plus dans son espace personnel. Il ne parla pas, baissa juste la tête très lentement.

June retint son souffle, les lèvres de Cal effleurant sa joue droite. Puis avec son nez, il repoussa les cheveux qui se trouvaient sur son chemin et elle le sentit lui embrasser la zone sensible sous son oreille. Elle inclina la tête, une de ses mains s'accrochant au tissu de son tee-shirt. Un petit bruit, désespéré, s'échappa de sa gorge.

Cal passa à son autre joue, y déposant également un baiser. Il posa la main sur sa nuque, la tenant fermement, et lui embrassa le front. Puis le nez puis de nouveau la première joue.

Elle respirait rapidement et des picotements surgissaient partout sur son corps. Là où ses lèvres se posaient, elle se sentait marquée. On l'avait déjà embrassée auparavant, mais ça ne lui avait jamais fait cet effet-*là*. Comme si l'attente pouvait tout bonnement la tuer.

— Cal, murmura-t-elle.

Et alors les lèvres de ce dernier se retrouvèrent sur les siennes. Il buvait et mordillait ses lèvres, mais il n'entra pas dans sa bouche. Même si le baiser était chaste, elle le ressentit jusqu'aux doigts de pieds. C'était le baiser le plus romantique qu'elle avait jamais eu et elle en voulait plus.

Il leva la tête avant qu'elle ne puisse se mettre à le supplier de continuer. Le souffle de Cal recouvrit le sien, tandis qu'il lui demandait :

— Comme ça ?

Elle ouvrit les yeux et regarda fixement Cal.

— Hein ?

— Tu sens encore leurs baisers sur ta peau ?

Elle ne pouvait sentir rien d'autre que Cal. Elle fit non de la tête.

— Tant mieux. Tu as bien discuté avec April et Carlise ?

June voulait insister sur le fait qu'elle ne voulait pas parler des autres femmes... de *rien* d'autre. Qu'elle voulait seulement continuer ce qu'ils étaient en train de faire. Qu'elle voulait sa langue dans sa bouche, ses mains sur son corps. Elle voulait tout. Mais elle déglutit, avec peine, et répondit d'une voix rauque :

— Ouais...

— Les choses ont paru intenses à un moment. Tu fronçais tellement les sourcils que j'ai failli venir pour voir si tu allais bien.

L'idée qu'il faisait attention à elle lui fit du bien.

— Ça allait. Nous parlions d'Elaine et Carla.

Elle avait l'intuition que ça n'avait pas été ce qu'il l'avait tant inquiétée. C'était les révélations d'April au sujet de Cal. Celles qui l'avaient rendue à la fois coupable et protectrice.

— Tu n'as plus à t'inquiéter pour elles. Je m'en occuperai.

June hocha la tête.

Il ne s'était pas détaché d'elle, avait toujours sa main posée sur sa nuque. June trouvait cela incroyablement possessif et elle ne s'était jamais autant sentie à l'abri qu'en ce moment.

Il garda les yeux baissés vers elle pendant un long moment. Puis lentement, l'enlaça.

June y répondit volontiers, enfouissant son nez sur le côté de son cou tandis qu'il était penché sur elle. Cal l'enveloppait et elle ne savait pas trop ce qui avait provoqué une telle intimité, mais elle chérirait ce moment autant de temps qu'il durerait.

— Qu'est-ce que tu es en train de me faire ? marmonna-t-il dans sa chevelure.

Elle n'eut pas l'occasion de répondre – il ne semblait pas s'y attendre –, car Cal recula et lui fit un tendre sourire.

— Je vais monter prendre une douche. La cuisine est entièrement nettoyée, les portes verrouillées. Je te vois demain matin. D'accord ?

Surprise, car il était encore assez tôt, tout ce que June fut capable de faire était de hocher la tête de nouveau.

Il la lâcha et se tourna vers les escaliers qui menaient au deuxième étage et aux chambres. June eut l'impression qu'il fuyait, même si son pas n'était pas pressé. Mais quoi ? Elle ? Ça paraissait impossible. Elle était complètement inoffensive.

Cela la rendait confuse d'être aux côtés de Cal. Une

seconde, il l'embrassait et l'enlaçait et la seconde suivante, il agissait comme s'il ne pouvait supporter d'être dans la même pièce.

Dans un soupir, June erra dans la cuisine. Il avait dit que tout était rangé, mais elle devait vérifier elle-même. Elle essuya les comptoirs déjà propres et regarda les alentours, à la recherche d'autre chose à faire. Ne trouvant rien, elle se rendit dans le salon et reprit le livre qu'elle lisait plus tôt.

Elle entendait l'eau courir à l'étage et de suite, les mots sur la page perdirent tout intérêt. Tout ce à quoi elle parvenait à penser, c'était à Cal, nu sous la douche.

Les dires d'April au sujet de ses cicatrices dans le dos lui vinrent à l'esprit et June se retrouva les yeux emplis de larmes. Elle détestait penser à Cal blessé. Elle détestait encore plus le fait qu'il pourrait se dénigrer à cause de ce que les autres avaient fait. Ne savait-il pas qu'il était l'homme le plus incroyable qu'elle avait jamais rencontré ? Qu'elle se fichait complètement de ce à quoi il ressemblait sous ses vêtements ?

Probablement pas. Sa vie entière avait tourné autour des apparences extérieures, une chose que June comprenait mieux que la plupart des gens. Être un membre de la famille royale engendrait d'être sous le feu des projecteurs, d'être tenu d'avoir des standards différents des autres. Toute imperfection pouvait être vue comme un défaut, quelque chose à critiquer. Elle détestait cela pour lui et se jura de faire son possible pour lui faire comprendre qu'elle ne le jugerait en *rien*.

Quand l'eau se coupa, June attendit de voir si, peut-être, Cal allait la rejoindre en bas. Comme il ne le fit pas, elle finit par se rendre à sa propre chambre. Elle avait adoré rencontrer ses amis et avait hâte de passer plus de temps avec April et Carlise ainsi que les garçons, mais la seule personne qu'elle voulait mieux connaître était l'homme avec qui elle vivait... qui, en cet instant, lui donnait l'impression d'être à des millions de kilomètres.

CHAPITRE ONZE

Cal s'en voulait d'avoir proposé d'emmener June faire du shopping. Ce n'était pas qu'il ne voulait pas passer de temps avec elle – bon sang, il voulait passer *tout* son temps libre avec elle. La raison, c'était que plus il était à ses côtés, plus il voulait l'être.

La nuit précédente, il avait fui à l'étage avant de faire quelque chose qui ficherait les jetons à June. Comme la porter, la jeter sur le canapé et lui faire l'amour ici et maintenant. Poser ses lèvres sur elle avait été le paradis comme l'enfer. Elle avait la peau des plus douces et les petits bruits qu'elle avait faits avec sa gorge pendant qu'il l'embrassait avaient fait ériger sa verge et provoqué une réaction. Il avait dû puiser dans toute la force qu'il avait pour se contrôler et ne pas aller plus loin.

Elle avait été isolée, maltraitée et elle allait finalement déployer ses ailes. La dernière chose que souhaitait faire Cal était la retenir. Elle pouvait avoir tous les hommes qu'elle voulait désormais. Il ne pouvait pas être égoïste et ne lui pas donner la chance de sortir, tomber amoureuse... être heureuse.

Mais rien que de penser à elle avec tout autre homme lui

donnait envie de la saisir et de l'enfermer. Elle était à *lui*, merde !

Sauf qu'elle ne l'était pas.

Ses amis l'avaient volontairement exaspéré avec leur combine la nuit dernière. L'embrasser juste devant lui. Maudites traditions, ils n'avaient jamais embrassé quelqu'un de la sorte auparavant. Et le truc, c'était que leur manigance avait fonctionné. Il avait détesté voir leurs lèvres sur elle. Chappy était pris et JJ pourrait l'être avec sa façon de ne pas détourner le regard d'April, mais peu importait.

Cal avait été aux anges lorsque June avait suggéré de recouvrir leurs baisers par les siens. Elle était timide, mais pas paralysée. Elle avait parue si parfaite dans ses bras... Tout comme la nuit à l'hôtel, quand il l'avait tenue contre lui pendant qu'elle dormait.

Mais peu importait à quel point il pouvait la désirer, il ne pouvait pas être avec elle comme un homme normal devrait être avec une femme. Il ne pouvait supporter de se regarder dans un miroir, comment pourrait-il exposer sa chair en ruines à June ? Il préfèrerait mourir plutôt que de voir un regard de dégoût ou de pitié dans ses yeux.

Et voilà que maintenant, il se torturait en passant la journée avec elle à Rumford. Faire du shopping, tout ça... Il n'était pas un homme qui aimait faire les magasins. S'il avait besoin de quelque chose, il allait sur Internet et le commandait. À part pour les courses alimentaires, il n'arrivait pas à se souvenir de la dernière fois où il était entré dans un vrai magasin.

— C'est amusant, dit-elle à côté de lui, l'extirpant brutalement de ses pensées.

Il lui jeta un coup d'œil et la vit sourire. Ses joues avaient rougi suite à leur marche dans l'air froid et ses yeux brillaient. Il lui fallait tellement peu pour être heureuse.

— Ah oui ? demanda-t-il.

Elle acquiesça. Il n'y avait pas de centre commercial à

Rumford. Pas de boutiques de marque. Rien comparé aux magasins dans lesquels elle pouvait se rendre à DC. Mais ça ne semblait pas important. June prenait plaisir rien qu'en sortant dans le monde, un concept qui était presque étranger à Cal. En dehors des paisibles randonnées occasionnelles, cela faisait vraiment longtemps qu'il n'avait pas savouré le simple fait de vivre.

Quand June le regarda, elle s'arrêta brusquement et posa la main sur son bras pour l'arrêter également.

— Cal ?

Il baissa la tête en réponse, même s'il serrait les poings pour s'empêcher de mettre son bras autour de sa taille et de l'attirer contre lui.

— Tout va bien ?

— Bien sûr.

— Je veux dire... tu as probablement des choses plus importantes à faire au lieu de sortir avec moi. Nous pouvons retourner à Newton.

Cal se frappa mentalement. Il ne voulait pas que son humeur troublée déteigne sur elle, mais c'était apparemment le cas.

— Non, je n'ai rien de mieux à faire maintenant, lui assura-t-il.

Les sourcils de June se froncèrent tandis qu'elle l'observait. Finalement, elle dit :

— J'ai passé ma vie à observer les gens. À deviner ce qu'ils voulaient sans qu'ils aient besoin de le dire. Je sais quand les gens n'aiment pas ce que j'ai servi pour le dîner, quand ils sont de mauvaise humeur ou... ou quand ils se montrent seulement polis et qu'ils veulent en vérité être ailleurs que là où ils se trouvent. Tu n'as pas à me mentir, Cal. Je vois bien que tu es mal à l'aise à faire du shopping.

Elle inspira profondément, comme si elle faisait appel à tout son courage pour prononcer ses prochaines paroles :

— Et je peux également dire que tu n'es pas à l'aise avec *moi*. Ramène-moi et je ne serai plus dans tes pattes pour le restant de la journée. Je parlerai à April ce soir en me rendant chez Chappy et je verrai si elle peut m'aider à trouver d'autres options pour me loger.

Cal se déplaça avant qu'elle n'ait fini sa dernière phrase. Il fit reculer June de deux pas, jusqu'à ce qu'elle soit pressée contre un mur en briques. Ils se trouvaient dans une rue relativement fréquentée – des gens passaient à pied et en voiture –, mais pour Cal, c'était comme s'ils étaient les deux seules personnes dans le monde en cet instant.

Il avait méchamment déconné. Il détestait qu'elle ait perdu son enthousiasme en seulement un instant.

— Ce n'est pas toi, dit-il avec ferveur. C'est juste que... être avec toi, te voir encore plus contente pour un simple coussin décoratif que je ne l'ai été pendant des années... ça me fait comprendre à quel point je suis passé à côté de tout dans ma vie. Tu trouves de la joie dans tout ce qui t'entoure et je n'arrive pas à me souvenir de la dernière fois où j'ai ressenti ne serait-ce qu'un iota de cette émotion.

— Je suis navrée, murmura-t-elle, le regardant avec des yeux où baignait l'inquiétude.

— Non, répondit-il, secouant immédiatement la tête. Ne le sois pas.

— Quelque chose a changé quand nous sommes arrivés à Newton, dit-elle d'une petite voix. Nous étions bien à DC, puis sur la route. Mais depuis que nous sommes dans le Maine, tu sembles avoir des problèmes quand tu es avec moi. Je ne sais pas ce que j'ai fait, mais si tu me le dis, j'arrêterai.

Le cœur de Cal s'arrêta. Ça le tuait qu'elle ressente ça ! Mais elle n'avait pas tort non plus... Ce qui avait changé, c'était le fait qu'elle était chez lui et elle y avait l'air tellement à sa place ! Il était rentré depuis deux jours et avait déjà commencé à rêver du futur. De l'avoir ici, de façon permanente. De partager sa vie. Seulement, il ne pouvait pas le voir se réaliser pour de vrai.

Il tendit les mains et prit son visage. De suite, elle posa ses propres mains sur sa taille, serrant sa veste dans ses poings, attendant qu'il dise quelque chose.

Cal avait prévu de lui dire que, peut-être, ce *serait* mieux si elle évoquait avec April le sujet d'un appartement. Ce serait moins douloureux si elle partait maintenant que s'ils continuaient de se rapprocher.

Mais ce qui sortit de sa bouche fut complètement différent ; des pensées et des sentiments qu'il avait enfouis pendant des années.

— Ce n'est pas que je ne veux pas être avec toi. Je le veux. Plus que tu ne le sauras jamais. Mais à la seconde où tu as franchi mon seuil, j'ai voulu verrouiller la porte et ne jamais te laisser partir. Tu apportes la lumière et une énergie positive dans ma maison, qui n'en a pas reçues depuis le jour où j'ai emménagé. Mais je ne peux pas te faire ça. Pas alors que tu viens de t'enfuir d'une maison qui tenait plus de la prison. Tu ne vois pas, June ? J'essaie de te donner l'espace et la liberté que tu n'as pas eus avant. Je suis terrifié que mon âme flinguée te nuise. T'empêche d'être tout ce que tu peux être.

Cal ferma les yeux et prit une profonde inspiration. *Feck*, ça ne se déroulait pas comme il le voulait. Il avait voulu la rassurer quant au fait qu'il *aimait* être avec elle, que c'était sa vie à lui qui était trop en vrac pour la subir. Au lieu de ça, il avait vomi des paroles qu'il n'avait jamais voulu dire.

Elle recouvrit l'une de ses mains, toujours posée sur son visage. Il ouvrit les yeux et se plongea dans son beau regard brun.

— Je peux être honnête ?

— Je serais contrarié si tu ne l'étais pas, lui dit-il.

— J'ai peur.

Cal fronça les sourcils, se raidit sans attendre.

— De quoi ?

— De tout, admit June. Je dispose peut-être de quoi payer deux mois pour louer quelque chose à mon nom. Je n'ai pas de voiture. Je n'ai que deux valises contenant le principal de mes affaires. Je n'ai pas d'amis. Je suis complètement dépendante de toi. Ma belle-mère et ma demi-sœur ne peuvent pas me blairer et je ne serais pas surprise si en ce moment, elles essayaient de me retrouver pour me faire payer de les avoir quittées. Et je n'ai jamais ressenti pour *personne* ce que je ressens pour toi. Du genre que si je ne te vois pas, ne peux pas te toucher, je pourrais me briser en un million de morceaux et m'envoler. Je sais que je suis trop quelconque, que les gens ne me regardent même pas deux fois. Je suis petite, en surpoids et je n'ai aucun sens de la mode. Mais mon cœur se fiche de ne jamais correspondre à ton monde. Il veut... simplement ce qu'il veut.

La bouche de Cal était si sèche qu'il ne pouvait même pas déglutir.

— Que veut-il ? demanda-t-il en murmurant, retenant son souffle, attendant sa réponse.

Et June étant ce qu'elle était, elle n'essaya pas d'être évasive. Ne tergiversa pas. Elle avait la force et le courage de dire ce qu'elle avait dans son cœur.

— Toi. Il te veut *toi*, Cal.

Un torrent d'émotions le submergea. De la joie. De la satisfaction. De la possessivité. Le besoin de ramener cette femme à la maison, de la traîner jusqu'au lit et de lui montrer avec exactitude à quel point il l'admirait, la respectait et la désirait.

— Mais si tu n'aimes pas passer du temps avec moi – et ne mens pas, car je vois bien que tu ne t'amuses pas en cet instant – ça ira pour moi. Je ne serai pas le genre de femme qui supplie et sanglote et devient folle. Ou invente un harceleur pour t'inciter à l'apprécier, conclut-elle d'un ton sec.

Les doigts de Cal se resserrèrent légèrement tandis qu'il se penchait.

— Je vais t'embrasser maintenant, l'informa-t-il.

Elle fronça les sourcils sous la confusion, mais elle ne s'éloigna pas. Ne lui dit pas qu'il était ridicule ou lui provoquait un mal de tête avec ses sautes d'humeur. Non, la main sur sa taille se serra alors qu'elle tentait de l'attirer plus près et elle leva le menton d'une fraction de centimètre.

Ce baiser n'avait rien à voir avec les doux baisers de la nuit dernière. Il ne commença pas doucement. Il n'y eut pas de tendre effleurement des lèvres. Il prit June avec tout le désespoir qu'il ressentait dans son âme tiraillée. Il devrait la laisser partir, mais il avait besoin qu'elle soit dans ses bras, son lit, sa vie.

Il lui prit la bouche comme s'il était un homme affamé et qu'elle était la nourriture dont il avait besoin pour survivre. Et sa June donna autant qu'elle reçut. Elle ne se contentait pas d'accepter passivement ce qu'il lui offrait, elle inclinait la tête pour approfondir leur baiser et semblait tout aussi désespérée que Cal.

Leurs langues luttaient, leurs dents mordaient et de petits gémissements de plaisir jaillissaient d'eux tandis qu'ils s'embrassaient. L'une des mains de Cal se posa doucement sur la nuque de June, la protégeant alors qu'il la pressait plus fort contre les briques avec son corps. L'autre main se glissa sous sa veste et son haut pour demeurer dans le bas de son dos.

Dès que ses doigts glacés touchèrent sa peau nue et chaude, elle se cambra vivement et devint un peu plus folle dans ses bras. Les doigts de June s'accrochèrent à ses cheveux et tiraient dessus, ajoutant un petit élément de douleur à la passion, redoublant son désir encore plus. L'autre main de June fit de même que celle de Cal, se déplaçant jusqu'à son dos et trouvant son chemin sous ses vêtements, jusqu'à sa chair.

Il ne sentit pas vraiment son toucher, mais la sensation de ses doigts froids sur sa peau déchiquetée était comme un seau d'eau glacée pour sa libido. Son sexe, qui était dur comme un bâton un instant plus tôt, se flétrit et il ôta sa bouche de celle de June dans un soupir.

Ils respiraient tous deux avec difficulté et Cal ne put s'empêcher de remarquer la façon dont il avait ébouriffé les cheveux de June. Elle ressemblait à ce qu'il imaginait qu'elle serait à force de remuer la tête d'avant en arrière sur son oreiller pendant qu'ils feraient l'amour.

— Cal ? dit-elle au bout d'un moment, hésitante.

Il avait parfaitement conscience qu'elle n'avait pas retiré sa main de son dos, mais là encore, il n'avait pas retiré la sienne non plus. Ils s'enveloppaient l'un de l'autre comme deux plantes grimpantes dans la nature.

— Je... Peux-tu, s'il te plaît, retirer ta main de mon dos ? murmura-t-il.

Elle hocha la tête et comme elle ne touchait désormais plus sa peau, il se sentit comme s'il pouvait de nouveau respirer. Se sentant honteux et affaibli, Cal prit une grande inspiration et pencha la tête en arrière, regardant le ciel tout en essayant de contrôler ses émotions.

Après ce qui était paru comme une éternité, mais probablement une minute ou deux seulement, il baissa les yeux vers June. Elle ne s'était pas extirpée de ses bras. N'avait pas posé de question sur ce qui se passait ni n'avait demandé pourquoi il ne voulait pas qu'elle le touche. Son regard compréhensif était rivé au sien et il avait le sentiment qu'elle resterait là avec lui aussi longtemps qu'il en aurait besoin.

— Je..., commença-t-il à dire, mais elle secoua la tête.

— Je suis désolée. J'aurais dû savoir qu'il ne fallait pas te toucher. Cal, ce qui t'est arrivé est affreux. Absolument terrible. Et c'est quelque chose que je ne pourrai jamais comprendre. Mais comme je te l'ai déjà dit – et continuerai à te dire jusqu'à ce que tu le crois – tes cicatrices leur font honte à *eux*, pas à toi. Je ne vais pas être idiote et te dire que tu devrais les montrer avec fierté. Mais elles font aujourd'hui partie de toi. De ton histoire. De ce qui fait de toi Cal Redmon. Et ça ne fait absolument aucune différence sur ce que je ressens pour toi. Attends, non, ce n'est pas vrai. En sachant ce qui est arrivé, ce qu'ils ont fait, de voir l'homme devant moi aujourd'hui ? Ces cicatrices ne me font que t'admirer encore plus. Tu étais déjà quelqu'un de profondément impressionnant. Mais en sachant ce que je sais de ton histoire, sachant ce à quoi tu as survécu ? Je suis en admiration devant toi.

Cal secoua la tête.

— Tu n'as aucune idée à quel point c'est vilain, lui dit-il.

— Tu as raison, je ne le sais pas. Mais je continue de m'en moquer.

Cal ne croyait pas à ça. Ne le pouvait pas. Elle ne s'en moquerait *pas*, si elle voyait à quel point sa peau était ravagée. À quel point les cicatrices avaient l'air absolument répugnantes. Elle ne s'en moquerait pas. Comment le pourrait-elle ?

— Si les rôles étaient inversés, si c'était mon corps qui était recouvert de cicatrices, est-ce que ça ferait une différence ?

Tout en Cal se révolta à la pensée que la femme dans ses bras aurait pu traverser une seule fraction de la torture qu'il avait endurée. La nausée fit son apparition et tout ce qu'il parvint à faire, c'était de secouer violemment la tête.

— Alors, pourquoi penser que ça ferait une différence pour moi ? demanda-t-elle, calme.

Cal ferma de nouveau les yeux et déglutis avec peine. Il voulait croire que leur attirance et leur désir seraient les mêmes après qu'elle l'ait vu sans ses hauts à longues manches et ses pantalons, mais il avait peur de prendre le risque. La faire reculer le détruirait.

Il sentit June se mettre sur la pointe des pieds et il l'enlaça, s'assurant qu'elle gardait son équilibre contre lui. Les lèvres de June touchèrent à peine sa joue avant qu'elle ne vienne murmurer à son oreille :

— Je te désire, Cal. Même si je sais que je ne serai jamais à la hauteur de tes attentes. Même si tu es bien meilleur que moi. Je te veux sur moi, au-dessus de moi, en moi. Si tu as besoin qu'il fasse noir pour que cela arrive ou si tu dois être complètement habillé, ça me va. Je te prendrai de la façon avec laquelle je pourrai t'avoir.

Et d'un coup, la verge de Cal revint de nouveau à la vie. Ses yeux s'ouvrirent brutalement et il recula la tête pour mieux voir le visage de June. Elle rougissait de nouveau, ce qui était carrément précieux. Mais il pouvait lire la certitude ainsi que le désir dans son regard.

— Rien chez toi ne pourra jamais me dégoûter, continua-t-elle, le regardant droit dans les yeux tout en le disant.

Cette femme était définitivement plus courageuse qu'il ne le serait jamais.

— Tu es l'homme le plus sexy que j'ai pu rencontrer. *Point.* Tu es généreux, loyal, travailleur, protecteur... en bref, tout ce que je rêvais de trouver chez un homme mais jamais je n'ai pensé que ça existait en une seule et même personne.

— Tu as oublié riche et prince, dit-il pour la taquiner.

June se fit plus maussade en disant :

— Non, je n'ai pas oublié. Parce que je me fiche royalement de ces choses-là. J'ai vu ce que l'argent pouvait faire chez les gens – ma belle-mère notamment – et je voudrais de toi si tu n'étais rien d'autre qu'un bûcheron. Et à dire vrai, faire partie de la royauté est la chose te concernant qui me donne envie de tourner les talons et partir en courant. Je ne pourrai jamais être à la hauteur de ça. Je ne pourrai jamais être à la hauteur des attentes de ta famille. Et je ne veux pas être une princesse. Je serais très mauvaise. Je te veux *toi*, Cal. L'homme qui me fait me sentir en sécurité et libre pour la première fois de ma vie.

Comment pouvait-il résister à ça ?

Il ne pouvait pas. Il allait prendre June.

Puis il la laisserait partir. Ce serait dégueulasse de sa part et possiblement la chose la plus difficile qu'il aurait jamais faite.

Même la torture qu'il avait endurée ne serait pas aussi douloureuse que de la laisser partir. Mais il devra le faire, pour le bien
de June.

Cal se pencha et l'embrassa de nouveau. Un baiser doux et
tendre cette fois.

— Il y a une mignonne petite boutique de souvenirs un peu
plus en bas de la rue que je pense que tu aimeras, lui dit-il.
Ensuite, nous pourrons aller à la grande surface et prendre les
autres choses nécessaires dont tu as besoin. J'aimerais faire un
arrêt au magasin de bricolage également. Après ça, nous
pouvons rentrer à la maison et tu pourras te préparer pour la
soirée d'enterrement de vie de jeune fille de Carlise. Ça te va ?

Elle le regarda longuement avant d'acquiescer.

— Si tu es sûr que je ne t'embête pas...

— Tu ne m'embêtes pas. Pas même dans le sens le plus
éloigné du mot. Je ne suis pas habitué à ça, à faire du shopping
sans d'autre but en tête que ce dont j'ai vraiment besoin d'acheter, mais passer du temps avec toi, ça vaut... tout. J'aime bien.

— D'accord.

— D'accord, dit-il en écho.

Puis il fit lentement glisser sa main de la chevelure de June
et recula. Mais il lui prit la main et la coinça dans le creux de
son coude, la pressant contre ses flancs tandis qu'ils repre-
naient leur marche.

Elle s'appuya contre Cal et c'était le sentiment le plus doux
au monde, de l'avoir si près de lui. Comment, en tant que
fermement célibataire et résigné à ce statu quo, en était-il venu
à désirer tellement une femme au point de rendre chaque
parcelle de son corps douloureuse de désir, Cal n'en avait
aucune idée. Mais même savoir que la douleur écraserait son
âme quand il sera temps de se séparer ne l'empêcherait pas
d'accepter tout ce que June aurait à offrir.

Bientôt.

Il préférerait donner du temps, laisser l'attente se bâtir,

savourer de la courtiser. Mais Cal avait l'intuition qu'aucun des deux ne serait capable d'attendre longtemps. Et le fait qu'elle était prête à lui donner ce qui lui fallait – à savoir rester dans le noir – rien que pour l'avoir clarifiait davantage le fait que cette femme était parfaite pour lui.

Ce soir, elle sortira avec ses nouvelles amies et il se détendra avec ses potes. Demain, ils seront occupés avec le mariage. June rencontrerait bientôt Meg et commencerait sûrement à travailler et il devait faire sa part de boulot à Jack's Lumber. Pourtant, d'une certaine manière, ils trouveront un moment pour se rapprocher. Cal n'en doutait pas.

Tout comme il ne doutait pas qu'une fois qu'il aura touché June, une fois qu'elle l'aura laissé pénétrer son corps, il ne sera plus jamais le même.

CHAPITRE DOUZE

June regarda rapidement Carlise et sourit, légèrement pompette. Elle n'avait pas prévu de boire ce soir, simplement d'apprendre à connaître April et Carlise. Mais April avait préparé une boisson incroyable avec du jus d'ananas, du rhum aromatisé, du Sprite et qui d'autre savait quoi. Elle ne percevait pas du tout l'alcool dans son verre et avant de s'en rendre compte, elle avait englouti deux verres de cette mixture et était maintenant son troisième.

— Oh ! Avant que j'oublie, j'ai appelé Meg et elle a hâte de te rencontrer, dit April, toute excitée. Et si ça te va, elle veut que tu viennes à Hill's House lundi et que tu la rencontres.

— Si tôt ? demanda June.

— Ouep. Elle vient d'engager un nouveau concierge, mais elle cherche la bonne personne depuis des mois pour occuper le poste de responsable d'animation et elle ne tient quasiment pas en place du fait que tu es là.

— Elle ne me connaît même pas. Je veux dire, ne veut-elle pas un CV ou des références ou autre ?

April fit un geste vague de la main et secoua la tête.

— Pas nécessairement. Je lui ai tout dit sur toi. Où tu étais avant, ce que tu faisais. Tu seras parfaite.

— Mais si elle n'aime pas l'endroit et ne veut pas accepter ce boulot ? demanda Carlise.

Ses propos étaient également légèrement marmonnés. Elles se sentaient toutes détendues, mais n'étaient pas ivres mortes. Personne ne voulait avoir une gueule de bois pour le mariage le lendemain.

— Pourquoi n'aimerait-elle pas ? demanda April.

— Je ne sais pas. Mais les entretiens sont censés être valables pour les deux partis. Et nous savons tous que Cal la laissera rester autant de temps qu'elle le voudra, alors elle n'aura pas à s'en faire pour l'argent.

— Je ne suis pas un parasite, dit June, plus énergiquement qu'elle ne le voulait.

— Oh je ne voulais pas insinuer ça, répondit Carlise, soucieuse.

— Elle veut juste dire qu'avec la façon dont te regarde Cal, tu pourrais lui dire que tu veux un jet et il s'en irait, non seulement pour te l'acheter, mais aussi pour bâtir un hangar et une piste d'atterrissage dans son jardin, dit April avec un grand sourire.

— Ce n'est pas vrai, protesta June.

— Ma petite, franchement, dit Carlise après avoir pris une gorgée de sa boisson. Il te regarde comme si tu portais la lune et contrôlait les étoiles.

Le plaisir baigna June suite aux paroles de Carlise. Toutefois...

— Nous ne nous connaissons que depuis quelques jours, protesta-t-elle.

Carlise éclata de rire.

— Il faut vraiment qu'on reparle de ça ? dit-elle, levant le bras pour regarder son poignet nu, mimant le fait de vérifier sa montre pour connaître l'heure. Riggs et moi nous connaissons depuis à peine une minute et nous nous *marions* demain. Le temps ne compte pas, c'est ce que tu ressens au plus profond de toi. Quand ton ventre fait des sursauts quand tu le vois. Quand sa voix te rend toute humide entre tes jambes ainsi que la façon dont il te regarde constamment comme s'il avait peur que de petits hommes verts descendent du ciel et te kidnappent à tout moment.

— C'est comme ça entre toi et Chappy ? demanda April.

Un air rêveur traversa le visage de Carlise.

— Oh oui... Et quand il m'embrasse et... vous *savez*... c'est comme s'il n'y avait personne d'autre au monde que nous deux. Est-ce que Cal t'a déjà embrassée, June ?

Elle ne put s'empêcher de s'humidifier les lèvres, se souvenant du baiser incroyable et passionné qu'ils avaient échangé plus tôt ce jour-là. Elle hocha la tête.

— Et est-ce que la terre a tremblé ?

— Complètement.

— Et le sexe ?

June rougit et secoua la tête.

— Très bien, alors... ça arrivera. Bientôt, j'en suis sûre. Car Cal est tout comme mon Riggs. Il ne traîne pas quand cela concerne ce qu'il veut. Et cet homme te veut *toi*. Il bave presque quand tu es dans les parages.

— Oh, quelle image absolument... pas belle, dit April en levant les yeux au ciel.

— Je disais ça dans le bon sens du terme ! Il la veut, dit Carlise avant de sourire d'un air suffisant. Et devrions-nous parler de toi et JJ ?

April s'étrangla avec la boisson qu'elle était en train de siroter. Elle se tourna vers Carlise et secoua la tête.

— Nous n'irons pas sur ce terrain-là.

— Pourquoi pas ? Enfin c'est évident à la façon dont Cal regarde June qu'il la désire, tout comme il est évident à la façon dont JJ te regarde.

— Il ne me regarde d'*aucune* façon, rétorqua April avec obstination.

Ce fut au tour de Carlise de lever les yeux au ciel.

— Tu plaisantes, j'espère ? Cet homme ne peut détourner les yeux de toi. Et Riggs m'a tout raconté sur cet inconnu qui est venu au bureau la semaine passée et qui t'a persécutée et où JJ a failli perdre la tête. Sa voix est devenue un grognement effrayant et il a pris le gars en chasse.

— Ce n'était pas si terrible, il a réagi de manière excessive, insista April, mais sans jamais regarder June ou Carlise dans les yeux.

— Tout ce que je dis, c'est que cet homme t'aime bien, April, ajouta Carlise d'un ton plus doux. Si tu lui donnes le moindre petit signe que tu es intéressée, il sautera sur l'occasion... et sur toi ! dit-elle en rigolant à sa propre blague.

— Je suis trop vieille pour lui, s'entêta April.

— Quoi ? demanda June, peu sûre d'avoir bien entendu.

— J'ai presque cinquante ans, dit-elle d'un ton plaintif.

— Je pensais que tu avais genre quarante-cinq ou quarante-six ans, dit Carlise, confuse.

— Quarante-six. Ce qui est presque cinquante, soupira April.

— Oh, mon Dieu, non pas du tout ! répondit Carlise en secouant la tête. En plus, JJ aura bientôt quarante ans. Je crois que son anniversaire est dans un mois ou quelque chose comme ça.

La tête d'April se redressa en entendant cela.

— Ah oui ?

— Comment peux-tu ne *pas* savoir ça ? demanda Carlise en riant. Enfin, tu sais tout sur tout ! Je ne saurais te dire combien de fois Riggs a dit que sans toi, Jack's Lumber aurait fait faillite et serait en cendres. Tu les maintiens en ordre, tu organises les plannings et tu as même commencé par organiser leurs randonnées sur le Sentier des Appalaches. Comment peux-tu ne pas connaître l'âge de JJ ?

— Je pensais qu'il était dans le début de la trentaine, répondit April. Enfin, tu l'as vu ? Il est dans une forme stupéfiante. Et il n'a aucun cheveu blanc.

— Ça ne veut rien dire. Les cheveux blancs, je veux dire, dit Carlise.

Puis elle reposa son verre et se pencha vers April. Elle était assise sur le sol, jambes croisées, devant le canapé, où June et April s'étaient assises avant d'opter pour le confort du divan.

— Tu n'es pas trop vieille pour qui que ce soit, reprit Carlise. Je me fiche que JJ ait trente-deux et quelques. Regardetoi, tu es belle. Et intelligente. Et tu ne supportes pas ses conneries, ce dont il a vraiment besoin, je pense.

— Il me voit comme une figure maternelle, protesta April.

June ne put empêcher l'éclat de rire s'échapper de ses lèvres.

— Quoi ? C'est *vrai* ! insista April. Il m'appelle même « maman » parfois.

— Il te taquine, c'est pour ça ! lui dit Carlise.

— Si JJ t'estime comme une figure maternelle, j'appellerai Elaine et lui dirai où je me trouve et je serai d'accord pour travailler pour elle gratuitement pour le restant de mes jours, dit solennellement June. Et puisqu'elle est la dernière personne que j'aurais envie de revoir, je suis certaine *à ce point* de ce que je dis.

April la regarda avec tant d'espoir dans les yeux que le cœur de June se serra.

— Regarde-moi, raisonna-t-elle. Je suis petite, grosse, je ne suis jamais allée à l'université et j'ai vécu dans la même maison toute ma vie. Et pourtant, un prince milliardaire est intéressé par moi. *Moi*, raconta-t-elle avant de secouer la tête. Non seulement ça, mais pour une raison incompréhensible, il s'inquiète que je puisse être rebutée par ses cicatrices, ce que je ne comprends pas. Mais je le désire alors je l'aurai. Ça ne durera probablement pas et il ne voudra certainement jamais m'épouser, mais je ne veux pas laisser cette opportunité me passer sous le nez parce que j'ai peur. Et c'est le cas. Je suis terrifiée. Mais je sais au plus profond de moi que si je me dégonfle, si je ne vais pas chercher ce que je veux, je le regretterai pour le restant de ma vie. Et toi aussi, April, si tu n'accordes pas une chance à JJ.

Elle était presque à bout de souffle quand elle eut terminé, mais elle voulait vraiment qu'April l'entende.

— Tu n'es pas grosse. Ni petite. Et… J'y penserai, répondit April.

— Dit celle qui fait un mètre soixante-quinze et qui n'a probablement jamais porté un vêtement avec un X devant la taille, marmonna June.

À sa surprise, April reposa son verre sur la petite table à côté du canapé et se jeta presque sur June.

Elle parvint à peine à ne pas renverser son verre tandis qu'April la serrait fort dans ses bras.

— Hé, je veux aussi participer à ce déferlement de câlins ! protesta Carlise en se pressant de l'autre côté de June.

— Je me sens comme un insecte écrasé, dit June en riant, enlacée par les deux femmes.

Carlise s'écarta et lui sourit.

— Je t'aime bien, June.

— Moi aussi, dit April.

— Et je vous aime bien, les filles. Je n'ai jamais vraiment eu d'amies auparavant, en vérité. Je n'ai jamais eu le temps et les filles que je connaissais au lycée ont toute continué leurs vies après avoir été diplômées.

— Ta belle-mère a l'air d'être une vraie garce, dit fermement April.

— C'est parce qu'elle en est une, répondit June en haussant les épaules.

Elles se mirent toutes à rire. Carlise retourna à sa place sur le sol et prit une autre gorgée de son verre et April retourna jusqu'à son côté du canapé.

— Je n'arrive pas à croire que tu es sur le point de te marier au chalet où tu as failli mourir, dit April nonchalamment. Si c'était moi, je ne voudrais assurément pas retourner là-haut.

— Attendez, *quoi* ? cria presque June. Tu as failli *mourir* ?!

Carlise fit mine de ne pas en faire tout un drame.

— Ouais... mais Baxter m'a sauvée.

Elle tendit le bras et caressa le pit-bull noir qui l'avait suivie partout dans l'appartement toute la soirée, ne s'allongeant seulement que lorsque Carlise s'était assise.

— Commence par le début ! insista June.

Elle ne pouvait dire pourquoi elle était si contrariée d'apprendre que sa nouvelle amie avait failli mourir. Peut-être parce qu'elle semblait si... pleine de vie. L'idée de ne pas la connaître lui était douloureuse.

June s'assit et écouta, les yeux grand ouverts, Carlise expliquer ce qui s'était produit seulement un mois plus tôt. Comment elle avait d'abord été surprise par une tempête et que Baxter avait guidé Chappy jusqu'à elle. Puis comment sa meilleure amie l'avait harcelée et avait fini par venir dans le Maine, au chalet, et avait tenté de la kidnapper et de la tuer. Le reste de l'histoire impliquait un bunker, une avalanche et Baxter aidant une fois de plus à lui sauver la vie.

— Ce n'était pas comme si nous allions nous marier dans le bunker, dit Carlise à April après avoir fini de raconter l'histoire de son calvaire. Nous le faisons devant le chalet. Et crois-moi, j'ai un paquet de *très* bons souvenirs dans ce chalet et j'ai hâte d'en fabriquer d'autres après que Riggs m'aura épousée, dit-elle, un sourire satisfait sur le visage.

— Par pitié, pouvons-nous ne pas parler de sexe, étant donné que je ne le vis pas ? supplia April.

— Tu pourrais si tu te sortais les doigts et que tu donnais le feu vert à JJ, répliqua Carlise.

— Non, on n'ira pas sur ce terrain-là non plus. Nous avons déjà parlé de ça ce soir, dit April en secouant la tête.

— C'est toi qui as abordé le sujet du sexe, lui rappela Carlise.

— Peu importe.

June ne pouvait effacer le sourire sur son propre visage.

— Je ne sais pas pourquoi *tu* souris, marmonna April. Toi non plus, tu n'en as pas.

— Pas encore, répondit-elle d'un air faussement timide.

Carlise gloussa.

— Un seul lit, dit-elle.

— Quoi ? demanda June, sourcils froncés.

— Ça a marché pour moi. Et tu as dit que toi et Cal aviez partagé un lit, sur la route jusqu'au Maine. J'ai l'intuition qu'il sera obstiné et si tu te débrouilles pour atterrir dans son lit afin de dormir de nouveau, je pense qu'il sera incapable de rester à distance très longtemps.

— Tu marques un bon point, dit June.

— Je sais. C'est ce côté proximité forcée, répondit fermement Carlise.

— Ce quoi ? demanda April.

— C'est un cliché. J'ai traduit quelques livres de romance qui s'en sont servis. Quand le héros et l'héroïne sont obligés de passer du temps ensemble, surtout dans un lit, les choses ont tendance à arriver. Hé ! Comment pourrions-nous mettre JJ et April ensemble dans un lit ? Je suppose que mettre un lit de camp au bureau et puis s'arranger pour casser le verrou quand April s'y trouve avec lui serait un peu trop évident ?

Carlise semblait vraiment très excitée à l'idée de piéger ses amis ensemble.

— Comme si JJ serait incapable de trouver un moyen de se libérer. Il faisait partie des Forces spéciales, tu sais, dit April en haussant les épaules. Il nous ferait sortir en cinq minutes.

— Hmm, tu as probablement raison. Je vais devoir réfléchir à autre chose, songea Carlise.

June pensait au fait qu'April n'avait globalement pas immédiatement protesté à l'idée de Carlise. Elle mémorisa d'en parler plus tard à Carlise, quand elle ne serait pas sur le point de se marier et sans qu'elles soient toutes deux pompettes. Elles devaient pouvoir faire quelque chose pour aider April et JJ à être ensemble, surtout qu'ils semblaient bien s'aimer tous les deux.

Elle avait peut-être seulement rencontré ces deux femmes hier, mais elles étaient si amicales et accueillantes que c'était pour elle comme si elle les connaissait depuis bien plus longtemps. Ça ne paraissait même pas bizarre de parler de leurs histoires de cœur ou du fait de tendre un piège à leurs amis.

— Il reste Bob, dit June.

— Comment ça, Bob ? demanda Carlise.

— Nous devons trouver quelqu'un pour aller avec lui, répondit June.

— Oh ! Tu as raison. Mais je ne crois pas qu'il soit intéressé par qui que ce soit dans le coin, dit Carlise, en pleine réflexion.

— Peut-être l'une des personnes ayant besoin d'un guide sur le sentier ? médita April. La plupart des requêtes proviennent de femmes. Je pourrais les étudier un peu plus attentivement, m'arranger pour le mettre avec des femmes qui pourraient lui taper dans l'œil.

— Excellente idée ! réagit June, un peu trop enthousiaste. Mais ce nom... Bob... Je ne trouve pas qu'il soit des plus sexy.

Carlise et April rirent à gorge déployée.

— Son vrai nom est Kendric, l'informa April.

— Oh, mon dieu, c'est tellement mieux ! Pourquoi donc se fait-il appeler Bob ? demanda June.

— Kendric, c'est carrément un nom de héros de romance, confirma Carlise. Et je ne sais pas pourquoi tout le monde l'appelle Bob.

— Son nom de famille est Evans, ajouta April.

June comme Carlise la regardèrent d'un air ahuri.

— Purée, les filles ! Bob Evans ? Le restaurant ?

— Oh ! réagit Carlise.

June secoua simplement la tête.

— Les garçons... Je vous le jure, ils sont si puérils.

Tout le monde gloussa.

— Je pourrais carrément dire à la cliente avec qui je le prévoirai que son nom est Kendric. De cette façon, elle ne serait pas au courant pour ce Bob, à moins qu'il ne le lui dise. Mais d'ici là, elle l'appellerait déjà Kendric dans sa tête.

— Ouais, comme moi avec Riggs. Il m'a dit que son nom était Riggs puis s'est évanoui dans mes bras et l'est resté pendant trois jours. Alors quand JJ a téléphoné et demandé ce que j'avais fait à Chappy, j'étais tellement confuse ! Encore aujourd'hui, je ne peux l'appeler autrement que Riggs.

— On dirait qu'on a un plan, dit June. April s'arrangera pour que Bob... euh... Kendric tombe avec une femme célibataire qui adore les grands espaces – parce que sinon, pour quelle autre raison voudrait-elle un guide de randonnée ? – et ils tomberont amoureux et elle emménagera à Newton et ils vivront heureux et auront beaucoup d'enfants.

June avait conscience d'être ridicule, mais l'alcool dans ses veines et la joie qu'elle ressentait en traînant avec ses nouvelles amies l'avaient convaincue que tout fonctionnerait parfaitement.

— Je me demande ce que font les mecs, songea-t-elle.

— On devrait les appeler ? demanda Carlise un peu trop enthousiaste.

— Non ! C'est trop tôt. On veut qu'ils se demandent ce que *nous*, nous faisons, répondit April en souriant.

— Mais nous ne faisons que passer du temps ensemble, dit Carlise, haussant les épaules.

— Ils n'ont pas à le savoir. Peut-être croient-ils que nous sommes dans une fête endiablée ou un truc du genre.

June n'était pas très sûre de ça, mais elle ne fit pas de commentaire. Elle prit seulement une autre gorgée de sa délicieuse boisson et sourit. Elle était heureuse, ça en était presque effrayant, et elle refusait de penser aux autres fois de sa vie où elle avait été heureuse et à la façon dont les choses finissaient généralement par mal tourner. Cela n'arriverait pas ici. Elle l'espérait.

CHAPITRE TREIZE

— Que pensez-vous que font les filles ? demanda JJ.

Cal avait allumé le brasero dans le jardin et ils étaient tous assis autour, savourant l'air frais. Ils avaient tous pris une bière ou deux plus tôt, mais étaient passés à l'eau, afin qu'ils soient suffisamment sobres pour conduire plus tard.

Bon, on ne manquait pas de remarquer que JJ avait probablement posé cette question, car il était intéressé par une femme en particulier...

— Elles se sont probablement endormies, dit Chappy en ricanant. Carlise se sentait fort fatiguée récemment, stressant à propos de la cérémonie, même si j'ai tenté volontairement de rendre ça aussi détendu que possible, pour qu'elle n'ait pas à s'inquiéter. Mais...

La phrase de Chappy resta en suspens.

Cal ne pouvait s'empêcher de comparer la cérémonie du lendemain avec certains des mariages passés de sa propre famille. À cause de ce qu'ils étaient, sa famille organisait des mariages qu'on attendait traditionnels, énormes, des fiestas de luxe. Il s'était toujours dérobé devant ce genre d'attention, même avant d'être un prisonnier de guerre. Et quand il essayait d'imaginer June portant une robe complexe avec une trainée de six mètres et un long voile devant un millier d'invités dans une église extrêmement ancienne du Liechtenstein... il n'y arrivait simplement pas. Elle détesterait. Elle serait paralysée de stress. Et il ne pourrait pas lui en vouloir. Ses parents n'étaient pas vraiment les simples maman et papa qu'on avait pour voisins.

Mais s'il brisait la tradition et n'avait pas de cérémonie remplie de paparazzis que ses compatriotes, hommes comme femmes, semblaient apprécier, peut-être pourrait-il encore trouver un compromis... Offrir quelque chose à June qui la ferait se sentir comme la princesse qu'elle était devenue, mais qui ne la ferait pas flipper complètement.

Il ne pouvait nier qu'il aimerait exhiber June. Permettre aux gens de son pays de voir à quel point elle était extraordinaire. Il n'arrivait pas non plus à s'abstenir de penser à sa propre situation : l'envie de montrer à ses compatriotes qu'il avait dépassé tout ce qu'il avait enduré. Prouver qu'il avait fait beaucoup de chemin depuis l'homme torturé vu dans ces affreuses vidéos que les terroristes avaient partagées avec le monde.

Il fallut un moment pour que la teneur de sa rêverie lui rentre bien dans le crâne. Quand ce fut le cas, quand il réalisa qu'il était en de planifier son mariage fictif avec June, il soupira lourdement, soudain submergé par le chagrin.

— Cal ? Qu'en penses-tu ?

Il sursauta et comprit qu'il était carrément sorti de la conversation qui avait lieu autour de lui.

— Désolé, je n'écoutais pas. Ce que je pense de quoi ?

Ses trois amis se mirent à rire.

— Peu importe. Le plus important : à quoi tu pensais ? Ou devrais-je dire, à *qui* ? demanda Chappy avec le sourire.

Cal n'était normalement pas du genre à parler de ses sentiments, mais il se fichait d'en évoquer un peu auprès de ses potes. Il était en réalité soulagé de décharger un peu de ses pensées confuses concernant June.

— Elle me rend dingue, admit-il.

— Tu as besoin de nous pour trouver une raison afin qu'elle ne puisse pas rester ? demanda JJ. Parce que nous le ferons. Dis-le et elle se retrouvera vite hors d'ici.

— Non ! cria presque Cal, avant de prendre une profonde inspiration. Non. Je ne veux pas qu'elle s'en aille. C'est ça, le problème.

— Ah, répondit JJ avec un hochement de tête.

— C'est juste que... nous nous sommes rencontrés récemment. Et sa belle-famille, sa mère et sa sœur, la traitaient comme de la merde. Elle n'a pas eu la chance de vivre. Et maintenant, je l'ai traînée jusqu'*ici*, à Newton, où rien n'arrive et où il n'y a même pas un vrai magasin pour elle dans lequel se rendre quand elle voudra une nouvelle tenue.

— Comment s'est passé le shopping aujourd'hui ? Elle était contrariée qu'il n'y ait pas assez de boutiques pour femme ou truc du genre à Rumford ? demanda Bob.

— Pas du tout. Ça s'est bien passé. Je peux jurer qu'elle était enthousiaste avec le moindre petit truc. Être en sa compagnie, c'est comme être avec quelqu'un qui vient de sortir de prison après avoir été enfermé pendant des décennies et que tout est nouveau et tout beau, expliqua Cal.

— *C'est* probablement comme ça que c'est pour elle, dit Chappy. Vu ce que tu nous as raconté de sa situation.

— Ne te méprends pas, elle connaît le monde, elle devait faire toutes les courses et autre pour sa famille. Mais elle semble encore si... innocente, comparée à moi.

Cal avait conscience de ne pas bien s'exprimer.

— Est-ce qu'elle a l'air heureuse ici ? demanda JJ.

— Je crois.

— Alors, arrête de t'inquiéter.

— Ce n'est pas si facile, protesta Cal.

— Bien sûr que ça l'est. Tu l'aimes bien et elle semble t'apprécier. Laisse-toi simplement aller, dit Bob en haussant les épaules.

— Vous ne m'avez pas vu, les gars ! lâcha Cal. Vous *savez* ce que ces enfoirés m'ont fait. Mais comment pourrais-je lui montrer ça ? Lui apporter la preuve physique que le mal existe dans ce monde ? Chaque centimètre de mon corps est une ruine.

Il ne parlait pas de *ça*. Jamais. Mais son besoin d'éviter à June toute sorte de douleur lui donnait envie d'aborder le seul sujet interdit : ses cicatrices.

Chappy se pencha en avant et regarda attentivement Cal à travers le feu.

— Tu crois que ça la tracasse, tes cicatrices ?

— Comment ne pourraient-elles pas ? Elles sont foutrement hideuses, répondit Cal.

— Elles ne le sont *pas*, dit Chappy avec ferveur. Tu as obtenu ces cicatrices en nous protégeant. Si elle ne faisait, ne serait-ce que plisser le nez en les voyant, je l'escorterais personnellement jusqu'à la porte de cette maison, loin de Newton, et lui dirais de ne jamais revenir.

Cal voulait être reconnaissant. Chappy avait toujours été le protecteur du groupe. Cela avait été gratifiant pour Cal d'être capable d'endosser ce rôle pour un court instant quand ils étaient prisonniers, de protéger ses amis pour une fois, mais les réflexes étaient profondément enracinés chez son partenaire et Cal l'aimait d'autant plus pour ça.

— June ne va pas accorder le moindre intérêt pour tes cicatrices, dit Bob avant que Cal puisse répondre à Chappy. Cette nana est follement amoureuse de toi.

Cal regarda fixement son ami, incrédule.

— C'est évident, continua-t-il d'une voix traînante, remuant sur son siège. Ses yeux étaient constamment sur toi, doux, langoureux et tout le toutim. Je pense qu'elle tiendrait tête au diable en personne si cela pouvait t'empêcher d'être blessé.

Le désir qui vint frapper Cal le surprit. Il *voulait* que June l'aime. Car aussi fou que ça pouvait paraître, il était quasiment certain qu'il aimait déjà June.

— C'est facile pour nous de rester assis là et de dire que tes cicatrices n'ont aucune importance, dit JJ d'un ton neutre. Mais la vérité, c'est que le seul qui doit accepter ces preuves physiques de ce qui est arrivé, c'est *toi*, Cal. Mon intuition te recommande de dire merde à tous ceux qui n'ont pas envie de voir les répercussions du moment où tu nous as littéralement sauvé la vie. Parce que c'est ce que tu as fait. Tu as sauvé nos putains de vies et il ne se passe pas un jour sans que je te sois reconnaissant pour ça. Mais je déteste le fait que ça a d'aussi lourdes conséquences sur ta psyché. Nous sommes là pour toi. Tout ce dont tu as besoin, quand tu en as besoin, nous sommes là. Si cela veut dire t'éviter d'être blessé par une femme, c'est ce que nous ferons. Nous attendrons ton signal. Compris ?

Cal prit une profonde inspiration. Il n'était pas certain d'avoir vraiment sauvé la vie de ses amis, mais lorsqu'il avait été torturé, il avait refusé de laisser un seul son franchir ses lèvres parce que s'il avait cédé, il savait que ses ravisseurs se seraient tournés vers Chappy, JJ et Bob.

Ils avaient souffert à leur propre manière, y compris physiquement, et même si Cal souhaitait mettre cette entière expérience derrière lui, il ne pouvait pas. Car à chaque fois qu'il se regardait dans le miroir, il était de nouveau transporté là-bas. Dans ce trou à rats. Il avait entendu les moqueries de leurs ravisseurs, lui disant qu'il ne serait plus jamais un « beau garçon » comme la presse l'avait surnommé. Qu'il était un faible, une merde pathétique.

— Cal ? Tu comprends ? demanda JJ.

— Cinq sur cinq, répondit-il à son ami.

— Tant mieux. Si les choses progressent et que tu te mets à nu devant June... et qu'elle te regarde avec *quoi que ce soit* d'autre que l'amour et le respect que nous avons vus dans ses yeux alors que tu étais complètement vêtu, ce n'est pas la bonne pour toi. Point. Arrêt complet. Tout ce qu'il faudra, c'est un regard, et tu sauras. Ça sera vraiment nul si ça arrive, mais au moins, tu auras ta réponse. Tu pourras appeler l'un de nous et nous viendrons la chercher pour l'installer dans un appartement ou une chambre quelque part ailleurs et tu pourras reprendre le cours de ta vie. Mais si elle n'est pas perturbée, si l'amour dans ses yeux ne faiblit pas quand tu vous êtes seuls et culs nus, accorde-toi le droit de l'aimer en retour et accroche-toi à elle comme si ta vie en dépendait.

Cal hocha la tête. C'était ce qu'il voulait. Tellement ! Mais il était terrifié de le découvrir, d'une façon ou d'une autre.

— Bien, est-ce qu'on peut cesser de parler de Cal nu maintenant ? blagua Bob. Enfin, cicatrices ou pas, ce n'est pas un sujet dont nous devrions discuter dans un putain d'enterrement de vie de garçon, il me semble. Des *femmes* nues, ça oui, mais les fesses poilues de Cal ? Non merci !

Tout le monde ricana et Cal se sentit soudain épuisé. Il était soulagé qu'ils aient terminé de parler de lui et de ses problèmes mentaux.

— Tu es prêt pour demain ? demanda JJ à Chappy.

— Ouep ! Je suis plus que prêt à mettre ma bague au doigt de Carlise.

— Des plans pour une lune de miel ? demanda Bob.

— Pas dans l'immédiat. Carlise a un délai à respecter et nous voulons que sa mère passe quelques jours ici. Je pensais l'emmener dans un endroit chaud. Enfin même si j'adore faire des câlins avec elle au chalet, ça ne me déplairait pas de la voir s'amuser dans l'océan en maillot de bain.

Tous firent un large sourire. La discussion s'orienta vers les meilleurs endroits tropicaux où Chappy pourrait emmener Carlise. Mais au bout d'un moment, la conversation se recentra inévitablement sur Cal et June.

— Alors... tu as eu des nouvelles de la belle-mère et sa fille ? demanda JJ.

— Non. Mais ce que j'ai appris de Tex, qui continue de contrôler son activité en ligne, c'est que Carla braque apparemment sa poitrine vers Karl, en pleurs, lui disant à quel point elle a peur. Elle lui a même montré un mot qu'elle aurait supposément reçu après mon départ, de son prétendu harceleur.

— Elle pleurait et montrait ses seins en même temps ? Comment ça marche ? Je veux dire, quand les femmes sont affectées, la première chose à laquelle elles pensent n'est pas de laisser leurs seins tomber accidentellement de leur soutien-gorge, dit Bob en levant les yeux au ciel.

— Tout à fait. Je n'ai pas encore parlé à Karl, mais c'est prévu. J'ai discuté avec mes parents et expliqué toute la situation, et ils ont mentionné de faire leur possible pour le freiner et l'inciter à couper les ponts, expliqua Cal.

— Tu penses que c'est astucieux ? demanda JJ. C'est peut-être mieux si ton cousin garde un œil sur elle... Cette petite Carla souffre d'un gros besoin d'attention de toute évidence et si elle a un faible pour toi et que tu n'es plus accessible, ferait-elle quelque chose de drastique ?

— Comme ? demanda Chappy.

— Je ne sais pas... Comme donner vie à ce faux harceleur ?

— Comme dans se harceler *elle-même* ? demanda Cal.

— Je pensais plutôt à quelque chose du genre engager quelqu'un pour donner l'impression qu'elle est harcelée. Tu as dit l'avoir surprise avec sa mère en train de parler d'un truc de ce genre, c'est ça ?

— Pour quoi faire ? Je n'y retournerai pas, répondit Cal. Elle et son affreuse mère peuvent engager quelqu'un pour laisser des mots toute la journée et ça ne fera aucune différence.

— Hmmm...

— Ça veut dire quoi, « hmmm » ? demanda Cal.

— Tu as parlé d'enquêter sur la mort du père de June,

répondit JJ au bout d'un moment. Alors... écoute-moi. Si une femme est assez dingue pour tuer son mari, voler la maison et l'argent de l'assurance au nez de la fille qui ne se doute de rien et qu'elle s'en sort, pourquoi ne ferait-elle pas une chose aussi radicale que trouver un époux incroyablement riche - un homme qui a le sang royal, pas moins que ça – pour sa propre fille ?

— Elle ne peut pas me forcer à épouser cette sale idiote, répondit Cal avec colère.

— Peut-être pas... mais elle pourrait faire tout son possible pour se débarrasser de la moindre compétition.

Cal regarda attentivement son ami, son ventre se tordant. Il respectait et avait confiance en JJ. Il avait été leur chef dans l'armée et son palmarès était sacrément bon.

— Elle ne sait pas où est June.

— Mais elle pourrait te trouver *toi*, argumenta Chappy. Tu n'es plus exactement le chéri des médias comme tu l'étais autrefois, mais ce n'est pas un secret que nous avons monté notre affaire ici, à Newton.

— Et si elle te trouve, ça ne prendra pas longtemps avant de découvrir que tu as une nouvelle colocataire, ajouta Bob.

— Et merde, jura Cal. Cette garce ne touchera plus jamais un cheveu de June. *Feck*, je la tuerai à mains nues si elle essaie seulement !

— Du calme, frérot, dit Bob.

— Je crois que nous allons devoir l'interrompre avant qu'elle n'ait de grandes idées, suggéra JJ.

— Comment ?

— Si elle a vraiment tué son mari et que nous pouvons le prouver, elle aurait de plus gros problèmes à gérer que d'essayer de marier sa fille ou de retrouver sa belle-fille, dit Cal.

— J'appellerai Tex pour toi, annonça Bob. Pas besoin de faire peur à June si elle surprend ton coup de fil. Tex connaît des gens. Un tas de gens. Il pleut planter une graine avec un détective de DC. Tu crois que June serait d'accord pour une exhumation ?

Cal se pinça les lèvres. Il ne voulait même pas penser au fait d'avoir une discussion sur un tel sujet avec June. De déterrer son père bienaimé pour une autopsie, même s'il avait déjà réfléchi à enquêter sur la mort de cet homme.

— Si cela peut prouver qu'Elaine l'a tué, oui, mais j'espère que ça n'en arrivera pas là.

— Ne précipitons pas les choses. Je crois que la première étape est de faire entendre nos théories aux flics. Et de rendre Elaine suffisamment nerveuse pour qu'elle vous oublie, toi et June, dit JJ.

Cal était plus que d'accord avec ça.

— J'appellerai Tex demain, avant le mariage, dit Bob.

— J'apprécie, répondit Cal.

Bob secoua la tête.

— C'est comme ça que nous faisons. Tu le ferais pour moi.

Il n'avait pas tort.

La conversation s'orienta après ça vers le travail. Sur la saison de randonnée à venir, la météo et la prédiction d'autres tempêtes.

Cal ne cessait de regarder furtivement sa montre pour vérifier l'heure. Ce n'était pas qu'il n'appréciait pas de passer la soirée avec ses potes, mais il était impatient de revoir June. De vérifier qu'elle allait bien, de s'assurer que les choses n'étaient pas étranges entre elles, avec Carlise et April. Il ne pensait pas que c'était le cas, mais il savait qu'elle s'était sentie un peu nerveuse quant à cette soirée.

Quand il fut dix heures trente et que personne n'avait eu de nouvelles des nanas, il était plus que soulagé lorsque Chappy prit son téléphone et marmonna :

— Et merde, dit-il avant de lever les yeux, sourire aux lèvres une minute ou deux et d'annoncer : Les filles sont prêtes à partir.

JJ se leva si vite que Cal ne put que cligner des yeux, sous la surprise.

— Tu veux que je ramène June ici quand je passerai prendre April ? demanda-t-il.

— Non, ça n'est pas sur ta route. Je vais aller la chercher. Mais merci.

Cal savait qu'il se montrait ridicule, ce n'était pas comme si Newton était immense. Ça ne prendrait à JJ que quatre minutes en plus au maximum, de conduire June jusqu'à sa maison. Mais c'était quatre minutes de plus avant que Cal ne puisse la voir, pour s'assurer que tout allait bien.

— Vous êtes pathétiques, les mecs, commenta Bob en secouant la tête, tout en aidant à verser de l'eau et du sable sur le brasero avant qu'ils ne partent.

— Attends un peu, lui répondit Chappy. Quand tu trouveras ta nana, tu seras pareil.

— Peu importe, rétorqua-t-il. Je vous laisse l'amour, les gars.

— Qui a parlé d'amour ? protesta JJ.

Cal renifla, tout comme Chappy et Bob ricanèrent.

En cinq minutes, le feu était éteint, les portes verrouillées et les quatre hommes quittaient l'allée de Cal. Bob partit de son côté quand ils arrivèrent dans sa rue et les trois autres continuèrent jusqu'à l'immeuble de Chappy.

* * *

Dix minutes plus tard, Cal aidait une June pompette et foutrement adorable à monter dans son SUV.

— J'ai passé une *si* bonne soirée ! s'épancha-t-elle gaiment.

— J'en suis ravi, princesse.

— Carlise et April sont *si* gentilles. Et Baxter… c'est un héros ! Tu as su ce qu'il avait fait ? Comment il a sauvé Carlise *deux fois* ?!

— J'ai su, lui dit-il, se penchant à l'intérieur pour lui boucler sa ceinture.

Il n'arriva pas à reculer une fois terminé. Il resta proche d'elle, une main posée sur le siège d'à côté, près de sa hanche. La tête de June était posée sur l'appui-tête, ses joues étaient rouges et elle lui souriait avec nonchalance.

— Quoi ? demanda-t-elle. Je suis toute ceinturée, l'informa-t-elle, comme s'il n'avait pas été celui qui l'avait attachée lui-même. De plus, je suis en sécurité avec toi. Je n'ai même pas besoin de ça, déclara-t-elle, positionnant la ceinture en travers de sa poitrine. Si quelque chose arrive, ton bras mégapuissant traversera la voiture et tu m'attraperas avant que je ne heurte tête la première le pare-brise... ou peu importe comment tu appelles ça.

Il essaierait certainement. Mais ça n'allait pas poser problème puisqu'il était hors de question qu'elle aille quelque part sans sa ceinture de sécurité.

— Comment tu te sens ? demanda-t-il.

Elle haussa un sourcil.

— Bien. Pourquoi ?

— Est-ce que ça tourne ? Tu te sens nauséeuse ? Tu penses que tu vas vomir ?

— Tu as peur que je salisse ta voiture super chère ? ria-t-elle bêtement.

— Je me fiche de ça. Je suis plus inquiet pour *toi*, June.

Elle le regarda fixement un long moment avant de soupirer.

— Je n'arrive pas à me souvenir d'une fois où quelqu'un s'est plus inquiété pour moi que pour sa voiture.

Ses propos l'attristèrent, mais Cal leva simplement la main et lui toucha la joue avec le dos de ses doigts.

— Tu n'as pas répondu à la question, lui rappela-t-il.

— Je vais bien. Je suis éméchée, mais pas saoule.

— Bien. Je vais nous ramener à la maison en un rien de temps.

Puis Cal recula et referma la portière. Quand il atteignit le siège conducteur, June avait les yeux fermés. Il crut qu'elle était déjà endormie jusqu'à ce qu'il démarre la voiture et commence à faire marche arrière dans le parking.

— Cal ?

— Oui ?

— Merci.

— Pour quoi ?

— Tout. Pour m'avoir emmenée quand tu es parti de DC. Pour ne pas supposer que je suis comme Carla. Pour me permettre de rester avec toi. Pour m'avoir embrassée sans raison. Pour être aussi merveilleux. Pour partager tes amis avec moi... tout ça.

Cal arbora un large sourire.

— De rien.

— J'ai l'impression de n'avoir rien fait d'autre que de prendre ce qui était à toi, depuis notre rencontre.

— Ce n'est pas vrai, lui répondit-il avec sincérité. Tu m'as donné plus que ce que tu ne sauras jamais.

— Comme quoi ?

— Mon retour de foi en l'humanité.

Elle ouvrit les yeux en les clignant, surprise.

Il secoua la tête.

— Ferme les yeux, princesse. Nous serons bientôt à la maison et tu pourras dormir.

Elle soupira à nouveau et fit ce qu'il suggérait, fermant les yeux, mais maintenant le visage tourné vers lui.

Cal divisa son attention entre June et la route jusqu'à ce qu'il entre dans son allée privée. Heureusement, Newton n'était pas très dense, même au niveau de la circulation.

June ouvrit les yeux et dit :

— Oh ! Ça a été vite.

— Je n'arrête pas de te dire que Newton n'est pas si grand.

— Je sais, mais ça a pris genre deux secondes pour arriver ici !

— Un peu plus que ça, répondit Cal, amusé.

Il fit entrer la voiture dans le garage et coupa le moteur.

— Ne bouge pas. Je vais faire le tour, ordonna-t-il.

June hocha la tête et Cal bondit dehors pour faire le tour en trottinant jusqu'à son côté de la voiture. Elle était toujours assise, la ceinture attachée, quand il ouvrit la portière. Il retira la ceinture et tint June par le coude pendant qu'elle s'extirpait d'un bond du siège. Elle trébucha dans la seconde et serait tombée s'il ne l'avait pas tenue fermement.

— Tout doux.

— Désolée. Le sol bouge.

Cela fit rire Cal.

— D'accord. Juste éméchée, hein ?

June leva la main, le pouce touchant presque l'index. Il ricana de nouveau. Bon sang, il avait davantage ri ces cinq dernières minutes qu'il ne l'avait fait de toute la soirée.

Il l'accompagna jusqu'à l'intérieur de la maison et se dirigea immédiatement vers les escaliers. Il marqua une pause à la porte de la chambre de June... puis prenant une décision en une demi-seconde, continua de marcher avec elle vers la chambre principale à la place.

— Cal ?

— Tu as un peu bu. Je ne suis pas à l'aise avec l'idée de te laisser toute seule. Tu pourrais être malade au milieu de la nuit et t'étouffer. Si ça ne te gêne pas trop, je préférerais que tu dormes dans ma chambre.

— D'accord.

— D'accord ? demanda-t-il, voulant être sûr qu'elle était tout à fait raccord avec sa suggestion.

June confirma d'un hochement de tête. Ils se trouvaient déjà à son côté du lit, et bien heureuse, elle tomba sur le matelas et se tourna de son côté, enfouissant le nez dans l'un des oreillers de Cal. Elle tourna son visage au bout d'un moment et lui sourit.

— Ça porte ton odeur.

Cal lui rendit son sourire. Elle était tellement mignonne.

— Je vais te chercher un tee-shirt pour dormir, lui dit-il avant de se forcer à faire demi-tour.

Il lui apporta un tee-shirt et l'un de ses pantalon de survêtement. Ils étaient grands sur elle, mais l'autre alternative était de la laisser jambes nues et il n'était pas certain d'avoir suffisamment de self-control pour ça. Il lui laissa quelques minutes en se rendant en bas pour vérifier les verrous et prendre au passage un verre d'eau et des comprimés pour la tête.

Quand il revint, les vêtements que June avait portés formaient un tas sur le sol près de son lit et elle était sous ses couvertures. Il remarqua le pantalon de survêtement toujours sur le matelas.

— June ?

Elle ne répondit pas. Elle avait déjà l'air endormie.

Il devrait vraiment la réveiller et lui faire enfiler le pantalon. Au moins s'assurer qu'elle buvait de l'eau et prenait les cachets. Mais voir son soutien-gorge sur la pile de vêtements – ainsi que sa culotte – l'avait laissé momentanément pantois.

Elle était pratiquement nue... dans son lit... ne portant rien d'autre que son tee-shirt.

Cal resta debout là un long moment, son sexe palpitant et son contrôle lui échappant. Mais bien entendu, il n'allait pas tirer avantage de la situation. Peu importait à quel point il voulait June.

Il prit son temps dans la salle de bain, se brossant les dents et évitant le petit miroir tandis qu'il enfilait le pantalon qu'il avait prêté à June et un tee-shirt. Les cicatrices sur ses avant-bras étaient visibles et cela demanda beaucoup à Cal de ne pas échanger avec un tee-shirt à manches longues. Mais il ne voulait pas cacher ses bras presque autant qu'il voulait sentir

June contre lui, peau contre peau, même de la plus infime des façons.

Il retourna dans sa chambre à coucher et éteignit la lampe de chevet avant de se mettre sous les couvertures.

De suite, June marmonna quelque chose dans son sommeil et se tourna vers lui. L'une de ses jambes grimpa sur la cuisse de Cal et son bras se mit sur son ventre. Elle enfouit son nez dans son cou et soupira comme si elle était enfin ravie.

— June ? murmura-t-il.

Elle ne répondit pas par des mots, mais l'étreignit plus fort, comme si elle pensait qu'il allait la repousser.

Comme si !

Ça, ça n'allait pas arriver.

— Bonne nuit, lui dit-il, tournant la tête pour lui embrasser le front.

— 'Nuit, répondit-elle dans un murmure endormi.

Il fallut plus d'une heure à Cal pour s'endormir, simplement parce qu'il savourait trop le fait de tenir cette femme dans ses bras pour faire quelque chose de si banal. Il ne voulait pas manquer une minute de cette expérience. Mais au final, son corps s'éteignit.

La dernière chose dont il se souvint, c'était d'inhaler le parfum fleuri du shampoing qu'avait utilisé June et de savoir qu'il ne serait jamais capable de respirer à nouveau une fleur *sans* jamais plus penser à autre chose qu'à ce moment-là.

CHAPITRE QUATORZE

June était en train de faire le meilleur des rêves. Elle et Cal étaient mariés et avaient une petite fille. Maintenant, ils essayaient d'avoir un deuxième enfant et il se montrait extrêmement fervent dans ses tentatives de la remettre enceinte. Ils étaient en ce moment allongés dans le lit, en sueur et comblés après une session particulièrement vigoureuse consacrée à faire un bébé et elle se sentait incroyablement bien.

June changea de position et eut le sourire en sentant Cal contre elle. Elle se tourna et lui embrassa le torse... puis fronça les sourcils. Elle sentit un tissu sous ses lèvres au lieu de la peau chaude qu'elle venait tout juste de caresser.

Il lui fallut un moment pour être suffisamment réveillée et prendre conscience de l'endroit où elle se trouvait.

La première émotion qui la frappa fut la déception. Elle et Cal n'étaient pas mariés, ils n'avaient pas d'enfant et n'essayaient pas d'en avoir un second.

Ce qui arriva ensuite... alors qu'elle et Cal ne formaient pas un couple, elle était en réalité étendue dans son lit, pratiquement sur lui.

Des souvenirs de la nuit dernière revinrent par flashs. Sa

soirée avec Carlise et April, les verres de rhum à l'ananas déli-cieux qui avaient été trop nombreux. Cal débarquant pour la ramener chez lui.

Elle ne se souvenait pas vraiment de la façon dont elle avait atterri dans son lit. Se léchant les lèvres, June releva la tête, seulement pour tomber nez à nez avec un Cal au grand sourire.

— Bonjour. Comment te sens-tu ?

— Hmmm... bien.

— Pas de mal à la tête ? Tu n'as pas la gueule de bois ?

June eut un haussement d'épaules.

— Non, je me sens bien. Je devrais me lever, dit-elle, sentant ses joues se réchauffer, certaine que son visage était rouge éclatant.

— Rien ne presse, répondit Cal, resserrant son bras autour d'elle.

June baissa prudemment la tête, reposant de nouveau sur sa poitrine recouverte d'un tee-shirt. L'une de ses jambes était sur celle de Cal et elle pouvait sentir sa sueur contre sa peau. Bon Dieu, elle ne portait pas de pantalon ! Est-ce que ça pouvait être plus embarrassant ?

Les doigts de Cal caressèrent paresseusement son dos, là où ils la tenaient contre lui et son autre main recouvrait le bras qui était sur son ventre. Une chair de poule surgit immédiatement sur sa peau, là où il la touchait.

— Tu as froid ? demanda-t-il.

Ouais, les choses *pouvaient* être encore plus embarrassantes. Voulant dissimuler le fait que la réaction de son corps n'était pas due au froid, mais parce qu'il était en train de la toucher, June répondit :

— Un peu.

Il bougea sous elle et elle put sentir chacun de ses muscles se bander et se contracter alors qu'il se tendait pour prendre la couverture qu'elle avait probablement repoussée du pied à un moment de la nuit. Il les recouvrit tous les deux.

Super, maintenant, ils étaient dans un petit cocon d'intimité... dans son lit.

— Tu as passé un bon moment la nuit dernière ? demanda-t-il.

June hocha la tête.

— Carlise et April sont géniales. Tellement gentilles. J'ai l'impression de les connaître depuis toujours.

— Je ne suis pas surpris. Tu es très sympathique, June.

Le compliment se propagea dans tout son corps. Elle n'était pas habituée à en entendre. Elaine et Carla préféraient pointer le doigt sur ses pires traits.

— Je suis censée rencontrer Meg, de Hill's House, lundi, lui annonça-t-elle.

— C'est bien. Je suis sûr qu'elle voudra que tu commences dans l'immédiat, mais tu n'es pas obligée de prendre ce boulot, l'avertit Cal. Tu auras toujours ta place ici alors si ça ne te semble pas bien ou que tu n'apprécies pas Meg ou les résidents, ne te sens pas obligée de dire oui, même si elle veut t'embaucher.

— C'est ce qu'a dit Carlise.

— C'est un bon conseil.

June ne put s'empêcher de penser à l'autre conseil donné par ses nouvelles amies... Concernant Cal. De faire ce dont avait envie. Elle se sentait toujours incompétente, mais elle *était* dans son lit. Pour une raison incongrue, la nuit dernière, soit il l'avait amenée ici, soit, au tout dernier moment, il ne l'avait pas chassée au moment où elle avait grimpé dans son lit. Elle n'était pas tout à fait sûre que ça marche entre eux à long terme, mais elle n'était pas une idiote non plus ; les hommes ne faisaient pas ça. Ils ne s'engageaient pas dans les bavardages, prenant le temps de rester au lit s'ils n'étaient pas au moins légèrement intéressés par la femme qu'ils câlinaient.

Et c'était clairement ce qu'ils étaient en train de faire tous les deux. Elle n'aurait jamais deviné que cet homme – cet incroyable et beau riche prince – serait câlin. Et surtout pas avec *elle*. Mais il n'y avait pas d'erreur possible quant à sa détermination à la voir rester là où elle était.

Tout comme la fois où ils s'étaient réveillés ensemble à l'hôtel.

Elle pensa à ce qu'elle avait raconté à Carlise et April la nuit dernière... Sur le fait qu'elle avait décidé de ne pas laisser passer sa chance avec Cal. Qu'elle ne voulait pas avoir de regrets. Ce moment semblait être le bon pour faire un premier pas vers ce qu'elle désirait... à savoir être l'amante de Cal aussi longtemps qu'il serait avec elle.

Se redressant sur un coude, June baissa les yeux vers lui. Il avait les cheveux en bataille et avait une légère barbe sur son magnifique visage. Ses yeux bruns étaient fixés sur elle et elle avait l'impression d'être l'unique femme au monde en cet instant.

— June ? demanda-t-il, les sourcils froncés d'inquiétude. Tu vas bien ?

— Je te veux, laissa-t-elle échapper, regrettant rapidement son franc-parler.

À son grand soulagement, Cal ne la rejeta pas.

— Je te veux, moi aussi, répondit-il, posé.

Elle continua de le regarder attentivement, se demandant comment faire. Elle n'avait jamais fait le premier pas auparavant. Et bien qu'elle soit à moitié nue et se trouve dans son lit, dans ses bras, elle se sentait tout de même bizarre et incertaine.

Soudain, il roula et June couina de surprise quand elle se retrouva sur le dos, Cal au-dessus d'elle. Elle se lécha les lèvres, puis fronça les sourcils. Merde. Elle ne s'était pas encore brossé les dents. Ses cheveux allaient probablement dans tous les sens et soudain, elle eut envie de faire pipi.

Cal ricana.

— Pourquoi tu as l'air de regretter ce que tu viens de me dire ?

— Je ne le regrette pas, proprement dit. Mais j'ai dans la bouche un goût comme si quelque chose y avait rampé pour y mourir. Je tuerais pour un verre d'eau, je dois utiliser les toilettes et sans doute la douche et c'est juste que... Je ne veux pas te donner la moindre raison de regretter... euh... quoi que ce soit.

— Impossible. Et même si je te désire comme je n'ai jamais désiré une femme, je trouve que maintenant n'est pas exactement le meilleur moment.

June en fut soulagée, mais un peu triste aussi.

— Ne prends pas cet air-là, dit Cal avec un petit sourire. Maintenant que je sais que tu es sur la même longueur d'onde pour ça... pour nous, ça arrivera. Mais peut-être pas après que tu aies bu avec tes amies. Et j'ai besoin de temps pour... accepter certaines choses.

— Accepter ? Cal, si tu n'es pas sûr de toi ou si tu es juste d'accord parce que tu te sens désolé pour moi ou autre, je ne veux pas...

Cal l'interrompit en fondant sur elle pour lui embrasser le cou. Ses mots cessèrent comme s'il l'avait débranchée ou un truc du genre. June inspira profondément, les lèvres de Cal caressant la peau sensible de sa mâchoire. Elle inclina la tête pour qu'il ait plus de place.

Elle sentit l'une de ses mains sur sa jambe qui glissa vers l'extérieur de sa cuisse jusqu'à sa hanche, puis se faufila sous son tee-shirt. Elle rentra le ventre, consciente qu'il n'était *pas* plat ou tonifié.

Cal releva la tête et dit :

— Je suis sûr. Et je n'ai aucune raison de me sentir désolé pour toi, dit-il fermement. Ta peau est si douce, si chaude. Et sentir ta réaction à mon toucher, ta chair de poule, est le meilleur compliment que j'ai reçu.

June plissa le nez.

— J'avais froid ?

Cela sonna plus comme une question que comme la réfutation qu'elle avait souhaitée.

Il eut un petit sourire en coin puis se pencha de nouveau pour embrasser son nez.

— Tu réagis plus fortement à mon toucher que personne ne l'a jamais fait. C'est un vrai aphrodisiaque, princesse. Mais je ne suis pas comme ça, dit-il plus sérieusement. J'ai tellement de tissu cicatriciel qu'il est difficile pour moi de ressentir quoi que ce soit à ces endroits-là. Je te veux, mais je suis nerveux de la façon dont ça va se passer. Je n'ai fréquenté personne depuis la fois où j'ai été prisonnier.

Le cœur de June se serra pour cet homme.

— Ça va très bien se passer, dit-elle, convaincue. Nous irons à la vitesse qui te convient et comme je te l'ai déjà dit, si tu en as besoin, nous n'avons pas à allumer les lumières. Mais tu dois savoir, Cal, que cicatrices ou pas, tu es le plus bel homme que j'ai rencontré. Et ce n'est pas juste ton allure physique, qui est déjà suffisamment magnifique. C'est qui tu es en tant qu'homme. C'est ta personnalité. À mes yeux, la gentillesse est bien plus importante qu'un corps sexy ou un joli visage, mais heureusement pour moi, tu as les trois.

Il la regarda fixement pendant un long moment.

— Tu es trop bien pour moi, lui confia-t-il.

Cela fit rire June. Elle leva les yeux au ciel.

— Peu importe. Je sais ce que je suis et ce que je ne suis pas. Mais nous sommes deux personnes qui ont une attirance l'une pour l'autre et une alchimie à expérimenter.

— Ça, c'est bien vrai. Et pour dire la vérité, l'autre raison pour laquelle maintenant n'est pas le bon moment pour que nous explorions cette connexion, est que je n'ai pas de préservatifs.

June cligna des yeux à ces propos.

— Oh, je n'avais pas pensé à ça.

— Je suis clean, continua-t-il. Je ne plaisantais pas en disant que je n'avais connu personne depuis des années, mais je ne veux pas risquer de te mettre enceinte.

Elle n'avait jamais eu une conversation de ce genre avec un homme. Elle savait que c'était la chose adulte et intelligente à faire, mais c'était aussi bizarre. Heureusement, ça n'était jamais arrivé, car les quelques hommes avec qui elle avait couché utilisaient des préservatifs.

— Je... je suis protégée, lui avoua timidement June. Pas parce que j'ai eu des chevauchées sauvages avec des inconnus ou autre, mais je voulais réguler mes règles. C'est bien de savoir quand elles arriveront exactement et les comprimés m'aident pour mes crampes.

— Des chevauchées sauvages ? répéta Cal, arborant un large sourire.

June lui sourit et haussa les épaules.

Cal redevint sérieux.

— Tu es d'accord pour ne pas utiliser de préservatifs ? lui demanda-t-il.

— Tu me fais confiance quand je te dis que je prends la pilule ? répondit-elle. J'imagine qu'il y a un tas de femmes qui mentiraient à ce sujet, dans l'espoir de *tomber* enceinte, si cela impliquait d'avoir un peu de ton argent et devenir, peut-être, une princesse.

— Tu n'es pas l'une d'elles, répondit Cal sans en douter un instant.

Sa confiance en elle donnait envie à June de pleurer.

— Non, en effet. Je peux te montrer ma plaquette de pilules si tu le souhaites.

Cal fit non de la tête.

— Pas besoin. Et rien qu'à l'idée d'être nu en toi, à sentir chaque centimètre de toi, ça m'excite carrément. Mais June, je dois t'avertir. Mes ravisseurs... Ils ne m'ont pas épargné... là, en bas. Je ne pourrai peut-être pas rester longtemps en érection.

Au lieu de se sentir navrée pour Cal, elle était furieuse

envers les hommes qui avaient cru avoir le droit de faire du mal à un autre être humain comme ils l'avaient fait.

— Ça n'a pas d'importance, lui dit-elle. Nous verrons cela en allant.

Il la regarda fixement d'un air qu'elle ne put interpréter. Puis il murmura :

— Tellement gentille.

June ouvrit la bouche pour lui dire qu'elle n'était pas toujours gentille. Qu'elle pouvait être méchante quand la situation le justifiait, mais ses mots se perdirent quand il déplaça de nouveau sa main.

Son regard resta fixé sur le visage de June tandis qu'il touchait l'un de ses seins sous son tee-shirt. Enfin, son tee-shirt à lui.

June inspira brusquement et enfonça ses ongles dans son biceps. Pour la première fois, elle réalisa qu'il portait des manches courtes. Elle ne l'avait jamais vu autrement qu'avec des tee-shirts à longues manches. Elle n'avait pas le temps de s'interroger à ce sujet, car il lui pinça le téton, lui coupant de nouveau le souffle.

— Tu es sensible, observa-t-il.

June confirma.

— Tu as déjà joui juste par un stimulus des seins ? demanda-t-il.

Avec une tout autre personne, dans une tout autre situation, June aurait furieusement rougi et tenté de se carapater hors du lit. Mais c'était Cal. Elle l'aimait.

Cette révélation la frappa. Brutalement. Elle était allongée sous lui, il la touchait de façon intime pour la première fois... et elle savait déjà qu'elle l'aimait plus que la vie elle-même. Tardivement, elle secoua la tête pour répondre à sa question.

— Ce n'est pas le moment, mais je te rassure, ce sera l'objectif de ma vie, l'alluma-t-il. Le regard de Cal baissa vers la poitrine de June, observant sa main remuer sous le fin tee-shirt, sa respiration s'accélérant tout en jouant avec le mamelon.

— Cal ! gémit-elle.

Il soupira.

— Je sais, je suis injuste. Mais t'avoir eue tout contre moi toute la nuit, à sentir ton parfum fleuri, à rêver de t'avoir allongée sous moi, exactement comme ça... ça m'a tendu.

June pouvait *sentir* à quel point il était tendu. Son sexe se pressait contre sa cuisse. Il paraissait long et chaud et...

— Tu es tellement dur, chuchota-t-elle.

Il fit un grand sourire.

— Ouais. Mais je ne sais pas combien de temps ça durera. Mon érection semble aller et venir... sans jeu de mots. Mais elle agit clairement indépendamment quand il s'agit de toi. C'est juste que... Je ne suis pas sûr de ce qui arrivera quand je... Serai nu. C'est juste que...

— Chuuut, lui murmura June. Nous verrons cela quand le moment sera venu.

— Oui. Bientôt. J'ai envie de voir ces beautés, dit-il en pressant fermement ses seins. Les goûter. Les sucer.

June fut un peu surprise par son franc-parler, mais elle ne devrait probablement pas. C'était un homme qui savait ce qu'il voulait. Le fait qu'*elle* était ce qu'il voulait là, maintenant, était un cadeau. Un cadeau qu'elle n'allait pas perdre. Elle prendrait tout ce qu'il lui donnerait de son plein gré et le chérirait pour le reste de sa vie.

Le rêve qu'elle faisait avant de se réveiller lui apparut brièvement en tête, mais elle lui fit rapidement barrage. Elle et Cal n'allaient pas avoir d'enfants. N'allaient pas vivre heureux pour l'éternité comme dans les films. Elle ne serait jamais assez bien pour lui sur le long terme. Alors elle se satisferait de ce bonheur pour le moment.

Dans un soupir, Cal glissa sa main hors du tee-shirt de June et celle-ci fronça les sourcils, mécontente.

— Je sais, lui dit-il. Ça fait tellement longtemps pour moi. Je veux déchirer ce tee-shirt et te garder prisonnière dans ce lit pendant des heures, pour rattraper le temps perdu. Mais nous devons nous lever et filer. La cérémonie se déroule dans quelques petites heures et j'ai dit à Chappy que nous arriverions tôt au chalet au cas où lui ou Carlise auraient besoin d'aide.

Une fois de plus, sa loyauté et sa considération frappèrent durement June. Elle n'avait pas beaucoup connu ça dans sa vie jusqu'à aujourd'hui et le constater chez l'homme qu'elle aimait signifiait énormément.

Elle le prit par le poignet.

— Cal ?

— Ouais ?

June ne savait pas trop ce qu'elle voulait dire. Merci ? Ne t'arrête pas ? Quand pourrons-nous finir ce que nous avons commencé ? Au final, tout ce qu'elle murmura fut :

— J'ai hâte de passer la journée avec toi et tes amis.

— Nos amis, lui répondit-il en souriant.

— Nos amis, répéta-t-elle.

Puis Cal se baissa et lui embrassa le front.

— Je te dirai correctement bonjour lorsque nous nous serons tous les deux habillés et brossé les dents.

— Marché conclu, dit-elle immédiatement.

Il lui sourit de nouveau, puis roula sur le côté pour se lever. June se délecta. C'était vraiment un bel homme.

Quand il lui tendit la main, elle réalisa qu'elle allait devoir se mettre debout devant lui, à moitié nue. Le fait que ses cuisses se frottaient quand elle marchait, qu'elle n'était pas svelte ni mince la fit paniquer pendant un moment.

Jusqu'à ce qu'elle finisse par comprendre que Cal se rendait volontairement vulnérable avec elle.

Son avant-bras était parfaitement visible, sans le vêtement habituel qui le recouvrait. Au premier coup d'œil, il était difficile à accepter. Les cicatrices s'étendaient de sa main jusqu'à son bras, serpentant sous la manche de son tee-shirt.

Bougeant sans y réfléchir, June se mit à genoux sur le matelas et prit sa main dans les siennes. Lentement, elle se pencha et lui embrassa le poignet. Puis son avant-bras. Elle fit courir ses doigts sur la chair balafrée, caressant légèrement, embrassant chaque centimètre tout en progressant vers le haut.

Cal s'était rapproché du lit, la laissant faire comme elle voulait et elle savait que c'était là un autre cadeau. Quand elle parvint à son biceps et qu'elle vit la vilaine cicatrice en forme de cercle qui s'y trouvait, elle ne put empêcher le petit gémissement bouleversé qui s'échappa de sa gorge.

— Cigare, dit Cal, sans aucune émotion dans la voix.

June plaça ses lèvres pile sur la marque obscène de sa chair, caressant légèrement avec sa langue. Sans lever les yeux, elle dit d'un ton qu'elle reconnut à peine :

— J'espère que celui qui t'a fait ça a connu une mort horrible et douloureuse, avec les yeux arrachés et ses entrailles se déversant de son corps, faisant le festin d'une centaine d'oiseaux charognards.

Elle revint brutalement au présent à l'éclat de rire rauque de Cal. Elle leva les yeux vers lui, inquiète d'être allée trop loin. Peut-être aurait-elle dû ignorer ses cicatrices purement et simplement.

— J'espère que je ne te mettrai jamais en colère, dit-il d'un air quelque peu perplexe.

Soulagée qu'il ne semblât pas contrarié, June haussa les épaules. Elle posa les fesses sur le lit et entreprit de se lever. La main de Cal l'aidait à garder l'équilibre. Une fois sur ses pieds, elle se prépara à lever les yeux vers lui. Elle avait parfaitement conscience de ne pas porter de soutien-gorge, que ses seins n'étaient pas suffisamment petits pour les considérer fermes, que ses jambes étaient totalement exposées...

— Bon sang, June. Tu as été faite pour porter des minijupes. Ces jambes, elles sont mortelles, dit-il en peinant à déglutir. Je vais prendre une douche. Tu veux quelque chose de spécial pour le petit déjeuner avant qu'on s'en aille ?

Le fait qu'il ne pouvait s'empêcher de regarder fixement ses jambes contribua à stimuler la confiance de June.

— Tout m'ira.

Il hocha la tête et inspira profondément.

— Prend ton temps, nous avons un peu plus d'une heure avant de devoir prendre la route.

Puis il se tourna et se dirigea vers la salle de bain attenante.

Sourire aux lèvres et sans être découragée par son départ abrupt, June se tourna pour se rendre dans sa propre chambre. Cette matinée était surprenante et en partie seulement parce qu'elle s'était réveillée dans le lit de Cal. Elle était un peu plus confiante quant au fait qu'elle et Cal allaient finir ensemble au bout d'un moment. Elle devait tout de même rester prudente, car elle savait mieux que quiconque que la vie avait la manie de balancer des imprévus, mais peut-être, oui peut-être qu'elle obtiendrait ce qu'elle souhaitait... en tout cas, pour un temps.

CHAPITRE QUINZE

— Voulez-vous, Riggs Chapman, prendre légalement cette femme pour épouse ? L'aimer et la chérir, pour le meilleur et pour le pire, dans la richesse et la pauvreté, dans la maladie et dans la santé jusqu'à ce que la mort vous sépare ?

— Je le veux, répondit Chappy avec ferveur.

La célébrante se tourna vers Carlise qui portait un jean et un manteau blanc bouffant, un bonnet à pompon blanc et une paire de mitaines blanches.

— Voulez-vous, Carlise Edwards, prendre légalement cet homme pour époux ? L'aimer et le chérir, pour le meilleur et pour le pire, dans la richesse et la pauvreté, dans la maladie et dans la santé, jusqu'à ce que la mort vous sépare ?

— Absolument, oui ! dit-elle avec un grand sourire.

— Je vous déclare maintenant mari et femme. Vous pouvez embrasser la mariée, leur dit la femme au sourire radieux.

Cal regarda son ami se pencher sur sa toute nouvelle femme à son bras et l'embrasser longtemps avec ardeur et minutie. Tout le monde applaudit avec joie quand il la releva et qu'ils se tournèrent vers eux.

Il n'y avait pas beaucoup de monde dans l'assistance ; leur

cercle d'amis, la mère de Carlise et Alfred Rutkey. Et bien entendu Baxter, assis à côté de Carlise, mal à l'aise devant tous les gens réunis autour d'eux, mais voulant rester aux côtés de son humaine préférée.

Le temps était parfait pour un mariage. Il faisait froid, mais le soleil brillait. Il y avait encore de la neige au sol, mais les soixante centimètres qui étaient tombés dans le tout dernier blizzard avaient fondu.

Cal était arrivé plus tôt avec June, qui avait disparu à l'intérieur du chalet pour aider Carlise. Lui et Chappy, en compagnie de leurs amis, avaient traîné dans le garage séparé devant une belle flambée pour se maintenir au chaud. Ils avaient passé les quelques heures là-bas, attendant le début de la cérémonie et s'étaient remémorés la façon dont ils en étaient arrivés à aujourd'hui, s'interrogeant sur ce qui serait arrivé s'ils avaient fini ailleurs que dans le Maine.

Carlise était magnifique, étincelante de joie, mais Cal ne pouvait s'empêcher de trouver que June éclipsait tout le monde ici. Elle portait un jean moulant et un haut violet à longues manches au col en V qu'elle avait déniché en faisant du shopping. Ses joues étaient rougies sous l'air froid et l'excitation de l'événement et elle affichait un sourire presque permanent sur le visage.

Cal lui avait accordé de l'espace toute la journée, pour qu'elle puisse traîner avec les femmes et étendre leur amitié, mais il ne pouvait continuer de rester loin d'elle. Tout le monde prenant la direction du chalet et de la nourriture – Carlise ayant insisté pour qu'elle soit servie avant qu'ils ne retournent à Newton – il prit June par la taille.

— Ça s'est bien passé, observa-t-il.

— C'était parfait ! s'exclama-t-elle, le regardant avec un grand sourire. Carlise était belle et Chappy ne pouvait même pas détacher son regard d'elle une seule seconde. Même le petit nœud papillon que portait Baxter était adorable !

Cal avait assisté à de nombreux mariages dans sa vie. Très peu récemment, mais avant d'avoir été capturé, il avait dû se rendre à presque tous les mariages royaux dans sa famille. Ils étaient présomptueux et exubérants, mais aucun ne pouvait se mesurer à la cérémonie simple et intimiste qu'il avait eu le plaisir d'observer aujourd'hui.

Chappy et Carlise étaient clairement fous amoureux et ils avaient survécu à un terrible calvaire pour en arriver là. C'était un honneur de les célébrer. Certains se moqueraient et diraient que ça ne durerait pas. Qu'ils ne s'étaient pas connus suffisamment longtemps pour établir un lien significatif ou une relation durable. Mais Cal pensait différemment.

Il avait vu ses cousins épouser des gens avec qui ils sortaient depuis des années, juste pour voir les choses s'effondrer dès qu'ils avaient mis les bagues aux doigts de leurs épouses. La façon dont Chappy regardait Carlise et inversement le rendait certain qu'ils seront ensemble pour toujours.

— Je vais aller les féliciter. Je reviens tout de suite, lui annonça June avant de se précipiter jusqu'à Carlise.

Cal l'observa enlacer Carlise. June était gentille par nature et à chaque fois qu'il pensait à sa belle-mère et à sa demi-sœur la traitant comme elles l'avaient fait, il voulait prendre le volant et conduire tout droit jusqu'à Washington DC et leur dire leurs quatre vérités.

— Pourquoi cet air renfrogné ? demanda JJ. Tu n'es pas content pour eux ?

Effaçant l'air irrité de son visage, Cal secoua la tête.

— Non, je suis très content. Je n'ai jamais vu Chappy aussi heureux et content. Je pensais juste à la situation de June.

JJ hocha la tête.

— Ouais. Je pense que sa famille ne prend pas à la légère son départ et le fait qu'elle leur ait subtilisé leur prince juste sous leur nez.

Cal fusilla son ami du regard.

— Elle n'a pas eu à subtiliser quelqu'un qui voulait lui appartenir. Et je n'ai jamais appartenu à Carla pour commencer, peu importe ce qu'elles avaient concocté dans leur ciboulot vide.

— Je ne voulais rien dire de méchant, répondit rapidement JJ. Bien que je sois heureux d'entendre que les choses marchent pour toi et June.

Cal renifla. Il était tombé pile dans son piège, même si admettre qu'il appartenait à June ne lui donnait pas vraiment l'*impression* d'être piégé.

— Tu sais, j'ai passé ma vie entière à craindre de tomber amoureux. Ça ressemble toujours à un paquet d'ennuis. Obtenir l'approbation du roi et de la reine, faire la cour, devoir gérer les médias, organiser un énorme mariage extravagant qui coûte trop cher et avoir à divertir des gens que je ne connais même pas et dont je me fiche complètement. Je ne vais jamais devenir roi, pas même faillir, et ça semble être bien trop de travail à gérer tout ça.

— Mais l'amour te trouve que tu le veuilles ou non, finit JJ pour lui.

— Ouais...

Cal ne se sentit pas du tout étrange d'admettre qu'il était amoureux de June. Comment pourrait-il ? Ça lui paraissait trop bien pour se cacher, pour nier.

— Et donc... tu vas la présenter au roi et à la reine ? demanda nonchalamment JJ.

Cal fit la grimace. Ce n'était pas qu'il ne le voulait pas ou qu'il avait honte d'elle. Il y avait juste trop de choses indécises entre eux. Et il savait sans en douter que rencontrer les dirigeants de son pays ferait totalement stresser June. De plus... il était bien trop tôt pour quoi que ce soit de tout ça.

Cal réalisa soudain qu'il avait commencé par penser que ce serait mieux pour le bien de June de la laisser partir et qu'elle s'en sortirait mieux sans lui et qu'il avait fini par vouloir être avec elle pour toujours. Il aimait cette femme. Peut-être que d'être au mariage de son ami et de voir comme il était heureux avec sa fiancée avait inconsciemment fait son chemin dans sa propre psyché.

— Un jour, se décida-t-il à répondre à JJ.

Son ami eut un sourire radieux et lui assena une tape dans le dos.

— Content pour toi, mon pote.

Cal était content, lui aussi, bien qu'il appréhendât totalement. Il voulait June. Tout entière. Mais il était encore réticent à exposer son corps. Bien que la façon dont elle ait embrassé ses cicatrices et sa réaction à la brûlure sur son biceps l'aient fait penser que peut-être, oui peut-être bien qu'elle ne réagirait pas au reste de la façon dont il aurait cru qu'elle le ferait. Elle avait été en colère pour lui. Et au souvenir de la façon dont elle voulait éviscérer l'enfoiré qui l'avait brûlé apaisa légèrement, en un sens, la blessure et la douleur qu'il portait en son cœur.

Il y avait eu des moments où il avait rêvé de retrouver chacun de ses ravisseurs et de les torturer comme ils l'avaient torturé, mais cela ne l'aurait rendu que tout aussi mauvais. Il avait trop de fierté pour s'abaisser autant.

Et de plus... l'équipe de sauvetage s'était assurée que ces enfoirés ne feraient plus jamais de mal à quiconque.

Mais le fait que June ressentait une fraction de la même chose que lui avec le besoin de vengeance le faisait suspecter qu'elle était faite pour lui.

— Cal ! JJ ! Venez ici ! Ils vont couper le gâteau ! cria April à l'autre bout de la salle.

JJ leva les yeux au ciel.

— Elle est si autoritaire, se plaignit-il pour de faux.

— Et tu adores ça, répondit Cal.

JJ ne répondit pas, mais fit comme April l'avait demandé et s'en alla dans sa direction.

Tout le monde était debout autour de la table où se trouvait un simple gâteau à deux niveaux. Il avait du glaçage blanc et se tenait un peu de travers. Chappy prit la main de Carlise et ils saisirent un couteau. Ils coupèrent le gâteau, mais y mirent apparemment trop de force, car le truc entier pencha et le premier étage du gâteau tomba de son piédestal et s'écrasa au sol.

Tout le monde en fut pétrifié, regardant fixement le gâteau pendant un long moment avant que Baxter ne finisse par bouger. Avec nonchalance, il se saisit du niveau entier et partit se replier sur son coussin à côté de la cheminée pour savourer sa friandise surprise.

Cal craignait que Carlise soit fâchée, mais soudain, elle se mit à rire tellement fort que Chappy dut la retenir.

Sursautant en sentant un bras se mettre autour de sa taille, Cal baissa les yeux et découvrit June se pelotonnant contre lui, souriant à la scène. Il l'étreignit sans attendre tandis qu'ils observaient leurs amis couper un autre morceau du gâteau et se nourrir l'un l'autre, avec succès. Carlise dans son jean et son pull-over blanc, Chappy dans son jean également avec un tee-shirt noir. Ensemble, ils étaient comme le yin et le yang et avaient l'air de former la paire parfaite.

La différence entre ce mariage et tous ceux auxquels il avait assisté percuta Cal une fois de plus. Un gâteau de cette taille aurait été incompréhensible pour la famille royale. Ils avaient toujours au moins deux gâteaux, chacun ayant trois étages, impeccablement décorés et suffisants pour nourrir une centaine d'invités. Rien ne semblait jamais mal se passer dans leurs cérémonies. Le protocole royal était pratiqué à tout moment, tout se déroulait avec une précision stricte et personne n'oserait se pointer avec rien d'autre que la mode haute couture du moment.

— Ce doit être très différent par rapport à ce à quoi tu es habitué, hein ? lui demanda June.

Sa question était la preuve qu'ils étaient pas mal sur la même longueur d'onde.

— Ouais. Mais tu sais quoi ? Ça, c'est tellement mieux, répondit-il, pensant chaque mot.

— Oui, en convint-elle.

— Nous allons passer aux toasts, annonça Carlise à l'assemblée, avec un grand sourire.

Elle attendit que tout le monde ait un verre dans la main.

— Aux meilleurs amis que nous puissions avoir ! dit-elle en levant une coupe de champagne.

— Bravo ! répondirent-ils tous avant de prendre une gorgée de leurs verres.

— Aux blizzards ! ajouta Chappy.

Tout le monde reprit une gorgée.

— À un chien errant qu'un connard a largué et qui a fini par être mon ange gardien ! dit Carlise.

Cal gloussa dans son verre. À ce rythme, ils en auraient pour tout l'après-midi.

Il n'avait pas tout à fait tort... Tout le monde attendit son tour pour porter un toast au couple et leur souhaiter le bonheur. L'ambiance était heureuse, festive et pleine d'amour. Une tonne de photos était prise et chacun souriait radieusement en partageant la journée spéciale de leurs amis.

Pour finir, April alluma une stéréo dans le coin et une chanson kitch des années quatre-vingt retentit.

— Youhou, il est temps de danser ! annonça Carlise.

Le canapé fut repoussé et bientôt, April, Carlise, June et la mère de Carlise étaient en train de danser au milieu de la pièce.

Chappy les regardait avec un air niais sur le visage et une fois de plus, Cal se dit que c'était le meilleur mariage et la meilleure réception dont il avait été témoin. Passer du temps avec ses amis était une chose qu'il avait toujours appréciée, mais y avoir ajouté les femmes rendait cela encore plus chouette. Elles encouragèrent les garçons à se détendre et à se laisser aller encore plus que s'ils avaient été seuls.

Ils dansaient tous, riaient, et à un moment, firent même le limbo ! Cal ne pouvait se souvenir d'une meilleure journée.

La célébrante et le chef de police rentrèrent chez eux peu après le début des danses et les femmes étaient une fois de plus pompettes au moment où la fête commençait à ralentir.

— C'était génial de tous vous avoir ici, mais il est temps pour vous de partir, annonça Chappy vers sept heures.

Il commençait à faire noir dehors et il était plus qu'évident qu'il voulait que sa nuit de noces commence. Puisque le chalet ne faisait qu'une seule pièce, il ne pouvait pas vraiment la faire avec ses amis et sa nouvelle belle-mère en train de faire la fête dans le salon.

JJ raccompagna April, la mère de Carlise et Bob en ville, laissant Cal et June seuls une fois de plus. Ça n'était pas grave pour lui, pas le moins du monde.

Dès que June fut assise sur son siège dans son SUV, elle lui prit la main et la tint fermement tandis qu'il conduisait jusqu'à Newton.

— C'était génial, dit-elle en soupirant. Même si j'ai mal aux pieds, que mes oreilles sifflent à cause de la musique forte et que j'aurai probablement la voix enrouée d'avoir chanté.

— Tu es au courant que tu ne chantes pas juste, n'est-ce pas ? demanda Cal en riant.

June gloussa.

— Ouais, mais qui ça intéresse ? C'était marrant. Je suis tellement heureuse pour Carlise et Chappy.

— Moi aussi.

Elle se tourna vers lui, un grand sourire sur le visage.

— Pour info, je ne suis pas saoule, l'informa-t-elle.

— Mais tu es pompette. J'ai cru que les toasts ne se termine-raient jamais.

Elle rit une fois de plus et Cal adorait entendre ce son

joyeux. Il savait déjà qu'elle n'avait pas assez ri dans sa vie, pendant des années.

— N'est-ce pas ? Je veux dire, quand ils ont commencé à porter un toast aux générateurs et au beurre de cacahuète ainsi qu'à la confiture, je me suis dit que ça allait trop loin.

Cal sourit à ce souvenir.

— Ce que j'essaie de dire, c'est que je suis peut-être pompette, mais pas trop saoule au point de ne pas savoir ce qui se passe, l'informa-t-elle.

Il lui jeta un coup d'œil et vit qu'elle le fixait avec intensité.

— Euh d'accord ?

— Tu sembles être le genre d'homme qui a trop d'honneur pour tirer avantage d'une femme quand elle a trop bu. Alors je m'assure juste que tu sois au courant que, bien que je sente les effets du champagne, le fait de danser a fait du bon boulot pour me dessaouler un peu. Je sais ce que je dis... et ce que je veux.

Cal finit par comprendre où elle voulait en venir et son sexe eut immédiatement un sursaut de vie entre ses jambes, même s'il était submergé par l'appréhension. C'était l'une des choses les plus étranges, de se sentir à la fois excité et anxieux.

Il avait envie de ça, d'*elle*, mais pour une raison inconnue, il pensait qu'il aurait plus de temps pour s'y préparer. D'être mentalement prêt à ce qu'elle voie son corps ravagé.

— Mais si tu ne veux pas, ce n'est pas un problème, dit-elle calmement puisqu'il ne répondait pas.

— Non ! dit-il rapidement. J'en ai envie, c'est juste que... June, je ne peux pas m'empêcher de m'inquiéter du fait que tu vas me voir.

— Cal, tu ne crois pas que j'ai les mêmes inquiétudes ? Je ne suis pas maigre. En fait, je suis ce que la plupart des gens appelleraient grosse. J'essaie de garder la ligne, mais j'ai hérité des gènes de mes parents. Je serai toujours grosse. Mais ne crois-tu pas que j'ai *envie* d'être mince pour toi ? D'être le genre de femme que tu serais fier d'avoir à tes côtés ? Avec qui tu n'en

peux plus d'attendre d'être seul afin de lui arracher ses vêtements ? Ce n'est pas moi, ça.

— Si tu crois que je n'ai pas envie d'ôter ce jean moulant de
tes jambes et d'enfouir mon visage entre tes cuisses toute la
nuit, tu es folle, grogna presque Cal.

— Oh, dit-elle après une très longue pause.

C'était horriblement adorable.

— Nous laisserons les lumières éteintes pour notre
première fois, lui dit Cal. Comme ça, il n'y aura pas de pression
pour tous les deux.

— D'accord, dit June, haletante.

— Je te désire vraiment, lui dit Cal avec toute l'émotion que
contenait son âme. Je n'ai jamais désiré quelqu'un avec la
moitié du désir que j'éprouve pour toi. Nous ferons en sorte
que ça marche, June. Je le sais.

- Moi aussi.

Une minute ou deux passèrent avant qu'elle ne demande :

— Tu peux conduire plus vite ?

Ce fut au tour de Cal de glousser, appuyant un peu plus sur
l'accélérateur.

— Impatiente ? la taquina-t-elle.

— Tu n'as pas idée. Me servir de mes doigts ou d'un jouet,
c'est bien, tout ça, mais j'ai l'intuition que tu vas anéantir toutes
mes prochaines envies de masturbation.

Ses propos gonflèrent totalement son sexe. C'était affreusement douloureux, comme s'il était confiné dans son jean. Il
remua sur son siège, tentant de faire un peu de place à sa verge,
mais c'était sans espoir.

— Bordel, June, tu es fatale.

Elle fit un large sourire et lui pressa la main.

— Je te proposerais bien mon aide pour ça, dit-elle en

faisant un signe de tête vers ses genoux. Mais cette console entre nous est trop grande.

— Je vais revendre cette voiture demain et me trouver une vieille caisse avec une banquette, dit-il pince-sans-rire.

Le gloussement de June ne fit que rendre son sexe encore plus dur.

— Non, tu ne le feras pas, le gronda-t-elle. De plus, je ne suis probablement même pas douée pour ça.

— Tu n'as jamais fait de fellation ? laissa échapper Cal.

Elle haussa les épaules.

— Ça n'a jamais été un truc que j'ai eu envie de faire... jusqu'à présent.

— *Feck*, tu me tues.

— Ça, j'ai hâte, Cal, lui dit-elle, sérieuse.

— Moi aussi, lui assura-t-il. Maintenant, sois gentille et reste assise ici calmement avant que je n'éjacule dans mon pantalon, la supplia-t-il.

— Ce serait une honte ! le taquina-t-elle.

Cal sourit et réalisa qu'il s'amusait encore plus qu'au mariage. En un million d'années, jamais il n'aurait pensé rire et taquiner avant de se dénuder avec une femme pour la première fois depuis sa capture.

Par le passé, le sexe avait été presque... circonscrit. Oui, c'était appréciable, mais il s'était toujours inquiété des motivations de la nana. Si elle cherchait à obtenir une demande en mariage ou si elle avait le projet de lui piquer de l'argent. Il n'avait aucune de ces inquiétudes avec June. En fait, il avait le sentiment que ses soucis porteraient plutôt sur le fait qu'elle ne lui demande pas *assez*. Qu'elle ne veuille pas rester avec lui sur le long terme.

Pourtant, n'avait-il pas déjà décidé que ça ne fonctionnerait pas entre eux sur le long terme ? Qu'il allait lui laisser de la place pour s'envoler ? Putain ! Peut-être que le mariage lui avait mis la tête à l'envers, dans des façons auxquelles il n'était pas préparé.

Dans son cœur, elle lui appartenait déjà. Mais il ne pouvait pas être égoïste. Il devait la laisser partir, non ? La laisser s'aventurer dans tout ce que le monde avait à offrir ?

Son sexe se dégonfla légèrement.

Ce soir, toutefois, elle était toute à lui et il allait faire tout ce qui était en son pouvoir pour s'assurer qu'elle sache à quel point elle était sexy et désirable pour lui. Comme elle était incroyable. Absolument parfaite. Il s'occuperait de l'avenir plus tard. Pour ce soir, tout ce qu'il voulait, c'était aimer la femme assise à côté de lui.

CHAPITRE SEIZE

June était excitée. C'était en train d'arriver. Elle s'était exposée et assurée que Cal savait qu'elle voulait que ce soir soit le grand soir, et il était d'accord !

Elle ne pensait pas au fait qu'ils venaient de mondes bien différents, ni à la pression occasionnée par son titre de noblesse, ni à quel point ils étaient physiquement mal assortis. Ni à quel point sa demi-sœur serait en colère qu'elle soit dans le lit de Cal, contrairement à Carla. Tout ce sur quoi elle arrivait à se concentrer, c'était à quel point elle l'aimait... et le fait qu'elle aurait bientôt la chance de le lui montrer.

Il rentra dans le garage et fut sorti de la voiture pour atterrir à ses côtés avant qu'elle n'ait eu le temps de cligner des yeux. En rigolant, elle lui permit de l'aider à sortir et quand il mit le bras à sa taille et l'attira près de lui, elle se blottit, heureuse.

Avant de s'en rendre compte, ils se trouvaient derrière sa porte verrouillée et il la poussa contre le mur, où il la retint un long moment, l'étudiant, comme s'il pouvait lire dans son esprit.

— Embrasse-moi, Cal, murmura-t-elle, désespérée qu'il la touche.

Sans dire un mot, il baissa la tête et dès que ses lèvres atterrirent sur les siennes, elle fut fichue. Gémissant, June s'écrasa contre lui et leva une jambe.

— Tout doux, lui dit Cal en se reculant. Nous avons toutes la nuit.

— J'ai envie de toi, gémit-elle.

À la surprise de June, Cal sourit... et elle se sentit légèrement confuse, car elle n'avait absolument pas fait d'humour.

— Tu m'auras, tout comme je t'aurai... mais je ne veux pas précipiter les choses.

June soupira. Elle désirait Cal désespérément, mais il semblait qu'il était tout autant déterminé à prendre son temps. Zut !

Il se tourna puis l'escorta vers l'escalier. Elle était plus que partante pour aller là où il la menait, surtout si c'était jusqu'à son lit. Dans sa hâte, elle trébucha en montant les marches, mais Cal fut là pour la rattraper avant qu'elle ne tombe la tête la première.

Il avait une main posée sur le bas de son dos et June se sentait comme marquée par lui. Elle n'arrivait pas à imaginer comment elle se sentirait une fois qu'elle l'aurait accueilli dans son corps.

Il marcha directement jusqu'à sa chambre et referma la porte derrière eux.

— Je te laisse être preum's pour la salle de bain, lui dit-il.

June ne voulait pas être séparée de lui, même pour une minute. Elle ne voulait pas prendre le moindre risque qui pourrait stopper ce qui était sur le point d'arriver. Mais avec réticence, elle hocha la tête et se dirigea vers la salle de bain.

Une fois à l'intérieur, elle se fit soucieuse. Toutes ses affaires étaient dans la salle de bain attenante à la chambre d'amis. Elle n'avait rien de ses démaquillants ni même sa propre brosse à dents. Et hors de question qu'elle utilise la sienne, beurk !

Regardant autour d'elle, elle fut surprise qu'il n'y ait pas le grand miroir de salle de bain habituel, juste un petit dont il se servait sûrement pour se raser. Et d'un coup, le chagrin la submergea, faisant redescendre le désir qui avait parcouru son corps.

Elle savait que Cal était complexé par son allure, mais qu'il soit allé jusqu'à retirer le miroir de la salle de bain... ça lui foudroya le crâne.

Un coup sur la porte fit tellement sursauter June que le bruit faillit la faire tomber.

— June ? Je suis passé prendre certaines de tes affaires de toilette... si tu les veux.

Son cœur fondit. Cal Redmon était un homme bon. Attentionné. Et ce soir, il était tout à elle. Se faisant le vœu d'être la meilleure qu'il ait jamais connu, même si elle n'avait aucune idée de comment faire ça, elle saisit la poignée de porte.

Cal se tenait là, l'air particulièrement exquis, tenant sa petite trousse de toilette.

— Merci, lui dit-elle en souriant.

— De rien.

Puis il passa à côté d'elle, attrapa sa brosse à dents et son dentifrice et fit un grand sourire.

— Je me suis dit de faire de même et d'emporter mes affaires dans l'autre cabinet de toilette, afin qu'on puisse entamer notre nuit au plus tôt.

Par le passé, si elle avait indiqué qu'elle voulait coucher avec le mec, il l'aurait emmenée direct au lit. Il n'y aurait eu aucun rituel de préparation précoucher. Mais tout comme pour le miroir, elle comprenait ça également. Il essayait de gagner du temps. Faisait ce qu'il pouvait pour repousser le moment de se mettre nu.

— J'aurais pu simplement me rendre dans ma propre salle de bain et te laisser celle-ci. Ça aurait été plus rapide.

— J'aime bien te savoir ici. Dans mon espace, répondit-il avant de hausser les épaules. On se retrouve au lit ?

Oh, comment quatre mots pouvaient-ils lui donner envie de fondre au point de devenir une flaque de mièvrerie, June n'en avait aucune idée !

— Le dernier arrivé a perdu, le taquina-t-elle.

Cal ricana. Puis il recula vers la porte de la salle de bain sans la lâcher des yeux. Bien entendu, il fonça dans le montant de porte, car il ne regardait pas où il allait et June rit bêtement.

Il lui sourit puis se tourna et la laissa se tenir là, fixant ses fesses pulpeuses tandis qu'il descendait le couloir vers la chambre de June.

Dès qu'il fut hors de vue, June passa à l'action. Elle se dépêcha d'enlever son maquillage et de se brosser les dents. Elle se servit du bain de bouche posé sur le comptoir puis des toilettes. Après avoir terminé de passer une brosse dans ses cheveux d'un brun ennuyeux, elle prit une profonde inspiration.

Après un moment d'hésitation, elle repoussa son jean de ses hanches et le laissa en un tas sur le sol de salle de bain. Certaines femmes seraient plus courageuses et retireraient probablement tous leurs vêtements, mais June ne parvenait pas à trouver le courage d'aller aussi loin.

Ce qui était stupide étant donné ce qu'elle était sur le point de faire avec Cal, mais une vie entière à se sentir grosse et incompétente ne pouvait être vaincue par un peu de champagne et l'anticipation d'une nuit avec l'homme qu'elle aimait.

Prenant une nouvelle grande inspiration, elle se dirigea vers la chambre à coucher et s'arrêta net en regardant vers le lit. Cal y était déjà. Elle ne l'avait pas entendu revenir.

Grâce à la lumière de la salle de bain, elle pouvait le voir étendu dans le lit, portant toujours son tee-shirt à manches longues. Les couvertures étaient remontées jusqu'à ses genoux et l'un de ses bras était derrière sa tête, la soutenant légèrement tandis qu'il lui souriait oisivement.

— Je suppose que tu as perdu, lança-t-il avec malice.

June n'hésita même pas. Elle éteignit la lumière, courut jusqu'au lit et bondit, atterrissant presque sur Cal. Il laissa échapper un *ouf*, mais s'en remit immédiatement et roula jusqu'à ce qu'elle se retrouve sous lui, les couvertures emmêlées dans ses jambes.

— Salut, dit-elle comme une grosse idiote.

Cal ne parut pas la trouver trop ridicule.

— Hé, lui répondit-il avec un grand sourire.

Malgré l'obscurité de la pièce, la lumière tamisée des fenêtres permettait à June de voir l'éclat dans les yeux de Cal, le blanc de ses dents quand il souriait.

— Tu es si belle, dit-il d'une voix basse, sérieuse.

Le regard de June se glissa sur le côté, par-dessus l'épaule de Cal. Elle n'avait jamais su comment répondre aux compliments, surtout à ceux qu'elle savait ne pas être vrais.

— Regarde-moi, lui demanda Cal.

June ramena son regard vers le sien.

— Tu. Es. Belle, énonça-t-il lentement.

— Tu n'as pas à me passer de la pommade, blagua-t-elle. Tu m'as déjà dans la poche.

Mais il continua comme si elle n'avait rien dit.

— J'ai fait tout ce que j'ai pu ce soir pour ne pas t'emmener hors du chalet de Chappy. Tu étais complètement à l'aise. À rire, sourire, danser. Désinhibée.

June plissa le nez. Elle ne savait pas vraiment si c'était un compliment ou pas.

— Tu ne réalises pas comme c'est beau pour moi. Si tu t'étais trouvée à ne serait-ce qu'un seul des mariages ou fêtes protocolaires auxquels j'ai dû assister pendant des années, tu comprendrais, expliqua-t-il avec calme. Les femmes restent plantées là, à siroter du thé, à commérer sur les vêtements des autres, n'élevant jamais la voix, ne chantant jamais, n'ayant jamais l'air de passer un bon moment. Leur concept de la danse, c'est de se balancer d'avant en arrière tout en essayant de se peloter sur la piste. Et puis il y a toi... qui t'amuses, croques la vie à pleines dents, profites... c'était quelque chose dont j'ignorais ressentir le manque et maintenant que je le sais, je ne pourrais pas revenir en arrière.

June n'était pas certaine de ce qu'il sous-entendait dans cette dernière partie, mais elle était soulagée de ne pas s'être couverte de ridicule.

— Je vais te faire l'amour, Juniper Rose. Je vais faire de mon mieux pour que tu n'aies plus envie de personne d'autre. Je veux imprimer mon corps sur le tien et dans ton âme. Parce que je sais déjà que c'est ce qui m'arrivera. Je veux être tellement profondément en toi, au point que tu ne saches pas où je m'arrête ni où tu commences. Je prie pour que mon corps ne me lâche pas, mais si c'est le cas, je continuerai de m'assurer que tu es satisfaite.

— Je suis déjà satisfaite, lui dit-elle, sincère. Même si c'est tout ce que nous ferons, être étendus dans les bras de l'autre, à se tenir toute la nuit. Est-ce que je veux te sentir en moi ? Oui. Mais si ça n'arrive pas, cela me conviendra quand même.

Il se pinça les lèvres et secoua la tête.

— Chuuut, arrête de penser aussi fort, le gronda-t-elle. Nous ne sommes pas à l'un de tes bals ennuyeux. C'est toi et moi. Il n'y a aucune règle entre nous. Nous sommes des rebelles et nous faisons les choses au fur et à mesure. Et tu devrais savoir... que tu as déjà fait en sorte que je ne veuille plus personne d'autre, Cal, dit-elle, sans intention de dissimuler son cœur derrière un bouclier avec cet homme.

Elle voulait en dire plus, mais tous les mots s'évaporèrent de son esprit quand il baissa la tête pour lui prendre brutalement la bouche. Et elle fit aussi bien que ce qu'elle reçut. Elle adorait ce côté agressif chez Cal.

Il les fit de nouveau rouler, se libérant des couvertures à coups de pied et pour la première fois, June sentit la peau nue de ses jambes contre la sienne.

Il la poussa vers le haut afin qu'elle lui chevauche le ventre et elle pouvait sentir l'érection bien dure contre ses fesses. Il ne posa pas de question, saisit juste l'ourlet du tee-shirt de June pour le repousser vers le haut.

Excitée par son empressement, June fit passer le tissu par-dessus sa tête. Quand elle réalisa être à califourchon nue – excepté qu'elle portait une culotte et un soutien-gorge – elle rougit. Elle était reconnaissante que la lumière dans la pièce soit faible.

Sans un mot, un bras de Cal se faufila autour d'elle et il appuya sur le bas de son dos, la rapprochant plus près de lui. Il baissa l'un des bonnets de son soutien-gorge de sa main libre avant de refermer les lèvres sur son mamelon.

— Oh ! s'exclama June, se rattrapant d'une main sur le matelas.

Elle ne put faire autrement que de se cambrer à son toucher. Cela faisait si longtemps que quelqu'un ne l'avait pas touchée, sexuellement. Et personne n'avait mis autant d'effort à lui faire plaisir que Cal le faisait maintenant. Il avait eu raison auparavant, en disant que ses seins étaient sensibles. Ils l'étaient. Extrêmement.

— Cal, gémit-elle, le bout de ses seins frissonnant, et elle se sentit alors elle-même plus humide entre ses jambes.

— Tellement belle, murmura Cal avant de baisser l'autre bonnet de son soutien-gorge afin d'accorder de l'attention à son autre mamelon.

Elle se tortilla au-dessus de lui, désirant plus, alors qu'en même temps, elle ne voulait pas qu'il arrête ce qu'il était en train de faire.

Elle sursauta quand elle sentit une main dans son dos se glisser sous l'élastique de sa culotte afin de lui toucher les fesses. Pendant une demi-seconde, elle ne put s'empêcher de penser à quel point son derrière était énorme, mais toutes les pensées au sujet de sa taille s'envolèrent par la fenêtre quand

les doigts de Cal effleurèrent par l'arrière ses lèvres complètement trempées.

Sa main s'en alla avant même qu'elle n'ait eu le temps de
savourer pleinement son toucher. Il roula, June se trouvant une
fois de plus allongée à plat sur le dos, les yeux levés vers lui. Il
ne dit rien, resta simplement suspendu au-dessus d'elle à la
regarder attentivement.

— Cal ? l'interrogea-t-elle.

— Tu mouilles tellement.

June rougit.

— Je pensais que c'était le but, lança-t-elle avec malice.

— Non, je veux dire, tu es *trempée*. Tu pourrais m'accueillir
dans la seconde, n'est-ce pas ?

Incapable d'interpréter le ton de sa voix, June demanda :

— Tu es... fâché ?

— Non.

— Tu as l'air fâché, dit-elle, confuse.

Cal souffla ce qui ressemblait à un rire et posa le front
contre celui de June. Il respirait fort et même si les veines de
June baignaient toujours d'excitation, elle attendit patiemment
qu'il continue.

— Je n'ai jamais été avec une femme qui mouillait autant et
aussi vite.

June ouvrit la bouche pour s'excuser, encore incertaine de
là où il voulait en venir, mais il releva la tête et empêcha ses
mots de sortir avec un seul regard.

— Les femmes veulent coucher avec moi parce qu'elles
veulent un prince. Un milliardaire. Personne n'a jamais été
aussi excité d'être avec moi, confia-t-il, posant la main sur son
pubis pour le presser d'une façon possessive. Et aujourd'hui,
elles ne voudraient certainement pas d'un ancien soldat balafré
et bousillé qui préfèrerait passer son temps à couper des arbres
plutôt qu'être immergé dans la politique et le style de vie dans
lequel il est né.

Tout embarras sur le fait qu'elle désirait ardemment cet homme disparut.

— Je te veux simplement, Cal. *Toi.* Je te voudrais encore si tu étais juste bûcheron. Mais... tu ne seras jamais « juste » quelque chose. Tu es trop gentil et généreux. Trop sexy, en dépit de la façon dont tu te vois. Bon Dieu, tu m'as excitée bien plus que je ne l'aurais cru possible rien qu'avec tes lèvres sur mes seins. Je ne suis même pas sûre de pouvoir en supporter plus.

— Oh, tu peux, dit-il avec un petit sourire.

June posa une main sur sa joue, le caressant légèrement avant de plonger ses doigts dans ses cheveux pour tirer sur les douces mèches.

— Arrête de te prendre la tête, lui ordonna-t-elle. Le sexe, c'est censé être fun. En tout cas, c'est ce que j'ai entendu dire.

— Je vais rendre ça absolument bon pour toi, dit-il.

June ne savait pas trop si c'était une menace ou une promesse, mais ça n'avait pas vraiment d'importance. Elle savait que peu importait ce que faisait cet homme, elle adorerait et supplierait d'en avoir plus.

— Je vais faire la même chose pour toi, lui dit-elle, avant de resserrer sa poigne sur ses cheveux. Embrasse-moi, Cal. Il n'y a personne d'autre que nous et seulement nous dans ce lit... Compris ?

— Oui, lui répondit-il solennellement, la regardant droit dans les yeux pendant encore un petit moment avant de baisser la tête.

Il l'embrassa à nouveau, longtemps, avec force.

June retint son souffle lorsqu'il arracha ses lèvres des siennes pour ensuite se mettre sur les genoux et saisir l'ourlet de son tee-shirt, le retirant rapidement. Il manœuvra sur une hanche et fit glisser son boxer, jetant ses vêtements au sol avant de la chevaucher de nouveau.

Même dans l'obscurité de la pièce, June pouvait voir des bribes de sa peau ravagée. Elle n'eut pas l'occasion de dire quoi que ce soit, ni même de le toucher, car il les fit de nouveau rouler.

— Enlève. Enlève ta culotte, lui commanda-t-il d'une voix rauque.

Ce n'était pas exactement comme ça qu'elle avait imaginé les choses se dérouler. Elle avait supposé, à cause de sa réticence à être nu, qu'ils progresseraient un peu plus lentement. Mais June fit joyeusement écho à ses mouvements en se débarrassant de sa culotte d'un coup de pied. Elle mit les mains dans son dos pour défaire l'agrafe de son soutien-gorge, respirant par à-coups quand Cal se mit à lui toucher les seins.

Elle cessa de bouger, fixant les énormes mains sur sa chair.

— Parfaits pour mes mains, dit-il respectueusement tout en jouant avec elle.

June parvint à retirer son soutien-gorge et à le jeter de l'autre côté du lit, se moquant bien de l'endroit où il avait atterri. Tout ce à quoi elle arrivait à penser, c'était à la sensation des paumes calleuses de Cal sur sa peau lisse et sensible.

— Penche-toi, lui chuchota-t-il et June fut incapable de faire autrement que d'obéir.

Elle était suspendue au-dessus de lui, pratiquement sur ses mains et ses genoux, sa lourde poitrine suspendue tandis qu'il la pressait et la caressait.

— Ils sont si sexy, si foutrement beaux, dit-il dans un souffle.

June voulait se plaindre qu'ils étaient trop gros, trop tombants, mais elle ne put sortir un seul mot alors qu'il tirait sur ses mamelons.

Elle pouvait sentir son sexe sur le point de goutter et elle se tortilla sur lui.

— Viens là, dit-il, lâchant ses seins pour lui saisir les hanches, la faisant remonter sur son torse.

Elle avança vers l'avant et se tint à la tête de lit, Cal l'incitant à s'asseoir sur ses genoux.

Quand elle comprit ses intentions, il était trop tard pour protester.

Il émit un grognement grave tandis qu'il léchait ses lèvres intimes.

— Tellement humide. Et c'est rien que pour moi, n'est-ce pas, princesse ?

June ne pouvait parler. Elle était embarrassée, sachant que Cal pouvait voir chaque centimètre de chair en trop autour de sa taille. Et que Dieu l'en préserve, elle ne voulait pas risquer de le faire suffoquer. Mais au final, elle ne pouvait se plaindre, ne pouvait pas trouver les mots. Ne pouvait rien faire d'autre que tenir bon de toutes ses forces pendant que Cal la dévorait comme un homme affamé.

Il la tenait fermement par les hanches, l'empêchant de bouger, mais June n'irait nulle part. Tout ce qu'il faisait lui semblait si bon. Elle n'avait jamais rien vécu de tel que le plaisir qu'il lui offrait et son embarras disparut sous ses coups de langue, ses succions et ses explorations aussi profondes qu'il le pouvait.

Le nez de Cal effleura son clitoris et June eut un soubresaut dans ses bras.

— Tu aimes ça, marmonna-t-il entre ses jambes.

— Oui, répondit-elle dans un murmure, ne pouvait faire autrement que de remuer sur lui, en quête d'une meilleure stimulation de son clitoris.

— C'est ça, princesse... Chevauche mon visage, lui ordonna-t-il.

Ça avait l'air si obscène. Si *charnel*. Mais quand sa langue glissa de nouveau sur son clitoris, le corps de June bougea sans en avoir été ordonné par son cerveau, cherchant l'orgasme qui était encore hors d'atteinte.

Quand elle réalisa qu'elle était en train de se tortiller sans honte sur le visage de Cal, tentant de faire davantage pression sur son clitoris, elle se pétrifia, mortifiée et avec une telle envie de jouir qu'elle n'était pas certaine de savoir quoi faire.

Mais Cal savait exactement ce dont elle avait besoin. Il maintenait ses hanches si fermement qu'elle était persuadée d'avoir des bleus dans la matinée et il la tira encore plus fort vers le bas, vers son visage.

L'intérieur de ses cuisses la brûlait à cause de cette étrange position, June retint son souffle lorsqu'il prit son clitoris entre ses lèvres et qu'il suça. Avec ardeur.

Un gémissement, lourd et embarrassant s'échappa de sa bouche lorsqu'elle jouit. Elle frotta désespérément le visage de Cal tandis que ses cuisses tremblaient à la fois sous son orgasme et l'effort d'avoir supporté tout son poids en étant au-dessus de lui.

Son cœur battait à toute vitesse, son corps transpirait plus qu'elle ne l'aurait souhaité et June était à peine consciente quand Cal la fit redescendre sur son corps et la serra très fort pour qu'elle s'allonge sur lui. Il lui fallut une minute ou deux pour retrouver ses esprits et relever la tête pour le regarder.

Il ne lui donna pas le temps de dire quoi que ce soit, l'embrassa simplement avec voracité. June put se goûter elle-même sur les lèvres et la langue de Cal, et cela ne fit qu'accroître son désir. Par le passé, après avoir joui, elle arrêtait là, prête à dormir. Mais dormir était la chose la plus éloignée de son esprit pour le moment. Elle voulait donner à cet homme tout ce qu'il lui avait donné.

Elle bougea sans y réfléchir, écartant sa bouche de celle de Cal et sans attendre, descendit le long de son corps. Elle fit son chemin en léchant et embrassant jusqu'à son entrecuisse, sentant plus qu'elle ne les voyait les stries et les bosses de sa peau abîmée. Qu'il la laisse lui toucher les cicatrices était une surprise et elle voulait s'y attarder... mais rien ne la distrairait de son objectif.

Quand elle se trouva entre ses jambes, elle finit par lever les yeux. Elle ne pouvait que voir le visage froncé de Cal, les poings serrés à ses côtés. Pendant un moment, elle douta. Il n'avait pas l'air d'apprécier qu'elle le touche. Mais elle était déterminée à faire ça pour lui. À lui montrer à quel point elle l'aimait.

— Dis-moi si je fais ça mal, le supplia-t-elle juste avant de prendre sa verge dans sa main.

— Que veux-tu dire ?

Les joues de June flamboyèrent et une fois de plus, elle était contente que la pièce soit obscure.

— Je n'ai jamais fait ça alors tu devras me dire si je fais quelque chose que tu n'aimes pas.

June ouvrit la bouche et lécha le dessus de son membre, gémissant lorsque fleurit un goût salé et musqué.

— Je n'arrive pas à croire que j'ai oublié. Tu me l'as dit dans la voiture... Tu n'as jamais vraiment pris un homme dans ta bouche ?

— Non, lui répondit-elle en passant doucement la langue sur le bout.

— Bordel de merde ! jura-t-il.

June hésita, ne sachant pas ce que signifiait ce juron. Elle sentit l'une des mains de Cal s'enfoncer dans sa chevelure. Il ne l'éloignait pas, mais ne la poussait pas vers lui non plus.

— Je suis honoré d'être ton premier, dit-il dans un souffle. Je suis sans doute moins sensible que la plupart des hommes à cause des cicatrices, mais malgré cela... sans les dents. D'accord ?

Maintenant qu'il avait dit quelque chose, elle pouvait sentir contre sa paume des sillons qui n'auraient pas dû être là, tandis qu'elle faisait glisser de bas en haut son membre durci.

Dans son cœur naquit une haine envers les hommes qui lui avaient fait du mal, mais elle la repoussa. Il n'y avait pas de place pour ce genre d'émotion maintenant. Tout ce qu'elle voulait, c'était donner du plaisir à Cal.

— Le dessous est le plus sensible, continua-t-il.

Au fond d'elle, June aimait qu'on lui donne des ordres. Ça lui enlevait de la pression. S'il lui disait quoi faire, elle ne pourrait pas se louper... l'espérait-elle.

— Prends le gland dans ta bouche... *Feck, oui* ! Comme ça. Maintenant suce, doucement d'abord puis plus fort. Putain, June, c'est inné chez toi.

Elle sourit tout en faisant ce qu'il demandait. Elle commença à dodeliner de la tête, de haut en bas, imitant les femmes qu'elle avait vues dans les vidéos pornos. Elle se servait de sa main pour le caresser là où sa bouche ne pouvait l'atteindre et elle le sentit effectivement grossir dans sa bouche. C'était un sentiment indéniablement puissant.

Elle se mit sur ses genoux afin d'avoir plus d'aisance. Ses mamelons effleuraient les cuisses de Cal quand elle bougeait et cette friction lui faisait incroyablement du bien.

— Suce tout en faisant des va-et-vient avec ma queue. Oui ! Exactement comme ça. Presse plus fort avec ta main quand tu me caresses, en rythme avec ta bouche... Oh, Seigneur, c'est si bon !

Un jet d'un liquide salé emplit la bouche de June et elle ne savait pas si elle devait avaler. Durant son moment indécis, il y en eut un peu qui coula sur sa verge, lui lubrifiant la main pendant qu'elle le caressait.

Son cœur martelait dans sa poitrine et elle avait l'impression d'être au sommet du monde. La tête inclinée, elle regarda Cal et découvrit ses yeux fixés sur ce qu'elle faisait.

— Je n'arrive pas à croire que je vais dire ça mais je regrette que les lumières ne soient pas allumées, dit-il, haletant. Je parie que tu es super sexy avec tes lèvres étirées autour de mon sexe.

D'instinct, June ôta sa bouche de son membre et passa la langue sur le dessous de son membre, sentant une humidité s'étaler sur sa joue.

— Suce-moi les couilles, l'implora-t-il.

Repoussant son membre contre le ventre de Cal, June se

pencha en avant pour prendre dans sa bouche l'une de ses bourses. C'était doux et chaud et elle se cambra tout en le suçant.

— *Feck. Feck* ! jura-t-il, levant les fesses du lit. Ta bouche, c'est le paradis ! Viens ici.

Confuse, June le libéra, Cal la tirant vers le haut, l'éloignant de son entrejambe. Il la renversa de nouveau, elle se trouva alors sous lui.

— Ce n'était pas... Tu n'as pas aimé ? ne put-elle s'empêcher de demander.

— Pas aimé ? June, j'étais à deux secondes d'éjaculer partout sur mon ventre, lui confia-t-il.

June ne put retenir le petit sourire qui se formait sur son visage.

— Fière de toi ? demanda Cal.

Elle haussa les épaules.

— Ouais. Pour ma première fois... ce n'était pas si mal, si ?

— Tu es parfaite, souffla-t-il. Et je jouirai dans ta bouche tôt ou tard. Sur tes seins. Partout sur ton sexe. Je veux te recouvrir de ma semence, te marquer complètement, au point que tu ne pourras jamais me retirer de ta peau. Mais pas ce soir. Ce soir, j'ai besoin d'être à l'intérieur de toi. De te remplir. De te marquer de l'intérieur.

Ses paroles l'excitèrent tellement que June remua sous lui et lui saisit le biceps, y enfonçant ses ongles.

— Fais-le, Cal. Je t'en prie. J'ai besoin de toi.

Il s'éleva au-dessus d'elle et June l'observa goulument. Même dans le noir, il était tellement parfait qu'elle parvenait à peine à respirer, la silhouette de Cal était si imposante. Elle n'arrivait pas à croire qu'elle intéressait un homme comme lui.

— Fais-moi tienne, murmura-t-elle, étendue sous lui.

Il fit une pause un moment avant de laisser un grognement lui échapper et de se mettre à bouger.

* * *

— Fais-moi tienne.

Les paroles de June transpercèrent son âme et Cal ne put que la regarder sans bouger pendant une demi-seconde. Elle était tout ce qu'il avait toujours recherché chez une femme. Pulpeuse, douce, si incroyablement passionnée. Quand il lui avait fait le cunnilingus, elle lui avait inondé la peau. Et lorsqu'elle avait joui sur son visage, ça avait été l'acte charnel le plus satisfaisant qu'il avait connu... jusqu'à ce qu'elle lui rappelle timidement qu'elle n'avait jamais fait de fellation à un homme auparavant.

Il était son premier et il chérirait cela pour toujours. Ça n'avait pas duré assez longtemps. Si elle l'avait repris dans sa bouche après lui avoir sucé les bourses, il aurait directement explosé.

Il ne pensait pas être prêt pour ça. Et il n'avait pas menti en lui disant qu'il voulait être en elle lorsqu'il éjaculerait pour la première fois.

Cal peinait à croire qu'il était sur le point d'exploser. Il avait cru que vivre ce genre de plaisir faisait partie du passé. Après que ses ravisseurs eurent rapproché leurs couteaux de son membre, il n'avait pas été certain d'être à nouveau capable d'avoir des érections ou une vie sexuelle normale. Et jusqu'à ce qu'il rencontre June, il pensait avoir raison.

Mais il était tellement dur en cet instant, si prêt de jouir qu'il avait toutes les peines du monde à se retenir.

Un grognement surgit du plus profond de sa gorge et il attrapa la base de son sexe, se servant de ses genoux pour écarter les cuisses de June. Il baissa les yeux vers elle et aurait préféré, pour la dixième fois, être en mesure de voir son sexe en pleine lumière. Bien entendu, la voir distinctement aurait voulu dire qu'elle aurait été capable de *le* voir également, chose pour laquelle il n'était pas prêt.

Il bougea vers l'avant et à la seconde où sa verge effleura le poil pubien de June, un autre jet s'échappa de son gland.

— *Feck*, jura-t-il.

Il était à deux doigts de jouir et il n'avait même pas fait en sorte qu'elle soit prête pour lui. Oui, elle avait tellement mouillé plus tôt, mais cela ne voulait pas nécessairement dire qu'elle pouvait l'accueillir.

Gardant une main sur sa verge, Cal se rapprocha de ses lèvres intimes et les explora en douceur. Le soulagement le submergea presque : elle mouillait toujours incroyablement. Cela gouttait, à vrai dire. Il passa le pouce sur son clitoris et elle sursauta.

— Cal ! Je t'en prie !

L'une des mains de June lui saisit la cuisse et il prit l'autre avec sa main libre et la rapprocha de son sexe.

— Fais-le. Mets-moi à l'intérieur de toi, June. Mets-moi là où tu as envie de m'avoir.

Il lui fallut tout son contrôle pour ne pas exploser quand sa main douce vint s'enrouler autour de son membre et qu'elle écarta encore plus les cuisses. Elle le cala entre ses jambes et murmura :

— Viens en moi, Cal.

Dans un grognement, il la perça d'une longue et vive poussée.

Puis il s'immobilisa. *Feck* ! Il n'avait pas voulu faire ça ! Il avait voulu y aller lentement, lui donner le temps de s'adapter. Mais il n'avait tout bonnement pas pu attendre un seul instant.

À son soulagement, elle émit un adorable couinement, rejeta la tête en arrière et enroula ses jambes autour de lui. Il pouvait sentir ses talons s'enfoncer dans ses fesses.

— Ça va ? ne put-il s'empêcher de demander en se soutenant sur les avant-bras, sur le matelas.

— Bien. C'est parfait. Fantastique ! lui répondit-elle, ses seins tremblants, haletante sous lui. Elle est si grosse.

Il sourit. Des mots que chaque homme attendait d'entendre chez sa nana.

Et elle était étroite. *Vraiment* étroite. Elle le tenait serré entre ses muscles internes et il voyait des étoiles. Il faisait son possible pour ne pas bouger.

Baissant les yeux, Cal pouvait légèrement voir leurs toisons pubiennes se mélanger. C'était foutrement érotique et il ne voulait jamais quitter cet endroit. Il voulait rester là, profondément en elle pour le reste de sa vie. Mais ses instincts prirent le relais et ses hanches se contractèrent, se reculant quelque peu avant d'avancer brutalement.

— Oh, ouais... Cal ! C'est incroyable. Encore !

Il commença par un rythme lent et régulier, déterminé à faire durer cela aussi longtemps que possible. Sa tête tournait, il avait le vertige et le plaisir était quasiment écrasant. Cette femme était parfaite. Faite pour lui.

Elle souriait rêveusement pendant qu'il lui faisait l'amour.

Leur rythme lent et tranquille ne dura que quelques minutes avant que les hanches de June commencent à pousser afin de rencontrer les siennes à chaque fois qu'il plongeait en elle.

— Tu en veux plus ? demanda-t-il.

— Oui. Je t'en prie !

Sa June était si polie !

Sa poussée suivante fut un peu plus brutale – tâtant le terrain pour ainsi dire – et quand elle gémit et planta ses ongles dans son biceps, il sourit.

Il poussa de nouveau en elle. Et encore. Plus brutalement, plus vite. Jusqu'à ce que le heurt de leur chair s'écrasant l'une contre l'autre résonne dans la chambre. Il pouvait entendre à quel point elle mouillait par les bruits qui provenaient d'entre ses jambes. Il pouvait sentir des fluides intimes sur ses bourses. Chaque fois qu'il touchait le fond de son corps, ils devenaient de plus en plus trempés de cette humidité qui sortait de son corps.

Le cœur de Cal battait si fort qu'il pouvait le sentir dans le bout de ses doigts. Ne voulant pas que ça se termine, Cal attrapa les fesses de June d'une main et roula, la positionnant sur lui. Elle s'assit et ils poussèrent tous deux un grognement quand le mouvement l'enfonça encore plus profondément.

— Cal ? dit-elle, haletante.

— Ton tour, dit-il d'une voix rauque. Prends-moi, June.

— Je… il y a une autre de ces choses que je n'ai jamais faites, admit-elle.

La possessivité se répandit en lui.

— Tu es déjà montée à cheval ? demanda-t-il tout sourire.

— Non.

Il ne pouvait s'arrêter de sourire désormais.

— Bien. Bouge simplement, princesse. Balance-toi, rebondis… fais tout ce qui fait du bien. Tu es aux commandes.

— Ouais, d'accord. Je ne pense pas avoir été aux commandes depuis le moment où je t'ai rencontré, souffla-t-elle.

Le sourire de Cal s'évanouit quand le plaisir remplit ses veines, June commençant à remuer. D'abord, elle fut un peu maladroite et il lui fallut un moment pour prendre le coup de main en étant au-dessus, pour trouver son plaisir. Mais quand ce fut le cas, elle lui retourna le cerveau.

Elle lui sourit tout en posant ses mains sur son torse. Il n'avait même pas percuté qu'elle touchait ses cicatrices. Il ne pouvait rien faire d'autre que concentrer son regard entre leurs corps et observer sa verge entrer et sortir, étincelant des fluides de June à la douce lumière.

— Plus vite, supplia-t-il.

Elle s'exécuta. Rapidement, les fesses de June se mirent à claquer contre les cuisses de Cal, tandis qu'elle le chevauchait avec ardeur. Dans ses mouvements, ses seins rebondissaient et se secouaient, et Cal eut l'eau à la bouche, ressentant le besoin de se régaler de ces beaux globes. Il ne s'était jamais retrouvé avec une femme ayant une poitrine d'une telle envergure... pas naturellement, du moins. Et il y avait une énorme différence entre de faux seins et les beautés généreuses et naturelles qu'avait sa June.

Cal était prêt à jouir. Il était vraiment sur le point de le faire, mais il voulait qu'elle jouisse la première. Sur sa verge. Il voulait qu'elle le recouvre de son essence. Il attrapa ses hanches et mit fin à ses mouvements.

— Que se passe-t-il ?

— Reste comme ça, ordonna-t-il. Ne bouge pas. Je veux te sentir jouir sur ma queue.

— Je ne suis pas sûre de... oh ! s'exclama-t-elle, Cal passant une main entre ses jambes.

À chacun de ses doigts effleurant son clitoris, il pouvait sentir l'endroit où ils se rejoignaient. Elle sursauta contre lui et lui empoigna le poignet, serrant très fort.

— Je ne sais pas... Je ne peux...

— Je te fais mal ? demanda-t-il d'un air bourru.

Elle secoua la tête.

Cal remua une fois de plus les doigts, mais elle ne relâcha pas son poignet. Il avait l'impression qu'elle l'aidait, comme si elle se caressait elle-même avec la main de Cal.

— C'est ça, princesse, laisse les choses se faire. Ferme les yeux, laisse-toi être submergée.

Elle fit immédiatement ce qu'il demandait et une autre vague de possessivité submergea Cal. Il pouvait sentir l'orgasme de June grandir. Il le sentait dans la façon dont ses muscles se tendaient autour de lui, la façon dont elle serrait son membre profondément dans son corps. S'il avait trouvé le fait qu'elle jouisse sur son visage intime, ça, ça l'était mille fois plus.

— Cal ! Je... *Oh* !

Les muscles de June serrèrent tellement fort sa verge que

Cal se demandait s'il allait même pouvoir en sortir. Même si elle était toujours en train de vivre son orgasme, il la fit de nouveau rouler sur le dos et commença à la pénétrer comme un homme possédé.

Sa bouche forma un O et June le fixait de ses yeux vitreux pendant qu'il la doigtait ardemment.

Il lui fallut seulement encore quelques poussées et il y était. Cal s'enfonça profondément dans le corps de June et se lâcha. Des jets de sperme pulsèrent en elle l'un après l'autre. C'était presque douloureux, mais il ne se retira pas. C'était ce qu'il voulait. Ce dont il avait *besoin*.

Il finit par se forcer à bouger, se soutenant à l'aide d'un coude à côté de la tête de June, puis il enleva son autre main qui se trouvait entre eux. Il était insatiable, éprouvant le besoin qu'elle jouisse à nouveau. C'était un sentiment dont il ne se lasserait jamais. Sans ménagements, il pinça le clitoris de June et elle sursauta tandis qu'il forçait son corps à avoir un autre orgasme.

Elle gémit et poussa sur ses hanches, lui mordant le bras tandis qu'elle franchissait de nouveau la frontière. Ses muscles se contractaient autour de lui, un peu plus faiblement cette fois, mais il se délectait tout de même de sa perte de contrôle, de son plaisir extrême... avec lui.

Cal n'avait jamais fait ça avec une femme sans préservatif et il était tellement soulagé de ne pas avoir besoin de se lever pour s'en occuper. Au lieu de ça, il demeurait bien profond dans le corps de June pendant que sa verge se calmait.

S'appuyant en s'assurant de ne pas écraser June, Cal se sentait fier comme un homme des cavernes de l'avoir rendue toute transpirante. Son visage brillait et des mèches de cheveux étaient collées sur son front et ses joues. Elle respirait avec peine et continuait de le tenir serré. Jetant un œil à son bras, il pouvait encore sentir la marque de ses dents sur sa chair, pouvait la voir légèrement à la faible lumière.

Pour la première fois de sa vie, voir une marque sur sa peau infligée par quelqu'un d'autre le fit sourire.

— Tu m'as tuée, dit-elle péniblement.

Cal ricana et le mouvement fit remuer sa verge profondément en elle.

— C'était incroyable, dit-il, se penchant pour lui embrasser le front. Merci.

Elle ouvrit les yeux.

— C'était bon pour toi ?

— Bon ? Princesse, si ça avait été mieux que ça, je *serais* mort.

June sourit.

— Ouais. Euh... c'était quoi, ce moment ?

— Quel moment ? demanda-t-il, toujours en train de sourire.

Il pensait savoir ce qu'elle demandait, mais il voulait le lui faire dire.

— Ça... J'étais vraiment sensible et je ne pensais pas pouvoir... tu sais.

— Je t'ai fait mal ? Tu as détesté ?

— Non. Et non. J'ai juste été surprise. En général, je suis la nana d'un seul orgasme.

— Plus maintenant. Je n'ai pas pu m'arrêter, admit-il. J'ai adoré te sentir jouir en m'ayant en toi et je voulais le ressentir encore une fois.

Elle le dévisagea timidement.

— Tu as pu le sentir ?

Cal commença à hocher la tête puis il s'immobilisa. Oui. Il l'avait senti. Même en dépit de sa verge aussi amochée que lui, il avait ressenti chaque pression, chaque contraction, le flot chaud de son orgasme.

— Ouais, dit-il en murmurant. J'ai tout ressenti.

— Bien, dit-elle, la satisfaction facilement décelable dans le ton de sa voix. Alors à chaque fois que tu voudras sentir ça de nouveau, je te donnerai carte blanche pour faire ce que tu auras à faire.

Cal souffla un rire. Il était époustouflé. Cette femme l'avait tué. Il n'était pas certain qu'elle ait vraiment apprécié son dernier orgasme, mais elle lui donnait la permission de le refaire dans tous les cas.

Il se baissa au-dessus d'elle, posant la tête à côté de la sienne sur l'oreiller.

— Je t'écrase ? demanda-t-il.

Il se raidit un moment quand les mains de June commencèrent à lui caresser le dos, mais il inspira profondément et se força à se détendre.

— Non. J'adore te sentir sur moi. En moi.

Il voulait lui dire que c'était une bonne chose, car c'était là son nouvel endroit préféré dans le monde entier, mais il ne voulait pas la faire flipper.

— Je bougerai dans un instant. Je veux juste rester ici un moment.

— Tout va bien, l'apaisa-t-elle.

Il n'avait pas réalisé à quel point être touché par quelqu'un lui avait manqué jusqu'à cet instant. Avoir June peau contre peau avec lui, de la tête au pied, c'était comme rentrer chez soi. Cela le rendait complètement humain pour la première fois depuis des années. Il avait eu besoin de ça. Besoin d'*elle*.

Il tomba endormi avec l'odeur de shampoing doux et de sexe dans les narines. Et jamais il n'aura dormi aussi bien.

CHAPITRE DIX-SEPT

June se réveilla et fit la grimace, le soleil levant lui faisant mal aux yeux. Elle tourna la tête et réalisa lentement l'endroit dans lequel elle se trouvait... et ce qui était arrivé la nuit précédente. Elle avait mal entre les jambes, mais c'était une sensation des plus délicieuses. Elle était allongée contre Cal, sa joue sur son torse, son bras sur son ventre. Mais quelque chose avait changé.

Levant la tête, elle vit immédiatement la différence : elle et Cal étaient complètement nus ce matin.

Regardant le visage de Cal, elle vit qu'il était toujours endormi. Sans surprise. Il l'avait réveillée la nuit dernière, après ce qui avait semblé seulement quelques minutes et s'était approché d'elle dans le noir. Ils étaient restés éveillés jusque tard, à refaire l'amour, parler et apprendre ce que l'autre appréciait en matière de toucher érotique. June avait eu plus d'orgasmes que jamais auparavant et pourtant, elle désirait encore cet homme. C'était presque une compulsion.

Leurs pieds avaient repoussé les couvertures et quand June parcourut des yeux le corps de Cal, elle pouvait en voir chaque parcelle. Son membre était flasque, mais tout de même doux, c'était impressionnant.

Mais ce n'était pas ce qui attirait le plus son attention, bien entendu. C'était les tas et les tas de cicatrices traversant chaque centimètre de son corps. Elle les avait senties la nuit d'avant. Comment n'aurait-elle pas pu alors que ses mains l'avaient entièrement parcouru ? Mais les voir à la lumière du jour la fit entièrement comprendre pour la première fois l'enfer que cet homme avait traversé. Comprendre pourquoi il était réticent à se dénuder devant elle. Pourquoi il avait désiré que les lumières soient éteintes.

Mais ce que lui ne comprenait pas, c'était que voir sa chair abîmée la faisait l'aimer *davantage*, pas moins.

Elle n'éprouvait pas de la pitié pour Cal. Ni du dégoût. Tout ce qu'elle ressentait, c'était un sentiment écrasant de fierté. Il avait enduré ce qui aurait brisé la plupart des hommes. Et il n'était pas brisé, n'en était pas même proche. Plié, peut-être, mais clairement pas brisé.

Elle se déplaça vers le bas de son corps, parvenant à sortir de son étreinte sans le réveiller et se mit à genoux entre les jambes de Cal, tout comme elle l'avait fait la nuit précédente. Elle avait adoré le prendre dans sa bouche. Elle n'était pas certaine de le faire jouir de cette façon, mais elle savait sans avoir à y réfléchir qu'il ne la forcerait jamais à faire ça ou autre chose qu'elle ne voudrait pas faire.

Elle commença à jouer avec son sexe, faisant descendre légèrement un doigt sur le côté, inquiète en voyant les cicatrices sur sa peau sensible. Repoussant la haine envers les ravisseurs de Cal qui était en train de la submerger, elle se concentra sur l'acte consistant à lui faire du bien.

Au final, elle le prit dans sa bouche et suça avec précaution. Il ne mit pas longtemps pour commencer à bander.

— June ? croassa-t-il d'une voix enrouée en bougeant. Que fais-tu ?

— Qu'est-ce que ça fait ? répondit-elle.

Il la laissa jouer pendant encore une minute ou deux avant

de se jeter vers l'avant, de la mettre de dos, à quatre pattes. Il la savoura par-derrière jusqu'à ce qu'elle mouille beaucoup puis la prit, brutalement, rapidement.

Ce ne fut pas avant qu'ils se rallongent tous les deux dans le lit et qu'elle soit blottie contre son torse qu'elle parut prendre conscience à quel point la pièce était éclairée.

Cal essaya de s'extirper du lit, mais June bougea avant qu'il ne puisse le faire. Elle le chevaucha et le regarda, sourcils froncés.

— Non, dit-elle, ferme.

— Laisse-moi me lever, dit Cal, sans la regarder dans les yeux.

— Tu vois ça ? demanda-t-elle, ravalant son mal-être dans l'objectif que son mec se sente mieux.

Les yeux de Cal se posèrent là où June pressait la chair en trop de son ventre.

— Je suis grosse. Ça, c'est *gros* et c'est moche, mais peu importe le nombre d'abdos que je fais – qui n'est pas énorme, je dois l'admettre – ça ne partira pas. Et eux ? continua-t-elle, tenant ses seins dans ses mains. Ils tombent. Si je ne porte pas de soutien-gorge, ils auront l'air de descendre jusqu'à mon nombril ce qui, crois-moi, n'est pas joli. Et lui, ajouta-t-elle en désignant son nez, il est trop gros.

— Arrête ça, lui ordonna Cal.

— Non ! Nous avons tous des défauts.

Il renifla.

— La différence, c'est que tu es sexy. Je suis horrible, lui dit-il, l'air complètement démoralisé.

— Conneries ! dit-elle avec colère.

Il la regarda, stupéfait, avant que ses lèvres ne se tordent.

— Conneries ? réagit-il en écho.

June haussa les épaules.

— Je me suis dit qu'en utilisant tes termes, ça entrerait peut-être mieux dans ta tête. Cal, tu es beau. Non, ne détourne pas les yeux. Je le pense. Tu sais ce que je vois quand je regarde tes cicatrices ?

— La laideur ? dit-il, impassible.

June l'ignora.

— Le courage. La bravoure. La loyauté. Une force et une volonté que je ne peux même pas imaginer. Tu as vécu l'enfer et tu es encore là. Tu es l'exemple vivant que le bien peut triompher du mal. Je sais que tu penses que tes cicatrices sont un tue-l'amour, mais ce n'est pas le cas. Pas pour moi.

— Je déteste la pitié.

— Tant mieux parce que tu n'en recevras pas de ma part. Tu veux connaître les émotions que je ressens maintenant, en te voyant pour la première fois ?

Il ne bougea pas sous elle. Il était aussi figé qu'une statue.

— Je suis furieuse. Tellement en *colère* qu'on ait pensé avoir le droit de te faire ça, que j'ai envie de prendre un avion et de les traquer.

Les lèvres de Cal se tordirent de nouveau et June n'avait jamais été aussi soulagée quand elle sentit les mains de Cal s'agripper à ses hanches.

— Je ne le conseillerais pas. Tu n'aimerais pas là-bas. Il fait chaud. Vraiment chaud.

— Peu importe. Je le ferais pour toi si je pouvais. Mais la colère mise de côté, quand je te regarde, que je te vois à la lumière, je me souviens de toutes les choses que tu m'as faites hier soir. La sensation de tes mains, ta langue, ta verge enfoncée profondément dans mon corps. Tu m'as excitée davantage que tous ceux que j'ai rencontrés, Cal. Tes cicatrices ne te résument pas, elles ont simplement aidé à construire l'homme que tu es aujourd'hui. Un homme dont j'ai plus besoin que de respirer. Un homme qui me fait sourire. Avec qui je me sens protégée. En qui j'ai confiance. Qui me donne envie de mettre toutes mes inquiétudes et mes peurs de côté et de sauter avec lui dans le grand inconnu.

June parlait trop vite, mais elle avait besoin que Cal comprenne. Qu'il comprenne réellement qu'elle n'en avait rien à faire de ses cicatrices.

Il la regarda attentivement pendant si longtemps qu'elle commença à se sentir mal à l'aise. Après tout, elle était assise sur les genoux de Cal, nue, ce qui n'était pas quelque chose qu'elle appréciait pleinement.

— Tu as mal ? demanda-t-il.

June fronça les sourcils. Ce n'était pas ce qu'elle s'attendait à entendre de lui après son petit discours. Pas même un peu.

— Quoi ?

— Est-ce que tu as mal ? répéta-t-il. Car j'ai encore envie de toi. Tout de suite.

— Mais nous venons de…

Les mots de June s'évanouirent quand Cal la repoussa un peu vers l'arrière, sur ses cuisses, qu'il tendit le bras entre ses propres jambes pour caresser son sexe désormais dur et prêt à recommencer.

— Euh… non ? finit-elle par répondre.

— Je sais que je me comporte comme un con, mais je dois être à l'intérieur de toi, June. Tout de suite. Dans la lumière. Où je pourrai voir ma verge s'enfoncer en toi.

Il parlait de nouveau de façon obscène, mais puisque cela excitait encore plus June, elle ne s'en plaignit pas. Elle se releva et Cal caressa les replis de son sexe avec son gland bombé. Elle fit de son mieux pour ne pas grimacer lorsqu'il la pénétra, car honnêtement, elle *avait* mal. Mais Cal avait besoin d'elle et elle s'offrirait toujours à lui.

Elle poussa un profond soupir quand il fut entièrement dans son corps.

— Ça va aller vite, marmonna-t-il, sans détourner les yeux d'entre ses jambes.

— D'accord, répondit-elle.

Et ce fut le cas. Cal n'oublia pas de s'assurer qu'elle ressente autant de plaisir que lui. Il s'enfonçait en elle par le dessous, observant son sexe disparaître encore et encore, tout en se servant de son pouce sur son clitoris. Quand ils eurent tous deux leur orgasme, elle se sentait absolument détendue.

— Une bonne chose qu'on soit dimanche, bredouilla-t-elle quelque peu.

— Dors, princesse, lui ordonna Cal, lui embrassant la tempe.

— Tu vas rester un moment avec moi ? demanda-t-elle, se cramponnant à ses bras.

Elle était tout en sueur et voulait prendre une douche, mais elle était trop fatiguée et repue pour bouger.

— Ouais.

Ce fut tout ce qu'elle eut besoin d'entendre pour se lâcher. Pour se rendormir, plus heureuse qu'elle ne l'eût jamais été dans sa vie.

* * *

Cal regardait June dormir. Il n'arrivait pas à croire qu'il était étendu là, complètement nu en pleine lumière du jour avec une femme blottie contre lui.

Il avait été terrifié quand il avait fini par retrouver ses esprits, réalisant que June pouvait voir chaque centimètre de son corps. Il avait été trop distrait au début, se réveillant avec la bouche de June prenant son membre, pour comprendre que c'était le matin et que son corps était exposé. Ce ne fut pas avant qu'ils soient de nouveau pelotonnés dans les bras l'un de l'autre qu'il revint à la raison.

En réalité, il n'avait jamais eu l'intention que June le voie. Il avait prévu de garder les lumières éteintes au lit aussi long-temps qu'ils seraient ensemble. Mais il avait foiré ça dès le départ, de toute évidence.

Une fois de plus, il était surpris par la colère de June en son nom. Il croyait vraiment que si elle savait comment atteindre les hommes qui lui avaient fait du mal, elle irait les retrouver. Ils étaient morts depuis longtemps, tués lors du raid pour les libérer lui et ses amis, mais son besoin de vengeance en sa faveur... faisait du bien.

June était tellement différente de toutes les femmes qu'il avait connues. Il ne pouvait se débarrasser de l'image d'elle à califourchon sur lui, faisant remarquer ce qu'elle considérait comme ses propres imperfections... comme si ça l'aiderait à se sentir mieux par rapport à sa chair endommagée. Aux yeux de Cal, June était une déesse. À tout moment, il échangerait ses cicatrices contre ses seins et son ventre, ainsi que toutes les autres choses qu'elle n'aimait pas chez elle.

Elle remua dans ses bras et Cal eut un grand sourire. Elle était dans un état... mais il ne fit que sourire encore plus à cette pensée. C'est *lui* qui l'avait mise dans cet état. Et il ne pouvait se sentir autrement que ravi.

Il n'avait pas loupé son léger tressaillement quand il l'avait pénétrée cependant et il tâcha de prendre note d'y aller doucement avec elle pendant un temps. Il détestait lui avoir fait mal et le fait qu'elle ait compris qu'il ait eu besoin d'être en elle cette fois-ci ne le fit que l'aimer d'autant plus.

Aimer.

Bon sang.

Il était tombé si vite amoureux. Presque au premier moment où il l'avait vue à DC. Il avait déjà admis ses sentiments à JJ et savait que le reste de ses amis pouvaient le constater également. Mais... il ne pouvait pas la garder. Elle était destinée à des choses plus grandes et meilleures que vivre avec un homme ravagé.

Malgré ça, il ne parvenait pas à se détacher d'elle. Maintenant qu'il avait vu la passion qu'elle avait en elle, qu'il en avait fait lui-même l'expérience... il ne pouvait pas la lâcher. Pas encore.

Il attendrait qu'elle soit sur pied, jusqu'à ce qu'elle ait économisé suffisamment d'argent pour se débrouiller seule. Et il trouverait un moyen d'étoffer un peu plus son compte en banque, si possible. Dieu savait qu'il avait plus d'argent qu'il ne pourrait en dépenser dans sa vie. Elle avait toutefois beaucoup de fierté et il ne voulait pas la rabaisser ou lui donner l'impression qu'il croyait qu'elle ne pourrait pas prendre soin d'elle.

Combien de temps Cal resta au lit à tenir contre lui une June endormie, il n'en avait aucune idée. Mais sa vessie finit par se manifester. Il fallait qu'il se lève, fasse le petit déjeuner et ouvre le bal pour enquêter sur sa belle-mère et sa demi-sœur. La dernière chose qu'il souhaitait, c'était que la paire repointe le bout de leurs sales nez dans leurs vies. Mais il avait le mauvais pressentiment que JJ avait raison : Carla n'allait pas abandonner si facilement la possibilité d'être une princesse.

Il priait seulement pour qu'elles soient juste une nuisance et rien de plus dangereux.

Se glissant de sous le corps de June, il sourit lorsqu'elle protesta dans son sommeil. Cal resta à côté de son lit, les yeux posés sur elle pendant toute une minute. Elle était magnifique et toute à lui... pour le moment.

Il étendit le drap qui avait été repoussé au bout du lit et recouvrit June avant de se pencher pour lui embrasser la tempe une fois de plus.

Il se précipita aux toilettes, prenant des vêtements au passage. Hésitant devant le tiroir des tee-shirts, Cal se surprit lui-même en sélectionnant un haut de Jack's Lumber à manches courtes au lieu de l'un des nombreux vêtements à longues manches qu'il portait en temps normal. Il n'était pas sur le point de porter des shorts et de se pavaner en ville de sitôt, mais voir les petites marques de dents suite à la morsure de June sur sa peau lui donnait le sourire. Oui, ses cicatrices seraient visibles, mais il les ignorerait autant que possible et se concentrerait à la place sur les souvenirs de la nuit dernière.

* * *

Tim Dotson prit le téléphone portable prépayé qu'il avait acheté avant de conduire jusqu'au nord, dans le Maine, et composa le seul numéro qui y était enregistré.

— Vous feriez mieux d'avoir de bonnes nouvelles pour moi, dit la femme à l'autre bout du fil en guise de salutation.

— Bon dimanche à vous également, Elaine, dit-il d'une voix traînante.

— Bref. Je crève de faim. J'ai dû préparer mon propre petit déjeuner qui a brûlé. Ce n'est pas une bonne matinée, grogna-t-elle. Maintenant, dites-moi que vous avez du neuf.

— J'ai du neuf, dit Tim, tout sourire.

— Parlez, ordonna Elaine.

— Elle est ici, comme vous le pensiez. Et elle et le prince ont semblé vachement potes la nuit dernière.

— Merde ! jura Elaine. Que s'est-il passé ?

— Eh bien, selon les dires des locaux, ils se sont rendus au mariage d'un ami hier. Quelque part dans les bois. Ils se souriaient et semblaient absolument bien s'entendre à leur retour en ville.

Il ne surveillait pas la poulette, comme le supposait Elaine. Simple coup de chance qu'il se soit trouvé en train de sortir de chez Granny quand la belle caisse du prince avait marqué l'arrêt sous la lumière. Il avait pu voir le couple se regarder avec des yeux de merlan frit, inconscient des gens autour d'eux.

— Non ! Ça ne peut pas se produire ! Pitié, dites-moi que vous avez fait quelque chose, supplia Elaine.

— Bien sûr que j'ai agi, mentit Tim, car c'était là le premier appel de nombreux autres qui rendraient ses poches un peu plus remplies. Pendant qu'ils faisaient la fête, je me suis rendu dans la maison du prince et y ai laissé un petit cadeau pour votre chère fille.

— Belle-fille, le corrigea sans attendre Elaine. Qu'est-ce que c'était ? Est-ce qu'elle l'a vu ? A-t-elle eu peur ?

— Juste un petit mot. Je ne veux pas y aller trop fort d'entrée de jeu. Ça disait juste qu'elle devait faire attention. Impliquant que comme l'*admirateur* de Carla ne pouvait l'atteindre, il pourrait avoir envie de jouer avec sa sœur un petit moment d'abord.

Elaine gloussa comme une oie et Tim ne put s'empêcher de secouer la tête, partagé entre l'amusement et le dégoût. Il n'était pas l'homme le plus intègre du monde, mais sincèrement, il ne comprenait pas le besoin de cette garce de terroriser la belle-fille qui avait vécu avec elle pendant presque deux décennies.

— Oh, j'aurais aimé voir sa tête, et celle du prince ! Quand ils ont compris que Carla ne mentait pas en disant qu'elle avait un harceleur.

Tim leva les yeux au ciel, mais ne l'interrompit pas.

— D'accord, c'est bien. Vous devez laisser un autre mot. Peut-être quelque chose qui dit qu'il pense avoir choisi la mauvaise sœur. Qu'il doit goûter la chatte à laquelle le prince n'arrive apparemment pas à résister.

Tim faillit se moquer. Cette femme était folle. Cela ne ferait pas revenir la garce en courant à DC. De ce qu'il avait compris des dynamiques de la famille d'Elaine et la relation entre Carla et sa demi-sœur, ça ne ferait probablement que pousser encore plus la nana dans les bras protecteurs du nouveau petit ami.

Il ne laissa pas son scepticisme teinter le ton de sa voix lorsqu'il dit :

— Ça me paraît bien. Mais d'abord... nous devons parler du paiement. Vous avez dit que pour chaque chose que je ferais, je recevrais un billet de cent.

— Exact. Et vous l'aurez. Mais j'ai besoin de preuve. Comment savoir que vous ne m'arnaquez pas ?

La vioque était tout aussi stupide qu'il le pensait.

— Ce n'est pas le cas, mentit-il. Mais pour le prouver, j'ai pris une photo du mot sur la porte du prince afin que vous puissiez le voir.

Il avait scotché un morceau de papier plié, mais vierge, à sa propre porte pour la photo, mais Elaine ne le saurait pas.

Elle s'en amusa de nouveau.

— Ça va marcher à la perfection. Je le sais. Quand j'aurai reçu votre preuve, je vous enverrai l'argent via l'application dont nous avons parlé.

— Je la prendrai dès que nous aurons eu fini de parler, la rassura Tim.

— Donc, encore des mots et ensuite quoi ? Un animal mort pour continuer ? demanda Elaine.

— Bien sûr, répondit Tim, l'esprit s'en allant déjà vers l'endroit où il pourrait trouver un truc mort à photographier. Il supposa pouvoir trouver une bestiole le long de la route, heurtée par une voiture.

Là encore, Elaine caqueta.

— Bien. J'espère que cette garce ingrate est morte de peur. Mais le plus important, c'est que nous devons être sûrs que le prince se sent coupable d'avoir douté de ma Carla. J'engagerai une maquilleuse pour donner l'impression qu'elle a un œil au beurre noir ou autre. Un cadeau d'adieu avant que son harceleur ne s'en aille pour le Maine. Ce royal de seconde zone, le cousin du prince, accourra auprès du Prince Redmon à la seconde où il la verra et il sera de retour ici en un clin d'œil pour la protéger !

— D'accord, dit Tim, tâchant de ne pas révéler son scepticisme dans le ton de sa voix. D'après ce qu'il avait entendu au sujet de Cal Redmon, c'était un homme futé. Il vivait peut-être en reclus dans une ville minable comme Newton, mais il n'était pas stupide. C'était un soldat des Forces spéciales, bordel ! Il avait vu clair dans la ruse d'Elaine en moins de deux jours. La vieille se faisait des illusions et aucune de ses idées n'avait de sens. Mais tant qu'il continuait d'être payé, elle pouvait penser tout ce qu'elle voulait.

Non... Selon lui, le mec n'allait pas retourner de sitôt à DC, surtout s'il suspectait que Juniper Rose était en danger, bien qu'il n'en ait aucune idée. Non. Tim n'alerterait personne de sa présence avant de buter la belle-fille. Pendant ce temps, le prince pouvait continuer de la baiser, complètement inconscient.

Les grosses n'étaient pas le genre de Tim, mais bon, une chatte restait une chatte, surtout en vivant dans une si petite ville. Le prince trempait sans doute son biscuit autant qu'il le pouvait. Tim attendrait un peu jusqu'à ce qu'il donne l'impression d'en avoir terminé avec la gonzesse, avant de l'éliminer pour obtenir son gros salaire de la part d'Elaine.

Il se sentait complètement miséricordieux, accordant au prince le temps de tirer son coup et de balancer la connasse avant que Tim ne la tue.

— Oh ! Et Carla a eu une idée...

Avec un petit sourire, Tim écouta Elaine lui raconter une histoire à propos d'une farce qu'avait faite Carla à sa demi-sœur quand elle était plus jeune. Ce n'était pas une mauvaise idée, mais il devra y accorder un moment de réflexion. Il pourrait s'en servir pour tuer la gonzesse, mais il faudra trouver un moyen de se rapprocher de cette garce pour que l'idée d'Elaine fonctionne.

— Je verrai ce que je peux faire, lui répondit-il.

— Bien. Nous reparlerons bientôt. J'ai hâte de voir la photo et de savoir ce que vous inventerez ensuite.

— Tant que j'obtiens l'argent que vous avez promis, elle sera morte de peur, lui dit-il.

— Apprendre qu'elle est morte et qu'elle ne pourra plus jamais voler l'homme de Carla ne peut arriver trop tôt à mon gout, dit Elaine, en colère.

Tim frissonnait à vrai dire. Jusqu'à maintenant, il avait

considéré ce job comme une promenade dans le parc. Mais entendre la folie dans la voix d'Elaine le fit douter pour la première fois de son opinion quant à l'intelligence de la femme.

Il était trop tard pour reculer maintenant. Il était trop impliqué. Il n'avait pas d'argent pour retourner à DC, à sa vie normale. Il devait continuer.

Décidant de s'en moquer, il se dit que ça n'avait pas d'importance que l'autre garce meurt. Elle était grosse et moche. Elle ne manquerait à personne en cassant sa pipe.

Prêt à raccrocher avec la vieille folle, Tim dit brutalement au revoir et mit fin à la connexion. Il envoya par e-mail la photo du « mot » qu'il avait soi-disant laissé sur la porte du prince et prit une profonde inspiration.

Après avoir fumé un joint, il s'assit dans sa chambre louée et soupira. Il devait trouver un moyen de se rapprocher de sa cible. C'était toujours mieux de se lier d'amitié avec les gens avant de les tuer, car de cette façon, ils étaient moins suspicieux. Il pourrait les surprendre. Devoir entrer par effraction dans la maison lui cassait les burnes ; il préférait bien plus qu'on le fasse volontairement entrer ou que sa cible baisse la garde parce qu'il était la dernière personne qui, selon eux, leur ferait du mal.

Ce boulot ne se révélait pas aussi facile qu'il l'avait espéré. L'argent était pas mal, c'était la seule raison pour laquelle il l'avait accepté. Tout ce qu'il avait à faire, était de continuer avec tout ce que dirait Elaine, continuer de harceler pour de faux la belle-fille et maintenir sur les rails les wagons remplis argent. Il viendrait un temps où il aurait besoin de faire davantage que prendre des photos des mots et des animaux morts, mais en attendant, il ferait comme il était en train de faire, aussi longtemps qu'il le pourra.

Quand le moment sera venu, il s'occupera de la belle-fille, obtiendra sa belle indemnisation et se rendra dans le sud, vers un climat plus chaud.

CHAPITRE DIX-HUIT

June avait l'impression de flotter dans les airs. Elle s'était réveillée plus tard dimanche matin, détendue et excitée par la direction que prenait sa vie. Elle avait pris une douche, s'était habillée et avait descendu tranquillement les marches, découvrant Cal qui l'attendait pour un énorme petit déjeuner fait maison. Peu importait que l'heure fût déjà au déjeuner. Ensuite, ils avaient passé le reste de la journée et de la soirée à traîner, regarder la télé, discuter. Faire des choses qu'un autre couple ferait.

Pendant un moment la nuit précédente, June s'était inquiétée de l'endroit où elle devrait dormir, mais Cal avait pris d'emblée la décision en l'emmenant vers sa chambre à lui. Ils n'avaient pas couché, il avait refusé en disant qu'il savait qu'elle avait mal et il était déterminé à ce qu'elle se repose, mais dormir dans ses bras était tout aussi agréable... ou presque.

June avait ignoré que le sexe pouvait être aussi étourdissant, aussi incroyable. C'était cliché de décrire ce qu'ils avaient fait ensemble de cette façon, mais elle avait rapidement un trou de mémoire lorsqu'elle repensait à tout ce qu'ils avaient fait.

Aujourd'hui, Cal l'emmenait rencontrer Meg à Hill's House

pour son entretien. Elle était nerveuse, car elle n'en a jamais eu auparavant. Cal lui donna quelques tuyaux, mais jusqu'au dernier, ils semblaient s'effacer de sa tête tandis qu'il se garait devant l'adorable maison. Il y avait un panneau **HILL'S HOUSE** fait main dans le jardin, mais c'était la seule indication quant au fait qu'il s'agissait d'une entreprise plutôt que d'un domicile personnel.

— Tout ira bien pour toi, lui dit Cal.

June inspira profondément.

— Ouais.

— Je le pense. Si Meg ne t'engage pas, c'est une idiote. Mais dans tous les cas, tu as un endroit où rester... avec moi. Enfin jusqu'à ce que tu t'ennuies et désires voler de tes propres ailes.

June fronça les sourcils.

— Tu ne m'ennuies pas, Cal. Loin de là.

Il joua la nonchalance.

— Tu es ici depuis moins d'une semaine. Et Newton n'est pas vraiment une plaque tournante avec plein de choses à faire. Bref, sois toi-même, tu t'en sortiras bien.

June voulait continuer la conversation, lui demander s'il pensait finir par s'ennuyer avec *elle,* mais Cal l'informa qu'il avait quelques coups de fil à passer pendant son entretien et elle ne voulait pas le retenir.

— Merci, dit-elle. Quand faut y aller...

Avant qu'elle ne puisse ouvrir la portière, Cal tendit le bras et posa sa main sur sa nuque. Il l'attira vers lui et l'embrassa, longtemps et avec force. Les lèvres de June picotaient et ses joues étaient rouges au moment où il s'écarta.

— Un baiser pour porter chance, lui murmura-t-il.

Elle sourit.

— Avec un baiser pareil, impossible de ne *pas* avoir ce job, le taquina-t-elle.

Cal la regarda attentivement pendant un temps avant que sa main ne se retire en glissant sur sa peau.

Elle prit cela comme un signal pour sortir et elle attrapa la poignée de la porte. Elle fit signe à Cal puis prit une grande inspiration en se tournant vers le porche d'entrée.

La maison comportait deux étages et était relativement large. Le porche faisait tout l'avant ainsi que le côté de la maison. La porte était peinte en rouge, ce que June trouvait être une bonne idée. Elle frappa et presque immédiatement, elle fut reçue par une femme qui ne pouvait pas être Meg. Elle faisait à peu près la même taille que June, était un peu penchée avec des cheveux d'un mauve éclatant. Elle avait également environ trente ans de plus que l'âge de Meg présumé par June.

— Salut ! Je suis Jara ! Bienvenue à Hill's House. Hill était le nom de l'homme qui fut le premier à ouvrir sa maison aux résidents locaux qui étaient arrivés à un certain âge et qui n'avaient pas d'endroit où aller, personne pour aider à s'occuper d'eux. Et maintenant, quatre-vingts années plus tard, Hill's House est toujours là. Entrez, entrez ! Vous avez l'air d'être une fille robuste, ce qui est bien. Parfois, nous tombons et avons besoin d'aide pour nous relever.

— Jara ! Je t'ai dit de me laisser ouvrir la porte, gronda une femme qui se précipitait vers elles une fois qu'elles furent entrées.

— Je suis vieille, pas incapable, marmonna Jara en refermant la porte. De plus, vous étiez occupée à discuter avec Austin.

L'autre femme secoua la tête face à Jara puis se tourna vers June.

— Salut, je suis Meg. Vous venez de rencontrer Jara, l'un de nos résidents.

— La matriarche, la corrigea Jara. Je suis la plus âgée, à quatre-vingt-quatorze ans, alors cela me donne droit à ce titre.

— C'est un vrai plaisir de vous rencontrer toutes les deux, dit June, incapable de ne pas conserver le sourire. Et impossible que vous ayez quatre-vingt-quatorze ans, vous ne semblez pas en avoir plus de soixante-dix.

Jara fit un grand sourire.

— Ce sont les cheveux, dit-elle en connaissance de cause. Je viens de les refaire. Avant, ils étaient roses, mais je préfère bien plus le mauve.

— C'est chouette, la complimenta June et elle ne mentait pas.

Jara avait de longs cheveux épais qui ne demandaient qu'à être d'une couleur lumineuse.

— Je vous aime bien, annonça Jara avant de se tourner vers Meg. Je l'aime bien, répéta-t-elle.

— Je vous ai entendue. J'ai vu que Banks et Sofia commençaient à jouer au Blanc-manger Coco dans la salle à manger. Pourquoi ne pas les rejoindre pendant que je discute avec mademoiselle Rose ?

— Ooooh, expira Jara. Blanc-manger Coco, pourquoi personne ne m'a prévenue ?

Alors elle se tourna et tout doucement, elle fit son chemin jusqu'à l'autre pièce.

— Je suis vraiment navrée, dit Meg en secouant légèrement la tête. Je voulais vous guetter, mais Austin et moi parlions de la jambe de Scott, un autre résident. Austin est notre infirmier. Il est ici chaque jour et honnêtement, nous ne pourrions pas gérer cet endroit sans lui. Venez. J'ai dit à tout le monde de bien se comporter pendant que nous discuterions, mais étant donné qu'ils jouent à ce jeu, j'ignore de combien de temps nous disposons.

Puis elle se pencha d'un air conspirateur :

— Ils deviennent un peu chahuteurs et Banks est très compétitif, alors à chaque jeu, ça finit généralement par accuser quelqu'un de tricherie, mais ça devrait les maintenir occupés pour au moins un petit moment.

June apprécia immédiatement Meg. Elle était pétillante et

amicale et semblait apprécier son travail. June la suivit jusqu'à un petit bureau et s'assit sur une chaise devant une table débordant de papiers.

— Désolée pour le désordre. Je voulais nettoyer, mais quelque chose arrive toujours en plein milieu. Si vous acceptez ce travail, je m'attends à avoir plus de temps pour faire des choses telles que m'organiser et ramasser tout ça. Ce qui est une bonne transition pour vous en dire plus sur ce qu'implique ce poste. Vous ne serez pas une femme de ménage. Ni une cuisinière ou une infirmière. Votre travail sera de divertir les six résidents ce qui, croyez-moi, vous occupera énormément. Trois hommes et trois femmes vivent ici en ce moment. Vous avez rencontré Jara et comme elle l'a dit, elle a quatre-vingt-quatorze ans, mais est aussi vive et pleine d'entrain qu'une personne de soixante ans. Son mari est décédé il y a environ huit ans et même si elle n'avait vraiment pas besoin de vivre dans un endroit comme celui-ci, elle était seule et ne voulait pas quitter Newton pour la Floride, comme ses enfants l'incitaient à le faire. Brenda en a soixante-dix-sept et a la voix douce, elle ne s'est jamais mariée et n'a jamais eu d'enfants. Elle est tombée il y a quelques années et n'a pas été découverte avant deux jours et cela la suffisamment effrayée pour vouloir venir ici. Et Sofia a quatre-vingt-quatre ans et adore lire et jardiner, bien qu'elle ne puisse plus vraiment le faire. Mais nous essayons d'avoir un tas de plantes dans la maison dont elle peut s'occuper. Pour ce qui est des hommes, Banks a quatre-vingt-deux ans et c'est le rigolo de la bande. Il adore raconter des histoires et il est toujours le roi de la fête. Jeremy a soixante-dix-sept ans et se montre acariâtre... mais dans le bon sens. Et je sais que ça n'a pas vraiment de sens, mais je crois qu'il est simplement en désaccord avec les gens juste pour voir leur réaction. Et enfin, il y a Scott. Il a quatre-vingts ans et c'est l'une des personnes les plus agréables que j'ai rencontrées. Oh et nous venons d'embaucher un nouveau concierge. Ce n'est pas un boulot à plein temps.

Tim travaille tard les après-midis et vers les débuts de soirée. Ses responsabilités vont de la serpillère au balayage puis à sortir les poubelles, nettoyer toutes les surfaces de la maison et généralement, à garder les choses rangées. En guise de bonus, il a dit avoir fait du bricolage pour toutes sortes de choses alors nous lui demandons de faire d'autres petites tâches également. Et croyez-moi, une maison aussi ancienne que celle-ci a constamment des trucs ayant besoin d'être réparés.

June écoutait, un petit sourire sur les lèvres. Elle adorait l'affection qu'elle entendait dans la voix de Meg quand elle parlait des hommes et femmes qui vivaient ici. Il était facile de dire que ce n'était pas un simple travail pour elle, qu'elle appréciait sincèrement d'interagir avec les résidents.

— Bref, votre travail sera de trouver des choses à faire aux résidents. Jeux de cartes, sorties qui ne seraient pas trop chères, organisation des fêtes d'anniversaire, coopération avec les parents des résidents quand ils veulent rendre visite et en gros, simplement trouver des choses à faire pour faire passer le temps. Vos horaires s'étaleront en général de dix heures à quinze heures, du lundi au samedi, et je sais que ce n'est pas un temps plein, mais c'est ce que nous permet notre budget. Je suis très flexible cependant alors si vous avez besoin de quelque chose à faire pendant vos heures de travail, nous pourrons toujours trouver. Oh et il pourrait également y avoir des fois où vous devrez rester ici plus tard. Comme durant Halloween, par exemple. Le temps fort de l'année pour nos résidents est de s'asseoir sur le porche et de regarder tous les gosses en costumes. Nous sortons également tous ensemble et décorons les lieux de haut en bas et à plusieurs reprises les résidents ont voulu se déguiser également. Zut, je n'arrête pas de parler. Vous avez des questions ?

June interrogea à propos du salaire et ses yeux s'agrandirent en apprenant le montant. Sans doute était-ce parce qu'elle n'avait jamais eu de travail rémunéré auparavant, mais le salaire que Meg avait énoncé allait bien au-delà de ce qu'elle pensait. Surtout pour ce qu'elle allait faire. Elle avait bossé dur pendant douze heures ou plus par jour à DC et n'avait pas obtenu un sou.

Elles discutèrent des activités qu'aimaient les résidents et l'esprit de June commença immédiatement à tourner, pensant à toutes les nouvelles choses sympas qu'elle pourrait mettre en place. Meg posa des questions sur son historique professionnel et June finit par s'ouvrir à cette femme amicale concernant son passé. Sur comment elle n'avait jamais eu de « vrai » travail, mais avait été responsable de chaque partie consistant à tenir une maisonnée quand elle vivait avec sa belle-mère et sa demi-sœur.

Après quarante-cinq minutes de conversation, Meg offrit officiellement le poste à June et cette dernière accepta avec joie.

— Quand pouvez-vous commencer ?

— Oh, eh bien... maintenant, si vous avez besoin de moi.

— Vraiment ? Ce serait super ! Il y a des formulaires et autres choses que j'ai besoin de vous faire remplir, mais une fois cela fait, vous pouvez vous joindre à nous pour le déjeuner. Nous avons une autre femme qui vient ici pour nous faire la cuisine, mais vous ne la verrez probablement pas beaucoup, elle débarque et sort par la porte de derrière et reste dans son coin. Margaret est une perle, mais elle n'est pas très sociable.

— Vous trichez ! cria une voix profonde de l'autre côté de la porte fermée.

Meg poussa un soupir.

— Je jure que certains jours, ils se comportent comme une bande de bambins. Je vais aller les voir et quand vous en aurez terminé avec les papiers, venez nous rejoindre.

— Puis-je passer un rapide coup de fil ?

— Bien sûr. Bien que je n'attende pas du personnel qu'il ait le nez constamment collé à son téléphone toute la journée, vous pouvez naturellement prendre du temps pour vous quand vous en avez besoin.

— Je n'ai pas de téléphone portable, avoua June. Je prévois de m'en procurer un, mais je n'ai pas encore trouvé le temps.

— Pas d'inquiétude. Allez-y et servez-vous du téléphone sur le bureau. Je vous retrouve dans quinze minutes.

Tandis qu'on entendait davantage de cris dans l'autre pièce, Meg haussa rapidement les épaules et dit :

— Bienvenue dans la famille !

Puis elle disparut par la porte.

June sourit. Oui, c'était l'impression que donnait cet endroit, d'être une grande famille. Le genre où tout le monde ne s'entendait pas toujours bien, mais où il y avait quand même de l'amour... une chose dont elle avait toujours eu envie de faire partie et elle n'avait jamais su à quel point cela lui manquait jusqu'à ce qu'elle vienne à Newton.

Elle mit les papiers que Meg lui avait donnés sur le côté et prit le téléphone. Elle avait mémorisé le numéro de Cal et se mit à le composer rapidement.

— Cal, dit-il pour répondre.

— Salut, c'est moi, dit-elle, réalisant que c'était la première fois qu'elle lui parlait au téléphone.

Elle avait quasiment été avec lui chaque minute de tous les jours depuis qu'ils avaient quitté Washington, DC.

— Salut, répondit-il, sa voix pleine de chaleur. Tu as fini ? Comment ça s'est passé ?

— J'en ai terminé avec l'entretien, elle m'a offert le boulot et je pensais rester un moment. Ça ne te dérange pas ?

— Bien sûr que non. Tu crois que ça te plaira ? Tu n'acceptes pas ce boulot juste parce que tu penses que tu le dois le faire ?

— Je n'ai pas encore rencontré tous les résidents, mais j'apprécie vraiment Meg. Et le salaire est incroyable, ajouta-t-elle avant de préciser à Cal combien lui donnerait Meg puis de plisser le nez, soudain incertaine. N'est-ce pas ?

Cal ricana.

— Ça a l'air au-dessus de la moyenne pour ce que tu feras, assurément.

June soupira de soulagement.

— Mes horaires seront en général de dix heures à trois heures, alors tu crois que tu pourras passer me prendre cet après-midi ?

— Certainement. J'ai hâte de rencontrer tes nouvelles responsabilités. Je suis sûr qu'ils te mangeront dans la main avant que j'arrive là-bas plus tard.

June gloussa.

— Je ne suis pas sûre de ça. Ils n'ont pas l'air d'être faciles.

— Tout ira bien. Et... June ?

— Oui ?

— Je suis fier de toi. Ça ne fait pas une semaine que tu es en ville et tu as déjà trouvé un boulot, pour lequel je sais que tu seras incroyable.

— Eh bien, rien que le fait d'avoir été au courant est grâce à April.

— C'est comme ça que ça marche en général. Trouver un travail dépend des personnes que tu connais et il y a un peu du fait d'être au bon endroit au bon moment, et pas nécessairement grâce à ton CV.

— Ce qui est une bonne chose puisque je n'ai même pas de CV, répondit sèchement June.

Ce qui fit rire Cal.

— Meg est de toute évidence une femme intelligente qui sait qu'elle a trouvé une perle. Passe du bon temps et si tu as besoin de quoi que ce soit ou si tu veux que je passe te prendre avant trois heures, fais-le-moi savoir. Je suggère de considérer cette journée comme un essai. Si tu détestes ou si ce n'est pas ce que tu imaginais, tu peux toujours dire à Meg que tu ne penses pas que ça marchera.

June soupira ; elle ne voulait pas faire ça, ce serait impoli. Mais elle en avait assez qu'on profite d'elle. Assez de passer son temps à faire une chose qu'elle détestait. Elle avait réussi à échapper au joug de sa belle-mère et elle n'allait pas revivre ainsi alors que ce n'était qu'un travail à mi-temps et qu'elle allait passer assez peu de temps dans cet endroit.

— D'accord.

— On se voit plus tard.

— À plus, répondit June.

Elle raccrocha, le regard perdu dans le vide pendant un moment, durant lequel elle songea à sa chance, avant de saisir les papiers qu'elle avait besoin de remplir et un stylo.

* * *

Le menton posé sur sa main, Cal écoutait avec un petit sourire aux lèvres June lui raconter sa journée.

— Banks est tordant. Il a toute sorte d'histoires. Je ne suis pas vraiment certaine de ce qui est vrai et de ce qu'il a inventé. Aujourd'hui, il m'a raconté qu'il avait autrefois tenu le titre de poids moyen en boxe. Je ne sais pas ce que c'est, mais il a continué sans s'arrêter sur les combats, les matchs ou peu importe tout ce qu'il faisait. Il a clamé être un homme à femmes et n'être jamais retourné à son hôtel deux fois avec la même fille... ce que je crois, car il flirte constamment avec tout le monde. Même avec Margaret, la cuisinière. Sofia m'a raconté plus tard que Banks racontait des bobards et que personne ne croyait à ses histoires, mais puisque c'était inoffensif de le laisser faire, ils ne le contestent pas en général. Brenda a dit qu'elle travaillait avec ses mains, mais n'a pas dit exactement ce qu'elle faisait. Scott a quatre-vingt-dix ans et il a les histoires les plus incroyables sur son père qui a connu la Seconde

Guerre mondiale. Je crois qu'il a servi au Vietnam, mais il n'en parle pas. Oh ! Tu crois que tu pourrais venir un jour et parler à tout le monde de ton service à l'armée ? Pas des détails parce que je sais que tu ne peux pas vraiment parler de ça, mais en général ?

Le sourire de Cal grandit.

— Bien sûr.

— Génial ! Je ne pense pas que ce sera difficile de trouver des choses à faire. Je veux dire, les six résidents ont l'air d'être partants pour tout même si certains sont plutôt calmes comparés aux autres. Je pensais faire un après-midi films thématiques où nous pourrions regarder de vieux films des années soixante et soixante-dix. Et peut-être organiser un genre de soirée dansante. Et je veux parler au principal de l'école primaire et voir si je peux venir avec les résidents pour que les enfants leur fassent la lecture. J'ai toujours entendu dire que c'était hyper sain pour les personnes âgées d'être en compagnie de gens plus jeunes et inversement.

Cal se recula de la table et leva June de son siège.

— Cal ? demanda-t-elle, mais il ne s'arrêta pas, la précipitant vers les escaliers.

— La vaisselle ! s'exclama-t-elle avec un petit rire, faisant de son mieux pour suivre l'allure de Cal.

Plus il se trouvait avec cette femme, plus il avait envie d'elle.

Il avait passé la journée à discuter avec le détective de DC au sujet d'Elaine Green... ce qui n'avait mené nulle part. Il n'y avait tout simplement pas de preuve qu'Elaine avait fait quelque chose de mal. Rien qui n'incite le détective à abandonner son temps précieux consacré à d'autres affaires pour enquêter sur une mort vieille de dix-sept ans, actée comme un arrêt cardiaque. Bien qu'il ait pointé que June pouvait gérer toute seule toute la paperasse et le montant salé d'une exhumation.

Cal en avait été frustré et irrité, mais dès qu'il était passé prendre June à Hill's House, sa mauvaise humeur s'était dissipée. Rien que le fait d'être avec elle l'aidait à se sentir mieux.

Cependant, dormir avec elle était une habitude dangereuse. Tôt ou tard, elle s'en irait. Elle réaliserait à quel point elle voudrait s'aventurer dans le monde et elle finirait agitée, suffoquant de vivre à Newton. Cal savait qu'il devrait la laisser partir avant qu'il ne s'attache trop, mais ce soir, il ne pouvait pas. Il avait besoin d'elle.

Il referma la porte de sa chambre à coucher et elle se tourna pour lui faire face. Il fit un pas en avant et elle recula d'un. Puis encore un. C'était comme un genre de préliminaires.

— Cal ? demanda-t-elle, levant ses yeux vers lui avec un sourire espiègle.

— Ouais ?

— Tu es fatigué ? Tu veux aller te coucher ?

— Non.

— Tes pieds te font mal et tu as besoin de prendre ton pied ? le taquina-t-elle.

Elle recula aussi loin que possible et se tenait désormais au bord du lit.

— Non.

Puis il se choqua lui-même – et June, à en croire l'expression de son visage – quand il retira brusquement son tee-shirt par la tête.

Les yeux de June virèrent directement vers son torse et il ressentit un moment pervers de satisfaction quand un air de colère passa rapidement sur son visage. Il préférait largement qu'elle soit en colère pour lui que dégoûtée par ses cicatrices... ou pire, qu'elle ait pitié de lui.

— Tu m'as vu avant et tu n'as pas flippé. Tu ne t'es pas enfuie en courant et tu en avais clairement l'occasion. Je te veux à nouveau dans la lumière. Autant que possible. Je veux tout voir de toi et en retour, je te donnerai tout de moi. Enfin si... si tu veux toujours de moi comme ça.

Elle se mit en mouvement sans attendre, se rapprochant de lui et posant ses lèvres sur une cicatrice particulièrement horrible sur son torse. Elle allait de son sternum jusqu'à son aine. Cal avait un souvenir vivace de l'enfoiré qui l'avait causée, de la façon dont il l'avait menacé de l'éventrer du cou jusqu'à sa queue.

— Je te veux, le rassura-t-elle.

Elle lutta un moment avec le bouton du jean de Cal avant qu'il ne lui écarte les mains pour défaire le bouton et la braguette lui-même.

Elle lui sourit et se mit à genoux. Timidement, elle baissa son pantalon et son boxer et Cal les repoussa du pied. Il s'était retrouvé nu avec des femmes, oui. Avant sa capture. Mais jamais de sa vie il n'avait été aussi vulnérable.

Se léchant les lèvres, June se pencha et s'empara de son sexe flasque. Immédiatement, il s'agita. Toute la concentration de June se portait sur son membre. Elle ne semblait même pas remarquer à quel point ses cuisses étaient abîmées. Ni les imperfections sur le sexe en question.

Elle se pencha et le prit entièrement dans sa bouche. Cal poussa un grognement et ses mains s'entortillèrent immédiatement dans les cheveux de June, plus pour la maintenir que pour la contrôler. Il adorait ses mouvements enthousiastes, maladroits. Le fait qu'elle n'avait de toute évidence jamais fait ça auparavant à quelqu'un le rendait un peu plus dingue.

Il grossit dans sa bouche et en peu de temps, elle se retrouva en train de remuer la tête de haut en bas sur la moitié de son membre comme si elle était née pour ça. À un moment, elle leva les yeux vers lui, sa queue dans la bouche, et elle lui sourit.

C'était plus que ce qu'il pouvait supporter. Cal voulait exploser, voulait qu'elle avale tout ce qu'il lui offrirait, mais il avait encore plus envie d'être en elle.

Il la releva sans difficulté et la déshabilla en un temps record. Il la jeta pratiquement sur le matelas et elle se mit à rire.

Les trente minutes suivantes furent pleines de soupirs, de gémissements, de cris... et d'encore plus de plaisir qu'il pourrait se souvenir.

Mais quand ils furent tous deux repus, June blottie contre lui, la panique s'installa rapidement.

À chaque fois qu'il l'avait avec lui, il l'avait encore plus dans la peau. Il avait encore *plus* besoin d'elle, pas moins. Il avait conscience que plus elle restait vivre ici, dormait dans son lit et que plus il passait du temps enveloppé dans ses profondeurs chaudes et humides, plus dur ce serait de la perdre. Au bout du compte, il en arriverait au point où il ne serait pas capable de concevoir une telle chose. Il deviendrait sûrement comme ces hommes qui harcelaient une ex et déclaraient que s'ils ne pouvaient l'avoir, personne ne pourrait.

Il ferma les yeux, June respirant profondément, déjà endormie.

Il l'aimait. Il ne pourrait plus jamais aimer une femme comme ça. Mais il devait la laisser partir. Pour son bien. Elle serait fâchée d'abord, mais elle finirait par l'en remercier. Il ne serait pas égoïste. Il la laisserait partir afin qu'elle puisse trouver sa place dans le monde, un endroit aussi extraordinaire et plein de vie qu'elle.

Newton dans le Maine n'était simplement pas celui-là.

Une main de June restait sur son torse, juste au-dessus de son cœur et même si elle dormait, ses doigts remuaient, le caressaient. Il avait plus besoin d'elle que d'air pour respirer, mais hors de question pour lui de faire quoi que ce soit pour la retenir de s'épanouir pleinement.

CHAPITRE DIX-NEUF

Près d'une semaine plus tard, June ne pouvait se débarrasser du sentiment que quelque chose n'allait pas avec Cal. Cela ne concernait rien de ce qu'il avait dit, mais il était évident qu'une chose était arrivée... ou qu'il avait brutalement changé d'avis.

Depuis le matin suivant le jour où elle avait accepté le job à Hill's House et qu'elle s'était de nouveau réveillée dans ses bras, il s'était montré différent. Plus calme. Passant moins de temps avec elle.

Il prenait ses distances et elle ne savait absolument pas pourquoi.

Peut-être reconsidérait-il la vitesse à laquelle leur relation avait évolué. Peut-être regrettait-il de lui avoir demandé d'emménager chez lui. Peut-être, puisqu'ils n'avaient pas eu de nouvelles de sa belle-mère ou de sa demi-sœur, avait-il décidé qu'elle n'avait plus besoin de sa protection.

Peut-être que le sexe n'était pas à son goût et qu'il avait décidé ne plus vouloir être avec elle.

Peu importait la raison, June ne s'était jamais sentie aussi déprimée.

Cela avait commencé à être vraiment sérieux le troisième

jour, quand il l'avait récupérée à Hills's House et l'avait ramenée chez eux – disant à peine deux mots – puis lui avait annoncé qu'il devait sortir pour aller couper un arbre énorme qui était tombé en travers de la route. Il n'était pas rentré avant qu'elle ne tombe endormie.

La nuit suivante, il avait dit ne pas être fatigué et qu'elle devrait se mettre au lit. June finit par se rendre dans la chambre d'amis qu'elle avait utilisée la première nuit à Newton, trop incertaine de se retrouver dans la chambre parentale sans lui pour la seconde nuit d'affilée. Comme Cal n'était pas réapparu ou ne l'avait pas réveillée pour l'emmener dans son lit à lui, elle se serait sentie extrêmement bizarre en redormant là-bas... à moins d'y avoir été spécifiquement invitée.

Et cela avait continué. Chaque nuit, il avait une excuse pour rester debout tard, et June n'étant pas stupide, elle avait compris l'allusion et continuait à monter les escaliers des heures avant qu'il ne le fasse, dormant dans la chambre d'amis.

Finalement, il lui avait annoncé la nuit dernière qu'il devait aujourd'hui parcourir une section du Sentier des Appalaches et faire de la maintenance, et qu'il serait absent toute la nuit. Il s'était arrangé pour que Bob l'emmène au travail et passe la prendre après.

June décida qu'elle en avait assez. Elle était une experte pour ce qui était de savoir quand elle était désirée et quand elle ne l'était pas. Elle avait appris ça avec la meilleure, sa belle-mère. Même si cela faisait mal, elle n'allait pas continuer à rester dans la maison de Cal alors qu'il était évident qu'il ne voulait plus du tout d'elle là-bas.

Son cœur lui faisait réellement mal. Les choses avaient été si prometteuses ! Bien évidemment, elle aurait dû le savoir mieux que quiconque. Ils avaient avancé plus vite que l'éclair. Cal avait probablement été rattrapé par l'excitation de sa première relation physique depuis des années, par le frisson de l'avoir sauvée de son horrible situation.

Maintenant que du temps avait passé, il réalisait clairement qu'elle était un fardeau, tout comme l'avait toujours clamé sa belle-mère.

C'était nul, vraiment. June aimait déjà profondément Cal. Elle aurait juste aimé être plus... attirante ? Meilleure ? Plus intelligente ? Quelque chose. Aurait aimé pouvoir continuer de l'intéresser plus qu'une semaine.

Elle avait cru qu'ils s'étaient vraiment entendus, instantanément et profondément. Et pour elle, en tout cas, le sexe avait été incroyablement divin. Elle ne pouvait pas l'imaginer mieux que ça. Là encore, elle n'avait pas beaucoup d'expérience sur laquelle s'appuyer. Elle n'avait pas dû être aussi bien s'il pouvait facilement la laisser tomber.

Après tout ce qu'ils avaient fait, après qu'il se fut mis à nu devant elle, après avoir cru qu'elle était finalement parvenue à percer les boucliers extrêmement épais qu'il avait construits autour de lui, il était évident qu'il en avait terminé. Et ça faisait mal. Énormément.

Elle devait appeler April ou peut-être parler avec Meg et voir ce qu'elle avait comme option pour des hébergements. Elle ne pouvait continuer à rester dans la maison de Cal en sachant qu'il ne la souhaitait pas vraiment là-bas. C'était une torture de le voir tous les jours et de le remarquer rester si distant.

Ce serait toujours douloureux de vivre à Newton et de le voir dans les parages, mais elle adorait cette petite ville et les gens qui y vivaient. Elle adorait son travail. Elle ne connaissait les résidents que depuis peu de temps, mais ils étaient aussi importants pour elle qu'elle supposait des grands-parents être pour leurs proches. Ils étaient drôles, attentionnés et incroyablement intéressants. Elle ne pouvait s'imaginer les quitter et partir dans une grande ville, où tout le monde se fichait de tout le monde et où ils étaient tous constamment pressés. Elle s'était toujours sentie comme un petit insecte insignifiant à Washington DC, mais ici... partout où elle allait, les gens la saluaient et semblaient sincèrement intéressés par ce qu'elle faisait.

Il devait bien y avoir un appartement ou une chambre qu'elle pouvait se permettre de louer.

Cal était parti pour sa randonnée nocturne sur le Sentier des Appalaches avant son réveil et la maison paraissait vide et isolée sans lui. Elle mangea seule son petit déjeuner et c'était presque effrayant à quelle vitesse des souvenirs similaires de DC émergeaient, de June dînant seule en attendant qu'Elaine et Carla se lèvent pour commencer à lui donner des ordres.

Huit heures quarante-cinq n'arriva pas assez vite, mais quand Bob finit par se garer devant la maison de Cal, June était plus que prête à partir. Elle verrouilla bien la porte derrière elle et grimpa dans le pick-up de Bob avec un sourire forcé.

— Bonjour, lui dit-elle.

— 'jour, répondit-il en attendant qu'elle boucle sa ceinture avant d'entamer la descente de l'allée de Cal.

— Je peux te demander quelque chose ? demanda June.

— Bien sûr.

— Est-ce que... Cal va bien ?

Elle n'avait vraiment pas souhaité aborder ce sujet, car elle serait mortifiée si cela revenait aux oreilles de Cal qu'elle parlait de lui dans son dos. Mais Bob était l'un de ses meilleurs amis et si quelque chose n'allait pas, il devrait être au courant.

La tête de Bob se tourna vivement pour la regarder.

— Pourquoi ? Il a dit quelque chose ?

— C'est juste que... Je veux dire, je ne le connais pas depuis très longtemps, mais il semble... je ne sais pas... éteint ?

Bob continua de partager son attention entre elle et la route tout en conduisant.

— Il me semble aller bien.

Voilà. Cal allait très bien. Ça n'était qu'en sa compagnie à elle qu'il se comportait étrangement. Cela faisait encore plus mal.

— D'accord. Je suis sûre d'avoir juste imaginé, dit-elle avec autant de nonchalance qu'elle le put.

Mais Bob secoua la tête.

— Non, si tu penses qu'il y a quelque chose, alors il y a quelque chose. Tu as passé plus de temps avec lui que nous ne l'avons fait récemment. Je lui parlerai, voir si j'arrive à lui faire dire ce qui ne va pas.

— Non ! répondit vivement June, ne gagnant qu'un autre regard pénétrant de Bob. C'est juste... Je crois que c'est moi. Qu'il est prêt à ce que je m'en aille et qu'il ne sait pas comment me le dire. Qu'il regrette finalement de m'avoir demandé de rester. Alors j'apprécierais si tu ne mentionnes rien. Mais tu connais quelqu'un qui loue une chambre ? Ou peut-être un appartement vide quelque part ?

June n'avait jamais été aussi contente que son trajet jusque Hill's House soit aussi court. Bob se gara sur le bord du trottoir près du chemin qui menait au porche avant de se tourner pour s'adresser à elle.

— Il ne veut pas que tu t'en ailles, dit fermement Bob.

June secoua la tête et ouvrit la bouche pour le contredire, mais il ne lui donna pas l'occasion de parler.

— Je le pense, June. Il ne veut pas. Je n'avais jamais vu Cal si... content. Il a toujours été un peu agité et je ne peux lui en vouloir après tout ça. Mais l'autre jour, il portait un *tee-shirt à manches courtes* au boulot ! Je n'arrive pas à me souvenir de la dernière fois où j'ai vu ses bras nus ou toute autre partie de lui devant la bande. Enfin non, c'est faux, je peux me souvenir... C'était avant que nous soyons prisonniers de guerre. C'est *toi* qui as fait ça, June. D'une façon ou d'une autre, tu as ébréché ce mur de briques derrière lequel il se cache. Il ne veut définitivement pas que tu t'en ailles, conclut-il.

— Tu ne comprends pas, dit June d'une petite voix.

— Alors, aide-moi à comprendre, répondit calmement Bob.

June ne voulait pas vraiment admettre qu'elle n'était pas,

apparemment, très douée au pieu, mais elle avait besoin de parler à quelqu'un.

— Les choses allaient bien. Elles étaient géniales en réalité. Puis après que nous... avons couché ensemble... les choses ont changé. Après la deuxième fois, il a commencé à mettre de la distance. *Rapidement.* Il a trouvé des choses à faire le soir, m'envoyant au lit sans lui. Ou restait tard pour travailler dehors. Et il m'a à peine dit une douzaine de mots la semaine dernière, y compris en me conduisant et en me ramenant du travail. Ça n'a clairement pas été chouette pour lui ou peut-être ai-je eu l'air trop libérée et directive ou autre. Et maintenant, il est parti pour cette randonnée nocturne. C'est juste que... je l'aime, avoua doucement June. Et je déteste le mettre mal à l'aise... *déteste* le chasser de sa propre maison.

— Je suis nul pour ça, réagit Bob en soupirant. Écoute, Cal n'est pas sorti avec quelqu'un depuis que nous avons quitté l'armée. Depuis qu'il a été torturé. Même avant ça, je ne l'avais jamais vu aussi... animé... que lorsqu'il est avec toi. Peu importe ce qui est arrivé, ce n'est pas de ta faute, June. Ça, j'en suis sûr. La vie de Cal n'a pas été facile. Un tas de pression lui a été imposé pour être le fils parfait, toute sa vie durant. De la part de la famille royale, des médias. Peu importe que tout le monde sache qu'il ne sera jamais roi, il endure tout de même cette pression. Et après avoir été torturé et publiquement humilié avec ces vidéos, il a complètement changé. Il s'est retranché dans son esprit. Il a passé pas mal de temps à faire des randonnées et à être seul. Depuis ton arrivée, il est plus social. Plus heureux. Peu importe ce qui se passe dans sa tête, ça n'est pas à cause d'un truc que tu as fait. Ça, je peux te le promettre. Mais... ne l'abandonne pas, la supplia Bob. Il a besoin de toi, June. Je ne peux pas prédire l'avenir, je ne sais pas si vous finirez par vous marier, avoir une famille et vivre heureux pour la vie. Mais il a vécu un tas de choses en un court laps de temps et je suis certain qu'il est simplement en train de digérer le tout. Parle-lui. Ne le laisse pas te repousser, car vu ce que tu as décrit, il est évident que c'est ce qu'il fait. Il essaie probablement de se montrer digne ou autre. Ne le laisse pas.

June regardait attentivement Bob. Ce qu'il disait avait du sens, à vrai dire. Les choses avaient rapidement progressé et si Cal était habitué à tenir les gens éloignés alors la vitesse à laquelle les choses avaient évolué entre eux avait dû être un sacré choc.

Elle aimait cet homme et elle voulait que les choses marchent entre eux. Elle n'était pas certaine que cela arrive... Mais elle était têtue, étant donné tout le temps qu'elle avait tenu bon dans la maison où elle avait vécu avec son père, et elle voulait au moins leur accorder, à elle et Cal, une chance d'être heureux.

— D'accord, répondit-elle au bout d'un long moment.

— D'accord ? Tu vas l'inciter à s'asseoir et à discuter ?

— Oui.

— Merci, Seigneur ! Tu es bien pour lui, June. Et crois-moi, je ne dirais pas ça si je n'en étais pas persuadé. Cet homme en a suffisamment vu et si je pensais que tu n'étais rien d'autre qu'une passade fantaisiste, un moyen de soulager une déman- geaison, je ne t'encouragerais pas à lui courir après. Je te trou- verais un endroit dans lequel vivre si rapidement que ta tête aurait le tournis. Mais Cal qui porte ce tee-shirt au bureau... ça en dit long. Il a besoin de toi.

June secoua la tête.

— Il n'a pas besoin de moi. C'est plutôt moi qui ai besoin de lui.

— Très bien alors, vous avez tous les deux besoin l'un de l'autre. Bref. Parle-lui. Ne le laisse pas te décourager. Mets-toi toute nue et parade devant lui. Fais ce qu'il faut.

June rit pour la première fois depuis des jours.

— Ça n'arrivera pas, dit-elle.

— Je suis sûr que ça lui ferait de la distraction, dit Bob avec un grand sourire.

— Je dois y aller, répondit-elle, secouant la tête avec regret.

— Okay. Je reviendrai à trois heures pour te récupérer. Fais-moi juste savoir si tu dois revenir plus tôt ou plus tard.

— Je le ferai.

— Passe une bonne journée.

— Toi aussi. Et merci, Bob, lui dit June d'un ton solennel avant de sortir de son pick-up.

Tout en marchant vers la porte d'entrée, elle réalisa une fois de plus la chance qu'avait Cal d'avoir un aussi bon ami que Bob. Et JJ et Chappy, d'ailleurs. Les quatre hommes étaient vraiment comme des frères et elle n'était absolument pas jalouse. Elle était ravie que Cal connaisse ça.

— Bonjour ! dit haut et fort Banks quand il ouvrit la porte à son approche. Nous vous attendions. Nous sommes tous prêts pour le tournoi ! Nous avons fait nos étirements et j'ai *hâte* de botter les fesses de tout le monde ! C'est que j'ai eu des années et des années d'entraînement lorsque j'étais boxeur.

June résista à l'envie de lever les yeux au ciel. Elle n'arrivait pas à croire la moitié des choses que Banks clamait avoir faites, mais comme pour tous les autres, puisqu'il était amusant, elle faisait avec.

— Je ne sais pas, le taquina-t-elle. Je crois que Sofia pourrait être une outsider.

Banks se moqua en refermant la porte derrière elle.

— Impossible, je vais l'enterrer !

L'une des choses qui l'avaient surprise était la façon dont tout le monde dans le foyer était féroce quand il était question de jeux. Ils pouvaient être plus âgés, mais ils ne manquaient pas d'esprit de compétition ! Que ce soit en jouant au Uno, en terminant le premier aux mots mêlés ou en gagnant au jeu de poche, tout le monde voulait être le premier. C'était en fait plutôt adorable.

— Banks, laisse June respirer, le gronda Meg en arrivant dans le vestibule pour l'accueillir. Bon sang, cette pauvre femme vient d'arriver ! Elle pourrait vouloir une tasse de café ou autre ! Et elle veut certainement saluer tout le monde avant que tu ne la traînes jusqu'au jardin. De plus, nous étions tous d'accord pour attendre deux heures que ça se réchauffe un peu. Nous ne voudrions pas que les doigts de Scott tombent de froid !

— Ce ne seraient pas ses doigts qui tomberaient, mais sa gouaille, marmonna Banks.

June pouvait voir Meg tentant de se retenir de rire tout en disant :

— Ce n'est pas gentil, Banks.

Mais ce dernier ne parut pas du tout calmé.

— Venez June, allons saluer tout le monde, qu'on puisse commencer la journée.

June se laissa entraîner plus loin dans la maison. Meg croisa son regard et prononça sans le dire de vive voix « Désolée », mais June ne put faire autrement que de sourire. Elle adorait ça en réalité. Adorait que chaque journée soit différente. Adorait cette passion chez les résidents. Ils paraissaient réellement excités de la voir chaque matin et ça faisait toute la différence. Elle se fichait de travailler dur, de ne pas prendre une pause de toute la journée, car il y avait toujours quelqu'un qui avait envie de lui parler, de lui raconter une histoire sur une chose qu'ils avaient faite ou vue par le passé et elle se sentait désirée.

Si les choses entre elles et Cal ne marchaient pas, elle n'irait nulle part. Elle ne pouvait imaginer trouver un meilleur travail que celui-ci. Ou un travail qui la rendrait même plus heureuse.

Bien sûr, même si June adorait son boulot, elle était toujours fatiguée quand sonnaient trois heures. Aujourd'hui ne serait pas différent. Le tournoi de jeu de poche avait été un énorme succès et elle prévoyait déjà d'organiser plus d'activités extérieures à mesure que le temps se réchaufferait. C'était bon de voir les résidents dehors, prenant l'air frais, se servant de leurs muscles et passant un joyeux moment. Banks finit bien par gagner, mais à la surprise de June, Jara ne se trouvait pas très loin derrière.

Elle se trouvait dans la cuisine à faire la vaisselle suite aux casse-croûtes dont tout le monde avait profité quand Tim entra. Il était le concierge que Meg avait embauché et il arrivait tous les jours peu de temps avant la fin du travail de June. Elle n'en savait pas beaucoup sur lui, mais il était toujours charmant avec elle et les résidents, ce qui le rendait sympa à ses yeux.

— Hé ! dit-il en entrant dans la pièce. Comment s'est passé le tournoi ?

June gloussa.

— Bien, même si j'ai dû mettre fin à deux débuts de bagarres et tout le monde s'est accusé de tricherie au moins une fois.

Tim trouva cela drôle.

— Ça me paraît normal. Je t'ai apporté quelque chose, dit-il en tendant une assiette recouverte d'alu. Tu vois, puisque nous sommes tous les deux nouveaux en ville et tout, je me suis dit que ce serait un geste gentil, d'un petit nouveau pour une autre. Je ne suis pas fichu de cuisiner un truc, mais aucune de mes ex-petites amies ne s'est plainte de mes brownies au double chocolat super spéciaux.

June fixa un moment l'assiette.

— Hmm... Je sors plus ou moins avec quelqu'un, lui dit-elle, ne voulant pas qu'il se fasse des idées sur eux.

— Oh, ça, ce n'est pas de la drague, dit-il rapidement. J'ai rompu avec une femme juste avant d'emménager en ville, alors je ne veux pas me remettre dans une autre relation. Je prévois de retourner à la maison à New York cet été de toute manière. Je me suis juste dit que tu travailles si dur... j'ai pensé que tu apprécierais une douceur. Toutes les femmes aiment le chocolat, non ?

— En effet, répondit June, se sentant soulagée quant aux motivations de Tim.

Elle n'avait pas le cœur de lui dire qu'elle n'allait pas manger les brownies. Elle réfréna un petit frisson quand elle pensa à la raison.

— Si tu n'en veux pas, je peux les laisser pour les résidents, je suppose.

— Non ! J'en veux, vraiment. Merci, Tim. C'était vraiment très gentil à toi, dit June en s'avançant.

Il lui sourit et leurs doigts s'effleurèrent lorsqu'il tendit l'assiette. Pour la première fois depuis leur rencontre, June se sentit soudain mal à l'aise. Elle n'avait pas vraiment de raison de ressentir cela, mais elle avait toujours eu une assez bonne intuition. Elle accepta l'assiette et recula.

— Merci encore.

— Tu ne vas pas en goûter un ? demanda-t-il avec un sourire de travers.

— Pas tout de suite, se déroba-t-elle. Nous venons de prendre le casse-croûte. Je vais les garder pour ce soir, après le dîner.

— Okay, répondit Tim avec un haussement d'épaules. On se voit demain.

— C'est dimanche, je ne travaille pas, lui rappela June.

— Oh, c'est juste. Alors je te verrai mardi, puisque je ne travaille pas le lundi, dit Tim, à l'aise. Repose-toi bien ce week-end.

— Toi aussi, lui répondit June avant de sortir de la cuisine.

Elle fit signe à Jeremy et Brenda qui étaient en train de regarder des rediffs de Jeopardy et suivaient celui qui avait le plus d'argent à mesure que le jeu progressait. Ils lui firent signe en retour et reportèrent leur attention sur la télévision. Les autres résidents n'étaient nulle part en vue et June se dit qu'ils faisaient probablement une sieste après leur journée mouvementée.

Meg apparut et elle lui tint l'assiette de brownies le temps que June enfile son manteau.

— Ils ont l'air bons, dit-elle en soulevant la feuille d'alu.

— Tim me les a apportés. Il a dit que c'était de la part du petit nouveau pour la petite nouvelle, lui raconta June.

— C'était gentil de sa part. Profite de ton dimanche. Mais je n'ai pas besoin de *te* dire ça, j'en suis sûre... Pas alors que tu vis avec Cal Redmon, dit-elle avec un large sourire. Ce mec est savoureux. Et si poli et aimable. Tu n'aurais pas pu trouver meilleur homme.

— Merci, dit June.

Elle aurait aimé avoir hâte de rentrer à la maison, de retrouver un Cal heureux et accueillant, mais il dormait quelque part, dans les contrées sauvages, très probablement pour l'éviter. Cette pensée était désagréable.

Quand elle sortit dehors, Bob l'attendait sur le bord du trottoir. Elle grimpa dans son pick-up et lui sourit.

— Encore merci d'être mon chauffeur. J'ai vraiment besoin d'une voiture, mais je ne peux me le permettre maintenant. Peut-être trouverai-je un vélo, songea-t-elle.

— Ce n'est pas un problème. Ce n'est pas comme faire un détour de trente minutes de ma route habituelle ou autre. Ça prend cinq minutes max pour te ramener chez toi ou au boulot.

Il n'avait pas tort, mais June détestait se sentir comme un boulet. Ils restèrent silencieux tandis qu'ils se dirigeaient vers la maison de Cal.

Quand Bob se gara dans l'allée, s'arrêtant aussi près du porche d'entrée que possible, il désigna de la tête l'assiette sur ses genoux.

— C'est quoi ?

— Brownies.

— Tu les as faits au boulot aujourd'hui ?

June fit non de la tête.

— Non. Tim, le concierge, les a rapportés pour moi.

Bob parut surpris.

June secoua la tête, ne souhaitant pas qu'il se fasse des idées.

— Il ne s'intéresse pas à moi. À cause de ma silhouette, les gens ont tendance à penser que la nourriture est le meilleur des cadeaux. Pas que j'ai eu tant de cadeaux que ça dans ma vie... C'est juste qu'il est nouveau ici et que je le suis aussi, et il voulait faire quelque chose pour me souhaiter la bienvenue en ville, je suppose. Je ne vais même pas les manger, ajouta-t-elle, n'appréciant pas l'expression sur le visage de Bob.

Elle ne voulait pas qu'il pense un seul instant qu'elle allait tromper Cal d'une quelconque façon.

— Je ne mange pas la nourriture préparée par les autres, continua-t-elle. Je veux dire... pas ce genre de choses. Je mange dans les restaurants, car ils sont plus sûrs.

— Plus sûrs ? demanda Bob, un sourcil levé.

— Ouais. Je ne sais pas dans quel état se trouvait son environnement quand ces brownies ont été faits, expliqua-t-elle. Genre, est-ce que Tim a une centaine de chats et marchent-ils sur les comptoirs ? Est-il infesté de cafards ? Sait-il faire la différence entre le sel et le sucre ? Disons que ce n'est pas toujours sûr de manger de la nourriture qui provient de la cuisine d'un autre. Mais je les ai pris, car je voulais me montrer gentille et ne voulais pas le blesser. Tu les veux ?

Bob prit un air horrifié.

— Après ce que tu viens de dire ? Non, merci. Et maintenant... si tu me disais la *vraie* raison ?

— Quelle vraie raison ?

— Que s'est-il passé pour que tu sois aussi méfiante quant à des trucs cuisinés par d'autres gens ?

June le regarda fixement pendant un moment. Elle ne voulait pas parler de ça, mais après avoir vidé son sac ce matin, elle supposait qu'elle pouvait faire confiance à Bob. Elle soupira.

— C'est stupide.

— Si ça t'a rendue méfiante, ce n'est pas stupide. Maintenant, crache le morceau.

— C'était il y a quelques années. Carla avait fait des cookies pendant que j'étais partie faire les courses et quand je suis revenue, elle m'a dit vouloir faire une trêve. Qu'elle n'aimait pas la façon dont on s'était disputées ces derniers temps. J'étais heureuse en fait, parce qu'à une époque, quand mon père était en vie, nous étions plutôt proches. Elle m'a pressée d'en manger deux, ce que j'ai fait, car elle paraissait si fière d'elle de les avoir faits.

— Et ? demanda Bob quand June marqua une pause.

— Elle les avait mélangés avec de la marijuana. J'ai fini par avoir d'horribles hallucinations et Carla et ses amis riaient en me voyant pétrifiée. Ils m'ont filmée, recroquevillée dans un coin, à pleurer comme une hystérique. Ils ont trouvé ça hilarant, la vidéo a fait le tour de tous leurs amis et elle l'a même postée sur ses réseaux sociaux. J'ai littéralement cru que j'allais mourir. C'était affreux. Et je me suis juré de ne plus jamais manger un truc que quelqu'un aurait fait pour moi, que je n'aurais pas vu cuisiner.

June fixait l'assiette sur ses genoux tout en racontant son histoire, mais comme elle avait terminé et que Bob ne fit aucun commentaire pendant un long moment, elle lui jeta un coup d'œil. Il serrait le volant tellement fort qu'elle pouvait voir ses jointures blanchies. Un muscle sur sa mâchoire remuait de façon répétée et ses lèvres étaient pincées.

Il prit une profonde inspiration puis se tourna vers elle.

— Tu as raconté cette histoire à Cal ?

— Non, répondit-elle en secouant légèrement la tête.

— Ne le fais pas, dit-il avec brutalité. Il va littéralement perdre la tête et probablement retourner en voiture à DC et faire quelque chose qui nous obligerait à trouver de quoi payer une caution.

L'idée de Cal jeté dans une prison n'était pas quelque chose à laquelle June voulait penser.

— Okay, répondit-elle.

Bob secoua légèrement la tête.

— Cal est un idiot de se trouver ce soir dehors, dans le froid, au lieu d'être dans un lit chaud avec toi. Parle-lui quand il reviendra demain. Promets-le-moi.

— Je le ferai. Mais je ne serais pas surprise s'il décide de passer une autre nuit sur le chemin de randonnée, dit-elle, laissant entendre son inquiétude pour la première fois.

— Il ne le fera pas. Même si je dois marcher jusque là-bas et le trouver moi-même, il sera à la maison, lui promit Bob.

June étudia l'homme à ses côtés pendant un long moment. Il ne l'intéressait pas d'un point de vue romantique, car elle était follement amoureuse de Cal, mais elle était sûre et certaine qu'il serait un homme incroyable aux côtés d'une femme. D'apparence, il projetait une contenance insouciante. Il se mettait en quatre lors des fêtes et faisait rire tout le monde. Mais rien que dans le petit laps de temps qu'elle avait passé avec lui aujourd'hui, après leurs courtes conversations, June avait l'intuition qu'il y avait bien plus chez lui que ce qu'il montrait au reste du monde.

— Merci, dit-elle.

— Dors bien. Et si tu as besoin de n'importe quoi, n'hésite pas à m'appeler. Tu veux que je prenne ces brownies pour que tu n'aies pas à t'en charger ?

— Non. Je les jetterai.

— D'accord. June ?

— Oui ?

— Je l'ai déjà dit et je le redis. Cal a besoin de toi. Peu importe ce qui se passe dans sa tête... ça n'a rien à voir avec toi, okay ?

— Okay.

— Maintenant, file. J'ai des choses à faire. Des clubs dans

lesquels me rendre, des restaurants cinq étoiles dans lesquels manger, des galeries d'art à visiter... tu vois, des trucs quoi.

Cela fit rire June. Comme si Newton proposait la moindre de ces choses...

— Très bien. Amuse-toi bien.

— Je pensais ce que j'ai dit. Si tu as besoin de quoi que ce soit, appelle. Je serai en rogne si tu ne le fais pas.

— Tout ira bien pour moi. Mais merci.

— À plus, June.

— Bye.

June atteignit la porte et la déverrouilla, se tournant pour faire signe à Bob qui ne s'était pas éloigné de la maison, attendant de s'assurer qu'elle soit bel et bien rentrée. Elle referma la porte derrière elle et soupira. La maison paraissait trop grande sans Cal.

D'un coup de talons, elle se débarrassa de ses chaussures et se rendit dans la cuisine. Elle posa l'assiette de brownies sur le comptoir puis alla à l'étage pour se changer, choisissant un legging et un des sweat-shirts de Cal. Elle n'était pas certaine que son changement d'attitude ne concernait vraiment que lui et pas elle, comme avait insisté Bob. Mais elle ne pouvait clairement plus continuer de la sorte. Elle devait découvrir ce qui se passait avec lui. Même si ce qu'elle apprenait lui brisait le cœur, au moins, elle saurait.

Et si Bob avait raison et que Cal essayait de se montrer digne, se retenant de lui-même à cause de ses propres angoisses, elle mettrait les choses au clair... et peut-être pourront-ils être de nouveau heureux.

L'esprit apaisé et se sentant plus légère que ce qu'elle aurait cru possible, étant donné qu'elle passerait la nuit seule pour la première fois depuis des années, June retourna en bas.

* * *

Tim n'arrivait pas à effacer ce large sourire de son visage. Il aurait aimé être présent lorsque June serait en plein trip après avoir mangé les brownies. Sa belle-mère lui avait envoyé une vidéo d'elle en position fœtale, pleurant de manière incontrôlable, pendant qu'elle délirait après avoir mangé des cookies que sa demi-sœur avait faits pour elle. Elaine appréciait l'idée que cela arrive de nouveau et lui avait mis la pression pour qu'il prépare une fournée de brownies pour June.

Alors il l'avait fait... pour seulement trois cents dollars. Tim ferait tout ce que cette conne lui demanderait tant qu'elle était prête à lui donner de la beuh en échange.

Apparemment, la conversation portant sur le fait d'avoir secrètement donné à June de la marijuana avait délié la langue d'Elaine, car elle avait continué et continué sur le meilleur moyen de tuer sa belle-fille. D'une façon qui lui causerait le plus de douleur. Elle voulait vraiment l'empoisonner. Lui avait raconté tous les effets douloureux de certaines drogues.

Il avait commencé par lui demander comment elle en savait autant, mais n'avait pas eu à le faire. Cette folle dingue lui avait vraiment raconté cette fois où elle avait utilisé trop de suxaméthonium quand elle avait empoisonné son mari ! Mais qui partageait ce genre d'info juteuse ?! Cette erreur de calcul lui avait provoqué la mort bien plus rapidement qu'elle n'en avait eu l'intention. Elle avait marmonné quelque chose à propos du fait d'avoir eu de la chance que les symptômes aient imité ceux d'une crise cardiaque.

Aussi stupide qu'il estimât Elaine être, Tim était tout de même choqué qu'elle ait admis avec nonchalance avoir tué son mari. Il avait insisté sur le fait que tuer June avec le même poison ne fonctionnerait pas, car il ne pouvait pas lui donner de dose de manière fiable et méthodique. Elle avait marmonné, mais avait fini par consentir.

Honnêtement, ce n'était pas vraiment pour cette raison que Tim ne voulait pas empoisonner June. Il ne serait pas capable de mettre la main sur une drogue telle que le suxaméthonium. Il devrait utiliser un truc comme de l'antigel, ce qui était facile à obtenir, mais prendrait bien trop de temps. Il voulait son fric et rendre June malade semaine après semaine voudrait dire qu'il ne serait pas payé avant dieu savait quand. Il préférait davantage quelque chose de rapide et facile... qui ne l'enverrait potentiellement pas en hâte à l'hôpital pour faire un paquet d'examens.

Il ne savait pas encore vraiment comment il allait s'y prendre, mais ça arriverait bientôt. Il en avait assez de cette ville. Il détestait son boulot, même s'il n'arrivait pas à croire à son coup de chance quand June avait été engagée seulement quelques jours après lui. Il détestait particulièrement les vieilles personnes. Elles étaient lentes, sentaient mauvais et étaient pugnaces. Et se retrouver à Hill's House entouré d'eux n'était pas l'idée du siècle. De plus, travailler en général n'était pas exactement sa came ; il préférait en faire le moins possible pour gagner son argent.

Il continuait de mentir à Elaine concernant ce qu'il faisait ici, à Newton, et sur la façon dont se déroulait le harcèlement. Il lui avait envoyé une autre photo d'un mot menaçant sur une porte puis celle d'un écureuil mort avec un couteau lui traversant la tête sur un paillasson. Il avait été réticent à l'idée d'abîmer sa propre main, mais avait décidé que l'argent en valait la peine alors il avait frappé dans un mur pour s'égratigner les jointures et avait envoyé la « preuve » à Elaine qu'il avait tabassé June par surprise un jour, qui marchait jusque chez elle.

Elaine était complètement crédule et plus important, elle était prompte dans ses paiements. C'était l'un des boulots les plus faciles que Tim avait jamais fait. Il était en réalité un peu déçu que son bon filon se termine bientôt. Mais il en avait assez de vivre dans la cambrousse alors il serait bientôt temps de faire ce pour quoi il avait été envoyé : buter Juniper Rose et avoir ses dix mille dollars.

— Ça n'a rien de personnel, marmonna-t-il, la tête posée sur le dossier du canapé.

Il avait quitté le travail tôt ce soir, il ne le sentait pas. Il avait surpris June dire à l'un des vieux qui vivait à Hill's House que le prince passait la nuit sur le Sentier des Appalaches. Ce serait l'occasion parfaite pour se rendre jusqu'à la maison et la faire flipper... mais honnêtement, il avait trop la flemme. Et il ne voulait pas lui donner la moindre raison de commencer à se montrer plus prudente.

Selon lui, tout le plan d'Elaine était imparfait dès le début. S'il était vraiment un harceleur, il avait le sentiment que le prince et ses amis militaires se mobiliseraient juste après un seul mot. Resserrant les rangs autour de June afin qu'il n'ait jamais l'occasion de s'approcher d'elle. En fait, cela inciterait le mec à passer *plus* de temps avec June au lieu de retourner en courant auprès de l'autre fille.

Les conneries d'Elaine pourraient finir par vraiment mal tourner et elle tenterait probablement de piéger Tim.

Ce qui n'arriverait pas.

Non. Tim ne manigancerait rien qui puisse donner à June ou le prince une raison de se méfier. Il frapperait fort et vite, sans crier gare. Elle n'avait aucune idée de ce qui allait lui arriver, ce qui était mieux à tout point de vue. Ce qui arriverait une fois qu'elle sera morte n'était pas son problème. Tant qu'il avait son argent, Tim serait heureux.

Peut-être que le prince *accourait* jusqu'à DC, comme l'espérait Elaine... mais il en doutait. Sa suggestion de laisser un mot après avoir tué June, impliquant que Carla serait la suivante, ne marcherait pas. L'homme verrait clairement le jeu d'Elaine. Mais là encore, dans tous les cas, Tim serait parti, plus riche d'une centaine de billets de cent.

CHAPITRE VINGT

June était nerveuse. Elle avait très mal dormi la nuit dernière. En partie parce qu'elle était vivement consciente qu'elle était seule dans la maison et en partie parce qu'elle était nerveuse de parler à Cal lorsqu'il rentrerait aujourd'hui chez lui.

Elle se sentait agitée, ne sachant pas quoi faire de toute sa journée de repos. Elle avait déjà passé l'aspirateur, le balai, fait les poussières et une première machine de vêtements sales. Incertaine du moment où reviendrait Cal, tout ce qu'elle pouvait faire était d'essayer de s'occuper jusqu'à ce qu'il arrive.

June supposait qu'elle devrait se détendre, lire un livre ou regarder un film, mais elle n'y arrivait pas. Alors elle inspectait la maison et rassemblait tout ce qui était à jeter. Elle prit le tout et se rendit dehors, vers les poubelles, qui se trouvaient à l'intérieur du garage. Cal lui avait dit garder les poubelles à cet endroit pour les éloigner de la vie sauvage du coin.

June se trouvait encore à mi-chemin du jardin menant au garage quand elle entendit quelque chose sur sa droite. Se tournant, elle se figea sur place.

Il y avait un gros ours brun en train de flâner, allant dans la même direction qu'elle.

Il ne faisait aucunement attention à elle, mais June ne pouvait toujours pas bouger. Si elle revenait à la maison, il la verrait et la chargerait. Si elle essayait d'atteindre le garage, il la verrait également et serait clairement en mesure de l'atteindre avant qu'elle ne se mette à l'abri.

Et pour empirer le tout, elle tenait un sac plein de restes odorants et autres déchets de nourriture qui intéresseraient certainement l'animal.

Dès qu'elle eut cette pensée, l'ours releva la tête et renifla, ayant clairement repéré une odeur, celle de sa peur ou celle de la nourriture, elle ne pouvait en être sûre. Mais l'animal se tourna vers elle de toute manière. Il se redressa sur ses jambes arrière – elle supposait que c'était un mâle, car il était si énorme ! – et renifla de nouveau.

Oubliant tout ce qu'elle avait appris sur ce qu'il fallait faire en cas de confrontation avec un ours – Courir ? Faire la morte ? Reculer lentement ? Crier et battre des bras ? – June laissa tomber le sac poubelle et retourna vivement là d'où elle venait.

À tout moment, elle s'attendait à être plaquée et se retrouver face contre terre, dans l'herbe, avec un ours pesant des centaines de kilos pour lui mutiler le dos. Mais cela n'arriva pas. Elle courut jusqu'à la porte à toute vitesse, écrasant son nez contre le bois dur, avant de s'empresser de saisir la poignée.

— Pitié, pitié, pitié ! supplia-t-elle en essayant d'entrer à l'intérieur.

Ses mains tremblaient et elle se sentait aussi maladroite qu'un bébé.

Le soulagement qu'elle ressentit quand la porte se referma en claquant derrière elle était si intense qu'elle tomba immédiatement à genoux.

— Bordel de merde ! murmura-t-elle.

Au bout de quelques minutes, elle se remit sur pieds et vérifia à la fenêtre à côté de la porte. L'ours était toujours là. Il avait trouvé le sac poubelle et l'avait déchiré. Il était assis dans le jardin, content, dévorant les restes de nourriture à l'intérieur.

June frissonna ; il aurait pu être en train de déguster son corps en ce moment. Un orignal ? Elle pouvait gérer. Un wapiti ? Pas de problème. Puma, lynx, cochon sauvage... fastoche ! Bordel, elle pouvait même s'en sortir devant le Bigfoot, probablement désireuse d'avoir une conversation avec cette créature insaisissable. Mais les ours ?

Non. Tout bonnement, non.

Se tenant à la fenêtre et observant l'ours consommer les déchets, un doute soudain apparut dans sa cervelle : que faisait-elle ? Le Maine était *rempli* d'ours ! Voulait-elle vraiment vivre ici ? De façon permanente ?

Juste au moment où elle songea à faire ses valises et appeler Bob pour qu'il vienne la chercher et la dépose à l'arrêt de bus le plus proche – qui, selon elle, n'était pas tout proche de Newton – elle entendit un autre son provenant de l'extérieur.

Un véhicule.

— Non ! murmura-t-elle avant de faire demi-tour et de courir vers la porte d'entrée.

Cal était de retour et il allait être mangé par un ours si elle ne le prévenait pas !

Elle fonça vers la porte d'entrée et se cogna presque une nouvelle fois le nez, mais s'arrêta juste à temps. Elle ouvrit légèrement la porte et comme elle ne voyait pas l'ours, elle se précipita dehors. Cal se garait en général devant le porche pendant qu'il déchargeait son SUV, puis rentrait dans le garage. Mais l'ours se trouvait entre le garage et la maison et il attaquerait sans nul doute si Cal mettait sa voiture là-bas, non ?

— Cal ! cria-t-elle en murmurant tout en descendant en courant les marches du porche.

Son cœur battait à mille à l'heure. Elle s'attendait à ce que l'ours les charge à tout moment.

— Que se passe-t-il ? lui demanda Cal en se tournant vers elle.

— Viens, viens, viens ! lui ordonna-t-elle, lui prenant le bras pour le tirer désespérément jusqu'à la maison.

Heureusement, il la suivit sans protester, la laissant le traîner derrière elle. Ce ne fut pas avant qu'ils soient derrière la porte fermée que June se permit de pousser un soupir de soulagement.

— Parle-moi, la somma cal. Que se passe-t-il ? lui demanda-t-il en la prenant par les épaules pour la tourner vers son visage. Tu as deux secondes pour me dire ce qui se passe avant que j'appelle le Chef Rutkey.

— Ours ! parvint-elle à couiner.

— Quoi ?

— Il y a un ours là dehors. Énorme ! Avec des griffes de la taille de ma tête ! Il est près du garage. Il t'aurait dévoré !

À l'incrédulité totale de June, Cal sourit.

— Ce n'est pas drôle, cria-t-elle.

— Si, ça l'est.

— Cal ! Il t'aurait *dévoré* ! Il a eu la poubelle que je mettais dehors et j'ai cru que j'allais mourir !

Sans un mot, il se tourna, lui prit la main et marcha jusqu'à la porte de derrière. Il regarda par la fenêtre pour voir l'ours qui était exactement assis là où June l'avait vu pour la dernière fois. Il paraissait absolument heureux d'être dehors et de se bâfrer de la friandise inattendue qui lui avait été donnée.

— C'est un adolescent. Il sort probablement d'hibernation, dit calmement Cal.

— Quoi ? Impossible. Il est énorme !

Cal se tourna vers June, le sourire toujours sur ses lèvres.

— C'est une partie de toi que je n'avais pas vue, dit-il.

— Comment peux-tu être aussi calme face à ça ? cria June.

Mais il continua comme si elle n'avait rien dit.

— Si on m'avait demandé, j'aurais dit que tu n'avais peur de rien. Tu as affronté tous les changements récents dans ta vie la tête haute. Mais apparemment, les ours sont ta faiblesse.

— Ils sont *mortels*. Ils te tueraient, putain ! Ils ont des griffes et des crocs énormes, comment ne pas avoir peur ?

— Ils ont généralement plus peur de toi que toi d'eux.

June renifla.

— C'est ce qu'ils veulent que tu crois. C'est leur plan, aller vers les humains, leur faire baisser la garde et c'est là qu'ils frappent.

Cal se mit à rire.

Pour la première fois, June remarqua son apparence : ses vêtements étaient sales, il avait une légère barbe, il y avait des traces de terre sur sa joue et ses cheveux étaient en désordre. En ce moment, il avait bien moins l'air d'un prince que toutes les fois où elle l'avait vue. Mais il paraissait également plus détendu qu'il ne l'avait été ces derniers jours. Être dehors dans les contrées sauvages lui allait bien.

Son sourire s'affaiblit, la regardant attentivement également. Il leva la main et ses doigts vinrent lui effleurer la joue.

— Tu as vraiment peur, n'est-ce pas ?

— Ah sans blague !

— C'est plutôt mignon.

June secoua la tête, exaspérée, mais elle ne pouvait faire autrement que d'aimer qu'il soit proche d'elle, qu'il la touche de nouveau. Une longue semaine avait passé avant qu'il ne la touche de cette façon.

— J'ai besoin d'une douche, dit-il sans bouger.

— Tu as réussi à faire ce que tu avais à faire ?

Il acquiesça.

June prit une grande inspiration.

— On peut discuter ? Je veux dire, quand tu auras fini ? Je suis certaine que tu as faim. Je peux te préparer des gaufres pendant que tu es sous la douche, suggéra-t-elle, sachant qu'elles étaient l'un de ses plats préférés.

La distance qu'elle s'était habituée à voir dans ses yeux revint et elle déplora de nouveau la perte du Cal qu'elle avait appris à aimer.

— Ouais, il faut qu'on parle.

Il se tourna pour se rendre à l'étage, mais s'arrêta au pied des escaliers et se retourna vers elle.

— Si tu as peur de cet ours, pourquoi es-tu venue dehors ?

June réfléchit.

— Parce que je ne voulais pas qu'il te fasse de mal. Tu n'as pas encore compris, Cal ? Je ferais *n'importe quoi* pour te protéger. Pour m'assurer que rien ni personne ne fasse plus jamais une cicatrice de plus sur ton corps.

Il regarda June si longtemps qu'elle voulut détourner les yeux. Mais elle se força à maintenir son regard. Puis de façon plutôt décevante, il se tourna et alla à l'étage sans autre mot.

June poussa un énorme et bruyant soupir. Elle ne put s'empêcher de regarder par la fenêtre une fois de plus, peinant à déglutir alors qu'il n'y avait aucun signe de l'ours, uniquement du sac poubelle taillé en pièces avec des ordures éparpillées dans le jardin. C'était presque pire de ne pas savoir où se trouvait cet ours. Il pouvait être en train de se cacher derrière un coin du garage, à attendre de se précipiter et de manger Cal quand il reviendra dehors pour déplacer son SUV.

Si cela ne tenait qu'à elle, Cal ne sortirait plus avant un moment. Elle avait un petit déjeuner à préparer et qu'il avait besoin d'avaler, puis ils discuteraient. Elle l'appréhendait, mais Bob avait raison. Il fallait le faire.

Si Cal ne voulait plus d'elle ici, si elle l'étouffait, elle partirait. Sans faire d'histoire. Elle n'avait jamais voulu être comme ces femmes qui ne savaient pas comprendre le message. Si elle abusait de son hospitalité, elle partirait immédiatement. Elle avait assez vécu en tant personne indésirable ; elle n'allait pas recommencer.

* * *

Cal prit son temps sous la douche. L'eau chaude soulageait ses muscles douloureux. Il s'avouait être devenu gâté, préférant davantage son lit moelleux au sol dur du Sentier des Appalaches. Il posa les mains sur le carrelage et laissa l'eau lui marteler les épaules, se forçant à rester ainsi. À ne pas se hâter sous la douche et redescendre les escaliers afin de voir June.

Cette semaine avait été une torture. Tout ce qu'il avait désiré, c'était la prendre dans ses bras. Lui parler. Écouter ses histoires sur les résidents de Hill's House qu'elle apprenait à connaître. Mais il s'était obligé à garder la distance. À tenter d'amenuiser l'obsession qu'il avait pour elle.

Mais cela ne servait à rien : il l'aimait plus qu'il ne l'aimait la semaine passée. Bien qu'elle dorme de nouveau dans la chambre d'amis, il pouvait sentir son odeur sur ses draps. C'était littéralement une torture de passer à côté de sa chambre la nuit et de ne pas débarquer pour la porter et l'amener à son lit.

Les couteaux que ses ravisseurs avaient utilisés avaient été atroces... mais pas comme ça. C'était comme s'il avait arraché son propre cœur de sa cage thoracique, très lentement. De voir à quel point elle s'inquiétait pour lui, même s'il avait trouvé ça mignon, avait enfoncé le clou sur le fait que peu importait à quel point il était un enfoiré, elle serait toujours la belle âme pour laquelle il était tombé. Elle continuerait de s'intéresser à lui, de s'inquiéter pour lui... mais à distance.

Une distance qu'il était en train de mettre en place.

Il s'en était allé sur le Sentier des Appalaches afin d'avoir une vraie séparation. Ça n'avait pas marché. Il avait été malheureux loin d'elle, même s'ils avaient à peine parlé la semaine passée. Et à la seconde où il était revenu, elle était sortie et lui avait montré une fois de plus pourquoi il n'y aurait jamais personne d'autre comme elle.

Il avait une décision à prendre et d'instinct, il savait que lorsqu'il arriverait en bas, ce serait le moment. Il devait cesser d'essayer de repousser June, accepter le fait qu'elle finirait par désirer plus que ce que lui ou la ville de Newton pouvaient lui offrir et gérer la peine de cœur qui s'en suivrait. Ou il pouvait prétendre qu'elle ne signifiait tout simplement rien pour lui et mettre fin aux choses, ici et maintenant.

La perspective d'effectuer cette dernière lui faisait tellement mal que Cal dut poser une main sur sa poitrine, au-dessus de son cœur qui battait très vite.

Il se sentait toujours aussi tiraillé quand il sortit de la douche cinq minutes plus tard. Il enfila un pantalon de jogging et un tee-shirt à manches longues, ayant besoin de la protection que le coton lui procurerait. C'était comme s'il enfilait une armure.

Son téléphone, qui se trouvait sur le lit, l'alerta de l'arrivée un message. Reconnaissant de la moindre chose repoussant l'inévitable conversation qu'il devait avoir avec June, Cal le prit et vérifia le message ; il provenait de Bob.

Bob : June t'a parlé des brownies ?

Sourcils froncés, Cal tapa rapidement sa réponse :

Cal : Non. Quels brownies ?

Bob : Okay, pour faire court, Tim, le concierge de HH, lui a fait des brownies pour lui souhaiter la bienvenue. Elle ne les mangera pas, car sa connasse de demi-sœur lui en avait faits une fois, mélangés avec de l'herbe, et s'est amusée quand June a fait un bad trip.

La main de Cal se resserra tellement fort sur le téléphone qu'il était en réalité surpris qu'il ne se brise pas en mille morceaux.

Bob : Je te donne juste l'info pour que tu ne flippes pas si elle te raconte. Quelles sont les nouvelles pour Elaine et Carla ? Tu en as eues ? Il faut faire avancer les choses, car je ne suis pas très chaud à l'idée qu'elle ait de nouveau affaire à elles un jour.

Bob n'était pas le seul. Cal se pinça les lèvres et fit de son mieux pour garder le contrôle de ses émotions violentes puis il appuya sur le nom de Bob. Il n'allait pas lui envoyer un message pour ces conneries, ça prendrait trop de temps et il devait descendre.

— Yo ! répondit Bob en décrochant.

— J'ai parlé à Karl, mon cousin, juste ce matin. Carla essaie de mettre la main sur lui tous les jours. Il a fini par répondre au dernier appel vidéo quand elle l'a contacté et elle portait un haut de bikini, ses nichons en débordaient. Karl lui a dit qu'il pouvait voir ses putains de tétons. Bref, elle pleurait et disait qu'elle flippait à mort et qu'elle recevait d'autres lettres de menace. J'avais déjà parlé à Karl peu après mon retour de DC. Je lui avais parlé de la réalité de la situation. Il a décidé de jouer un peu plus avec elle, pour voir ce qu'il pouvait apprendre... mais probablement plus parce qu'il craque pour les blondes. Quoi qu'il en soit, il m'a aussi promis de me tenir au courant.

— Alors elle n'a pas abandonné, dit Bob.

— On dirait que non.

— Tu sais ce qui la ferait vite taire pour de bon ?

— Quoi ?

— Que tu te maries.

Par le passé, Cal aurait dit à son ami d'aller se faire voir, qu'il était hors de question qu'il se marie afin de faire fuir une garce trop avide. Mais aujourd'hui ? La pensée de faire de June sa princesse pour de vrai lui provoqua une pointe d'envie.

— Penses-y, lui dit Bob, sans donner l'occasion à Cal de répondre. Rien que de savoir qu'elle est toujours engluée à son histoire de harceleur est préoccupant. Il faut qu'on étouffe ça dans l'œuf. Qu'elle comprenne une fois pour toutes que tu ne te laisseras pas manipuler et que si elle a vraiment besoin d'aide avec un harceleur fictif, elle doit se rendre à la police et les laisser s'occuper de ça.

— Ouais, eh bien, d'autres idées à part le mariage ? Car j'ai déjà plus ou moins dit tout ça à Carla et sa mère, dit Cal.

— Hmm, je sais que JJ a trouvé que demander au cousin était une bonne idée. Mais j'ai des doutes. Si ton cousin coupe les ponts avec elle, si elle n'a personne ni aucun moyen d'aller jusqu'à toi, elle pourrait laisser tomber cette histoire de dingue.

— Et si elle ne le fait pas ? La dernière chose que je souhaite, c'est qu'elle ou sa mère débarque à Newton.

— Je pense que nous devons parler au Chef Rutkey. Voir s'il a des relations sur DC.

Cal soupira.

— Bien. Ça n'a mené à rien d'en parler avec le détective, mais je m'en occuperai tout de même demain.

— Ça me va.

— Merci de m'avoir raconté pour les brownies, dit Cal à son ami.

— Je n'étais pas certain que June t'en parle, car je l'avais prévenue que tu n'en serais pas ravi. Pas parce qu'un autre homme lui a fait un cadeau, mais par rapport à ce que lui a fait sa demi-sœur.

Honnêtement, Cal n'était pas ravi des deux. La seule personne qui devrait lui offrir des cadeaux, c'était *lui*. Bien qu'il ait merdé dans ce rôle jusqu'à présent.

— Je dois y aller, dit Cal.

— D'accord. Si tu as encore besoin de moi pour servir de chauffeur à June, dis-le-moi. C'est une femme incroyable et Newton a sacrément de chance de l'avoir. Oh et je t'avertis, April ronge son frein pour que nous nous rassemblions afin qu'elle puisse parler du planning. Des gens veulent réserver des guides pour leurs randonnées sur le sentier et grâce à la dernière tempête de neige, les locaux ont hâte de voir leurs arbres élagués avant qu'ils ne tombent sur leurs maisons. Je pense que plus tard dans la semaine, nous pourrons nous poser et nous pencher là-dessus.

— Okay, merci.

— On se reparle demain.

Cal raccrocha et se tint au milieu de sa chambre pendant un long moment. Son regard se posa sur le lit, où il avait passé une semaine vraiment agitée en y dormant seul.

Et soudain, comme lors d'un éclair, il comprit quel idiot monumental il avait été.

Tournant les talons, il marcha vivement jusqu'à la porte. Il descendit pratiquement les escaliers en courant, terrifié pour une raison ou une autre, que pendant les vingt minutes ou plus où il était loin d'elle, June aurait décidé qu'elle en avait assez. Qu'elle ne voulait pas parler et qu'elle s'en allait.

À son grand soulagement, elle était assise sur le canapé avec un livre posé sur les genoux alors qu'il avait quasiment fait irruption dans la pièce. Cal se rendit jusqu'au canapé et prit place à l'opposé. Les quatre places entre eux donnaient soudain l'impression d'être vingt. Encore plus quand elle se redressa et s'appuya contre le bras du canapé, comme pour augmenter la distance.

Et c'était *lui* qui avait fait ça. Il l'avait rendue mal à l'aise en sa compagnie. Il avait l'impression d'être un enfoiré complet.

— Tu te sens mieux ? demanda-t-elle, faisant le premier pas.

— Non, lui répondit-il sincèrement.

Elle cligna des yeux de surprise.

— J'ai été un connard avec toi, lâcha-t-il.

Il ne fut pas surpris de la voir secouer la tête pour le contredire.

— Tu as été occupé. Et stressé, dit-elle pour le dédouaner, mais Cal ne la laisserait pas faire.

— Tu as eu des brownies de la part du concierge hier ?

Elle fronça les sourcils, confuse face à ce changement de sujet, et haussa les épaules.

— Ouais.

— Mais tu ne les as pas mangés.

June fit non.

— Je te demanderais bien pourquoi, mais je viens de parler à Bob. Tu allais me parler de ces brownies ? De ce qui t'est arrivé ?

— Non. Bob a dit que tu ne serais pas content.

— Je ne suis *pas* content. Mais ce n'est pas parce qu'un con t'a donné des brownies alors que je n'ai rien fait de toute la semaine à part te causer de la peine. C'est parce que tu as eu cette horrible expérience avec Carla et que j'ai dû l'apprendre de quelqu'un d'autre.

— Tu n'as pas vraiment été très disponible ces derniers temps, dit-elle pour minimiser.

— Non, en effet. Tu sais pourquoi ?

— Parce que tu n'es pas habitué à partager ta maison. Parce que tu as un peu plus réfléchi au fait de m'avoir ici. Parce que nous avons couché ensemble, que ce n'était pas ce à quoi tu t'attendais et que tu ne savais pas comment me dire que tu n'étais plus intéressé.

June serrait les poings sur ses genoux tout en parlant et son visage n'avait pratiquement aucune couleur.

Cal se sentit mille fois plus mal de l'avoir blessée. De l'avoir laissée penser une seconde que son comportement dû à la confusion avait été causé par une chose qu'*elle* avait faite. Il secoua la tête.

— Non, ce n'est pas pour ça.

— J'ai compris, s'empressa-t-elle de dire avant qu'il ne puisse expliquer. Je n'ai pas connu beaucoup de gars – okay, seulement trois, toi compris – et les choses se sont passées très vite entre nous. Je me suis pratiquement jetée sur toi comme une prostituée et je suis sûre que le sexe n'était pas au top. Et après Carla, tu dois probablement penser que je ne suis ici que parce que je veux ton argent ou que je rêve de faire partie de la royauté, mais ce n'est pas pour cela que j'ai couché avec toi. Pas du tout.

Cal ne pouvait en supporter plus. Il se glissa plus près, leva une main et recouvrit la bouche de June, l'empêchant de dire une autre chose horrible sur elle.

— Non, écoute-moi, June. Tu m'écoutes ?

Elle hocha la tête.

La main de Cal se déplaça, étalant ses doigts dans les cheveux de June, le pouce posé sur sa joue.

— Je ne t'ai pas évitée parce que le sexe a été nul. C'était en vérité parce qu'il a été *trop* bon ! Être avec toi n'a rien à voir avec ce que j'imaginais que ce serait. C'était tellement mieux. Je te jure que j'ai vu des étoiles et des feux d'artifice et des petits oiseaux et tous les autres trucs nunuches que les gens prétendent voir quand ils font l'amour et ça m'a fait flipper. J'ai commencé à douter de moi. Tu peux tellement trouver mieux que moi, June. Tu es quelqu'un de bien, de fond en comble, et moi... non. Tu n'as pas connu beaucoup d'hommes. Tu as vécu dans la même maison toute ta vie. Je ne veux pas être celui qui te retient. Je ne veux pas être la raison pour laquelle tu ne trouves pas ce que tu as toujours voulu. Tu devrais partager ta gentillesse, ton élégance et ton grand cœur avec d'autres. Avoir la chance de rencontrer d'autres hommes. Et être ici avec moi, à Newton, ne te permettra pas toutes ces choses.

— Qui sait ? demanda-t-elle, l'air complètement sérieuse.

— Tu as vu cet endroit. Il n'y a même pas un feu stop. Nous n'avons pas de centre commercial et l'événement le plus excitant, c'est quand quelqu'un a trop bu au Honky Tonk et que le chef de police doit l'embarquer au poste pour qu'il dessaoule toute la nuit.

— Donc... laisse-moi résumer. Tu *veux* que je m'en aille ? Tu *veux* que je sorte avec d'autres gens ?

— Non ! rugit presque Cal, avant de prendre une profonde inspiration pour se calmer. Je suis juste... Je suis brisé, à l'intérieur, June. Et scarifié dehors. Et je ne veux pas t'empêcher de vivre ta vie.

Elle se rassit de manière à être plus droite et Cal laissa sa main retomber de son visage.

— D'abord, je ne veux pas rencontrer d'autres hommes ailleurs. Je te veux *toi*. Ensuite, c'est presque risible que tu ne penses pas être un homme bien. Cal, tu as conduit jusque Washington DC pour protéger une totale inconnue simplement parce que ta famille t'a demandé de le faire. Tu as laissé une autre inconnue – moi – venir avec toi jusque Newton parce que tu te sentais mal vis à vis de ma situation. Puis tu m'as laissée vivre *avec* toi. Tes actes parlent tellement mieux pour toi, Cal. Et j'ai aussi vu comment sont tes amis avec toi, comment les gens de Newton interagissent avec toi. Tous ces gens peuvent voir la bonté en toi même si toi, tu ne le peux pas. Et... je ne veux pas changer le monde, admit-elle d'une petite voix. J'ai peut-être vécu au même endroit toute ma vie, mais j'ai vu plus que mon content de mauvais... à commencer par les gens qui se considèrent comme ma famille. J'adore cet endroit ici. J'aime tout dans cette petite ville. L'air frais, le fait que les gens disent bonjour même quand ils ne te connaissent pas, qu'ils s'arrêtent vraiment pour te laisser traverser la rue au lieu de te faire un doigt d'honneur quand tu es sur le passage clouté et que tu as la priorité. J'adore travailler à Hill's House. Jara, Banks, Scott... tous les résidents... ils sont incroyables. Je pourrais parler avec eux tous les jours pendant trente ans et n'aurais toujours pas entendu toutes leurs histoires.

Elle cessa de parler et le regarda, des larmes dans les yeux. Des larmes qui déchirèrent le cœur de Cal quand il les vit.

— Et puis il y a *toi*, Cal. Tu me donnes l'impression de vraiment vivre pour la première fois... et je t'aime.

Le cœur de Cal s'arrêta de battre presque à sa confession.

— Mais cette semaine a été la plus dure de ma vie. Plus dure que ce que j'ai enduré avec Carla et Elaine. Te voir tous les

SUSAN STOKER

jours sans pouvoir te toucher, sachant que tu m'évitais activement... c'est la chose la plus douloureuse que j'ai vécue. Alors
si tu ne veux pas de moi ici, j'ai juste besoin que tu me le dises.
Et je comprendrai. Je sais que je n'ai pas d'expérience. Je ne suis
pas belle. Je suis bizarre et renfermée. Puis il y a ta famille. Je
comprends ta réticence à t'impliquer avec quelqu'un qui est
probablement inacceptable aux yeux de la famille royale. Peux-
tu t'imaginer me présenter au roi et à la reine du
Liechtenstein ?

Elle émit un rire empli d'autodérision.

— Oui, répondit Cal sans hésiter. Ils t'adoreraient, car
chaque grande émotion que tu ressens apparaît sur ton visage
pour que tous le voient. Tu es réelle et crois-moi, ils ont l'habitude de côtoyer des gens sournois et malhonnêtes vingt-quatre
heures par jour. Je suis tellement désolé, June. Je suis désolé
d'avoir flippé. Tu représentais déjà tout ce que j'ai toujours
voulu chez une partenaire et quand le sexe s'est révélé génial et
que je me suis retrouvé à en avoir besoin, à avoir besoin de *toi*,
chaque minute de chaque putain de jour, j'ai paniqué. Je suis
terrifié à l'idée de te perdre. Alors je t'ai repoussée pour me
protéger. C'était une sale chose à faire... et ça n'a même pas
marché. Plus je cherchais à te repousser, plus je te désirais
désespérément.

June soupira et s'humidifia les lèvres.

— Alors qu'allons-nous faire maintenant ? Je ne pourrai pas
supporter que tu me repousses à un moment et que tu t'excuses
et veuilles être avec moi le moment suivant.

— J'en ai terminé de garder mes distances. Je t'aime,
Juniper Rose. Je te veux, avec moi. À mes côtés. Dans mon lit,
dans ma vie. Je ne serai plus un fichu imbécile. Si tu me
pardonnes, je serai le meilleur petit ami que tu as jamais eu. Je
ferai en sorte que tu ne veuilles plus jamais quelqu'un d'autre.

Les larmes qu'il avait vues dans les yeux de June finirent par
déborder et ruisseler de ses joues. Il s'inquiéta pendant une

demi-seconde que ce soit elle qui le rejette cette fois avant de se jeter dans ses bras.

— Je t'aime, Cal. Tellement ! Je ferai une princesse horrible, mais je t'aimerai plus que personne ne l'a jamais fait ou ne le fera jamais.

Cal la serra très fort contre lui et enfouit son visage dans ses cheveux, inspirant profondément, amenant son essence jusqu'à son âme.

Il l'avait échappé belle et il le savait. Il avait été un vrai con et sa June avait trouvé dans son cœur la force de lui pardonner. Il ne lui donnerait jamais une autre raison de douter de lui. Plus jamais.

Il se leva, entraînant June avec lui. Puis il se pencha et la souleva. Elle poussa un petit cri perçant et s'agrippa à ses épaules tandis qu'il grimpait vivement les marches.

— Cal ! Repose-moi ! La nourriture...

— J'ai faim d'autres choses que de gaufres, la coupa-t-il.

— Je suis trop lourde ! protesta-t-elle.

— Mais bien sûr ! Le jour où je ne pourrai pas porter ma nana sera le jour où j'aurai un déambulateur et me considérerai comme trop vieux, grommela-t-il.

— Personne ne m'avait jamais portée avant, dit-elle, l'air stupéfaite alors qu'ils progressaient dans l'escalier.

Honnêtement, elle ne semblerait pas légère pour la plupart des mecs, mais Cal avait soulevé bien trop d'arbres et porté de lourds sac à dos durant sa carrière militaire pour qu'elle ait l'air plus lourde que ce qu'il pouvait porter d'une seule main.

Il l'amena directement à sa chambre et à son lit où il la laissa rebondir sur la surface avant de la rejoindre. Il l'emprisonna sous son corps et lui dit :

— J'ai besoin de toi, June. J'ai besoin d'être en toi, *maintenant*, de te sentir enserrer ma queue. J'ai été un gros idiot et tu m'as tellement manqué... Je ne pense pas avoir dormi plus de deux heures par nuit depuis que j'ai inventé ces excuses stupides pour garder mes distances.

Le regard baissé sur elle, il commençait à avoir l'eau à la bouche à l'idée de la goûter une nouvelle fois. Mais il n'allait pas faire un seul mouvement jusqu'à ce qu'elle lui fasse savoir qu'elle le désirait autant que lui. Il avait merdé, vraiment. Il avait de la chance qu'elle lui pardonne, mais il n'allait pas prendre son pardon pour du consentement. S'il devait travailler dur pour retrouver le chemin jusqu'au lit de June, il ferait tout le nécessaire.

Mais Cal aurait dû connaître sa June... sa June gentille et pleine de bonté... ne le ferait pas ramper.

Elle se tortilla sous lui, retirant son legging pour s'en débarrasser de quelques coups de jambes.

— Je suis à toi, Cal. J'ai toujours été à toi. Fais-moi l'amour. Je t'en prie.

Le soulagement l'envahit jusqu'aux veines... tout comme le désir.

— Ça va être rapide, l'avertit-il, commençant à retirer ses propres vêtements.

Il semblait lui avoir souvent dit ça. Trop souvent. Il n'avait aucun contrôle avec cette femme.

— Tant mieux. Nous pouvons en terminer rapidement puis faire ça doucement la seconde fois.

Encore une preuve qu'elle était faite pour lui. Il arbora un large sourire tandis qu'ils faisaient la course pour voir qui sera nu le premier.

* * *

June était allongée contre le torse transparent de Cal et caressait doucement et distraitement du doigt l'une des multiples cicatrices. Elle ne sentait plus son corps. Leur première fois avait effectivement été rapide. Cal l'avait prise avec ferveur, presque brutalement, et elle en avait adoré chaque seconde. Après qu'ils eurent tous les deux joui quelques minutes après qu'il l'eut pénétrée, il avait pris son temps et avait caressé chaque centimètre de son corps. Il l'avait fait jouir avec sa bouche puis ses doigts et elle avait joué avec son service trois pièces, mais pas suffisamment pour lui provoquer un orgasme. Il avait eu trop envie d'être en elle à ce moment-là.

Il l'avait prise par-derrière. Avait changé de position et l'avait installée sur lui, face à ses pieds. Puis ils avaient terminé par le missionnaire, tandis qu'il lui faisait lentement et doucement l'amour jusqu'à ce qu'elle le supplie d'aller plus vite.

Elle avait alors joui et il avait fait de même peu après. Ils étaient tous les deux en sueur, les couvertures jonchant le lit à moitié sur le sol, et la lumière au-dessus de leurs têtes éclatante. Mais June ne pensait même pas à bouger, à se recouvrir. Elle était avec l'homme qu'elle aimait plus que la vie.

— La lumière est allumée, dit calmement Cal, comme s'il pouvait lire ses pensées.

— Ouais, dit-elle en se mettant sur un coude. Tu veux que j'attrape le drap ?

Il secoua la tête.

— J'avais pour habitude de penser que la chose la plus horrible au monde serait de m'exhiber devant une femme, qui partagerait potentiellement mon lit. C'était déjà suffisamment difficile de retirer mon haut ou mon pantalon pour être examiné par un médecin. Mais permettre à une femme à qui je voulais faire l'amour de voir mes cicatrices était une chose que je ne pensais jamais être capable de faire. C'est toi qui m'as permis de faire ça, June.

— Rien ne cloche avec ton corps, Cal, lui dit farouchement June. Tu es probablement en meilleure forme que quatre-vingt-cinq pour cent des hommes dans le monde. Tu abats des arbres, tu fais du sport, de la randonnée, dit-elle en faisant descendre la main de son torse, sentant les bosses, les arêtes sous ses doigts. Mais je m'en ficherais si tu avais une bedaine de buveur de bière et une poitrine affaissée. Tu serais toujours l'homme que j'aime.

Elle le sentit se tendre et elle pria pour qu'il ne se braque pas.

— Je t'aime, murmura-t-il. Je ne sais absolument pas comment j'ai traversé chaque jour de ces dernières années sans avoir hâte que tu rentres à la maison. Je te promets de ne plus jamais te donner une raison de douter de mon amour. Dans la matinée, nous déplacerons tes affaires dans cette chambre et tu dormiras ici, dans mes bras, notre lit, chaque nuit qui suivra. Tout ce que tu veux changer dans la chambre, la maison, le jardin, nous le ferons. Nous te trouverons une voiture, ferons du shopping pour des vêtements, nous améliorerons les meubles si tu le veux.

— Tout doux, dit June en riant. Je n'ai besoin ni ne veux rien.

— Tu veux forcément *quelque chose*, répondit Cal, l'air soucieux.

— Oui. Toi.

Il la regarda un instant avant de secouer la tête.

— De toutes les femmes du monde, j'ai réussi à tomber amoureux de celle qui ne lorgne pas mon argent.

Chose étonnante, June sentit son désir sexuel revenir. Elle sourit à Cal et bougea afin d'être à califourchon sur lui.

— Tu ne m'as pas encore laissé te goûter, dit-elle, sentant son visage se réchauffer sous le rougissement.

— J'ai toujours trop désespérément envie d'être en toi, répondit-il. Et si je jouis dans ta bouche, je ne pourrai pas bander de nouveau avant un moment rien qu'en faisant cela.

— Je suis sûre que tu peux te montrer créatif, dit-elle, remuant vers l'avant.

— *Feck...*, s'exclama-t-il dans un souffle alors que June commençait à lui caresser la verge. Je suis à ton service. Tu n'es pas dégoûtée par... je veux dire... je suis défiguré, conclut-il d'une voix timide.

— Là ? demanda June en le léchant de la base jusqu'au gland. Pas que je sache.

Cal secoua la tête, incrédule.

— Parfaite pour moi, murmura-t-il.

— Ouep, je le suis, dit gaiement June avant de baisser la tête, déterminée à montrer à cet homme ce qu'il avait loupé toute cette semaine.

Elle voulait faire l'expérience d'une chose qu'elle savait d'instinct ne jamais plus partager avec un autre homme.

Trente minutes plus tard, une fois qu'ils se retrouvèrent une fois de plus transpirants et satisfaits, June reposait dans les bras de Cal, presque comateuse. Cette semaine d'inquiétudes l'avait finalement rattrapée et elle était à moitié endormie. Cette fois, il s'était levé après lui avoir offert un orgasme et les avait tous deux recouverts de la couette.

— June ?

— Hmm ?

— Plus de cadeaux de la part d'autres hommes.

Elle sourit contre lui.

— J'ai jeté le brownie.

— Bien. Parce que tu es à moi. Et je prévois de t'offrir tellement de cadeaux que tu finiras par être enfouie.

Elle soupira.

— Tu vas faire des folies, n'est-ce pas ?

— Carrément.

— Tout ce que je veux, c'est toi, Cal. Tu es le meilleur cadeau que j'ai jamais eu.

Elle sentit plus qu'elle n'entendit un grognement grave et satisfait provenir de la poitrine de Cal.

— Dors, princesse. Demain est un autre jour. Le début du reste de nos vies.

Elle aimait ça. Beaucoup. Se tournant, elle lui embrassa le

torse, juste au-dessus de son téton, puis reposa la tête. Avec le bras de Cal la tenant fermement, son odeur dans les narines et partout sur sa peau, elle dormit mieux qu'elle ne l'avait fait en une semaine, se sentant en sécurité de savoir que tout dans son monde se trouvait, pour une fois, à la bonne place.

CHAPITRE VINGT-ET-UN

June n'arrivait pas à cesser de sourire. Elle ne pouvait littéralement pas. Si elle avait cru être heureuse un jour ou deux après qu'elle et Cal eurent fait l'amour pour la première fois, ça n'était rien comparé à ce qu'elle ressentait maintenant. Elle avait trouvé un travail qu'elle aimait vraiment et des amies chez April, Carlise et même Meg. Ainsi qu'un homme qui était attentif et prévenant, qu'elle aimait d'une passion qui la surprenait par son intensité. Et cerise sur le gâteau, il l'aimait de la même façon.

Il y avait des moments où June réfléchissait à ce qu'elle fabriquait. Cal était un authentique *prince*. Elle l'avait entendu parler avec ses parents une nuit et cela l'avait frappée, que si les choses marchaient vraiment bien entre eux – ce pour quoi elle se battait jusqu'à la mort – à un moment, elle devrait les rencontrer. Elle devrait se rendre au Liechtenstein et assister à quelques événements formels. Cette pensée la faisait flipper à mort, mais perdre Cal l'effrayait encore plus.

Elle pourrait prendre sur elle et se rendre à l'un de ses bals chics, tant qu'il se trouvait à ses côtés. Et elle n'avait aucune raison de penser que Cal serait partout ailleurs. Ils étaient pratiquement comme des siamois dès la seconde où elle quittait le travail les après-midis jusqu'à ce qu'il la dépose chaque matin à Hill's House.

C'était probablement une bonne chose qu'elle ait un travail auquel se rendre, car autrement, elle et Cal passeraient sans doute tout leur temps au lit... ce qui n'était pas une mauvaise chose, mais il devait apporter sa contribution dans la gestion d'une entreprise. L'une des nombreuses choses qu'elle aimait chez son homme était que même s'il avait plus d'argent qu'il ne pouvait en dépenser, il voulait tout de même faire sa part de travail à Jack's Lumber. Et pas une fois il n'avait laissé entendre qu'elle ne devrait peut-être pas travailler non plus.

Ce qui était un soulagement, car June adorait Hill's House. Plus elle passait de temps là-bas, plus elle tombait sous le charme de tous les résidents. Ils étaient grincheux, parfois grognons, mais ils la traitaient comme une amie, pas comme une employée ou une citoyenne de seconde zone comme elle l'avait été à DC.

Elle avait une tendresse particulière pour Banks. Elle ne savait jamais ce que ce vieil homme s'apprêtait à dire. Quelles histoires il inventerait sur les choses qu'il avait faites dans sa vie. Elle les prenait toutes au second degré, mais il était si sérieux quand il disait avoir rencontré certaines célébrités et autre qu'il était difficile de ne pas se laisser emporter par son enthousiasme.

Elle n'avait pas beaucoup vu Tim cette dernière semaine, mais ce n'était pas trop surprenant puisqu'il arrivait généralement au travail à peu près au moment où elle s'en allait. Il avait bien demandé si elle avait aimé les brownies qu'il lui avait faits et elle lui avait poliment répondu que oui. Il lui avait accordé un regard qu'elle n'avait pas pu interpréter, mais n'avait pas eu le temps de l'analyser, car Cal était arrivé pour l'emmener, entrant carrément à l'intérieur pour dire bonjour aux résidents.

Il avait mis son bras sur ses épaules, l'attirant contre lui et avait rendu très clair pour Tim que s'il avait eu l'idée de la draguer, il ne serait pas bien reçu.

La semaine avait été merveilleuse puisqu'elle et Cal avaient apaisé les tensions et en cet instant, il redéposait une fois de plus June à Hills's House.

— Trois heures, c'est ça ? demanda-t-il, comme il le faisait tous les matins.

— Ouep. Si notre tournoi d'avions en papier finit tard, je t'appellerai.

Il ricana.

— D'accord.

— Tu n'as aucune idée d'à quel point ils sont tous compétitifs. Je jure que Jara est devenue la pire de tous. Encore pire que Banks. Elle a menacé Scott de tailler tous les bouts de ses chaussettes s'il n'arrêtait pas de la distraire pendant qu'elle découpait des flocons de neige l'autre jour.

Ils avaient fait un concours pour voir qui pouvait faire les "meilleurs" flocons de neige et June avait rapidement compris qu'avoir été trop vague avec les détails n'avait pas été la chose la plus intelligente qu'elle avait faite. Au final, elle avait fait appel à Margaret et Austin pour qu'ils jouent les juges et avait dû tricher et leur dire calmement à qui appartenait tel flocon de neige afin que tout le monde gagne au moins dans une catégorie qu'elle avait inventée sur le pouce.

— J'ai hâte qu'arrive la journée de la luge, dit Cal en souriant.

— Une autre chose que je suis sûre de regretter, mais *tout le monde* a tellement hâte.

Elle avait eu cette idée après avoir vu une vidéo en ligne. Les mecs de Jack's Lumber s'étaient mis d'accord pour venir à Hill's House avec l'un de leurs quads pour tirer les résidents sur des luges modifiées. Peu importait qu'il n'y ait actuellement pas de neige au sol ; c'était plutôt dingue et ridicule, mais quand elle l'avait suggéré, tout le monde avait été si excité qu'elle n'avait pas pu leur refuser.

— Nous ferons attention. Nous n'irons pas à plus de cinq kilomètres-heure, promit-il. Le fait que tu sois là est le temps fort de leur journée, June. Tu sais que je t'ai dit que je me retenais, car je voulais que tu t'en ailles et changes le monde ?

June détestait penser à ce jour-là, mais elle hocha toutefois la tête.

— Tu le fais déjà. Changer le monde juste ici, à Newton. À Hill's House.

Ses paroles lui firent du bien.

— Cal, chuchota-t-elle, se sentant bouleversée.

Il se pencha au-dessus de la console de la voiture et posa la main sur le bas de sa nuque, l'attirant à lui. Elle adorait quand il faisait ça. C'était un geste possessif, un geste de dominant et cela lui rappelait comment il se comportait au lit... dominant et sûr de lui.

Il l'embrassa avec fougue et ne s'écarta que pour lui dire :

— Ce soir, après le dîner, je veux essayer une nouvelle position. Une que j'ai lue sur Internet.

— Okay, dit-elle, le souffle coupé.

— Tu ne veux pas savoir ce que c'est ? demanda Cal avec un petit sourire aux lèvres.

— Ça n'a pas d'importance. Je ne doute pas que tu rendras cela très agréable pour nous deux.

— Tu parles que je vais le faire.

Cal prit une profonde inspiration, sa main glissant lentement de sous la chevelure de June et il fallut toute la volonté de cette dernière pour ne pas la prendre et la remettre sur sa nuque.

— Je pensais passer vite fait au déjeuner... si tu as le temps.

— J'ai toujours le temps pour toi, dit June sans mentir. De plus, Sofia sera très contente de pouvoir te reluquer entièrement à nouveau.

Il leva les yeux au ciel.

— Elle me rend nerveux.

— Elle est inoffensive, dit June en ricanant.

— Granny's Burgers ?

— Ça me tente beaucoup. Bien que je devrais probablement prendre une salade, dit-elle, l'air légèrement soucieuse.

— Non. J'aime tes courbes et apparemment, tu as besoin que je te rappelle ce soir à quel point j'aime chaque centimètre de ton corps et que je ne voudrais jamais que tu changes.

June sourit. Il était difficile de croire que Cal n'estimait pas qu'elle devait perdre du poids. Elle, elle le pensait et elle travaillait là-dessus, ne serait-ce que pour être en bonne santé et pour vivre une longue et heureuse vie aux côtés de Cal.

— D'accord. Un burger, mais pas de frites. Je mangerai une salade que Margaret aura préparée avec.

— Très bien. Vers midi et demi, ça te convient ?

— Parfait. Je pourrai prendre une pause de trente minutes. Tu vas finalement avoir cette réunion avec April ce matin pour savoir qui fera telle randonnée, c'est ça ?

Cal plissa le nez.

— Ouep.

— Ce ne sera pas si nul, lui dit June en lui tapotant le bras. Tu as toi-même dit qu'April est douée pour former des paires entre guides et clients.

— Elle l'est. Je n'aime simplement pas l'idée de passer la nuit loin de la maison. De toi.

June était sur le point de se transformer en flaque à sa façon de faire la moue tout en parlant.

— Moi non plus. Mais tout se passera bien. Et visualise comme ce sera chouette quand tu rentreras à la maison.

— Oh ouais… *chouette*, dit Cal avec un petit sourire en coin.

June leva les yeux au ciel.

— Sur ce, je m'en vais.

Elle ouvrit la portière de la Rolls et se glissa hors du siège.

— June ?

Elle se tourna pour voir Cal la regarder avec intensité.

— Ouais ?

— Je t'aime.

Elle sourit.

— Je t'aime aussi.

Il se montrait très fleur bleue aujourd'hui et June ne pouvait s'en lasser. Son père lui avait tout le temps dit qu'il l'aimait et cela faisait des années qu'elle n'avait pas entendu ces mots. Cal restait généralement très pro quand il la déposait, lui disant de passer une bonne journée et qu'il la verrait plus tard, l'esprit déjà focalisé sur les tâches à faire à Jack's Lumber. Peut-être se sentait-il plus émotif aujourd'hui parce qu'ils avaient fait l'amour ce matin avant de prendre leur douche. Peu importait la raison, June ne remettrait pas ça en question.

— On se voit plus tard. Sois prudente.

Elle résista à l'envie de lever de nouveau les yeux. Comme s'il y avait le moindre truc inquiétant aux côtés d'un groupe de séniors.

— Toi aussi. À plus.

Elle referma la portière, fit un petit signe à Cal puis se tourna et commença à remonter le trottoir vers la maison. Quand Meg lui ouvrit la porte, June se retourna et fit de nouveau signe à Cal. Il était encore assis dans son SUV sur le bord du trottoir comme il le faisait toujours, attendant qu'elle entre à l'intérieur avant de s'en aller.

Il était protecteur, mais pas d'une façon dominatrice. June s'épanouissait sous son affection et son amour.

Une heure plus tard, son téléphone vibra dans sa poche et quand elle eut une pause pour vérifier ses messages entre les tours de lancers d'avions en papier et l'arbitrage entre les concurrents, June sourit en lisant le SMS de Cal.

Il lui avait trouvé un téléphone quelques jours auparavant et avait donné beaucoup d'importance à programmer tous les noms de leurs amis avec leurs numéros. Il lui envoyait des messages par intermittence depuis, juste pour lui faire savoir qu'il pensait à elle. Ça faisait du bien, non seulement de lire ses messages, mais juste d'avoir de nouveau un téléphone. Ça l'aidait à se sentir un peu plus importante.

Cal : Voulais juste que tu saches à quel point tu étais belle ce matin. Ce chemisier blanc fait ressortir le doré de tes yeux et ce jean moule tes fesses au point de me faire regretter que nous ayons tous les deux à travailler.

June gloussa bruyamment en voyant les deux douzaines d'émojis qu'il avait inclus au message, comprenant plusieurs aubergines, visages souriants et cœurs.

— Un autre message de ton homme ? demanda Banks.

— Oui, répondit June, essayant très difficilement d'éviter de rougir.

— De mon temps, nous n'avions pas ces téléphones modernes et les messages. Nous devions écrire des lettres. J'ai perdu celles que j'ai reçues de toutes mes femmes, mais elles faisaient clairement tourner mon moteur, si tu vois ce que je veux dire.

June secoua la tête et fit un grand sourire. Banks lui avait raconté plus d'une fois à quel point il avait été populaire auprès des femmes. Il ne s'était jamais marié, prétendant ne pas pouvoir se ranger avec une seule.

— Bref, Banks, vous avez fini avec votre deuxième avion ?

— Ouais ! Je suis prêt à botter des fesses !

Tâchant de se souvenir de répondre plus tard au message de Cal avec un autre plus suggestif, elle reporta son attention sur les tâches en cours, s'assurant que personne ne trichait en essayant d'améliorer les formes de leur avion en papier.

* * *

Les mains de Tim tremblaient légèrement tandis qu'il faisait les cent pas dans sa chambre, se disant qu'il aurait aimé avoir de l'herbe pour calmer son humeur de merde actuelle. Il avait envoyé à Elaine toute sorte de "preuves" de harcèlement envers la garce timide dont il avait officiellement marre d'entendre parler, mais elle avait cessé de lui envoyer de l'argent via l'application quelques jours auparavant. Il ne savait pas si c'était parce qu'elle ne le croyait plus ou si elle était à court d'argent ou si elle essayait simplement de le forcer à se dépêcher de se débarrasser de sa belle-fille une bonne fois pour toutes, ayant pris la décision de ne pas le payer pour la moindre petite bricole.

Peu importait la raison, Tim en avait terminé. Il en avait assez d'être dans cette putain de ville, marre de passer la serpillère sur les sols de Hill's House et *vraiment* marre de nettoyer derrière de vieilles personnes. Il était temps de passer à l'action.

Juniper serait morte avant la fin de la journée et lui serait parti. Il retournerait à DC et récolterait personnellement son argent. Et si Elaine ne voulait pas passer à la caisse, il menacerait sa sale garce de fille pourrie gâtée pour de vrai. La vieille peau adorait Carla et il deviendrait leur putain de pire cauchemar si elle ne respectait pas sa part du marché.

Il avait un atout dans sa poche : le fait qu'elle avait buté son second mari. Si elle ne raquait pas ses dix plaques, il jouerait ce putain d'atout, en s'assurant que les enregistrements de leurs conversations tombent entre les bonnes mains.

Cette femme était si stupide. Impossible pour lui d'accepter ce boulot sans couvrir ses arrières. Oui, ces enregistrements l'incrimineraient également, mais s'il devait tomber, il emmènerait cette garce dans sa chute.

Mais ça n'irait pas jusque-là. Elaine n'abandonnerait jamais son train de vie peinard. Une écoute de cette conversation en particulier concernant le meurtre de son mari et il amènerait cette stupide connasse là où il la voudrait. Peut-être la menace-rait-il pour les années à venir. Elle le paierait pour qu'il garde le silence, autrement elle le rejoindrait derrière les barreaux.

Regardant autour de lui dans cette chambre pourrie, Tim s'assura qu'il avait tout rangé. Il se faufilerait dans Hill's House sans y être attendu, tuerait la connasse et partirait pendant que les autres flipperaient et paniqueraient.

Fastoche.

Bientôt, il serait plus riche de milliers de dollars, Elaine en aurait terminé avec la belle-fille qu'elle détestait tellement, sa fille pleurerait dans les bras du prince – ce qui était très peu probable –, mais Tim laisserait Elaine savourer ses fantasmes et il serait de retour à DC, s'organisant un départ vers le sud vers un climat plus chaud.

***

June se mit à rire devant une Brenda généralement calme et qui n'élève jamais la voix, qui levait les bras et poussait un cri de satisfaction, son avion volant plus loin que les autres de plusieurs centimètres.

— Youhouuu ! s'exclama-t-elle joyeusement.

— Mais comment tu as réussi à faire ça ? demanda Jérémy, l'air décontenancé.

— J'étais ingénieure, répondit Brenda en haussant les épaules. Je suis douée pour construire des trucs.

— Oui, vous l'êtes, lui dit June avec un grand sourire. Et comme vous avez gagné, vous serez la première à monter sur la luge la semaine prochaine quand viendront les Jack's Lumber.

Brenda fit un large sourire tandis que Banks et les autres marmonnèrent.

June sourit à "ses" résidents. Tout le monde commença à reprendre ses avions étant donné qu'on approchait l'heure du déjeuner, ils avaient donc besoin de remettre les tables à leur place au milieu de la pièce et de nettoyer leur désordre. Elle demanda à Banks de prendre un sac poubelle tandis qu'elle prenait l'autre. Ils entrèrent dans la cuisine et Banks se porta volontaire pour emporter les deux sacs dehors vers la poubelle de l'autre côté du garage.

June observa Banks pendant une minute, s'assurant qu'il descendait prudemment les marches. Elle prit une brève gorgée de sa bouteille d'eau et prenait la direction du placard à balais dans le couloir quand elle entendit quelqu'un l'appeler d'une faible voix.

Se tournant, elle s'attendait à voir Banks.

Au lieu de ça, elle vit Tim entrer dans la cuisine par la porte de derrière.

Baissant instinctivement les yeux vers sa montre, ce qui était stupide, car elle savait déjà qu'il était presque l'heure du déjeuner, June vit qu'il était midi quinze, soit environ trois heures avant que Tim ne soit supposé être là.

— June, répéta-t-il, avec davantage de conviction.

Elle le regarda.

— Qu'est-ce que tu fais...

Elle n'eut pas l'occasion de prononcer le dernier mot avant qu'un énorme bruit assourdissant ne résonne dans la cuisine.

June trébucha vers l'arrière, une douleur comme elle n'en avait jamais ressentie s'épanouissant dans sa poitrine.

Elle vacilla une seconde fois quand le même grand bruit se fit à nouveau entendre dans ses oreilles, suivi d'une plus grande douleur foudroyante dans sa poitrine.

D'instinct, elle savait qu'elle devait s'enfuir. Elle tituba vers la porte menant à la salle à manger. Elle parvint à rester sur ses pieds suffisamment longtemps pour voir les expressions horrifiées des résidents avant de s'emmêler les pieds ou peut-être n'avait-elle simplement plus la force de rester debout, et elle tomba sur le sol.

Tout autour d'elle, les gens criaient, mais June ne pouvait

rien faire d'autre que garder les yeux rivés sur le plafond. Ses mains remontèrent jusqu'à sa poitrine tandis qu'elle luttait pour respirer. Elle se demanda vaguement si c'était ainsi que s'était senti Cal quand il avait été prisonnier de guerre. Quand ses ravisseurs l'avaient découpé.

— June ! cria Jara en se mettant à genoux à côté d'elle.

Tournant la tête, June voulait dire à la vieille femme qu'elle ne devrait pas être sur le sol, qu'Austin viendrait et l'aiderait à se relever, mais aucun mot ne franchit ses lèvres, seulement un petit grognement.

— Oh, June ! gémit Jara en fixant sa poitrine.

Levant une main, June fronça les sourcils, confuse ; elle était recouverte de peinture rouge. Qui avait apporté la peinture et pourquoi y en avait-il sur sa main ?

— Pression ! dit urgemment une voix masculine juste avant que la douleur ne l'engloutisse une fois de plus.

Tellement de douleur que la vision de June s'obscurcit pendant un moment.

Les gens criaient tout autour d'elle, mais elle n'arrivait pas à distinguer ce qu'ils disaient. La douleur fulgurante dans sa poitrine était trop importante.

Puis elle vit le visage d'Austin au-dessus du sien. Il appuyait si fort sur sa poitrine qu'elle n'arrivait pas à respirer.

— Non, murmura-t-elle.

Austin ne semblait pas l'entendre. Il s'adressait à quelqu'un d'autre en hurlant, disant d'appeler les secours.

Puis la voix de Meg, criant à quelqu'un en direction de la cuisine.

— Est-ce qu'elle va mourir ? quelqu'un d'autre demanda en criant.

— Pas tant que j'aurai mon mot à dire, dit fermement Austin. Tu ne vas pas mourir, dit-il à June. Tu m'entends ?

Elle l'entendait, mais ne comprenait pas ce qui se passait.

— Cal, dit-elle… ou en tout cas essaya-t-elle, mais aucun son ne sortit.

Elle était blessée, confuse, effrayée et tout ce à quoi elle parvenait à penser était Cal. Il rendait tout meilleur. Elle n'avait aucun doute là-dessus.

Elle toussa et une fois de plus, la douleur la traversa.

— Merde, elle crache du sang. Ses poumons sont sûrement touchés. Est-ce que l'ambulance arrive ? demanda Austin désespérément. Il faut qu'ils arrivent *maintenant* !

CHAPITRE VINGT-DEUX

Cal venait de se garer et marchait vers Hill's House quand il entendit un coup de feu, bien trop proche pour être autre chose qu'un gros problème. Ils avaient constamment entendu des coups de feu de chasseurs quand ils se trouvaient en montagne, mais celui-là ne venait pas des bois.

Puis il retentit à nouveau.

Et il provenait de l'intérieur de Hill's House.

Laissant tomber le sac de Granny's Burger, il fonça vers la porte d'entrée. Il heurta violemment la porte et attrapa la poignée, mais celle-ci ne tournait pas. Verrouillée. Il se souvint alors que Meg laissait la maison fermée à clé tout le temps pour la sécurité des résidents.

Avec violence il tapa du poing, mais n'attendit pas que quelqu'un lui ouvre. Il pouvait entendre des gens hurler à l'intérieur. Ce qui se passait était mauvais et extrêmement chaotique.

Courant autour de la maison, Cal pria pour que la porte de la cuisine soit déverrouillée. Il savait selon ce que lui avait dit June par le passé que Margaret ne verrouillait pas toujours la porte, car elle aimait l'ouvrir quand elle cuisinait afin d'aérer la pièce.

Il remarqua vaguement un sac poubelle au sol près du garage, mais l'ignora. Soulagé à la vue de la porte à moustiquaire, Cal tira d'un coup sec et s'engouffra à l'intérieur.

Un homme était étendu sur le sol de la cuisine avec du sang lui coulant du nez et il paraissait inconscient. Meg se tenait au-dessus de lui, une arme à feu pointée sur sa tête. Scott se tenait près de l'entrée, entre la cuisine et la salle à manger, pendant que Jérémy et Sofia étaient dans la salle, tous deux tenant ce qui ressemblait à des crosses, l'air plus que prêt à mettre une raclée à l'homme sur le sol s'il daignait bouger.

Banks était assis sur une chaise à la table de la salle à manger, semblant en étant de choc, les jointures saignant légèrement. Brenda était au téléphone et Jara à genoux sur le sol à côté d'Austin, qui lui était agenouillé au-dessus de quelqu'un.

Il lui fallut un moment pour comprendre ce qu'il était en train de regarder.

Austin surplombait June.

Elle était couverte de sang. Tellement de sang que ça en était choquant.

Sous elle, le sol était une flaque qui grossissait alors qu'il se tenait là, à observer. Son chemisier blanc ruisselait de rouge.

Des scènes du temps où il était à l'armée lui vinrent brièvement à l'esprit. De civils sur qui on avait tiré et qui s'étaient vidés de leur sang avant que les secours aient le temps d'arriver. De soldats, hommes et femmes, qui avaient été piégés dans le souffle d'un engin explosif et qui avaient eu leurs membres arrachés.

Pendant un temps, il fut pétrifié. Pris entre le passé et le présent.

— Je vais appeler JJ, dit Brenda. La police et l'ambulance sont en chemin.

Ses propos ramenèrent Cal au moment présent. Il courut vers June, allongée si immobile et pâle sur le sol. Il glissa sur son sang, mais ne ressentit même pas la douleur quand ses genoux heurtèrent le plancher en bois.

Sans réfléchir, il retira son tee-shirt pour en faire une boule et déplaça les mains d'Austin avant de le presser sur les blessures de la poitrine de June.

Il entendit un hoquet de stupeur de la part de Jara et savait quelle en était la raison, mais il l'ignora. La dernière chose qui l'inquiétait en cet instant, c'était la réaction des autres en voyant sa chair massacrée. Tout ce dont il se souciait, c'était de la femme en train de saigner sur le sol.

— June ? dit-il, effaré.

Elle ouvrit les yeux et Cal se sentit étourdi par le soulagement.

Mais ce fut de courte durée tandis qu'Austin disait :

— Maintiens la pression ou elle se videra de son sang. Je dois aller chercher mon sac médical. Je reviens.

Le fait d'observer la femme qu'il aimait plus que la vie en train de mourir était trop dur à supporter.

— Salut, dit faiblement June en le regardant, avant de refermer les yeux une fois de plus.

— Non ! hurla-t-il, paniqué. Ne ferme pas les yeux ! regarde-moi, June. Maintenant !

À son grand soulagement, elle ouvrit une fois de plus les yeux. Ses lèvres remuèrent, mais il ne pouvait pas entendre ce qu'elle disait.

— Quoi ? demanda-t-il, plaçant sa tête à côté de ses lèvres afin de mieux l'entendre.

— Mal, murmura-t-elle.

— Je sais, princesse. Je suis tellement désolé. Mais les secours arrivent. Tu m'entends ?

Posé sur lui, le regard de June était vide.

Il était en train de la perdre.

Instinctivement, Cal savait qu'elle mourait et il n'avait jamais ressenti une douleur aussi atroce qu'en cet instant.

Même quand les enfoirés l'avaient découpé en lambeaux, il n'avait pas eu aussi mal que ce qu'il vivait maintenant.

— Tu sais ce que Carlise m'a dit aujourd'hui ? Je l'ai vue avant de partir nous chercher à manger. Elle était là pour voir Chappy. Elle a ri et m'a confié qu'elle avait eu raison, qu'elle savait que je trouverais ma Cendrillon... et je l'ai fait. Je t'aime, June. Tu ne peux pas me laisser !

— Mon prince, dit-elle avant de tousser.

Des embruns de sang sortaient de ses lèvres et Cal grimaça. Les yeux de June allèrent jusqu'à sa propre poitrine, là où il continuait de faire pression sur ses blessures aussi fort qu'il l'osait.

— Cica...

— Nous demanderons une chirurgie plastique pour réparer ça alors tu n'auras jamais de rappel de ce qui s'est passé, lui dit Cal. Je me fiche des putains de cicatrices. Ça ne change rien entre nous.

Mais elle secoua la tête.

— Maintenant... maintenant, tu... sais... ce que je ressens pour toi, parvint-elle à exprimer, peinant à parler.

Cela frappa Cal comme s'il était heurté par un train. À quel point il avait été stupide et encore maintenant avec June. *Bien évidemment* qu'elle se fichait d'avoir une cicatrice. Tout comme elle se fichait de ses imperfections à lui. Ou de son argent. Ou son titre. Elle l'aimait exactement comme il était.

Mais il s'était battu contre lui-même tellement longtemps. À genoux là, avec la vie de June littéralement entre ses mains, il comprenait finalement ce sur quoi June avait toujours insisté. Ce que ses amis avaient tenté de lui dire pendant des années. Ce que ses parents lui avaient dit. Ce que les thérapeutes qu'il avait consultés avaient déclaré.

Les cicatrices ne le définissaient pas. Et si les autres le traitaient différemment à cause d'elles, c'était leur problème, pas le sien.

June referma les yeux et la panique de Cal s'éleva de nouveau. Il s'inclina et lui hurla presque au visage.

— Ouvre les yeux !

Ils s'ouvrirent brutalement. Cal pouvait y lire la douleur. L'agonie absolue. Il voyait littéralement sa vie la quitter et ses propres yeux se remplirent de larmes. Il n'avait pas pleuré depuis des années. Probablement une décennie ou plus, mais il ne pourrait pas s'empêcher de le faire maintenant, même si sa vie en dépendait.

— Tiens bon, June. Tu m'entends ? N'abandonne *pas*. Je me fiche de la lumière que tu verras, tu t'en détournes. Reviens vers moi. Je ne peux pas vivre sans toi ! Je viens de te trouver et je ne peux pas te perdre maintenant. Lutte pour moi, princesse, compris ? Peu importe, tu te *bats*. Je l'ai fait et aujourd'hui tu peux le faire à ton tour.

— Cal, dit-elle.

C'était plus un mouvement de ses lèvres qu'un véritable son en réalité, mais il comprit.

— Je t'ai attendue toute ma vie. Nous avons tellement à vivre. Le mariage. Des bébés. L'amour. *Ne me quitte pas*. Je t'en prie, j'ai tellement besoin de toi !

Elle hocha une fois la tête puis ses yeux se refermèrent.

— June ! hurla Cal, mais ses yeux ne s'ouvrirent pas. June ! Réveille-toi ! Reste avec moi !

— Bougez, monsieur, dit une femme en s'agenouillant à côté de lui.

Par la force elle lui retira les mains et regarda rapidement sous le tee-shirt sanglant formant une boule sur la poitrine de June avant de presser dessus à nouveau et de se tourner vers son collègue.

— On la charge et on part, ordonna-t-elle. Amène le brancard ici.

Cal n'avait pas entendu les secouristes arriver, mais maintenant qu'ils étaient là, la pièce semblait remplie de gens. Il y avait le Chef Rutkey, certains de ses officiers et même ses trois amis.

JJ le prit par le bras et l'aida à se mettre debout, le poussant sur le côté. Cal lutta violemment pendant un moment avant que Chappy ne le retienne par l'autre bras.

— Laisse-les lui venir en aide, dit-il, ferme.

Des larmes coulaient sur le visage de Cal tandis qu'il observait les secouristes attacher les liens de contention sur les jambes et hanches de June avant de la précipiter vers la porte d'entrée.

Il tenta de les suivre, ne voulant pas perdre June de vue, mais JJ et Chappy le tenaient fermement.

— Laissez-moi partir. Je dois aller avec elle !

— Tu ne peux pas. Nous t'emmènerons à l'hôpital. Calme-toi, Cal, lui ordonna Bob.

Mais il ne pouvait pas. Ce pourrait être la dernière fois où il pourrait voir June, il ne pouvait pas la laisser partir.

— Je suis sérieux, dit Bob plus férocement, se plaçant devant le visage de Cal. Tu ne lui seras d'aucune aide si tu te fais arrêter. Elle ne peut pas être entre de meilleures mains qu'en ce moment. Détends-toi, merde.

Baissant les yeux, Cal vit ses mains couvertes de sang. Le sang de June.

Elle ne pouvait pas mourir. Elle était trop importante dans sa vie. Elle était sa lumière. Il avait besoin d'elle. Il était une meilleure personne avec elle.

Sans elle, il n'était rien.

— Mais que s'est-il passé ? demanda JJ, maintenant une prise ferme sur Cal.

— Il est simplement venu et lui a tiré dessus, répondit Brenda d'une voix tremblante.

Se tournant, Cal s'aperçut qu'elle était blanche comme un linge.

— Tim. Nous ne l'avons pas vu, juste entendu les tirs. Il lui a tiré dessus dans la cuisine. Elle a trébuché jusqu'ici et Banks... Bon sang de bois, je ne le croyais pas quand il disait être un boxeur ! Nous avons tous pensé qu'il inventait. Mais il a été rapide, comme jamais je ne l'avais vu. Il est retourné fissa à la cuisine en étant dans le jardin et a mis Tim K.O. d'un seul coup de poing ! expliquait Brenda, plaçant sa main tremblante sur le cœur. Il est tombé direct au sol. Puis Meg a pris l'arme au cas où il reviendrait à lui et les autres ont saisi les crosses que nous allions utiliser cet après-midi pour un jeu que June allait nous montrer...

Brenda commença alors à pleurer et l'attention de Cal se porta sur le chef de police qui mettait les menottes à un Tim sonné.

Il se jeta sur eux, mais une fois de plus, ses amis le retinrent rapidement.

— *Non*. June a besoin de toi. Alfred s'occupera de lui. Tu dois te concentrer sur June, pas sur ton envie de lui botter le cul, dit JJ.

C'était la chose la plus difficile que Cal ait jamais eu à faire. Il voulait tuer ce fils de pute pour avoir fait du mal à sa femme, mais JJ avait raison. June avait besoin de lui.

— Allons à l'hôpital, dit JJ.

— Ils vont l'héliporter jusqu'à Portland, les interrompit Austin qui avait l'air aussi pâle que Brenda et était recouvert d'autant de sang que Cal.

— Merci, murmura-t-il. Si vous n'aviez pas été là...

— Je n'ai pas fait grand-chose. Pas assez. Dieu merci, Newton est petit et les secouristes sont arrivés ici très rapidement.

Austin pensait peut-être ne pas avoir fait beaucoup, mais sa réaction rapide en faisant pression sur les trous causés par les balles dans la poitrine de June pouvait lui avoir potentiellement sauvé la vie.

— Viens, nous devons aller à Portland, dit Chappy, poussant Cal vers la porte d'entrée.

Il se laissa emmener comme un enfant. En cet instant, il n'arrivait pas à penser. Ne pouvait prendre aucune décision. Il se sentait engourdi. Perdu.

Lui et ses amis étaient conscients que les balles pouvaient être mortelles. Et on avait tiré sur June, dans sa poitrine. Deux fois. Ce serait un miracle si elle survivait. Et Cal avait désespérément besoin d'un miracle.

— La Rolls, parvint-il à dire à ses amis qui aidaient presque à le maintenir debout. C'est la plus rapide.

— Je conduis, dit Bob. Allez derrière avec lui, les gars.

— On devrait s'arrêter et lui prendre un tee-shirt, dit Chappy. Le laisser se débarbouiller.

— Non ! Nous devons aller à l'hôpital ! cria Cal, luttant à nouveau contre la poigne de ses amis.

— D'accord, calme-toi, Cal. Nous partons.

Cal s'affaissa de nouveau. Il avait la tête dans le brouillard. Tout ce à quoi il parvenait à penser, c'était être aux côtés de June.

* * *

Cal avait le regard perdu dans le vague, dans la petite salle d'attente privée où on les avait menés à leur arrivée, au premier niveau du service de traumatologie de Portland. Ça avait pris bien trop de temps pour arriver ici, malgré la vitesse à laquelle Bob avait conduit. Il avait souhaité voir June dès leur arrivée, mais on l'avait informé qu'elle était déjà en chirurgie.

Quelqu'un lui avait dégoté le haut d'une tenue médicale à porter et JJ l'avait fait marcher jusqu'à une salle de bain et lui avait fait nettoyer ses mains. L'eau rouge tourbillonnant dans le lavabo, Cal se remit à pleurer. Il n'avait pas fait un bruit, mais les larmes étaient comme incontrôlables.

Il ne pouvait pas réparer ça. Aucun argent, aucune relation familiale, aucun décret royal... rien de ce qu'il avait à offrir ne pourrait guérir June. Il devait compter sur les aptitudes des chirurgiens qui essayaient présentement de remettre sur pied l'amour de sa vie.

Attendre était le pire moment. Ne rien savoir. Tous les "et si" qui tourbillonnaient dans la tête de Cal. Et s'il avait quitté le boulot cinq minutes plus tôt ? Et s'il n'était pas allé chez Granny's Burgers pour se rendre directement à Hill's House ?

Et si, et si, et si...

Cal ne savait pas depuis combien de temps il était dans la salle d'attente quand April s'assit à côté de lui, lui tendant son téléphone. Il le fixa, se demandant où elle avait pu le trouver, pourquoi d'ailleurs elle l'avait. Merde, il ne savait même pas quand elle était arrivée avec Carlise.

Il était entouré des meilleurs amis qu'il avait jamais eus et il se sentait pourtant tellement seul.

— C'est ta mère, lui dit gentiment April en faisant un signe de tête vers le téléphone.

Les larmes qui avaient fini par sécher reprirent. Il prit le téléphone et le posa contre son oreille. April ne le quitta pas, sa main posée et pressant fermement le genou de Cal. Carlise était assise à son autre côté, un bras passé sur ses épaules.

— Maman..., s'étrangla-t-il quand il parvint enfin à parler.

— Oh, mon fils. J'ai appris ce qui était arrivé. Je suis tellement navrée. De quoi as-tu besoin ?

— J'ai besoin qu'elle vive, sanglota Cal. Je l'aime tellement, maman. Elle est la meilleure chose qui me soit arrivée et si elle meurt... Je ne sais pas ce que je ferai !

— Nous sommes en route, lui annonça sa mère et de nouvelles larmes coulèrent sur le visage de Cal. Ton père a déjà contacté le pilote et ils préparent le jet. Nous serons là aussi vite que possible. Que pouvons-nous faire d'autre ?

— L'homme qui a fait ça, Tim Dotson, j'ai besoin de savoir

pourquoi, dit-il avant de fermer les yeux brièvement, baissant la voix pour continuer : La police d'ici est douée, mais si tu peux demander à l'une de tes relations de résoudre ça... pour s'assurer que June ne court plus aucun danger...

— Nous sommes déjà dessus, le rassura sa mère.

— Je ne peux pas la perdre, redit Cal dans un sanglot. Ça fait encore plus mal que quand j'étais torturé. Je ferais n'importe quoi pour échanger nos places. Elle n'aurait pas dû vivre ça. Elle est la lumière dans mon obscurité. Elle est si gentille, maman.

— Oh, mon amour...

Lui et sa mère pleurèrent ensemble pendant un long moment avant qu'elle ne finisse par se clarifier la voix.

— J'arrive, mon fils. J'ai hâte de la rencontrer. Garde la foi, tu m'entends ? Si cette femme t'aime autant que tu l'aimes, elle va tenir bon. Elle va s'en sortir. Je le sais.

— Je l'espère.

— Je le *sais*. Nous serons là dès que possible. Je t'aime.

— Je t'aime aussi, maman.

Il raccrocha le téléphone et baissa le menton jusqu'à sa poitrine.

— Tim est en train de tout déballer, dit calmement JJ en entrant dans la pièce.

Cal s'essuya la joue d'un coup d'épaule avant de lever les yeux vers son ami. C'était presque étrange, de se sentir si dissocié. Il voulait savoir pourquoi c'était arrivé, pourquoi Tim avait tiré sur June, surtout qu'elle n'avait jamais été désagréable avec lui. Mais en cet instant, toute son énergie partait dans les prières pour sa femme. C'était la raison pour laquelle il avait demandé à sa mère d'examiner la situation. Ses parents feraient tout ce qu'il faudrait pour s'assurer que June était protégée de tous ceux qui voudraient lui faire du mal.

— Il prétend qu'il agissait sous les ordres de sa belle-mère, dit JJ.

Cal ferma les yeux.

Bon Dieu ! Il avait merdé. Il n'avait pas pris suffisamment au sérieux l'obsession de Carla de se marier avec lui. Même pas un peu. Il avait supposé qu'une fois qu'ils auraient quitté la ville, elle aurait poursuivi sa vie. Trouvé un autre pigeon.

Il aurait dû le savoir.

— Non seulement ça, mais tu avais raison concernant tes suspicions : il clame qu'Elaine a tué son second mari, le père de June. Elle l'a empoisonné. Il dit qu'il a l'enregistrement de la conversation où elle le lui avoue. Elle va tomber, dit JJ avec fermeté. Peu importe ce que je dois faire, quelles personnes je dois contacter, elle et sa garce de fille vont tomber *toutes les deux*.

Cal hocha la tête. Il était ravi d'avoir ses amis à ses côtés.

— Des nouvelles de June ? demanda JJ.

— Je vais aller redemander, dit April, tapotant le genou de Cal avant de se lever.

Comme le temps passait, Cal se déconnectait de tout ce qui l'entourait. Sa tête lui donnait l'impression d'être remplie de coton. Comme s'il se regardait lui-même de très haut.

Deux heures plus tard, la porte de la salle d'attente s'ouvrit et six paires d'yeux se levèrent vers la chirurgienne, visiblement épuisée, qui se tenait à l'embrasure.

— Amis et famille de Juniper Rose ? demanda-t-elle.

Cal se mit debout, se balançant sur ses pieds. Il tenta de lire sur le visage de la chirurgienne ce qu'elle était sur le point de leur dire, mais elle faisait ça depuis bien trop longtemps pour donner le moindre indice aux proches inquiets.

— Comment va-t-elle ? cria presque Cal.

— Elle est stable. La situation a été délicate pendant un moment et nous l'avons perdue à deux reprises, mais c'est une battante. Mais elle est en soins intensifs alors vous ne pourrez pas la voir avant au moins douze heures, puisque nous continuons à surveiller son état. Mais d'un point de vue professionnel, elle va s'en sortir.

Les genoux de Cal l'abandonnèrent et il atterrit violemment sur le siège derrière lui. Il ferma les yeux et baissa la tête. Aucune larme ne tombait, il les avait toutes épuisées. Mais il n'avait jamais été aussi soulagé d'entendre une nouvelle de toute sa vie. Pas même quand lui et son équipe avaient compris que les bruits qu'ils entendaient de leur cellule étaient les secours venus pour eux, décimant tous ceux qui se mettaient sur leur chemin.

Il entendit vaguement le docteur expliquer que la première balle était allée se loger directement dans son poumon droit et que la seconde était passée à côté de son cœur, à moins d'un centimètre. Son cœur s'était arrêté deux fois pendant qu'ils l'opéraient pour réparer les dégâts, mais ils avaient réussi à le refaire partir.

June avait fait ce qu'il lui avait supplié de faire. Elle s'était battue. Se battait *encore*. Elle ne l'avait pas quitté.

Il n'avait jamais été ravi que sa femme soit aussi coriace. Cal l'était moins de ne pas pouvoir la voir pendant un long moment pourtant, mais pour la première fois depuis des heures, il avait l'impression de pouvoir respirer.

Il s'assurerait qu'aucun jour ne passerait sans que June sache à quel point il l'aimait. Ils l'avaient vraiment échappé belle aujourd'hui et il était encore plus reconnaissant qu'il ne serait jamais capable de le dire avec des mots d'avoir eu une seconde chance avec elle. De vivre. D'aimer.

CHAPITRE VINGT-TROIS

— Je ne vais pas me briser, Cal, se plaignit June.

— Fais-moi plaisir, dit Cal, catégorique.

Les deux dernières semaines avaient été extrêmement difficiles. La voir en unité de soins intensifs, branchée à tellement
de machines avec des pansements sur sa poitrine avait été
presque aussi dur que de la voir étendue sur le sol de la salle à
manger de Hill's House couverte de sang.

Presque.

Il s'était rendu à l'hôpital tous les jours, à s'asseoir avec elle,
la divertir, l'apaiser quand la douleur la submergeait et
essayant globalement d'être son roc.

Elle rentrait à la maison aujourd'hui et Cal était à la fois
excité et terrifié. Il avait souhaité qu'elle reste là-bas plus longtemps, pour s'assurer qu'elle était complètement guérie, car il
craignait vraiment qu'elle fasse un faux mouvement et se
déchire quelque chose à l'intérieur que le docteur aurait habilement recousu.

Mais June était plus que prête à partir et elle n'avait pas
lâché l'affaire.

Il avait soutenu l'infirmière qui avait insisté pour utiliser un fauteuil roulant afin de l'amener à la voiture et en cet instant, il installait June avec précaution dans sa Rolls. Quand ils commencèrent leur longue route jusqu'à Newton, elle tomba presque immédiatement endormie. Cal ne pouvait s'empêcher de la regarder. Elle était un miracle. *Son* miracle. Elle n'aurait pas dû survivre après avoir été tirée dessus deux fois dans la poitrine et pourtant, elle était là.

Sa sieste dura environ une heure et demie et elle se réveilla au moment où il leur restait environ une heure à parcourir.

— Cal ?

— Oui, princesse ?

— Je t'aime.

Cal sourit.

— Je t'aime aussi.

— Je t'ai entendu, tu sais, dit-elle paisiblement.

— Qu'as-tu entendu et quand ?

— Tu me criais dessus. Me disais de ne pas partir, que tu ne pourrais pas vivre sans moi. Je t'ai dit que j'étais fatiguée, que j'avais mal, mais tu m'as répondu que je devais me battre. Ne pas aller vers la lumière. Mais...

Cal se raidit, peu certain de vouloir savoir ce qui suivait ce "mais."

— J'ai vu mon père, murmura-t-elle. Il était extraordinaire. Exactement comme je me souvenais. Il m'a souri et quand j'ai voulu me rapprocher, il a secoué la tête et a reculé. Il m'a dit qu'il était simplement là pour me voir, mais que le temps n'était pas venu de nous réunir. Que je devais repartir. Que tu avais besoin de moi.

Cal avait davantage pleuré ces deux dernières semaines que dans sa vie entière et il fut surpris de sentir ses yeux se remplir à nouveau de larmes. Il se gara sur le côté de la route pour ne pas avoir d'accident. Il se tourna vers June.

— Tu m'as dit de me battre alors je l'ai fait, reprit calmement June.

Cal posa sa main sur la joue de June et ferma les yeux un moment. Il sentit les doigts de June essuyer les larmes qui avaient coulé. Il tourna la tête et lui embrassa la paume puis regarda dans ses yeux.

— Tu es la meilleure chose qui me soit jamais arrivée. Merci d'être revenue vers moi.

— Tu étais sérieux quand...

— Oui.

Elle afficha un large sourire.

— Tu ne sais même pas ce que j'allais demander, se plaignit-elle.

Cal haussa les épaules.

— Si je l'ai dit, c'est que j'étais sérieux.

— À propos des enfants. D'une famille.

— Absolument.

— Tant mieux, dit June avec un petit sourire, posant sa tête contre le siège. Parce que j'en veux deux.

— Garçons ou filles ? demanda Cal avec tendresse.

— Peu importe.

Il ne pensait pas que son amour pour cette femme pouvait être plus grand, mais elle venait de lui prouver le contraire.

Elle examina sa main gauche et ses lèvres eurent un tic.

— Je n'arrive toujours pas à croire que nous sommes mariés, souffla-t-elle.

Cal lui prit la main et posa ses lèvres sur la bague qu'il lui avait mise au doigt une semaine auparavant. Dès qu'elle s'était réveillée à l'hôpital et qu'elle fut consciente, il lui avait fait sa demande, elle avait répondu oui et il avait promptement amené quelqu'un qui pouvait les marier immédiatement.

— Tes parents ont vraiment été gentils pour tout.

Cal acquiesça. Ils l'étaient. Ses parents s'étaient pointés à l'hôpital comme promis et Cal avait pleuré dans les bras de sa mère comme s'il était redevenu petit garçon.

Il n'avait pas pleuré quand ils avaient pris l'avion jusqu'en

Allemagne pour le voir à l'hôpital militaire. Il n'avait pas pleuré quand il s'était vu pour la première fois dans un miroir après son sauvetage. Mais voir sa mère après avoir fait l'expérience de la chose la plus effrayante qu'il pouvait imaginer – presque perdre la femme qu'il aimait – avait été trop pour lui.

Il n'avait pas été surpris de constater qu'elle et June s'étaient entendues comme si elles s'étaient connues toute leur vie. Même allongée dans un lit, droguée par les antidouleurs, sa mère lui avait mangé dans la main quelques minutes après l'avoir rencontrée, après lui avoir demandé comment s'était passé leur vol, s'ils avaient dormi et si elle avait faim.

Sa June, toujours à s'inquiéter pour les autres.

Quant à son père, il avait simplement affiché devant Cal un sourire entendu et avait dit que quand il s'agissait d'amour, il avait toujours suspecté que la pomme ne tombait pas très loin de l'arbre.

Ses parents leur avaient donné leur bénédiction pour se marier et lui avaient dit qu'ils s'assureraient que June soit ajoutée à l'arbre généalogique de la famille royale. Cependant, sa mère l'avait prévenu que, même si elle et son père se fichaient si lui et June faisaient un mariage civil à la cool, le peuple du Liechtenstein attendrait une sorte de célébration publique de leur mariage, si ce n'était une seconde cérémonie sur leur terre natale.

— Ils t'ont adorée, dit Cal à June.

— Et je les aime vraiment. Tu ressembles à ton père.

Cal sourit, se pencha et l'embrassa en douceur avant de reprendre la route.

— Vas-tu me dire ce qui se passe avec Tim ? demanda-t-elle, calme.

Cal soupira. Il n'avait pas voulu gâcher la journée en parlant de l'homme qui avait tenté de l'assassiner, mais elle avait le droit de savoir.

— Il a tout déballé. Tu es déjà au courant qu'Elaine et Carla l'ont engagé pour te harceler. Elles avaient l'idée tordue que s'il y avait une preuve du harceleur, je retournerais à DC ou autre. Honnêtement, leur plan paraissait confus et insensé. Dans tous les cas, nous savons qu'elles le payaient pour te harceler, en laissant des lettres de menace, des cadavres d'animaux, des choses comme ça, pour te punir de m'avoir "volé" à elles.

— Mais il ne l'a pas fait, réagit June, sourcils froncés.

— Ouais, il l'escroquait. Et Elaine était si crédule qu'elle le payait à chaque fois qu'il lui envoyait une photo d'un mot sur une porte ou autre. Les flics ont les photos et la preuve des transferts d'argent, impliquant Elaine sans l'ombre d'un doute. Son plan tout du long était de te tuer pour une grosse somme promise par Elaine. Il prenait juste son temps, il l'exploitait.

La mâchoire de Cal se serra, envahie par la colère.

— Une autre raison pour laquelle il n'a pas mis fin au marché était d'éviter que nous soyons toi et moi sur nos gardes. Cela aurait été plus difficile d'arriver à toi si nous avions été constamment en alerte.

— Ça a marché. Il a pu simplement entrer dans Hill's House et me tirer dessus.

Cal frissonna.

— Ouais...

— Alors il est en prison ? Et il va y rester ?

— Oui, dit Cal, sans mentionner les complices que lui et le reste de sa bande avaient prévenus pour s'assurer que Tim n'allait pas vivre une vie paisible derrière les barreaux.

Et s'il finissait par en sortir... il ne trouverait toujours pas la paix.

— Et ma belle-mère ? Et Carla ?

— Tu te souviens de ce dont nous avons parlé à l'hôpital ? demanda Cal, avec douceur.

Elle acquiesça.

— Oui. Elle a tué mon père, répondit-elle d'un ton monotone.

Cal soupira.

— Ça a l'air d'être ça, oui. Les détectives de DC progressent dans l'exhumation du corps de ton père, pour faire un examen d'empoisonnement. Même si Tim est un connard, il a été suffisamment futé pour enregistrer leurs appels. Y compris ceux où elle a admis avoir tué ton père avec le suxaméthonium. Elle lui a même suggéré de faire pareil avec toi. Le poison, du moins. Et tu avais raison de jeter ces brownies. Il a pris exemple sur Carla et les avait mélangés avec autant de drogues de synthèse que possible, selon la quantité que tu allais manger, ils auraient pu te tuer.

June serra les lèvres.

— Oui...

— Bref, il y a beaucoup de preuves contre Elaine. Carla ? Pas tant que ça. Tout le monde croit qu'elle savait ce qui se passait, qu'elle était d'accord avec les plans de sa mère, mais sans preuve qu'elle a effectivement fait quelque chose de mal, elle n'aura sans doute aucune charge.

June haussa simplement les épaules.

— Le karma s'en chargera.

Elle n'avait pas tort. À ce qu'avait compris Cal en discutant avec JJ, grâce aux infos qui couvraient les événements, la demi-sœur de June avait été laissée tomber par son agent, abandonnée par ses prétendus amis et se retrouvait, pour l'essentiel, toute seule.

Et leur ami Tex – ancien membre du SEAL – le génie de la technologie qui avait piraté l'ordinateur de Carla pour Cal, avait fait bon usage de vidéos webcam, celles où elle retirait ses vêtements pour de l'argent... et plus. Bien qu'aucune des vidéos ne soit illégale, elle rencontrait actuellement des problèmes de fraude fiscale puis qu'elle n'avait déclaré aucun gain d'argent. Il s'était également assuré qu'elle soit sur liste noire et que plus aucune agence de mannequinat légitime ne l'accepte.

— Je suis désolé pour la maison, lui dit gentiment Cal. Bien que la loi de DC pense que tu as été trompée en signant les papiers qui accordaient la maison et l'assurance de ton père à Elaine, tu avais dix-huit ans, techniquement tu étais une adulte et c'était ta signature.

— Je sais. Et tu sais quoi... ça me va. Je n'ai même pas envie d'y retourner et j'ai tous les souvenirs de mon père et moi heureux là-bas avant qu'il n'épouse Elaine.

Cal lui pressa la main, elle lui sourit.

— Assez parlé de ça. Mais tu me tiendras au courant concernant leurs procès et tout ça ?

— Bien sûr. Tu veux partir ?

June y réfléchit un moment puis secoua la tête.

— Je ne pense pas. Je veux juste poursuivre ma vie. Avec toi.

Cal était soulagé de la décision de June. Il ne voulait pas qu'elle ait à revivre chacun des tourments qu'elle avait vécu avec sa belle-mère, devant un juge et un jury, ou parler de cet horrible jour où elle avait failli mourir.

— Je t'aime, dit-il et il n'arrivait pas à compter le nombre de fois où il le lui avait dit ces deux dernières semaines.

— Je t'aime aussi, lui répondit-elle en retour, comme elle le faisait toujours.

Le reste de la route jusqu'à Newton fut tranquille, mais au lieu de se rendre à sa maison, il se dirigea vers la ville.

— Ça ne te dérange pas si nous nous arrêtons rapidement avant d'aller à la maison ? demanda-t-il.

— Bien sûr que non.

Faisant de son mieux pour dissimuler son sourire – il avait su qu'elle dirait ça et avait compté dessus en réalité – Cal se gara dans un endroit pratique juste devant Granny's Burgers. Il fit le tour de la voiture en trottinant pour ouvrir la portière de June et la tint par la taille en la menant vers le restaurant.

Sachant ce qui se trouvait de l'autre côté de la porte, Cal finit par laisser son sourire s'exprimer en ouvrant, pressant June de passer devant lui.

— Bienvenue chez toi ! crièrent plus d'une douzaine de personnes dès qu'elle entra.

June cligna des yeux sous la surprise en découvrant tous leurs amis, puis se retourna immédiatement et enfouit son visage contre la poitrine de Cal. Il mit son bras autour d'elle, la tenant fermement tandis qu'elle faisait de son mieux pour retrouver le contrôle de ses émotions.

Elle leva bientôt la tête et le regarda dans les yeux.

— C'est toi qui as fait ça, n'est-ce pas ?

Cal haussa les épaules.

— Pas vraiment. Tout le monde voulait faire un truc pour toi, pour que tu saches comme ils étaient heureux et soulagés que tu sois une dure à cuire. Ils voulaient tous te voir et c'était totalement logique de faire une fête de bienvenue.

— Je t'aime, murmura-t-elle.

— Et je t'aime, lui répondit-il en lui essayant les larmes sur ses joues. Ça va maintenant ?

Elle fit oui de la tête.

— N'en fais pas trop. Je te surveillerai et quand j'estimerai que tu en auras eu assez, nous partirons. Et me supplier, me faire des yeux de chien battu ou la moue ne me fera pas changer d'avis, l'avertit-il.

June sourit.

— Okay.

— Okay, répéta-t-il avant de la faire pivoter pour faire face à tout le monde qui attendait patiemment qu'elle retrouve ses esprits.

* * *

Une heure plus tard, June contemplait tout le monde dans le restaurant, toujours impressionnée qu'ils soient tous venus pour *elle*, la femme qui n'avait pas eu de véritable ami en plus d'années qu'elle ne pouvait en compter. Bien évidemment, JJ,

Bob, Chappy, Carlise et April étaient là. Mais tous les résidents et employés de Hill's House s'étaient également pointés. Ainsi que le Chef Rutkey. Et les secouristes qui étaient venus pour elle cette affreuse journée.

Elle vit même la mère et le père de Cal debout contre un mur, témoins de la scène et souriants. Non seulement ça, mais plusieurs habitants de Newton qu'elle avait connus en passant – à qui elle avait fait signe et sourit, mais à qui elle avait à peine parlé – étaient là également.

Les deux dernières semaines avaient été nulles, mais elle était en vie, mariée à l'homme qu'elle aimait plus que la vie et elle était déterminée à mettre le passé derrière elle. Il était difficile de se faire à l'idée que sa belle-mère avait collé une cible dans son dos et qu'on lui avait vraiment tiré dessus. Deux fois. Mais c'était arrivé, c'était terminé et elle allait de l'avant.

Elle n'avait pas été surprise d'apprendre qu'elle était morte deux fois, techniquement, sur la table d'opération. Elle avait raconté à Cal avoir vu son père pendant l'une de ces deux fois... mais elle ne lui avait pas encore dit ce qui était arrivé l'autre fois. Elle lui confierait un jour, quand le moment sera venu.

Elle avait vu une brillante lumière blanche... et elle avait été attirée par elle. La douleur avait disparu et elle s'était sentie plus légère que l'air. Heureuse. En paix. Calme. Mais elle s'était souvenue d'une voix, presque comme un écho. La voix de Cal, lui disant qu'il ne pouvait pas vivre sans elle. Lui ordonnait de se battre.

Elle ne l'avait pas voulu à ce moment-là. Avait su que si elle ignorait la lumière, elle devrait retourner là où elle était et sentir la douleur.

Puis elle avait vu une femme, quelqu'un qu'elle n'avait connu qu'en photo. Sa mère.

Elle avait souri avec tant de tendresse à June... Lui avait dit qu'elle était belle... comme elle était heureuse de la voir. June avait fait un pas vers elle, mais la femme avait levé la main.

— Ce n'est pas le moment pour toi, mon amour. Ton homme a besoin de toi.

— Mais je veux être avec toi, maman, l'avait supplié June.

— Je sais et ça arrivera. Un jour. Mais ce ne sera pas aujourd'hui. Tu dois retourner auprès de lui. Tes deux petites filles ont besoin que tu y retournes. Elles vont réaliser des choses incroyables. Des choses que tu ne peux même pas imaginer. Elles vont devenir importantes, pas seulement pour toi et leur père, mais pour toute l'humanité.

— Ah oui ? demanda June, perplexe.

— Oui. Tu es une femme incroyable, June et je suis si fière de toi.

Puis elle avait disparu et la douleur était revenue en force.

June se souvenait de leur conversation comme si c'était hier. Les enfants qu'elle aurait avec Cal seraient un rêve devenu réalité, mais de savoir qu'ils grandiront pour faire quelque chose d'important aux yeux du monde était une chose qu'elle essayait encore de comprendre.

— Hé ! dit Banks en s'approchant de la table à laquelle June était assise.

— Nous parlerons davantage plus tard, dit Granny, prenant June dans ses bras avant de la laisser avec l'homme.

— Banks, dit June, des larmes naissant dans ses yeux.

Ces derniers temps, elle pleurait pour un rien, mais puisque personne ne semblait s'en formaliser, elle essayait de ne pas trop s'en inquiéter.

Elle prit le vieil homme dans ses bras, aussi fort qu'elle le pouvait, ce qui ne l'était pas vraiment. Trop de mouvements faisaient tirailler sa poitrine de douleur, mais elle s'en fichait. Elle en subirait les conséquences pour le moment et prendrait un antidouleur plus tard.

— J'ai appris ce que vous aviez fait, dit-elle en se reculant. Je suppose que vous ne mentiez pas au sujet de ces championnats de boxe, hein ?

Banks ricana.

— Et non !

— Je n'arrive pas à croire que vous soyez allé au-devant d'un homme avec une arme qui n'avait clairement pas peur de s'en servir et que vous l'ayez frappé !

Banks haussa les épaules.

— Il n'avait pas envie de me tirer dessus. Il était complètement focalisé sur toi, dit-il avant de baisser la voix. Il allait encore te tirer dessus. Je ne pouvais pas laisser ça arriver, June.

Elle cligna des yeux, surprise. Elle n'avait jamais entendu parler de ça avant. Si Tim lui avait tiré dessus une troisième fois, il était probable qu'elle n'y aurait pas survécu.

— Vous l'avez mis K.O. *D'un seul coup de poing*, s'étrangla-t-elle. Vous êtes mon héros, Banks. Je le pense vraiment.

Elle ne fut pas surprise qu'il rejette ses paroles.

— N'importe qui aurait fait pareil.

— Mais personne ne l'a fait. *Vous*, oui.

Banks refusait de la laisser persister sur ce qu'il avait fait.

— Au moins ces crosses ont fini par être plus utiles que pour balancer des balles en papier, blagua-t-il. J'aurais aimé que tu puisses les voir les tenir comme des clubs de golf, prêts à taper Tim s'il osait se lever.

June sourit avec tendresse. Elle aurait aimé le voir aussi. Elle avait eu son idée des crosses suite à son séjour à l'hôtel avec Cal, après qu'ils eurent fui DC.

Elle était fière de sa famille de Hill's House. À ce qu'elle avait su, chacun d'entre eux avait participé à la prise de contrôle de cette horrible situation.

— Quand vas-tu revenir ? demanda Banks. Parce que je dois dire que les choses sont assez ennuyeuses. Tes activités nous manquent. Et Brenda n'arrête pas de dire qu'elle sera la première à monter sur la luge.

— Elle reviendra dès qu'elle aura suffisamment guéri, dit Cal dans son dos.

Inclinant la tête vers l'arrière, June sourit à son mari.

— Il est temps de rentrer à la maison, lui dit-il gentiment.

Elle fronça les sourcils.

— Si tôt ?

— Ça fait une heure, princesse. Tu es fatiguée et je dois te donner un antidouleur, car tu as beaucoup grimacé.

Il n'avait pas tort. June avait tenté de dissimuler la douleur qu'elle ressentait parce qu'elle s'amusait bien trop à parler avec leurs amis, mais bien entendu, Cal allait le remarquer.

— Bon, très bien, gémit-elle.

Cela amusa Banks. Cal aida June à se remettre de bout et la tint fermement par la taille une fois de plus. Cela leur prit du temps d'atteindre la porte, puisqu'ils devaient s'arrêter et dire au revoir à tous ceux qu'ils croisaient. Ils lui dirent tous de nouveau à quel point ils étaient soulagés et heureux qu'elle aille bien. Quand Cal eut fini de l'installer sur le siège avant de son SUV, elle dormait à moitié.

— Je n'arrive pas à croire que tes parents soient déjà revenus, lui dit-elle une fois sur le chemin de la maison de Cal.

— Ils n'auraient manqué ton retour pour rien au monde.

— Ce soir, ta mère m'a parlé de visiter le Liechtenstein.

— Bordel ! jura Cal.

Cela fit sourire June.

— Franchement ? Ça me fait flipper à mort. Rencontrer ton peuple, le roi et la reine et être sous le feu des projecteurs. Mais avec toi à mes côtés, je peux le faire.

— Évidemment que tu le peux, répondit sans attendre Cal. Tu peux faire tout ce que tu veux. Mais ne laisse pas ma mère t'en faire voir de toutes les couleurs. Elle a l'habitude d'arriver à ses fins. Si tu ne veux pas faire la cérémonie de renouvellement des voeux, nous ne la ferons pas.

June le regarda fixement.

— Franchement...?

Elle ne termina pas sa phrase.

— Oui ? demanda Cal puisqu'elle ne continuait pas.

— J'ai toujours adoré le film *Cendrillon*. Le plus récent. Celui où elle porte cette robe bleue ? Je veux dire, j'ai loin d'avoir son corps, mais j'ai toujours rêvé de porter un truc de ce genre et de danser avec mon propre Prince Charmant.

L'amour dans les yeux de Cal quand il lui jeta un coup d'œil donna envie à June de se pincer à nouveau.

— Alors c'est ce que tu auras. Et ton corps est parfait, princesse. Tu es *ma* Cendrillon. Ma belle princesse. Nous irons au Liechtenstein, nous ferons une cérémonie pour la presse et mon peuple, puis nous rentrerons à la maison et retournerons à notre ennuyeuse vie ici, dans le Maine.

— Ça sonne comme un rêve devenu réalité. Bien que je pense qu'une fois nos enfants là, ce ne sera pas si ennuyeux.

— Ça, c'est vrai, dit Cal en souriant. Mais pas de bébé avant un moment... pas avant que le médecin ne donne son aval.

— Zut, dit June avec une fausse moue.

Honnêtement, elle n'était pas encore prête pour la façon de faire l'amour de Cal, mais elle finirait par guérir. Elle avait déjà cessé de prendre la pilule, car ce n'était pas comme si elle avait pensé à la prendre les premiers jours passés à l'hôpital.

Elle ne savait pas quel laps de temps se donnait Cal pour avoir un bébé, mais elle était plus que prête à continuer le reste de sa vie... avec Cal et leur famille.

ÉPILOGUE

La seconde porte se referma derrière eux, Cal expira un long souffle quand June le plaqua presque. Elle le poussa contre le mur puis se servit de ses mains pour, désespérée, soulever son tee-shirt.

Deux mois longs et frustrants avaient passé pour eux deux depuis qu'on lui avait tiré dessus et ils revenaient tout juste du médecin ; il avait finalement donné la permission à June de reprendre ses activités normales. Le travail, l'exercice... et le sexe.

Cal avait prévu une soirée romantique avec un bon dîner, un massage et peut-être un bain et ensuite de lents et tendres ébats amoureux. Mais on aurait dit que sa femme avait d'autres plans.

Il ricana quand June grogna parce qu'il ne bougeait pas assez vite à son goût, mais son rire fut interrompu quand elle lui retira son tee-shirt avant de se mettre à genoux pour batailler avec sa ceinture.

— Tout doux, princesse, murmura-t-il.

— Je te veux, Cal. Et tu as été si têtu, se plaignit-elle. Je t'ai dit plein de fois que j'allais bien, que tu ne me ferais pas mal, mais tu ne m'as *rien* laissé faire.

Un grognement s'échappa de la bouche de Cal quand elle défit son jean et le fit descendre sur ses jambes, tout comme son boxer, avant de l'engloutir presque en entier.

Il lui empoigna les cheveux et la regarda le sucer profondément. Un gémissement de satisfaction remontait de la gorge de June quand il se mit instantanément à bander. Ce bruit ne faisait que le stimuler davantage. Cal avait davantage éjaculé sous la douche ce dernier mois qu'il ne l'avait fait dans toute sa vie. Se maîtriser devant sa femme avait été une torture, mais il avait refusé de faire quoi que ce soit qui aurait pu faire obstacle à sa guérison.

La tête de June allait d'avant en arrière sur sa verge tout en l'aspirant bruyamment et le suçant. Son regard se leva et il n'arrivait pas à détourner le sien, alors qu'elle lui offrait la meilleure pipe qu'il avait eue.

— Je te veux tout entier, dit-elle, retirant suffisamment la bouche de son membre pour parler.

Sa main continuait de le caresser pour qu'il reste au garde-à-vous, tandis qu'il s'appuyait contre le mur pour se soutenir.

— Oui, souffla-t-il.

Le sourire satisfait sur le visage de June valait chaque billet qu'il avait à la banque. Elle baissa de nouveau la tête et se remit au travail, lui apportant le plaisir. Même s'il s'était masturbé ce matin-là, Cal se retrouva bien trop tôt sur le point d'exploser. Il ne pouvait se contenir, pas en voyant ses lèvres étirées sur son membre ainsi que la façon dont elle lui caressait les bourses tout en le prenant en profondeur dans sa bouche.

— Je vais jouir ! l'avertit-il.

C'était la première fois qu'il la laissait l'achever de cette façon. Mais à partir de maintenant, tout ce que sa femme voudrait, elle l'aurait. De plus, jouir maintenant le ferait, par chance, durer plus longtemps plus tard ; il pourrait ainsi la vénérer convenablement dans la nuit sans s'inquiéter de jouir prématurément.

En réponse, elle suça avec plus d'ardeur, ses joues se creusant sous l'effort. Elle était à ses pieds, entièrement vêtue, le désirant tellement qu'elle n'avait même pas pu attendre qu'ils atteignent le lit... C'était si charnel, si érotique que Cal ne pouvait attendre plus longtemps.

Un jet de sperme sortit de son membre et ensuite, il se laissa complètement aller. Il jouit si violemment et si longtemps que June ne put l'avaler entièrement. Elle déglutit deux fois puis retira la tête alors que sa verge continuait d'envoyer des filets de sperme. Sa semence éclaboussa le cou de June et son menton et il l'observa, fasciné, utiliser sa main pour qu'il se vide jusqu'à la dernière goutte.

Quand elle posa les yeux dans les siens avec tant de fierté et de désir, Cal fit son maximum pour ne pas la pousser et l'adosser à son tour, ici dans l'entrée, pour la prendre. Il tendit la main et essuya un peu de sperme sur sa joue puis amena cette main à la bouche de June. Elle l'ouvrit pour lui, suçant pleinement son doigt, faisant courir sa langue autour comme si c'était un mini pénis.

Et voilà. Cal n'en pouvait plus. Il se débarrassa de ses chaussures, jeta son pantalon et son sous-vêtement puis nu comme au jour de sa naissance et ne se sentant pas une seconde à demi conscient de ses cicatrices, il se baissa et remit June debout. Il la prit dans ses bras et se rendit à l'étage.

June s'attaqua à son cou, léchant, suçant, le marquant tandis qu'il continuait de marcher. Il la lâcha quand ils arrivèrent à côté du lit.

— Vêtements. Retire, commanda-t-il d'une façon bourrue.

Avec un grand sourire, June obtempéra et se retrouva bientôt aussi nue que lui.

Cal la poussa sur le lit et s'allongea immédiatement sur elle, dès qu'elle se retrouva sur le dos. Il caressa du doigt sa longue cicatrice sur la poitrine, là où la chirurgienne avait ouvert pour lui sauver la vie.

— Tu es si belle, dit-il, la regardant dans les yeux. Il m'a fallu beaucoup de temps, mais j'ai fini par comprendre.

— Comprendre quoi ? demanda-t-elle, s'accrochant aux bras de Cal suspendus au-dessus d'elle.

— Ces cicatrices ne sont pas moches. Elles forment juste une feuille de route de notre passé. Elles informent les autres de ce à quoi nous avons survécu. Et nous sommes tous deux des survivants, toi et moi. Nous sommes allés jusqu'en enfer et nous en sommes revenus, mais rien ne peut nous empêcher de nous retrouver.

— Je t'aime, lui dit-elle dans un murmure.

— Et je t'aime, lui répondit-il.

— Vas-tu te taire et faire l'amour à ta femme ? le supplia-t-elle.

Cal sourit.

— Oui, m'dame.

— Bien. Oh et une dernière chose, ajouta-t-elle avec un sourire sournois.

— Je croyais que tu voulais que je me taise et que je continue ? la taquina-t-il.

— J'ai demandé un truc au médecin pendant que tu allais chercher la voiture...

Comme elle ne continuait pas, Cal haussa un sourcil interrogateur.

— Je voulais être sûre que ça irait, si je tombais enceinte. Que notre bébé ne serait pas en danger ou autre. Que je pourrais accoucher naturellement sans aucun problème dû à la chirurgie.

Cal s'immobilisa.

— Et ?

— Il a dit oui. Que j'étais complètement guérie et il n'a pas estimé qu'il y aurait la moindre complication. Et tu sais que je ne prends plus la pilule depuis un moment maintenant, alors...

Elle fit de nouveau un grand sourire, ne continuant pas sa phrase.

Cal n'arrivait pas à réfléchir. Il était stupéfait. Bien entendu, il savait qu'elle ne prenait plus ses précautions à ce niveau pendant sa convalescence, mais pour une raison, il n'avait pas pensé à ce que cela signifiait une fois qu'elle pourrait reprendre des activités normales.

— Je veux ton enfant, Cal, murmura-t-elle. Aujourd'hui. Maintenant.

Il avait eu l'intention de lui faire plaisir, plus bas. De vénérer chaque partie de son corps. De lui montrer à quel point il l'aimait. À quel point il ne pouvait pas vivre sans elle. Mais désormais, tout ce à quoi il arrivait à penser, c'était être en elle et la remplir de sa semence, encore et encore, jusqu'à ce qu'il la mette enceinte.

Sa queue se durcit presque douloureusement et il grogna comme un animal en se mettant en position, écartant les cuisses de June et effleurant son sexe avec l'extrémité du sien.

Ce ne fut pas avant d'arriver au fond d'elle, jusqu'à ce qu'il puisse sentir ses poils pubiens se mêler aux siens, jusqu'à ce qu'il la sente se contracter autour de lui, qu'il comprit ce qu'il avait fait. Il ne s'était même pas assuré qu'elle soit prête pour lui.

— *Feck* ! jura-t-il.

June gloussa et il le ressentit jusqu'à sa verge.

— Quelqu'un apprécie l'idée de faire un enfant, le taquina-t-elle.

Il n'aimait pas, il *adorait*. June serait encore plus belle enceinte qu'elle ne l'était en cet instant. Et il avait hâte de faire connaissance avec leur bébé. De regarder June lui donner le sein, la voir tenir leur fils ou leur fille. Il voulait en faire l'expérience de A à Z. Les pleurs, les bercements, les changements de couches. C'était presque ridicule à quel point il se sentait prêt à être père.

— Je t'aime, murmura-t-il. Tu n'as pas idée à quel point.

— Bien sûr que je le sais, rétorqua-t-elle. J'ai trompé la mort, deux fois, pour revenir vers toi.

Elle n'avait pas tort.

Elle avait fini par lui raconter la seconde expérience de mort imminente qu'elle avait eue sur la table d'opération et la pensée qu'ils aient deux petites filles avait suffi à le mettre à genoux. Cal était certain que la mère de June avait essayé de lui dire que leurs filles guériraient le cancer ou seraient les premières femmes présidentes des États-Unis, ou qu'elles accompliraient d'autres grandes choses. Mais même si elles ne quittaient jamais Newton et devenaient serveuses chez Granny's Burgers, il savait qu'elles seraient les meilleures serveuses que personne n'aurait jamais connues.

Il commença à faire des allers et retours lentement, montrant à June sans parler à quel point il la vénérait, à quel point elle était importante pour lui, à quel point il l'aimait. Leurs regards demeurèrent ancrés l'un à l'autre tandis qu'ils remuaient et Cal ne fut pas du tout surpris quand ils jouirent ensemble. Il roula jusqu'à ce qu'elle soit allongée sur lui, sa verge endurcie de moitié toujours plantée dans son corps.

— Si tu crois que tu vas sortir de ce lit à tout moment dans un futur proche, tu rêves, l'informa-t-il.

June releva la tête et lui sourit.

— Je ferai tout ce que tu veux, Prince Charmant.

— Ma Cendrillon, dit-il dans un murmure avant de les faire rouler de nouveau.

Il sortit d'elle avec réticence et descendit le long de son corps.

— Je n'ai pas eu l'occasion de faire toutes les choses que je voulais faire plus tôt.

June s'abandonna, étendant les bras et les jambes, souriant au plafond.

— Fais-moi ce que tu veux, mon époux. Je suis toute à toi.

Oui, elle l'était assurément.

* * *

Bob s'ennuyait, encore. Il adorait cogérer une entreprise avec ses amis. Adorait l'air frais d'ici, à Newton, et guider les randonneurs sur le Sentier des Appalaches. Mais au fond de lui, il avait grand besoin de choses plus excitantes.

Il avait adoré être un soldat des Forces spéciales. Vivait pour les montées d'adrénaline qui allaient de pair avec les missions. Il prospérait dans les endroits fourmillants de vie. S'il avait gagné à pierre-papier-ciseaux durant leur captivité, son choix quant à un endroit où emménager en sortant de l'armée aurait été New York.

Il n'était pas fâché qu'ils aient fini dans le Maine, mais sa nervosité avait bientôt pris le dessus sur lui... et après avoir vécu ici pendant seulement un an, il avait renoncé et contacté un homme du FBI dont le nom lui avait été transmis par une équipe d'hommes qui vivaient à Indianapolis.

Grégory Willis travaillait avec d'anciens militaires, les envoyant dans des missions à travers le globe pour sauver des gens qui avaient besoin d'une aide que personne ne pouvait leur apporter. Certains étaient des otages, d'autres des fugitifs et d'autres encore se retrouvaient en plein trafic sexuel. Puis il y avait d'autres personnes qui en avaient par-dessus la tête avec les organismes étrangers sans moyen de retourner aux États-Unis.

C'était un travail dangereux, mais excitant. Et satisfaisant. Il permettait à Bob de ne pas perdre la tête dans la monotonie.

Bien entendu ses amis – ses meilleurs amis au monde – n'étaient pas du tout au courant. Il savait qu'ils n'approuveraient pas. C'était JJ qui avait insisté pour qu'ils ouvrent un commerce qui n'aurait rien à voir avec la sécurité.

Et voilà où il en était, à faire justement ça dans leur dos.

Comment avait-il réussi à garder le secret pendant deux ans était un mystère, mais il en était arrivé au point maintenant où il était presque impossible de tout avouer. Ça leur ferait du mal qu'il ne leur ait pas dit plus tôt, qu'il leur cache un si grand secret et ils seraient déçus qu'il mette sa vie en jeu sans leur permettre d'assurer ses arrières.

Quand son téléphone sonna, Bob sursauta. Il en ricana brièvement et secoua la tête. Il ne devrait pas être aussi nerveux et pourtant, avec ce qu'il faisait à côté, il n'en était pas surpris. Il s'était fait quelques ennemis ces deux dernières années, des gens qui adoreraient le tuer, s'assurer qu'il ne remette pas son nez dans leurs affaires. Mais Bob n'était pas inquiet. Il pouvait prendre soin de lui, l'avait maintes fois prouvé.

— Evans, dit-il dans le téléphone.

— J'ai un nouveau job pour toi, dit Willis sans préambule.

L'adrénaline se mit immédiatement à couler dans les veines de Bob. Oui ! Il avait besoin de faire un truc.

On approchait le milieu de l'été et même si Jack's Lumber avait de quoi faire, tout comme leur service de guide sur le Sentier des Appalaches, ça ne suffisait pas ; il avait envie de plus d'excitation.

— J'en suis, dit-il à son contact.

— Tu ne veux pas savoir ce que c'est ?

Cela importait peu à Bob, mais il répondit tout de même par l'affirmative.

— Thaïlande. Une femme s'est retrouvée incarcérée pour drogue. Son frère affirme que c'est bidon. Mais puisqu'elle n'est ni célèbre, ni une personne importante, la presse n'y a pas accordé beaucoup d'attention.

Bob se renfrogna. Cette partie du monde n'était pas son endroit préféré pour tenter une infiltration. Premièrement, il ne se fondait pas vraiment parmi les locaux. Deuxièmement, la météo était pourrie ; chaud et humide n'était pas son atmosphère favorite en mission. Et troisièmement, le système judiciaire, tout comme de nombreux officiers de police, était totalement corrompu.

— C'est quoi, le plan ?

— Ça dépend de ce que tu veux. Tu préfères furtif ou efficace ?

— Efficace, répondit Bob sans hésiter.

Jusqu'ici, mentir à ses amis en prétendant que sa vieille tante avait besoin d'aide – une tante qui n'existait pas – et dont il aidait à prendre soin puisqu'ils n'avaient pas d'autre famille, avait fonctionné comme excuse lorsqu'il quittait la ville de temps à autre, pendant une semaine ou deux. S'il partait plus longtemps, Bob savait qu'ils commencerait à être plus suspicieux... s'ils ne l'étaient pas déjà.

Bob écoutait, secouant la tête, Willis lui donner les infos sur sa cible et brosser le tableau. Il y avait tellement de mauvais points dans ces infos que Willis avait réunies que ça n'était même pas marrant ! Mais avoir affaire à la police et au gouvernement thaï ne leur laissait pas beaucoup d'options...

— Je pars quand ? demanda Bob.

— Après-demain, lui répondit son contact. Tu prendras un vol de Bangor à Chicago puis un autre jusqu'à Los Angeles qui ira à Beijing puis à Bangkok. Nous disposons d'une source interne qui te rejoindra à l'aéroport.

Bob prit une profonde inspiration. Cette mission arrivait extrêmement vite. Mais il en était ravi. Il espérait arriver là-bas, trouver cette Marlowe et se barrer de là. Le stress et l'excitation d'une mission aussi folle devraient suffire à le calmer pour des mois.

— Ça me va.

— Je t'envoie le paquet d'informations ce soir et tu auras un paquet dans ta boîte demain. Je bosse sur la mise en place d'un réseau clandestin pour vous faire sortir, toi et Marlowe, mais ce sera difficile. Tu devras traverser le Cambodge... avec créativité.

Bob savait ce que ça voulait dire... Ils ne seraient pas envoyés d'un poste de contrôle officiel à un autre ; ils auraient probablement à traverser une position reculée, qui augmenterait les chances de ne pas se faire prendre.

— Compris.

— Le paiement arrivera une fois la mission achevée, comme toujours. Si tu as des questions, tu sais comment me contacter. Bonne chance.

Bob laissa échapper un rire grogné quand Willis raccrocha sans lui donner l'occasion de parler. Il appuya sur la fin d'appel et regarda dans le vide un moment avant de finir par se lever du canapé. Il devait se préparer, lire un dossier d'infos et des mensonges à perfectionner auprès de ses amis pour qu'ils ne s'inquiètent pas pour lui.

La culpabilité le rendit soucieux, mais Bob repoussa ce sentiment.

La dernière chose qu'il voulait faire, c'était laisser tomber JJ, Chappy et Cal, mais ses amis étaient autrement occupés avec leurs femmes. Bien que JJ et April ne soient pas officiellement un couple, Bob ne doutait pas qu'ils le seraient bientôt. L'alchimie entre ces deux-là envoyait des étincelles partout à chaque fois qu'ils étaient ensemble. Ce n'était qu'une question de temps avant que ça explose et qu'ils agissent.

Il était très content pour ses amis, mais il n'était pas prêt à se caser. Et aujourd'hui, il y avait quelqu'un qu'il pouvait aider avec les compétences qu'il avait perfectionnées avec les années.

Il sauverait Marlowe Kennedy pour qu'elle puisse reprendre le cours de sa vie et l'âme agitée de Bob serait une fois de plus apaisée... en tout cas pour un temps.

La détermination s'installa en lui tandis qu'il prenait la direction de sa chambre pour préparer ses affaires.

* * *

Marlowe Kennedy se blottissait au-dessus de la machine à coudre qu'on lui avait assignée, soupirant lourdement. Elle se trouvait dans ce trou à rats depuis presque un mois, les deux premières semaines ayant été un confinement en solitaire pour s'assurer qu'elle n'était pas porteuse d'un virus qui pourrait se propager aux autres détenues. La prison était surpeuplée et l'air de misère et de déjection était écrasant.

Elle partageait une "chambre" avec deux cents autres prisonnières. Elle dormait sur un matelas fin avec des femmes qui la frôlaient des deux côtés. La nourriture était horrible et Marlowe savait qu'elle avait déjà perdu trop de poids.

Quand elle avait été arrêtée, elle avait supplié et imploré la police. Leur avait dit qu'elle ignorait complètement comment les pilules s'étaient retrouvées dans son sac. Mais ça n'avait rien rapporté. Elle avait été forcée de signer un document qu'elle ne pouvait même pas lire, amenée en prison et enfermée sans qu'on lui lance un autre regard.

Elle avait été "interrogée" pendant des heures, ce qui voulait simplement dire qu'on lui avait hurlé dessus dans un langage qu'elle ne comprenait pas, mais n'avait pas eu la chance de raconter l'histoire de son point de vue. On ne lui autorisait aucun coup de fil ni avocat. Elle avait travaillé en Thaïlande sur des fouilles archéologiques, à s'occuper de ses affaires et la chose qu'elle savait ensuite, c'est que sa tente avait été fouillée et que des drogues – qui n'étaient pas à *elle* – avaient été trouvées.

Elle avait pleuré pendant des jours, mais aujourd'hui, aucune larme ne voulait plus couler. On l'avait jetée, oubliée.

Elle ne comprenait rien de ce qu'on lui disait et les « classées » – des prisonnières qui étaient là depuis suffisamment longtemps pour qu'on leur donne des responsabilités sur leurs codétenues – ne l'aimaient pas, simplement parce qu'elle était américaine.

Penser à son frère était la seule chose qui empêchait Marlowe de se briser totalement. Elle avait supplié le directeur des lieux de l'appeler quand on l'avait traînée là-bas, sachant que son frère ferait son possible pour aider. Il avait cinq ans de plus qu'elle et avait toujours été protecteur, encore plus après que leurs parents aient été tués dans un accident de voiture, suite à un délit de fuite, quand elle avait quatorze ans.

Tony trouverait ce qui s'était passé, comment la faire sortir. Il avait des relations qui pouvaient l'aider, dues au fait d'avoir bossé en politique pendant des années. Il n'arrêterait pas avant que les charges contre elle soient retournées et qu'elle soit libérée.

Pourtant, malgré cette conviction, après chaque journée qui passait, sa foi et sa confiance en prenaient un coup. Chaque jour qui passait donnait l'impression de durer une semaine et il était difficile de continuer de croire qu'elle sortirait de là un jour prochain.

Elle était quasiment sûre de *qui* lui avait tendu un piège, mais ce n'était pas comme si elle pouvait faire quoi que ce soit, bloquée dans cet endroit. Elle avait désespérément besoin de son frère.

— J'ai besoin de toi, Tony, murmura-t-elle à voix haute. Je t'en prie, fais-moi sortir.

Mais bien entendu, ses paroles disparurent dans le bruit de la pièce bien trop grande et étouffante. Personne n'allait apparaître par magie pour s'excuser et lui dire que son arrestation avait été un énorme malentendu.

Marlowe ferma les yeux un moment. Elle n'était pas connue... n'était pas une athlète sportive ou une politicienne, ni une actrice. Elle n'était personne. Et c'était ça qui lui faisait craindre de mourir dans cette prison sombre, froide et humide, n'ayant personne d'autre que son frère pour s'en préoccuper.

Si par miracle, elle sortait d'ici, elle devait opérer des changements dans sa vie. Allait essayer d'être plus sociable. De se marier. Peut-être d'avoir des enfants, elle n'était pas encore sûre pour cette partie-là. Être vraiment une meilleure tante pour les enfants de Tony. Arrêter d'accepter des missions aussi dangereuses.

Et elle serait éternellement reconnaissante pour celui qui parviendrait à la faire sortir de là. Un avocat, un négociateur, un mercenaire bagarreur, elle s'en fichait. Bon sang, elle se marierait à la personne et lui serait dévouée sa vie entière... si seulement on pouvait lui accorder une seconde chance.

Soupirant de nouveau, Marlowe prit une grande inspiration et ouvrit les yeux. On lui avait demandé de finir un certain nombre de chemises chaque jour et si elle ne le faisait pas, elle serait punie par les détenues classées.

Durant son rare temps libre, elle s'assurait de faire du sport. Elle devait garder sa force. Juste au cas où quelqu'un parviendrait à la faire sortir, elle voulait être prête à tout. À courir, grimper, nager, marcher pendant des centaines de kilomètres jusqu'à la frontière... peu importait, elle allait être dans la meilleure forme possible, au diable la perte de poids.

— Je t'en prie, Tony, redit-elle à voix haute en se recroquevillant sur le tissu sur sa table. Je t'en prie, aide-moi.

*

L'aide est sans aucun doute en route pour la pauvre Marlowe. Elle a besoin d'un héros, tout de suite. Bob ne se verrait peut-être jamais comme tel, mais il aurait tort. Découvrez-le dans le prochain tome de la saga *Le Fruit du Hasard*, *Le Héros*.

NOTES

Chapitre Quatre

1. Bobbittiser, argot moderne signifiant « couper le pénis », inspiré de l'histoire de Lorena Bobbitt. (NdT)

Chapitre Sept

1. Équivalent de *asshole*, signifiant en français enfoiré(e), connard/connasse, trouduc...
2. Putain, merde.
3. Merde

Chapitre Neuf

1. En référence à la série télé américaine des années 60, « The Andy Griffith Show »

DU MÊME AUTEUR

Un protecteur pour Bree

Le Refuge
Un soutien pour Alaska

Un soutien pour Henley

Un soutien pour Reese

Un soutien pour Cora

Un soutien pour Lara

Un soutien pour Maisy (1 Oct)

Un soutien pour Ryleigh

Silverstone
Pour la confiance de Skylar

Pour la confiance de Taylor

Pour la confiance de Molly

Pour la confiance de Cassidy

Delta Force Deux
Un refuge pour Gillian

Un refuge pour Kinley

Un refuge pour Aspen

Un refuge pour Jayme

Un refuge pour Riley

Un refuge pour Devyn

Un refuge pour Ember

Un refuge pour Sierra

Hawaï : Soldats d'élite
Un paradis pour Élodie

Un paradis pour Lexie

Un paradis pour Kenna

Un paradis pour Monica

Un paradis pour Carly

Un paradis pour Ashlyn

Un paradis pour Jodelle

Mercenaires Rebelles

Un Défenseur pour Allye

Un Défenseur pour Chloé

Un Défenseur pour Morgan

Un Défenseur pour Harlow

Un Défenseur pour Everly

Un Défenseur pour Zara

Un Défenseur pour Raven

Ace Sécurité

Au Secours de Grace

Au Secours d'Alexis

Au Secours de Bailey

Au Secours de Felicity

Au Secours de Sarah

Forces Très Spéciales Series

Un Protecteur Pour Caroline

Un Protecteur Pour Alabama

Un Protecteur Pour Fiona

Un Mari Pour Caroline

Un Protecteur Pour Summer

Un Protecteur Pour Cheyenne

Un Protecteur Pour Jessyka

Un Protecteur Pour Julie

Un Protecteur Pour Melody

Un Protecteur pour l'avenir

Un Protecteur Pour Les Enfants de Alabama

Un Protecteur Pour Kiera

Un Protecteur Pour Dakota

Forces Très Spéciales : L'Héritage

Un Sanctuaire pour Caite

Un Sanctuaire pour Brenae

Un Sanctuaire pour Sidney

Un Sanctuaire pour Piper

Un Sanctuaire pour Zoey

Un Sanctuaire pour Avery

Un Sanctuaire pour Kalee

Un Sanctuaire pour Jane

Delta Force Heroes Series

Un héros pour Rayne

Un héros pour Emily

Un héros pour Harley

Un mari pour Emily

Un héros pour Kassie

Un héros pour Bryn

Un héros pour Casey

Un héros pour Wendy

Un héros pour Mary

Un héros pour Macie

Un héros pour Sadie

Un héros pour Annie

Autre

Un moment suspendu : Recueil de nouvelles

AUDIO

Un paradis pour Élodie

À PROPOS DE L'AUTEUR

Susan Stoker est une auteure de best-sellers aux classements du New York Times, de USA Today et du Wall Street Journal. Elle a notamment écrit les séries Badge of Honor: Texas Heroes, SEAL of Protection et Delta Force Heroes. Mariée à un sous-officier de l'armée américaine à la retraite, Susan a vécu dans tous les États-Unis, du Missouri jusqu'en Californie en passant par le Colorado, et elle habite actuellement sous le vaste ciel du Tennessee. Fervente adepte des fins heureuses, Susan aime écrire des romans où les sentiments laissent place au grand amour.

http://www.StokerAces.com

 facebook.com/authorsusanstoker

 x.com/Susan_Stoker

 instagram.com/authorsusanstoker

 goodreads.com/SusanStoker